JN258092

十七世紀英文学会編

# 17世紀の革命／革命の17世紀

——十七世紀英文学研究 XVIII——

金　星　堂

# まえがき

17 世紀イギリスの相貌については、その混沌とした状況がしばしば語られています。すでに言いつくされたところかもしれませんが、文化の側面から見れば、いわゆる新科学の勃興に由来する汎ヨーロッパ的な知の地殻変動と無縁ではなかったし、社会的・政治的な側面からすれば、何によりもまず、ピューリタン革命と名誉革命というふたつの革命とそれに伴う争乱を経験したことがあげられます。こうした激動の波にさらされるとは近代の揺籃期が担わざるをえない宿命だったにしても、そこに生きる人間はそれぞれ、どのような立場からどのように時代と向き合っていたのか。あるいはまた、自らの判断や信念をどのように言葉に還元していったのか。この時代のイギリスに関心を寄せるものにとって、深く問い続けてゆくべき課題にほかなりません。

本論集の標題は「17 世紀の革命／革命の 17 世紀」。意外なことに、第 18 巻目にして初めて設定されたテーマです。この時代のイギリスが孕む錯綜した問題域を〈革命〉というトポスを介して把握し直す必要を指摘し、知見の再構築を促そうとする企図の現われ、挑発と理解する次第です。

ここに収録された論考は 14 篇です。説教のうちにピューリタン革命の基底を探ろうとするもの、作品における政治・宗教表象の精緻な分析をおこなうもの、革命を狭義の急激な社会変革のみに限定せず、表象行為それ自体の変革を読み解くものなど、多様な課題設定と鋭い切り口には、つい引き込まれてしまいます。多岐にわたる論議はどれも興味深いものですが、特筆してよいのは、〈女性〉を取り上げた論考の多さでしょう。現代のジェンダー論などを背景としながら、新たな研究領域を開拓しようとする試みはそれ自体が有意かつ魅力的なものですし、さらなる深化・可能性も期待されてなりません。

言い知れぬ閉塞感が漂う現在、空疎で独りよがりな言説が飛び交っているとは誰しも感じるところでしょう。あらゆる局面で思考停止あるいはコミュニケーションの拒絶が蔓延する状況下であればこそ、作家・作品なり、文献資料なりを読み込み、テキストとの対話を繰り返し、自分自身の言葉を丹念に紡ぎあげてゆく営み——素朴に過ぎると言われるにしても、私たちが拠って立つところはそれしかないと改めて痛感するばかりです。

その意味でも、こうした刺激的なテーマを設定していただいた編集委員会、それに応えていただいた会員各位に謝意を表せずにはいられません。

末尾ながら、本論集の上梓に向けて周到な作業をご担当いただいた金星堂出版部の倉林勇雄氏、本学会発足当初からこの間、暖かいご理解とご支援を賜っている金星堂社長福岡正人氏に心よりお礼申し上げます。

2017 年 6 月

十七世紀英文学会会長　生田　省悟

# 目　次

# 今日の花を摘む心安らかで賢い幸せな人

## ——『トテル撰集』からマーヴェルの「ホラティウス風オード」まで——

冨樫　剛

「カルペ・ディエム」——学術的に、また日常的にしばしば耳にするホラティウスの言葉であり詩の主題であるが、これについて知られていないことは多い。いつどのようなかたちでイギリスに入ってきたのか、誰がどのような目的で広めたのか、どのような段階を経て発展したのか、などということが概観・整理されることはほとんどない[1]。この言葉がイギリスに定着したのが19世紀のバイロン以降であることも知られていない (*OED*)。以下本稿では、16–17世紀イギリスにおける古典の翻訳・翻案事情に立ち返り、限られた紙数のなかカルペ・ディエム詩についてより正確な情報提供を試みる。そのうえでこの文学的主題と17世紀半ばの「革命」的大事件——内乱・国王チャールズ1世の処刑・王政廃止・共和国樹立——の関係を明らかにしたい。さらに、この事件を主題とし、あえて「ホラティウス風」と題されたアンドリュー・マーヴェルのオードをとりあげ、その政治的・文学的意義について考えたい[2]。

### 1.　今日の花を摘もう（カルペ・ディエム）——16世紀

「カルペ・ディエム」(*carpe diem*[3]) とはホラティウスのオード1.11からの言葉であるが (Horace, *Odes and Epodes* 44)、この主題をいち早くイギリスに紹介していたのがオウィディウスの『恋の技法』の英語散

文訳 (1513) である——「流れ去った水は呼んでも帰らない。若くていちばんいい時期も過ぎ去ったらもう戻らない。若さを逃してはいけない……後に続くのはより悪い時期。悲しい……輝く顔の色もあっという間に褪せていく」(3.61–63, n.p. ——筆者訳、以下すべて同様)[(4)]。『道徳詩人オウィディウス』(*Ovide Moralisé*) の人気と影響があらわすように、中世において彼はキリスト教道徳詩人として歪められて受容されていた。たとえば『変身物語』のダプネは聖母マリア、アポロはキリストをあらわすとされた。そんな名残りがこの最初期の英語訳にも見られ、「淫らな肉体の快楽に急いで飛びついてはいけない」という誤訳による教訓が先の引用の直前におかれている。まだカルペ・ディエムは独立した主題として理解されていなかったようである (Ovid 3.59, n.p.; Barnard ch. 2; McFarland; Rees)[(5)]。

次にとりあげるべきは1557年の『トテル撰集』に収められたサリー伯ヘンリー・ハワードのソネット、「美のはかなさと棘」である。これはセネカの『パエドラ』の一節を翻案したものであり、「美はすぐに壊れる——それが〈自然〉の定め。その恵みはわずかで命も短い。今日咲く花も明日には枯れる」などと歌いながら、同時に、恋の喜びとは「あてにできない宝」、「理性の敵」、「豆二粒ほどの価値しかないのに金がかかる」、「なかなか手に入らないのに、手に入ったらどうでもよくなる」とひどい恋愛嫌悪も語っている (*Tottel's* [Holton] 15; Share 3)[(6)]。やはりまだカルペ・ディエムの主題は発展途上であった。

オウィディウスの『恋の技法』やその発展版、「薔薇をお摘みなさい、花が咲いているうちに、まだ若いうちに」と女の子に語りかける4世紀ボルドーの詩人アウソニウスの「薔薇のつぼみ」を翻訳・翻案しつつ、大陸ですでにこの主題を確立していたのがフランスの詩人ピエール・ド・ロンサールである (Ausonius 276–81; Yandell)。彼の詩の英語訳・翻案というかたちで16世紀末のイギリスに明確なカルペ・ディエム詩がもたらされた。ロンサールの「マリーへのソネ」(「あなたに花束を贈ります」）は歌う――女性の美しさは「花のようにあっという間にしおれて落ちてしまいます……時は流れ……去っていきます……ぼくたちが語る愛も一度死んだらよみがえりません。だから、ぼくを好き、といってください。君が美しい間に」(Ronsard, *Selected* 38; Shapiro 278–79)[(7)]。これを翻訳・変奏したのがサミュエル・ダニエルの『ディーリア』(1592) のソネット 31 である[(8)]。歌って曰く、「咲きはじめの薔薇はきれいで……はにかんだ君の頬のよう、美しい夏の日のよう……今がいちばんきれいです」。でも薔薇がすぐに枯れていくように、「美しい君も……輝かんばかりに咲いて、そして翳っていきます」。だから「美という宝を無駄にしてはいけません。好き、といってもらえる間に恋をするのです」(Daniel sig. E4r)。

また、ロンサールの「カッサンドルに」(「お嬢さん、薔薇を見に行きましょう」）は、「今朝、真っ赤なドレスを太陽に向かって広げて」いた薔薇が夕方に枯れてしまっていることを嘆いて語る――「だから、いいですよね、お嬢さん、あなたが若く花のように咲いている間に、新しい緑の葉が輝いているうちに、若さの花を摘んでください」(Ronsard, *Poésies* 83; Ronsard, *Selected* 78)。これがトルクアート・タッソの叙事詩『解放されたエルサレム』(1581) へと移植され、アルミーダの園の鳥の歌となる。タッソはロンサールの典拠であるアウソニウスに立ち返り、薔薇の色気とそれが咲いて散る過程を強調する――「はじめ花は処女のように恥ずかしがって、半分咲いて、半分閉じて、ほんの少し外を覗くだけ。でもすぐにもっと大きく大胆に花を広げて見せてくれる。そして、枯れてやつれて死んでいく」(16.14–15, Tasso 283; Ausonius 278–79)。これをさらに変奏したのがスペンサーの『妖精の女王』(1590, 1596) である。第 2 巻、節制の騎士ガイアン卿は幸せの園でこのカルペ・ディエムの歌を聴く。「恥ずかしげに、控えめに、外を覗く」処女の薔薇もやがて「大胆になって、惜しみなく、裸の胸を開いて見せる」――そんな魅惑の薔薇もすぐに枯れて散っていくのだから、「愛の薔薇を摘みましょう、まだ時間があるうちに。愛し、愛され、それがふたり同じ罪であるうちに」(2.12.74–75, Spenser 283)。

以上、16 世紀末に広まっていたのはホラティウスのオードを典拠とするカルペ・ディエムではなく、「花を摘もう」(*carpe florem*) と下位分類されることもあるオウィディウス／アウソニウス／ロンサール由来の主題であった (Leishman 97–99)。上の英語訳・翻案に加えてシドニーの『アストロフィルとステラ』中の歌 4、スペンサーの『アモレッティ』のソネット 70 など恋の歌に用いられていることからわかるように、この主題は、高貴な女性に届かぬ思いを捧げる宮廷風恋愛、ペトラルカやフランスのクレマン・マロらに由来するブラゾンなどと並ぶ恋の修辞のひとつであった(9)。

## 2. 幸せな人（ベアトゥス・イッレ）・心の安らぎ（アタラクシア）・賢い人（サピエンス）―― 16 世紀

ホラティウスの――より正確には、ホラティウス的な――カルペ・ディエム詩は以上の恋の歌とはまったく異なり、野心や私利私欲に満ちた宮廷・都市の生活、その喧騒・競争・軋轢・心労から離れ、田舎で素朴に自分に満足して生きる「幸せな人」(*beatus ille* ――エポード 2 冒頭の言葉）を描くものである (Jonson 7.279–85; Røstvig passim; J. Martindale, *Response* chs. 5–6, 9; Sullivan)。ホラティウスはただ「今日の花を摘もう」、「今を楽しもう」と歌うばかりではない。「平穏な暮らしがすべての人の望み」――「国から追い出されていても自分からは逃げられない」――「今、心が幸せであれば未来のことなど考える必要がない」(オード 2.16) ……ほんの一部だが、これらがホラティウスの提示する主題である (Horace, *Odes and Epodes* 126–29)。彼のカルペ・ディエム詩は、幸せとは何か、よい・正しい生きかたとは何かを問うのである。オウィディウス／アウソニウス／ロンサール的な恋のカルペ・ディエムにましてこの主題は複雑な過程を経てイギリスで受容・確立されたので、以下、それを確認する。

「幸せな人」も、これを言葉として含む詩が英語訳される以前の16世紀から複数の経路ですでにイギリスに入ってきていた。たとえばマルティアリスのエピグラム10.47である。この詩の最初の英語訳は、「幸せな暮らしに必要なもの」と題されて『トテル撰集』に収められている。翻訳者はサリーである。幸せには何が必要か？　以下のものである——「親からの財産」、「豊かな土地」、「落ちついた心」、「同じ階級の友」、「怨みや争いがないこと」、「支配や統治の重責がないこと」、「病がなく健康なこと」、「ほどほどの食事で贅沢しないこと」、「賢く素朴に考えること」、「夜に心配ごとなく、くつろげること」、「自分の暮らしに満足していること」、「死を望まず、また恐れないこと」(*Tottel's* [Holton] 43)。これは16世紀から17世紀半ばにかけてもっとも頻繁に翻訳された作品のひとつであり、サリー以降16世紀にはティモシー・ケンダルなど今では無名の詩人たちが、17世紀にはベン・ジョンソン、エイブラハム・カウリー、リチャード・ファンショーら錚々たる面々が手がけている (Sullivan; Sullivan and Boyle 427–33 [index]; Scodel, "Lyric" 229)。

さらにもう一段階さかのぼる。この「幸せな人」の背景にあるのは「心の安らぎ」(ἀταραξία)、ギリシャの哲学者エピクロスが主張したところの「快楽」である。古代ではたとえばキケロが「苦痛を悪と、快楽を善と同一視する……まさに動物みたいな奴」といって槍玉にあげ、また初期近代イギリスではシェイクスピアのゴネリルが「エピクロス派みたいに飲んで食ってやりまくって」いる父リアの従者たちを罵っているが、これらはみな誤解にもとづいている (Cicero 91; Shakespeare 49, 1.4.252)。エピクロスは酒池肉林の乱痴気騒ぎを理想とはしていない。ほぼ正反対に彼はいう——「健康な体と心の安らぎ、これこそ幸せな生の向かうべき目標である」。エピクロス派の理想とは「堕落した人の快楽」や「楽しいこと」ではなく、「体に痛みがないこと、心が乱れていないこと」なのである (Epicurus 158–61)[10]。

ホラティウス／マルティアリス／エピクロスの「心安らかで幸せな人」とからみあうように16世紀イギリスに広まっていたのが、セネカの「賢い人」(*sapiens*) である。最初に英語でこれを広めたのは悲劇『テュエステス』2幕のコロスの歌であった。この劇は1560年にジャスパー・ヘイウッドが訳しているが、それに先立ってトマス・ワイアット訳によるこの歌が『トテル撰集』に収められている[11]。曰く、高い地位はいらない、「淫らで楽しくてくだらない宮廷」からも離れたい、「誰も知らないところで……面倒なことなく年老いて、ふつうの人と同じように」死にたい——高位や名声を手にしていても、自分の暮らしに満足していなければ意味がない (*Tottel's* [Holton] 120)。「痛みも希望も恐怖も届かない」、そんな「美徳」の高みにのぼりつめた者——他人や〈運〉の女神からのあらゆる攻撃に一切動じず静かに痛み・死を引き受けることができる者——「拷問にかけられながら拷問人より心穏やかでいられる」者——そんな「人間の限界を超越する」者がセネカが随所で提示する「賢い人」であるが、同時にそれは社会的野心・物欲・人間関係のしがらみから解放された人でもあった (Seneca, *Moral* 2.138–39; 1.72–75; *Ad Lucilium* 2.72–77; Fothergill-Payne 124)。このコロスの歌も16–17世紀の人気作であった。ワイアット訳・ヘイウッド訳の後もエドワード・ダイアーによる翻案「わたしの心がわたしの王国」(1588) などが書かれている。17世紀にはカウリーやマーヴェルによる翻訳がある (Share 66–68, 121–22, 132)。

「心安らかで賢い幸せな人」のイメージを16世紀イギリスに広めた詩がもうひとつある。『トテル撰集』に翻訳が3作（第1版では2作）収められているホラティウスのオード2.10である (*Tottel's* [Rollins] nos. 28, 194, 295; *Tottel's* [Holton] nos. 32, 163, 253)。これはアリストテレス以来の「黄金の中庸」を説き (Aristotle bk. 2)[12]、またオード2.9冒頭に由来する「いつまでも続くものはない」(*non semper*) という無常の主題にからめつつ運気の浮き沈みに動じない平常心の重要性を語る詩である (Horace, *Odes and Epodes* 14–17)[13]。3作のうちひとつの作者はやはりサリーで、彼はこれを息子への忠言の詩に書きかえる。曰く、「家を糞と泥にまみれた獣の巣穴みたいにしては駄目だ」、「人を馬鹿にする金ぴかの宮殿のようにしても駄目だ」——「今つらくても、それはいつまでも続かない……厳しい時こそ勇敢に立ちあがれ……追い風で帆がふくらんだら気をつけろ。そういう時こそ帆はたため」(*Tottel's* [Holton] 43–44)[14]。このように熱く教訓的な語り口は本来ホラティウス的ではないが、オード以前に『諷刺』や『詩の技法』が翻訳され、また諸作品が学校で教材として使用されるなど、16–17世紀の彼は道徳詩人としてとらえられていたのであった (Cummings 19; J. Martindale, *Response* 234, 11–12, 22ff., 45–46)。

こうして16世紀後半のイギリスでは、マルティアリス、セネカ、ホラティウスらの翻訳・翻案を通じて幸せ・心の安らぎ・賢さ・中庸・無常・平常心などというギリシャ・ローマ古典の主題が混淆的に広まっていた。この時期をペトラルカ的な恋愛ソネットやセネカ悲劇の流行のみによってとらえることは正しくない。ロンサールらから新しい恋愛観が導入されていたし、古典から新しい人生観・幸福観がもたらされていた。そんな極めて刺激的な文学・文化的変革をエリザベス女王治世下のイギリスは見ていたのである[15]。

## 3. 今日の花を摘む心安らかで賢い幸せな人——17世紀前半

そんな土壌で花開いたのが、17世紀に出版されはじめたホラティウスのオード・エポードの英語訳・翻案であり、そこで歌われる「今日の花を摘む心安らかで賢い幸せな人」、つまりホラティウス的なカルペ・ディエムの主題であった。論拠としての価値は限定的だが、まず数字を見てみよう(16)。1621年にジョン・アシュモアなる人物の翻訳によって最初のオード・エポード撰集が出版され、続いてトマス・ホーキンズなる者の撰集が25年に出版された。このホーキンズ版はその後31年、35年、38年、52年に増補再刊されていき、同時にヘンリー・ライダーなる者によるオード・エポード英語訳全集が38年に、ファンショーによる撰集が52年に、バーテン・ホリデイの全集が53年に、それぞれ出版された(17)。さまざまな違いを頭に入れつつあえて比較するなら、1633年の初版の後、35年、39年、49年、50年、そして54年に再刊されたジョン・ダンの詩集と同等あるいはそれ以上の人気をホラティウスは博していたと見受けられる(18)。

これらの翻訳に先駆けてホラティウスを集中的にとりあげていたのがベン・ジョンソンである。彼はみずからの分身としてホラティウスを舞台にあげた『へぼ詩人』(上演1601)をはじめ多くの劇中でその詩を援用し、また『詩の技法』の翻訳(出版1640)も早くから手がけていた(Brock 231–33; Jonson 7.1–2)。詩で重要なのは、たとえば、「幸せな人」のエポード2を訳した「田舎生活礼賛」(作1618以前、出版1640)であり、またこれをウェルギリウスの『農耕詩』やマルティアリスのエピグラム1.49などと編みあわせて書いた「ロバート・ロウス卿に」(1616)である(7.279–85; 5.215–20)。この後者は、軍務や商業活動にともなう不安、有力者に対する媚びなどで心をすり減らす都市の生活と、自然のなか生きる田舎の人の楽しみ・喜び・安らぎを比較し、後者の幸せおよび道徳的正しさ・健全さを主張する重厚な道徳詩である(cf. 篠崎)。曰く、「争いから少しでも利益をあげる」べく「法廷で汗をかいている者」、「汚い富の山を築く者」、「悪人におべっかを使う者」、「役職や栄誉を求める者」、「夜も眠れないような秘密」を抱えた者——そんな「ごちそうと思いながら毒を食べている」者たちなど放っておけ、そして心から求めよう、「健やかな体、そしてさらに健やかな心」を(66–102行)。この最後の言葉は、素朴な生活を歌うホラティウスのオード1.31から、セネカの『道徳書簡』10から、そして上にも見たエピクロスの「メノイケウス宛の手紙」からのものである (Horace, *Odes and Epodes* 80–81; Seneca, *Ad Lucilium* 1.58–59; Epicurus 158)[19]。

「ロウス卿に」の影響下に書かれたといわれるのがロバート・ヘリックの「田舎の暮らし——弟トマスに」である（作 1611–13 頃、出版 1648、1.34–37; 2.539–43)。「都会を離れ、かわりに田舎で質素に穏やかに暮らす」ことを選んだ弟を讃えつつ忠言を与えるこの詩には、「贅沢に溺れぬ程度」に欲を満たし「豪華な食事は求めない」という中庸、自分の暮らしに対する満足、「〈運〉の女神がやってきても、去っていっても」動じない平常心、死の恐怖からの解放など、「心安らかで賢い幸せな人」に関する主題が満載である。「自然な心に従って生きる」ことが「賢い生きかた」であり節制・美徳につながる、というセネカの『道徳書簡』17 の翻案も織りこまれている (Seneca, *Ad Lucilium* 1.112–15)。

「時の移り去り」("Times trans-shifting") を歌うと詩集『西の園の乙女たち』(*Hesperides*, 1648) 冒頭で宣言しているとおり、ヘリックは無常、時のはかなさに強い執着を見せる (1.7)。ジョンソンと違い、彼はオウィディウス／アウソニウス／ロンサール的な花の歌・薔薇の歌も歌う[20]。曰く、「涙が出てくる」、あっという間に咲いて枯れる水仙のように人も死に、「朝露の真珠」のように消えて二度と見つからない（「水仙に」）——「今日ほほえんでいる花も明日には枯れて死んでいく」のだから、薔薇のように美しいうちに恋をして結婚しよう、「時を大事にしよう」（「女の子たちに」）(1.119, 80)[21]。カルペ・ディエム詩に結婚を盛りこむところがヘリックのいわば常識感覚であり、新機軸である (cf. Jonson 2.657–712 [*Hymenaei*])。

より重要なのは、彼が「心安らかで賢い幸せな人」の詩においても「時の移り去り」および「今日の花を摘もう」という主題を強調していることである。「忠言——友人ジョン・ウィークスに」を見てみよう。この詩の枠組みは、たとえばセネカの『道徳書簡』77 の問いである。生きるとはどういうことか？　セネカは答える——「君は死を恐れて生きている。でもそんな生は死と同じではないか？」。生とは死の反対、心と体いずれにおいても死から離れていることだから、心が死に囚われていたらそれはある種の死なのである。他方、ヘリックの答えはこうだ——生きているといえるのは、田舎にいて、しかも苦労して働かず黄金時代のように暮らしている時——「心や夫婦関係が心配と恐れで押しつぶされていない時」——「貸し与えられたすべての時間を楽しく大切に生きている時」。そして彼はたたみかける——「運命に許されている間は自由に生きよう、君を包む空気のように自由に」——「生きることを楽しもう、楽しむべきなんだ」——なぜなら「時は川のように流れ、ぼくらもいっしょに流される」のだから、「過ぎ去った時は呼び戻せない、枯れた薔薇はよみがえらない」のだから(22)。アナクレオン的に「宴をしよう、浮かれて騒ごう、歌おう、遊ぼう」と羽目をはずし気味な言葉もあるが、ヘリックはセネカの「賢い人」の枠組みを忘れない(23)。「日々をただ過ごすだけじゃなく生きるんだ、心配ごとに覆われているなんて生きているとはいえない、ただそこにいるというだけだ」という彼、ヘリックの言葉は、エピクロスの「心の安らぎ」の変奏であると同時に、「死を恐れながらの生は死と同じ」という上のセネカの議論の焼き直しである。セネカがいうように「人生は劇と同じで長さよりも演じかたが大事」なのである。さらにその背後にホラティウスもいる。楽しむだけ楽しんで、「砂時計の砂が落ちたら」、つまり死ぬ時になったら、「ここから去っていこう、二人一緒に、もう戻ってこれない骨壺のなかへ」という結末の静かな諦観は、友と二人、ワインと香水と薔薇を楽しんだ後に「舟であの世に追放される」というオード 2.3 からのものである (Herrick 1. 220–21; Seneca, *Ad Lucilium* 2.178–81; Horace, *Odes and Epodes* 100–3)。

このような「今日の花を摘む心安らかで賢い幸せな人」の詩、野心・不安・心配・死の恐怖などから解放された心安らかで賢い幸せな暮らしを田舎で楽しもう、という詩が、17 世紀前半に形成されたホラティウス的なカルペ・ディエム詩である。オウィディウス／アウソニウス／ロンサール的な恋の歌との違いは歴然である。ホラティウス風のカルペ・ディエム詩は人生・幸福という大きな問題を扱う。それは、ホラティウスはもちろん、マルティアリス、エピクロス、セネカらの道徳的・哲学的古典のいわば集大成だったのである。

## 4. 不安で不幸で賢くない人—— 17 世紀前半

ホラティウスの人気の理由は何だったのか。「今日の花を摘む心安らかで賢い幸せな人」の詩の背景に何があったのか。少し当時の社会を見てみよう。16 世紀末から 17 世紀前半のイギリスに特有な社会現象、それはいわゆる「ピューリタン」とそうでない人々の対立・衝突である(24)。ここではカルペ・ディエム詩に特に関連するピューリタンの特徴をふたつとりあげる。まずそれはカルヴァンの二重予定説——この世におけるおこないとは無関係に人は天国に行くか地獄に行くかあらかじめ定められている、という教義——から当然導かれる来世への強い関心、そしてそこからくる不安である(25)。救済と破滅、自分はどちらの運命なのか、「気が狂うくらい不安」になるのである (Barlow 37)。そのような人を「頭のおかしいピューリタン」と揶揄してノリッジの主教リチャード・コーベットは歌う——「パーキンズの図を見てわたし［ピューリタン］は地獄堕ちの系譜を理解しました。そのゆがんだ血筋が頭に焼きついて離れませんでした。わたしは神に棄てられているのではないかと怖くなりました」(Corbett 56–59)。パーキンズとはウィリアム・パーキンズ、16 世紀末のケンブリッジのピューリタン神学者であり、彼は人体解剖図あるいは双六（すごろく）のような図をつくって天国行き・地獄堕ち、それぞれの運命を示している。地獄への道はこうである——「神に憎まれる」→「神に呼びかけてもらえない」→「無知で愚かになる」→「心が悪で頑なになる」→「体も悪に染まる」→「貪欲に罪を犯す」→「罪で飽和状態になる」→「肉体が死ぬ」→「最後の審判」→「地獄堕ちが宣告される」→「地獄で魂が死ぬ」。地獄堕ちに定められつつ神に呼びかけてもらえる者の場合はこうである――「神に憎まれる」→「神の呼びかけに気づかない」→「神の呼びかけに応えて正しく生きようとする」→→→「悪の道に逆戻り」→「罪で飽和状態になる」……後は同じで、最後の審判、地獄行き、魂の死である（図版 1–2, Perkins, between sig. B2v and B3r）。この魂の死、究極の死を恐れ、ピューリタンは日々心安らかでいられない。セネカならこういうだろう――「君は死を恐れて生きている。でもそんな生こそ死ではないか？」

もうひとつ、個ではなく社会単位の未来志向のあらわれが黙示論的終末論である。これは、「反キリスト」・「獣」・「バビロンの娼婦」が倒され、悪魔が「底知れぬところ」に投げこまれた後にイエスが再臨して至福の千年王国が実現し、その後「いのちの書」にもとづいて最後の審判がなされてこの世が終わり、そして神の王国だけが残る、というヨハネの黙示録、ダニエル書などから導かれる終末観である（図版 3–4, Mede, between 26–27）。宗教改革以降のプロテスタント各派は、みずからの正当性・正統性を主張するためにカトリック教会および教皇を反キリスト・獣などとして攻撃した――「改革協会はこの世における最高の幸福を享受するでしょう、キリストの王国が実現した暁には。……わたしたちは日々心待ちにしています、ローマという反キリスト……が完全に破壊されるのを」(Brightman 825)[26]。

このような思想が 1630–40 年代のイギリスで熱く、激しく燃えあがる。大主教ウィリアム・ロード主導の下で国教会がカトリック回帰・カルヴァン派排除とみなされる傾向を示すにつれ、国教会およびその長たる王チャールズが反キリスト・獣と（暗に）みなされて抵抗にあう。この抵抗・対立の行きついた先が内乱であった。攻撃的な神学者たちは議会を戦いへと煽動した――「バビロンがどれだけ強大であろうと、それ

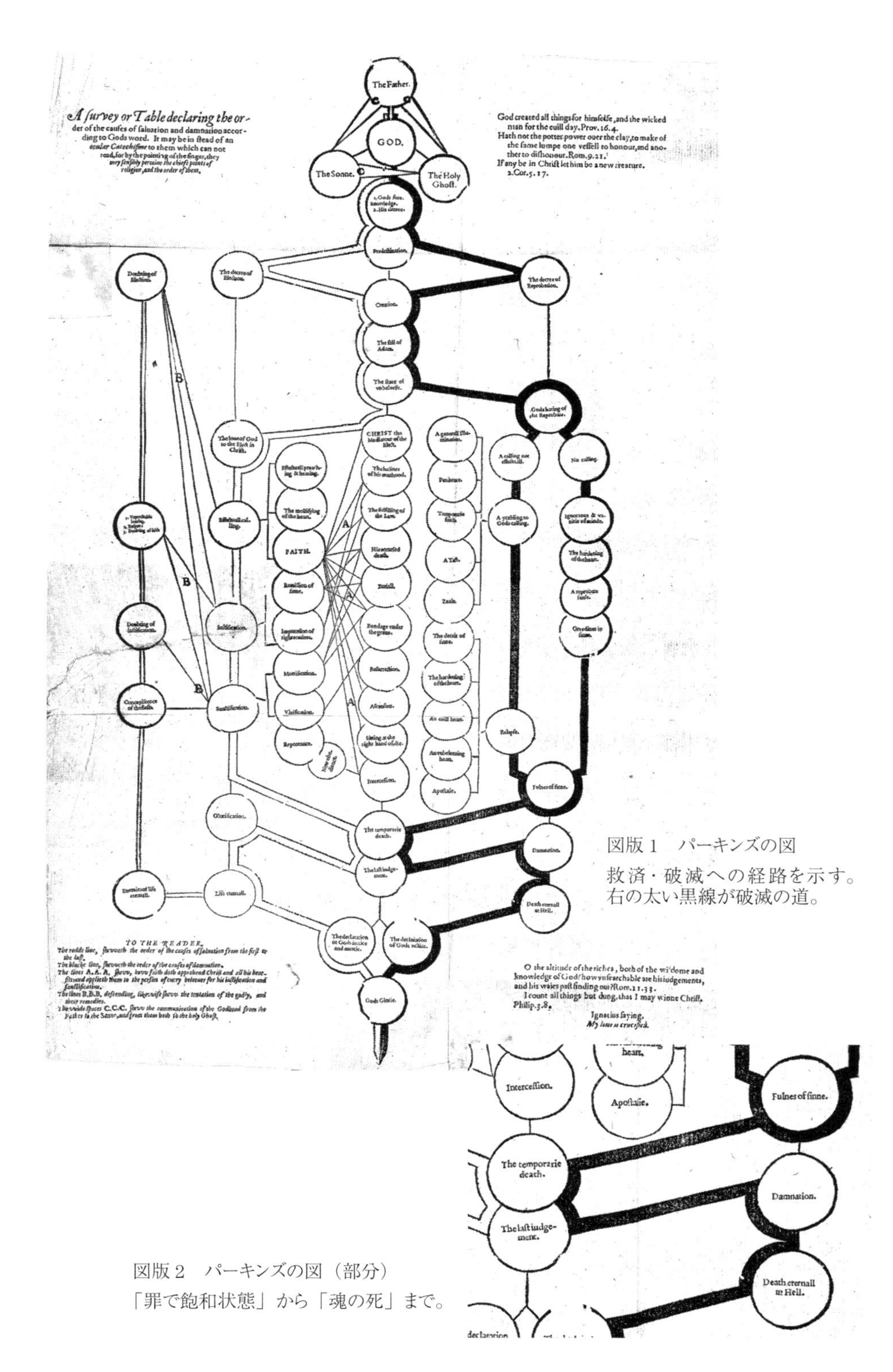

図版１　パーキンズの図

救済・破滅への経路を示す。右の太い黒線が破滅の道。

図版２　パーキンズの図（部分）

「罪で飽和状態」から「魂の死」まで。

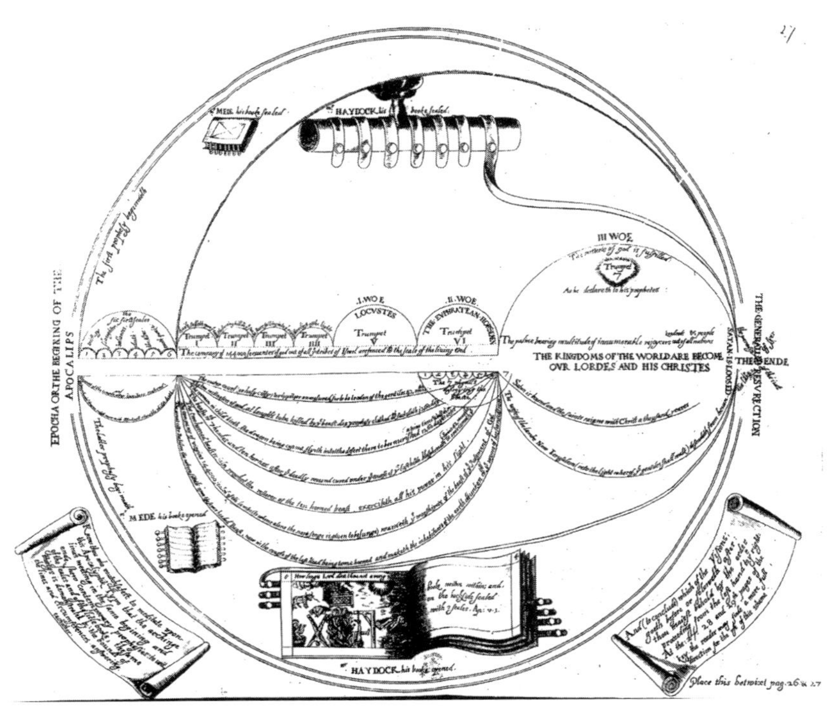


図版 3　終末の図

ヨハネの黙示録を図示。左から右に時は進む。

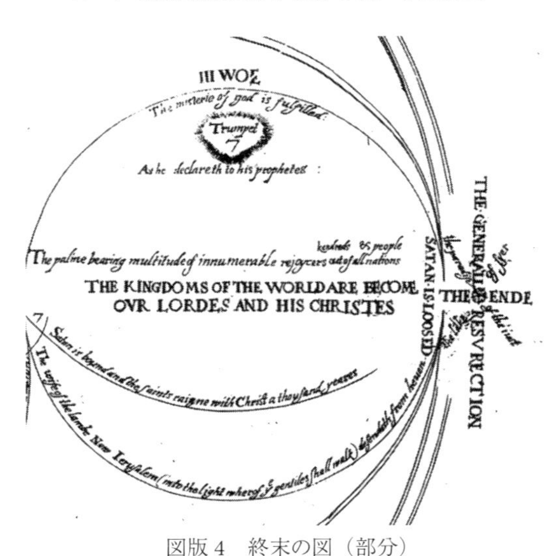


図版 4　終末の図（部分）

第 7 のラッパが鳴って実現する千年王国からこの世の終わりまで。

は滅びなくてはなりません」――「今がよい機会です。この機会を逃したら次はありません……［反キリストを滅ぼすという］神の仕事をなしとげるのにこれほどふさわしい議会はかつてイングランドにありませんでした」――「今、神はあなたがた［議員たち］にこの仕事を託しています……すぐにとりかかるのです」――「バビロンの娼婦の杯から酒を飲んだ者たち、彼女と汚らわしく愛しあった者たちなど信用してはいけません……そのような者は勝手に滅びていけばよいのです」(Bridge 3, 21; Marshall 7–8)。これらはみな、王を攻撃せずに攻撃する巧みで微妙な議論であった(27)。

もちろん、これらの議論やその結果もたらされた戦闘など、思想を共有しない者にとっては、先のことを考えて今を台無しにする行為にすぎない。心が安らかでない証、賢くない証にすぎない。楽しく平穏な暮らしを奪い、国に不幸をもたらす愚行にすぎない。ホラティウスのオード・エポードの人気の急激な高まり、およびそれらが描く「今日の花を摘む心安らかで賢い幸せな人」があらわしていたのは、国民同士の戦闘・政局混迷・王の処刑・王国の破壊という大事件・大変革をもたらしたこの終末論に対する抵抗であった。これらを翻訳・翻案した者たちは、「今日の花を摘もう」と歌いながら、心の安らぎ・賢い人・幸せな人を描きながら、分裂し血を流しあう社会を嘆き、批判し、そして改善しようとしていたのである(28)。ホラティウス、セネカ、エピクロスら古代の詩人・哲学者の知的・道徳的権威が――エピクロスはイメージ的に微妙だが――彼らの剣であり盾であった。17世紀前半、特に30–40年代に「古典主義」なるものがあったとしたら、その意義は芸術・娯楽・学問的なものでなく、むしろ社会的・政治的なものだったのである。

## 5. 今日の花を摘んで死ぬ心安らかで賢い幸せな人
## ——マーヴェルの「ホラティウス風オード」

ホラティウスの翻訳・翻案、およびそれが担ってきた「今日の花を摘む心安らかで賢い幸せな人」の主題は、1650年代に入りひとつの転換を迎えることになる。内乱・共和国期の混乱を如実に伝える傑作政治詩、アンドリュー・マーヴェルのその名も「ホラティウス風オード——アイルランドからクロムウェルが帰ってきた折に」(作1650?)によってである(29)。

この詩のどこが「ホラティウス風」なのか。確かにホラティウスのオードに通じるところはある。オード1.2がカエサル暗殺後の混乱を収めることをアウグストゥスに期待しているように、マーヴェルも王チャールズ処刑後の混乱を収めることをクロムウェルに託している。オード1.35でアウグストゥスのイギリス軍事遠征が扱われているように、マーヴェルもクロムウェルのアイルランドおよびスコットランドへの遠征を扱っている。1.37ではアクティウムの戦いにおけるオクタウィアヌス——後のアウグストゥス——の勝利とクレオパトラの威厳ある死が歌われているが、まさにそのようにマーヴェルもクロムウェルの勝利とチャールズの威厳ある死を描いている (J. Martindale, *Response* 300ff.; Marvell 267–68; Syfret 169)。

このような類似にもそれなりの意味があろうが、これらのオードが17世紀にホラティウスの作風を代表したとは考えにくい。たとえばアシュモア、ホーキンズ、ファンショーの撰集のうち、1.35はホーキンズ版にしか収められていない。1.37もホーキンズ版のみ、しかも1635年の第3版以降の収録である。マーヴェルのオードそのものを見てもわかることだが、クロムウェルをアウグストゥスになぞらえる習慣もなかった(30)。

ならばマーヴェルのオードのどこが「ホラティウス風」なのか。「ホラティウス風」という言葉は当時何を意味したのか。他でもない、ホラティウスの「幸せな人」・エピクロスの「心の安らぎ」・セネカの「賢い人」を歌う、ということである。田舎の暮らし・中庸・無常・平常心などの主題を扱う、ということである。マーヴェルの描くクロムウェルの背景には、ルカヌスの『パルサリア』のカエサルや、マキャヴェリの『君主論』におけるチェーザレ・ボルジアがいる。つまり〈運〉の女神も正義もねじ伏せるような力(ヴィルトゥ)の英雄像がある。が、それとは別の意味がこのオードにあること、その主題が英雄の武力のみでないことを示すため、マーヴェルはあえてタイトルに「ホラティウス風」と書き添えているのである(31)。

考えてみよう——マーヴェルのオードのなか、田舎に隠遁して暮らす「幸せな人」はどこにいる？　「人里離れた自分の家の庭」にいる。都市・宮廷の喧騒から逃れ、からみあう利害関係から離れ、「ベルガモット梨」を育ててまじめに生きている……つまり、議員・軍人として世に出る前のクロムウェルのことである(32)。ベルガモット梨が当時「王の梨」とされていたことが重要であり、「野心もなく」といいながらマーヴェルは、実はクロムウェルに野心があったことをほのめかしている(29–32 行、Marvell 274n)。さらに重要なのは、クロムウェルが田舎の心安らかで幸せな暮らしを棄て、「勤勉に働き、勇敢に戦い」、そして「国家のかたちを変えた」ことである(33–36 行)。「ホラティウス風」のオードのなか、クロムウェルはホラティウス的な理想を体現していないのである。詩の冒頭で彼が「安逸を嫌う」(“restress”) と描かれているのも、武力で手にした権力は武力で守り続けなくては、と結末で不安を煽られているのも、そういうことである(9, 113–20 行)。マーヴェルはクロムウェルを「心安らかで幸せな人」の対極に位置づけている。

セネカの「賢い人」はどこにいる？　読者はまず正反対の「賢くない人」に出会う。第一次内乱で敗れた後ハンプトン宮殿に囚われていたチャールズは、クロムウェルの編んだ「恐怖と希望」の網にかかってワイト島のカリスブルック城に「みずからを追いこむ」、つまり脱走してふたたび捕まる（47–52 行）。セネカ曰く、「囚人と看守のように一本の鎖につながれている」恐怖と希望とは「心が落ちつかないから生まれるものであり……現状に満足していない証、先のことに期待している証拠である」(Seneca, *Ad Lucilium* 1.22–25)。もちろん、囚われの身であったチャールズに処刑への恐怖や脱出・解放への希望があったことは容易に想像できる。が、それでは駄目だ。賢く幸せな人は常に「己の現状、どんなものであれ己のおかれた状況に満足して」いなければならない。「痛みも希望も恐怖も届かない」善の高みにのぼりつめていなければならない。それが「賢さ」であり「美徳」なのである (Seneca, *Moral Essays* 2. 114–15, 138–39)。

この高みにチャールズはのぼりつめる。処刑台にのぼりつつ——

彼のふるまいに、卑しく醜いところは一切なかった。
あの、忘れらない場面——
処刑の斧の刃よりも鋭い目で、
彼はその切れ味を確かめた。

負け惜しみに神々に呼びかけて、
失われゆく王権の敵討ちを祈ることもなく、
彼は、ただその美しい頭を横たえた、
そこがベッドであるかのように——　　　　　（57–64 行）

処刑に際してチャールズは「賢く」ふるまった。いわば「斬首の瞬間に斬首人よりも心安らか」にふるまい、「けっして征服されざる心の力」を見せつけた。二度の内乱に敗北したが、「世界の征服者をも征服する死の恐怖」に勝利して彼は死んでいったのである (Seneca, *Moral Essays* 2.108–9; *Ad Lucilium* 2.94–95)。賢く幸せな人の、ベッドに眠るかのように心安らかな、斬首。この皮肉を見逃してはならない。これがマーヴェルである。誰にも予想しえないかたちで彼は伝統をひっくり返す。

カルペ・ディエムの主題についてもそうである。先に見たセネカの言葉をもう一度引用しよう――「死を恐れながらの生こそ死ではないか？」(Seneca, *Ad Lucilium* 2.178–79)。死を恐れないこと、死に囚われないこと、まさにこれが生きること、今を生きること、「今日の花を摘む」ことである。心安らかで賢い幸せな人チャールズは、人間の限界を超越した賢さ・美徳を手にした王は、今日の花を摘みながら、今の瞬間を楽しみながら、死んでいったのである。

### 註

本研究は JSPS 科研費 (JP15K02323) の助成を受けてなされたものである。

(1) シェイクスピアのソネットにおけるこの主題の不在について語るリーシュマンがこれを詳述しているのは皮肉である (Leishman pt. II)。関連主題・詩人については以下を参照―― Achilleos; Cain; Mason; Pugh; Scodel, *Excess* chs. 7–8; Summers; Tillman.

(2) 英語の ode はギリシャ語 ᾠδή（歌）からきた言葉で、ラテン語では *carmen*（複数形 *carmina*, 意味は「歌」）である。また、下でふれる英語の epode はギリシャ語 ἐπῳδός（意味は「歌のくり返し部分」など）からきた語で、ラテン語では *epodos*（複数形 *epodi*）である。本稿ではそれぞれ英語単数カタカナ表記の「オード」・「エポード」を用いる。

(3) ラテン語の *carpo* は「（花を）摘む・（果実を）とる」という意味なので、"seize the day" という英語の定訳は正確とはいえない。"Seize" の背景にあるのは、ホラティウスのオード 3.29（特にドライデンによるその翻訳、1685）や、アナクレオン風の詩 (*Anacreontea*) 8 の翻訳であるエイブラハム・カウリーの「享楽主義者」(1656) に見られるような「今日を自分のものにする」という発想と思われる (Horace, *Odes and Epodes* 210–15; Dryden 369–76; *Greek* 170–71; Cowley 36)。

(4)「若くて美しいうちに恋をしよう」という主題を扱うオウィディウス、アウソニウス、ロンサールらの作品がまずイギリスに導入され、それらが 19 世紀以降「カルペ・ディエム」というホラティウスの言葉によってまとめられたのである。以下に見るようにオウィディウスらとホラティウスのカルペ・ディエム詩はまったく異なるのだが、この点の無理解ゆえにローブのホラティウス新版においても 1.11 に「薔薇のつぼみを摘もう」(“Gather ye rosebuds”) というオウィディウス風の題がつけられている (Horace, *Odes and Epodes* 45)。なお、ホラティウス 1.11 の英語訳を最初に収録したのは 1635 年のトマス・ホーキンズ訳撰集第 3 版 (Horace, *Odes of Horace*, STC 13802) である。つまりこの詩は特に重要ではなかったと考えられる。(これは J. Martindale, *Response* 391 にあるオード英語訳のリストからも漏れている。)

(5) その他、オウィディウスの受容については以下も参照——Cummings; Gillespie and Cummings; C. Martindale; Hardie.

(6) シェイクスピアのソネット 129 はこの詩に対する返歌ともいわれる (*Tottel's* [Holton] 366)。なお、本稿において詩は、特に重要と思われる場合を除きページ数のみ引証し行数は略す。また、以下にとりあげる詩の日本語全訳はすべて私のウェブサイト (http://blog.goo.ne.jp/gtgsh) に掲載されている。ご笑覧いただければ幸いである。

(7) この詩は 1555 年の『続・恋愛詩集』に収められ、その後 60 年の『第 2 恋愛詩集』や 72 年の作品集に収められ、そして 78 年の作品集以降とり除かれた。(かわりに「マリーの死について」という一連の詩が収められた。) 以下を参照のこと——Ronsard, *Selected* xxv–xxvi; Shapiro 279.

(8) 版によって番号が違うので注意。本稿では STC 6243.2 を使用。以下、特に付記のない場合の年号は出版年とする。

(9) 16 世紀の恋愛詩については以下を参照——岩崎『英国』解説および『薔薇』第 1 章 ; 岩永 ; 高松 ; ベランジェ 138–40; *New*, s.vv. “Blason”, “Petrarchism”. 16 世紀イギリスにおける恋愛詩の流行の社会的背景については別のところで詳述したい。

(10) 16–17 世紀におけるエピクロスの受容については Barbour; Chew; Mayo; Smith を参照。16 世紀イギリスにエピクロスの翻訳は存在しなかった。また、次に述べるようにストア派とエピクロス派は混淆的に受容されていた——Barbour Introduction; Chew ch. 1; Fothergill-Payne; Hutton.

(11) サリーによるマルティアリス、ワイアットによるセネカなど、ローマ古典を英語の詩として魅力あるかたちで紹介した点で『トテル撰集』は重要な詩集であり、古典翻訳者としてのワイアット、サリーの功績もきちんと評価されるべきである。16 世紀におけるセネカ悲劇の受容については Winston を参照。

(12) 中庸はホラティウスの「幸せな人」、エピクロスの「心の安らぎ」とも関係する。何であれ慎みをもって楽しむことが幸せ・安らぎにつながるからである (Chew 14–15; cf. Seneca, *Ad Lucilium* 1.20–25)。

(13) 無常の主題については J. Martindale, “Best” 80–82, *Response* 245–49 も参照。

(14)『トテル撰集』中の他の 2 作は作者不詳である (*Tottel's* [Holton] 176–78, 289–90)。フィリップ・シドニーはこの詩をテルツァ・リーマで訳している (Sidney

21–22; J. Martindale, *Response* 225)。

(15) ホラティウスとエポード2「幸せな人」に焦点をあてるルーストヴィー（ローストヴィッグ）やマーティンデイルは17世紀のホラティウス受容の土台をつくった16世紀の翻訳事情を詳述していないが、このような古典の受容の連続性・混淆性を理解することが文学史的に重要である (Røstvig passim; J. Martindale, *Response* 202, 254ff.)。これはイギリスにおけるエピクロスの受容を扱う研究の問題でもある (Allen; Barbour; Mayo)。エピクロスやルクレティウスがスチュアート朝に思想史的に導入されるはるか以前から、エピクロス的な考えは詩のなかで広く受け入れられていたのである。註 (10) も参照のこと。

(16) 以下については Scodel, “Lyric” も参照。

(17) これらの撰集の特色は道徳的な内容の詩が集められていることであり、以下のような要旨が各篇に付されている。アシュモアによる2.10の要旨――「人生で／幸せを望むなら／まず黄金の中庸に従え／争いがなくなるから」(Horace, *Certain* 3)。ホーキンズによる2.2――「お金を軽視できなければ幸せになれない」。後者の撰集のタイトルは『最高の抒情詩人ホラティウスのオード集――豊かなる道徳と美』である (Horace, *Odes of Horace* [1625] 14, title page)。

(18) もうひとつの人気作、ジョージ・ハーバートの『教会』は、1633年初刊の後、34年、35年、38年、41年と立て続けに再刊された。マルティアリスのエピグラム集の英語版はトマス・メイ訳のものが29年に出版されたのみであった。(アシュモア版ホラティウス撰集の巻末にも少し収録されている。)

(19) ホラティウスとジョンソンについては以下も参照――J. Martindale, “Best” 50–68, *Response* chs. 4, 6–7.

(20) 数少ないジョンソンのカルペ・ディエム詩のひとつ、エピグラム70「ウィリアム・ロウに」(1616) はセネカの『人生の短さについて』の抜粋・要約である (Jonson 5.146–47; J. Martindale, “Best” 67)。もうひとつのカルペ・ディエム詩、『ヴォルポーネ』（上演 1605–6）に挿入された誘惑の歌「シーリアに」は、カトゥルス5「今を生きよう、レズビア」の翻案である (Jonson 5.222–23)。

(21)「水仙に」の冒頭の表現はアウソニウスからのものである (Ausonius 278–79)。

(22) 川や薔薇の比喩は第1節に見たオウィディウス『恋の技法』第3巻からのものである。

(23) ヘリックはアナクレオン（正確には「アナクレオン風の詩」[*Anacreontea*]）をイギリスで最初にまとめて翻訳した詩人でもある (Gillespie; Mason; Pugh; Scodel, “Lyric” 233–34)。アナクレオン風の詩もまた17世紀のカルペ・ディエム詩の一潮流を形成した。別のところで詳述したい。

(24) 以下を参照――Aylmer; Collinson, “Comment”, *Puritan Character*; Durston; Haigh; Tyacke, “Arminianism”, “Puritanism”.

(25) この考えをもつすべての人が社会に対立をもたらす存在だったわけではない。

むしろジェイムズ1世治世下の国教会神学においてはこの予定説が主流であったともいわれる (Tyacke, "Arminianism", "Puritanism")。

(26) 以下も参照——Deios, title page, 4; Napier 16, 41, 59; Capp, "Political Dimension" 97, 100; Toon; 冨樫「剣の力」。

(27) 他にも以下を参照——Capp, "Political Dimension" 109–10; Christianson; Liu chs. 1–3; Wilkinson; Wilson ch. 7; 冨樫「剣の力」。

(28) J. Martindale, *Response* 198–99; Røstvig 48–49 も参照のこと。彼女たちはカルペ・ディエムや「幸せな人」の主題とピューリタニズムの対立を指摘しつつ、この対立の社会的深刻さ、これら詩的主題の政治的重みに注目していない。

(29) この詩は1681年の『詩集』に収められるはずであったが直前にとり除かれた (Marvell 267)。

(30) Togashi; Worden; 冨樫「剣の力」を参照。クロムウェルをアウグストゥスになぞらえる例外的言説については Knoppers 88, 91–92, 102–4 を参照。1650年の段階であえてそうしていたとしたら、それはそれでマーヴェル的な独創性のあらわれといえるだろう。

(31) 従来の研究として Norbrook; Syfret; Worden; 冨樫「革命」などを参照されたい。

(32) クロムウェルの生涯については以下を参照——Coward; Davis; Gaunt; Morrill.

**Works Cited**


Achilleos, Stella. "'Ile bring thee Herrick to Anacreon': Robert Herrick's Anacreontics and the Politics of Conviviality in *Hesperides*." *"Lords of wine and oile": Community and Conviviality in the Poetry of Robert Herrick*. Ed. Ruth Connolly and Tom Cain. Oxford: Oxford UP, 2011. 191–219.

Allen, Don Cameron. "The Rehabilitation of Epicurus and History of Pleasure in the Early Renaissance." *Studies in Philology* (1944): 1–15.

Aristotle. *Aristotle*. Tr. H. Rackham. Vol. 19. 1926. Cambridge, MA: Harvard UP, 1982.

Ausonius. Ausonius. Tr. Hugh G. Evelyn White. 1921. Cambridge, MA: Harvard UP, 1985.

Aylmer, G. E. "Collective Mentalities in Mid Seventeenth-Century England: I. The Puritan Outlook." *Transactions of the Royal Historical Society* 36 (1986): 1–25.

Barbour, Reid. *English Epicures and Stoics: Ancient Legacies in Early Stuart Culture*. Amherst: U of Massachusetts P, 1998.

Barlow, William. *The Svmme and Svbstance of the Conference . . . at Hampton Court*. London, 1605. STC 1457.

Barnard, Mary E. *The Myth of Apollo and Daphne from Ovid to Quevedo: Love, Agon, and the Grotesque*. Durham: Duke UP, 1987.

Bridge, William. *Babylons Downfall*. London, 1641. Wing B4448.

Brightman, Thomas. *The Workes of That Famous, Reverend, and Learned Divine, Mr. Tho: Brightman*. London, 1644. Wing 4679.

Brock, D. Heyward, and Maria Palacas. *The Ben Jonson Encyclopedia*. Lanham, MD: Rowman, 2016.

Cain, T. G. S. "'Times trans-shifting': Herrick in Meditation." Rollins 103–23.

Capp, Barnard. "The Political Dimension of Apocalyptic Thought." *The Apocalypse in English Renaissance Thought and Literature*. Ed. C. A. Patrides and Joseph Wittreich. Ithaca, NY: Cornell UP, 1984. 93–124.

Chew, Audrey. *Stoicism in Renaissance English Literature: An Introduction*. New York: Lang, 1988.

Christianson, Paul. *Reformers and Babylon: English Apocalyptic Visions from the Reformation to the Eve of the Civil War*. Toronto: U of Toronto P, 1978.

Cicero. *On the Good Life*. Tr. Michael Grant. London: Penguin, 1971.

Collinson, Patrick. "A Comment: Concerning the Name Puritan." *Journal of Ecclesiastical History* 31 (1980): 483–88.

——. *The Puritan Character: Polemics and Polarities in Early Seventeenth-Century English Culture*. Los Angeles: William Andrews Clark Memorial Library, U of California, 1989.

Corbett, Richard. *The Poems of Richard Corbett*. Ed. J. A. W. Bennett and H. R. Trevor-Roper. Oxford: Clarendon, 1955.

Coward, Barry. *Cromwell*. London: Longman, 1991.

Cowley, Abraham. *Poems*. London, 1656. Wing C6683.

Cummings, Robert, and Stuart Gillespie. "Translations from Greek and Latin Classics, 1550–1700: A Revised Bibliography." *Translation and Literature* 18 (2009): 1–42.

Daniel, Samuel. *Delia, Contayning Certayne Sonnets, with the Complaint of Rosamond*. London, 1592. STC 6243.2

Davis, J. C. *Oliver Cromwell*. London: Arnold, 2001.

Deios, Lawrence. *That the Pope is That Antichrist: And an Answer to the Objections of Sectaries, Which Condemne This Church of England*. London, 1590. STC 6475.

Dryden, John. *The Poems of John Dryden*. Vol. 2. Ed. Paul Hammond. London: Longman, 1995.

Durston, Christopher, and Jacqueline Eales. "Introduction: The Puritan Ethos, 1560–1700." *The Culture of Puritanism, 1560–1700*. Ed. Christopher Durston and Jacqueline Eales. Basingstoke: Macmillan, 1996. 1–31.

Epicurus. *The Art of Happiness*. Tr. George K. Strodach. 1963. New York: Penguin, 2012.

Fothergill-Payne, Louise. "Seneca's Role in Popularizing Epicurus in the Sixteenth Century." *Atoms, Pneuma, and Tranquility: Epicurean and Stoic Themes in European Thought*. Ed. Margaret J. Osler. Cambridge: Cambridge UP, 1991. 115–33.

Gaunt, Peter. *Oliver Cromwell*. Oxford: Blackwell, 1996.

Gillespie, Stuart. "The Anacreontea in English: A Checklist of Translations to 1900." *Translation and Literature* 11 (2002): 149–73.

Gillespie, Stuart, and Robert Cummings. "A Bibliography of Ovidian Translations and Imitations in English." *Translation and Literature* 13 (2004): 207–18.

*Greek Lyrics*. Tr. David A. Campbell. Vol. 2. Cambridge, MA: Harvard UP, 1988.

Haigh, Christopher. "The Character of an Antipuritan." *Sixteenth Century Journal* 35 (2004): 671–88.

Hardie, Philip, ed. *The Cambridge Companion to Ovid*. Cambridge: Cambridge UP, 2002.

Herrick, Robert. *The Complete Poetry of Robert Herrick*. 2 vols. Ed. Tom Cain and Ruth Connolly. Oxford: Oxford UP, 2013.

Horace. *Certain Selected Odes of Horace, Englished; and Their Arguments Annexed*. Tr. John Ashmore. London, 1621. STC 13799.

——. *Odes and Epodes*. Ed. and tr. Niall Rudd. Cambridge, MA: Harvard UP, 2004.

——. *Odes of Horace, the Best of Lyrick Poets, Contayning Much Morallity and Sweetnesse*. Tr. T[homas] H[awkins]. London, 1625. STC 13800.

——. *Odes of Horace, the Best of Lyrick Poets, Contayning Much Morallity and Sweetnesse*. Tr. T[homas] H[awkins]. 3rd ed. London, 1635. STC 13802.

Hutton, Sarah. "Platonism, Stoicism, Scepticism and Classical Imitation." *A Companion to English Renaissance Literature and Culture*. Ed. Michael Hattaway. Oxford: Blackwell, 2000. 44–57.

Jonson, Ben. *The Works of Ben Jonson*. Vol. 5. Ed. David Bevington et al. Cambridge: Cambridge UP, 2012.

Knoppers, Laura Lunger. *Constructing Cromwell: Ceremony, Portrait, and Print, 1645–1661*. Cambridge: Cambridge UP, 2000.

Leishman, J. B. *Themes and Variations in Shakespeare's Sonnets*. 1961. London: Routledge, 2005.

Liu, Tai. *Discord in Zion: The Puritan Divines and the Puritan Revolution, 1640–1660*. The Hague: Nijhoff, 1973.

McFarland, Ronald. "The Apollo-Daphne Myth in English Poetry, 1567–1717." *Essays in Literature* 7 (1980): 139–51.

Marshall, Stephen. *The Song of Moses the Servant of God, and the Song of the Lambe*. London, 1643. Wing M789.

Martindale, Charles, ed. *Ovid Renewed: Ovidian Influences on Literature and Art from*

*the Middle Ages to the Twentieth Century*. Cambridge; Cambridge UP, 1988.
Martindale, Joanna. "The Best Master of Virtue and Wisdom: The Horace of Ben Jonson and His Heirs." *Horace Made New: Horatian Influences on British Writing from the Renaissance to the Twentieth Century*. Ed. Charles Martindale and David Hopkins. Cambridge: Cambridge UP, 1993. 50–85.
——. *The Response to Horace in the Seventeenth-Century*. Unpublished D.Phil dissertation. Oxford University, 1977. Online. <https://ora.ox.ac.uk/objects/uuid:c14d5558–5e69–4fbc-a703–694c10a96ed2>. Accecced 28 Jan. 2016.
Marvell, Andrew. *The Poems of Andrew Marvell*. Ed. Nigel Smith. Harlow: Longman, 2007.
Mason, Tom. "Abraham Cowley and the Wisdom of Anacreon." *Cambridge Quarterly* 19 (1990): 103–37.
Mayo, Thomas Franklin. *Epicurus in England (1650–1725)*. N.P.: Southwest P, 1934.
Mede, Joseph. *The Key of the Revelation*. Tr. Richard More. London, 1643. Wing M1600.
Morrill, John, ed. *Oliver Cromwell and the English Revolution*. London: Longman, 1990.
Napier, John. *A Plaine Discouery of the Whole Reuelation of Saint Iohn*. Edinburgh, 1593. STC 18354.
*New Princeton Encyclopedia of Poetry and Poetics*. Ed. Alex Preminger et al. Princeton: Princeton UP, 1993.
Norbrook, David. "Marvell's 'Horatian Ode' and the Politics of Genre." *Literature and the English Civil War*. Ed. Thomas Healy and Jonathan Sawday. Cambridge: Cambridge UP, 1990. 147–69.
Ovid. *The Flores of Ouide de Arte Amandi*. London, 1513. STC 18934.
Perkins, William. *The Workes of That Famovs and VVorthie Minister of Christ, in the Vniversitie of Cambridge, M.VVilliam Perkins*. Vol. 1. Cambridge, 1609. STC 19649.
Pugh, Syrithe. "'Cleanly-Wantonnesse' and Puritan Legislation: The Politics of Herrick's Amatory Ovidianism." *Seventeenth Century* 21 (2006): 249–29.
Rees, Christine. "The Metamorphosis of Daphne in Sixteenth- and Seventeenth-Century English Poetry." *Modern Language Review* 66 (1971): 251–63.
Rollins, Roger B., and J. Max Patrick, eds. *"Trust to Good Verses": Herrick Tercentenary Essays*. Pittsburgh: U of Pittsburgh P, 1978.
Ronsard, Pierre de. *Poésies Choisies*. Ed. Françoise Joukovsky and Pierre de Nolhac. Paris: Garnier, 1989.
——. *Selected Poems*. Tr. Malcolm Quainton and Elizabeth Vinestock. London: Penguin, 2002.
Røstvig, Maren-Sofie. *The Happy Man: Studies in the Metamorphoses of a Classical*

*Ideal*. 2nd ed. Vol. 1. [Oslo?]: Norwegian UP, 1962.

Scodel, Joshua. *Excess and Mean in Early Modern English Literature*. Princeton: Princeton UP, 2002.

——. "Lyric." *The Oxford History of Literary Translation in English, Vol. 2: 1550–1660*. Ed. Gordon Braden et al. Oxford: Oxford UP, 2010. 212–47.

Seneca. *Ad Lucilium Epistulae Morales*. Tr. Richard M. Gummere. 3 vols. London: Heinemann, 1917–25.

——. *Moral Essays*. Tr. John W. Basore. 3 vols. London: Heinemann, 1928–35.

Shakespeare, William. *King Lear*. Ed. Kenneth Muir. Strand: Methuen, 1952.

Shapiro, Norman R., tr. *Lyrics of the French Renaissance: Marot, Du Bellay, Ronsard*. Chicago: U of Chicago P, 2002.

Share, Don, ed. *Seneca in English*. London: Penguin, 1998.

Sidney, Philip. *The Major Works*. Ed. Katherine Duncan-Jones. Oxford: Oxford UP, 2002.

Smith, Charles Kay. "French Philosophy and English Politics in Interregnum Poetry." *The Stuart Court and Europe: Essays in Politics and Political Culture*. Ed. R. Malcolm Smuts. Cambridge: Cambridge UP, 1996. 177–209.

Spenser, Edmund. *The Faerie Queene*. Ed. A. C. Hamilton et al. 2nd ed. Harlow: Longman, 2007.

Sullivan, J. P. "Some Versions of Martial 10.47: The Happy Life." *Classical Outlook* 63 (1986): 112–14.

Sullivan, J. P., and A. J. Boyle, eds. *Martial in English*. London: Penguin, 1996.

Summers, Claude J. "Herrick's Political Poetry: The Strategies of His Art." Rollins 171–83.

Syfret, R. H. "Marvell's 'Horatian Ode'." *Review of English Studies* 12 (1961): 160–72.

Tasso, Torquato. *Godfrey of Bulloigne: Or, The Recouerie of Ierusalem*. Tr. Edward Fairfax. London, 1600. STC 23698.

Tillman, James S. "Herrick's Georgic Encomia." Rollins 149–57.

Togashi, Go. "Contextualizing Milton's *Second Defence of the English People*: Cromwell and the English Republic, 1649–1654." *Milton Quarterly* 45 (2011): 217–44.

Toon, Peter, ed. *Puritans, the Millennium and the Future of Israel*. Cambridge: Clarke, 1970.

*Tottel's Miscellany: Songs and Sonnets of Henry Howard, Earl of Surrey, Sir Thomas Wyatt and Others*. Ed. Amanda Holton and Tom Macfaul. London: Penguin, 2011.

*Tottel's Miscellany (1557–1587)*. Ed. Hyder Edward Rollins. Rev. ed. 2 vols. Cambridge, MA: Harvard UP, 1965.

Tyacke, Nicholas. "Arminianism and English Culture." *Church and State since the*

*Reformation*. Ed. A. C. Duke and C. A. Tamse. The Hague: Nijhoff, 1981. 94–117.
——. "Puritanism, Arminianism and Counter-Revolution." *The Origins of the English Civil War*. Ed. Conrad Russell. Basingstoke: Macmillan, 1973. 119–43.
Wilkinson, Henry. *Babylons Ruine, Jerusalems Rising*. London, 1643. Wing W2220.
Wilson, John F. *Pulpit in Parliament: Puritanism during the English Civil Wars, 1640–1648*. Princeton: Princeton UP, 1969.
Winston, Jessica. "Seneca in Early Elizabethan England." *Renaissance Quarterly* 59 (2006): 29–68.
Worden, Blair. "Andrew Marvell, Oliver Cromwell, and the Horatian Ode." *Politics of Discourse: The Literature and History of Seventeenth-Century England*. Ed. Kevin Sharpe and Steven Zwicker. Berkeley: U of California P, 1987. 147–80.
Yandell, Cathy. "*Carpe Diem* Revisited: Ronsard's Temporal Ploys." *Sixteenth Century Journal* 28 (1997): 1281–98.

岩崎宗治、編訳『英国ルネサンス恋愛ソネット集』岩波書店、2013 年。
——『薔薇の詩人たち——英国ルネサンス・ソネットを読む』国文社、2012 年。
岩永弘人『ペトラルキズムのありか——エリザベス朝恋愛ソネット論』音羽書房鶴見書店、2010 年。
篠崎実「詩人と貴族——『ペンズハーストに寄せて』における詩学と政治学」『ベン・ジョンソン』玉泉八州男編　英宝社、1993 年　285–311 ページ。
高松雄一「ソネット」『英国ルネッサンス期の文芸様式』ピーター・ミルワード、石井正之助編　荒武出版、1982 年　65–87 ページ。
冨樫剛「『革命がおきたらおしまいだ』——マーヴェル、ミルトン、ドライデンが歌う武力と抵抗のイギリス十七世紀」『名誉革命とイギリス——新しい言説空間の誕生』冨樫剛編　春風社、2014 年　113–62 ページ。
——「剣の力——クロムウェルの西インド諸島遠征について」『〈帝国〉化するイギリス』小野功生、大西晴樹編　彩流社、2006 年　165–98 ページ。
ベランジェ、イヴォンヌ『プレイヤード派の詩人たち』高田勇、伊藤進訳　白水社、1981 年。

# ジャイルズ・フレッチャー『リシア』とセクンドゥスの『バジア』
## ——ネオラテン詩によるソネット革命——

岩永　弘人

本稿がめざすのは、イギリス 16 世紀の詩人ジャイルズ・フレッチャー (Giles Fletcher, 1546–1611) が連作ソネット集『リシア』(*Licia*, 1593) において、その大きなソースの1つとなっているネオラテン詩人セクンドゥス (Jan Secundus Everaets, 1511–1536) の『バジア』(*Basia*, c.1541) をどのように取り入れ、その後のイギリスのソネット文学にいかに影響を与えたかを具体的に見て行く事である。[1]

まずは「ネオラテン」という、あまり聞き慣れない言葉の定義をしておきたい。*The Oxford Handbook of Neo-Latin* (2015) によれば、ネオラテンの定義は、「ペトラルカ以降の、（国際語としての）ラテン語で詩を書いた詩人たちの事であり、〈ルネサンスラテン〉とか〈初期近代ラテン〉と同義である」。[2] これらの詩人は、ギリシア・ローマの詩人たちの影響を強くうけ、ロンサールをはじめとするプレイアード派の詩人たちに色濃い影響を与えた。

ジャイルズ・フレッチャーは、有名な劇作家ジョン・フレッチャーの叔父に当たる。彼は 1546 年にワトフォードに生まれたとされ、イートン時代から詩の才能を示したようである。大学はケンブリッジ、キングズカレッジである。1572 年にレクチャーシップを得、ラテン語の詩を多く書く。ケンブリッジでの職をこなし、いろいろな政府の役職にもついた事が知られている。1593 年に、本論で扱う連作ソネット集『リシア』が、匿名で上梓されることになる。『リシア』は、フィリップ・シドニーを意識した、当時のソネット流行の落とし子の１つであると言える。その際彼は主に *Poetae Tres Elegantissimi* というネオラテン詩のアンソロジーを参照しながら、ソネットを書いていった。この本で、彼はセクンドゥスの作品（特に『バジア』）に直接触れたものと思われる。

ジャネット・スコットは、イギリスのマイナーソネット詩人を３つに分類している。(1) フランスの影響以前。シドニーとワトスンを含む。(2) フランス、イタリア、ネオラテンの影響期。バーンズからスペンサーに至る。1593 年から 1596 年のすべてのソネット詩集を含む。(3) イギリス的ソネットの時代。グリフィン、スミス、リンチ、などのマイナーソネット詩人が活躍。(Scott, *Minor* 423) この分類で行くと、フレッチャーは (2) に入るネオラテンの詩人であると言える。

一方『バジア』（英語でキス、という意味）を書いたセクンドゥスは 1511 年ハーグ生まれ。父はオランダの要人で法学博士でもあり、エラスムスと友人であった。幼い頃からかなり高度な教育を受けた。その後ブルージュに送られ、『エンブレマタ』で有名なアルチャーティのもとで研究を続ける。1528 年家族はメクリンに移り、そこで彼の詩のインスピレーションの源となるジュリアと知り合う。しかし、数年後彼女は結婚し、彼のロマンスは終わりを告げる。その後スペインに移り秘書の職を得るが、数年後再び本国にもどり、そこで短い生涯を終えることになる。彼の代表的な詩集は『バジア』であり、本論でもこの詩集を中心に論を進めて行く。

セクンドゥスのイギリス詩への影響は、ドゥーガル・クレインの論文に詳しい。本論によれば、セクンドゥスのイギリス抒情詩への影響は、16 世紀のペトラルキズムの衰退に比例して大きくなってきていて、イギリスでセクンドゥスの詩を最初に模倣したのはトマス・ワトスンであると結論づけた後、「ジャイルズ・フレッチャーには、明らかなセクンドゥスの影響がある」(Crane 52) と述べている。またゲオルグ・エリンガーは「イギリスでセクンドゥスの影響を一番受けている詩人は、フレ

ッチャーである」と断言している。(Ellinger 37)

とはいえ、フレッチャーのソネット詩集『リシア』の半分近くの詩は、同じくネオラテンの詩人アンゲリアヌス (Girolamo Angeriano, 1470–1535) の詩の翻案である。この影響関係についてだけで1冊の本が上梓されているほどだ。(Wilson) 時代的に考えて、おそらくフレッチャーはアンゲリアヌスについても、上記に述べた *Poetae Tres Elegantissimi* から知ったものと思われる。しかし同時にセクンドゥスがアンゲリアヌスの影響を受け、その影響をフレッチャーが模倣したという図式も考えられるわけで、またネオラテンの特徴を一番端的に伝えた天才詩人である、セクンドゥスの遺産がいかにイギリスに影響を与えたかを知る意味でも、ここではあえてその代表としてセクンドゥスという詩人に拘り、彼のフレッチャー以降のソネット詩人たちへの影響関係を考えるきっかけにもしたい。それはソネット文学にネオラテンという引き出しを1つ増やす「革命」であったのだから。

## I　先行研究

まずはソネット詩集『リシア』のいくつかの作品について具体的に見ていくが、とりあえずはこの詩集に収録されている詩の中で、セクンドゥスの〈明らかな影響〉が指摘されたソネットを見ておこう。たとえばロイド・ベリーは、フレッチャーの『リシア』16番は、セクンドゥスの『バジア』の3番と4番と13番を混ぜたものであると主張する。(Berry 58) 具体的には以下のような影響関係が指摘されている。(1) 最初の1行「美しく優しい方、きみの友人に1度キスをお願いします。」はセクンドゥスの3番の冒頭。(2) 9行目と10行目の「だから、あたかも支えとなる楡の木をしっかりとつかむ蔦が／両方が共に枯れるまで、決して離れたくないように」がセクンドゥス2番の冒頭。(3) 最後の4行が、セクンドゥスの最後の4行、にそれぞれ基づいているとする。

しかし、フレッチャーの『リシア』においては、このような素朴な取り入れられ方は少ない。この点についてベリーは以下のように述べる。「フレッチャーは全体として、彼の材源からソネットを作り上げる手法において一貫している。スコット氏が的確に述べているように、フレッチャーは、最初の2, 3行は材源の逐語訳でソネットを書きはじめ、その後次第に材源を離れ、ソネットを原作とは異なった結末へと持っていく。」(Berry 57) 言いかえると、フレッチャーは、多くの場合ネオラテンの原作からインスピレーションを得て、そこから自らの世界を構築していく、あるいは違った結論に導いていく、というパターンをとっている。

そこで、ここからは先行研究を少し離れて、このような展開のあるフレッチャーのソネットを見ていきたい。

## II　セクンドゥスの13番

セクンドゥスの特徴をよくあらわしている作品として、『バジア』13番をまず見てみよう。(以下、Sはセクンドゥスの『バジア』、Fはフレッチャーの『リシア』を示す。)

S13

Languidus e dulci certamine, vita, iacebam
Exanimis, fusa per tua colla manu.
Omnis in arenti consumptus spiritus ore
Flamine non poterat cor recreare novo.
Iam Styx ante oculos et regna carentia sole,
Luridaque annosi cymba Charontis erat,
Cum tu suaviolum educens pulmonis ab imo
Adflasti siccis inriguum labiis,

Suaviolum, Stygia quod me de valle reduxit
Et iussit vacua currere nave senem.
Erravi: vacua non remigat ille carina,
Flebilis ad manes iam natat umbra mea.
Pars animae, mea vita, tuae hoc in corpore vivit
Et dilapsuros sustinet articulos;
Quae tamen impatiens in pristina iura reverti
Saepe per arcanas nititur aegra vias
Ac nisi dilecta per te foveatur ab aura,
Iam conlabentes deserit articulos.
Ergo, age, labra meis innecte tenacia labris,
Assidueque duos spiritus unus alat:
Donec, inexpleti post taedia sera furoris
Vnica de gemino corpore vita fluet.

僕の命よ、僕たちの甘美な戦いに疲れ果て、僕は命を失って寝ていた。
手をきみの首に回して。
口は渇き、息は完全にきれ、
息を吸い込んでも、心臓を再び起動することができなかった。
スティクス川がすでに目の前にあり、太陽のない領域が広がり、
老カローンの青ざめた船も目の前にあった。
その時、きみは僕の乾いた唇に、命を与える湿気を送り込んのだが、
それは、きみが肺の底から送り込んだキスだった。
そして、それは僕をスティクス川の谷から呼び戻し、
老カローンは、誰も乗らない船を漕いで去っていった。
だが、僕は勘違いしていたのだ。彼は空(から)の船を漕いで去ったわけではなく、
僕の憐れな魂だけは、死の世界へと運ばれていたのだった。
命の光であるきみよ。きみの魂の一部が僕の肉体の中で生きているのだ。
そして、僕のこの崩れそうな四肢を持ちこたえさせている。
しかし、それは耐えきれず、困ってしまい、秘密のルートを通って、
以前の場所に戻ろうとしている。
そして、もしそれがきみの息で支えられていなかったなら、

命はすぐに、僕の崩れゆく肉体を見捨てるだろう。
だから、さあ、きみの唇を僕のに、きつく重ねてくれ。
そして1つの息で、2人を生かしてくれ。
ついには僕らの絶え間ない欲望に飽きて、
1つの命が、僕たち2人の肉体から出て行く時まで。

ここには、ギリシア以来受け継がれて来た様々な伝統が含まれている。詩人とその恋人はまず、性行為に疲れ果てて眠っている。眠りは死の仮の姿という言い方もあるように、まさに詩の最初から死のテーマが導入されている。その死の世界の象徴として、スティクス川や老カローンが登場し、詩人が死の世界にまさに運ばれて行こうとした瞬間、恋人からの援軍としてキスを通じての熱が送り込まれ、老カローンは手ぶらで死の世界に帰る事になる。しかし、後になって詩人は、実はカローンは手ぶらで帰ったわけではなく、彼の魂を持って帰ってしまった事に気づく。それなら詩人の肉体も死んでしまいそうだが、実は恋人のキスによって得た恋人の魂によって命をつないでいるのだ。が、その彼女の魂ももとの場所（彼女の心）に帰ろうとしていて、彼の命は風前の灯火である。そこで彼は恋人に、さらなるキスをせがむ。それで彼女の魂の力を得ようというのである。そして、命に飽きた時、1つの命が彼ら2人の肉体から出て行く事になる。

この詩には、大きく分けて3つのテーマがある。それらは (1) 魂の交換、キスによる魂のやりとり。大抵の場合、魂はキスした相手の肉体の中に入り込み、相手の魅力の虜となって、詩人本人のもとに帰ってこない。(2) 愛の成就による死。あるいは、寸止めの死。死はもちろん性行為の際のエクスタシーとその後の脱力感を示すが、それが (3) 冥界、地獄の描写（特にカローンの船）へとつながっていく。

## III　S13と『リシア』

### (1) キスによる魂の交換

まず、S13番のコアとなる1つ目のイメジ、「魂の交換」を生かしているのは『リシア』19番である。

That tyme (faire Licia) when I stole a kisse,
From of those lippes, where Cupid lovelie laide,
I quakt for colde, and found the cause was this,
My life which lov'd, for love behind me staid:
I sent my heart, my life for to recall:
But that was held, not able to returne,
And both detain'd as captives were in thrall,
And judg'd by her, that both by sighes should burne:
(Faire) burne them both, for that they were so bolde,
But let the altar be within thy heart:
And I shall live, because my lyfe you holde,
You that give lyfe, to everie living part,
A flame I tooke, when as I stole the kisse:
Take you my lyfe, yet can I live with this.

麗しきリシアよ。僕が、キューピッドが
可愛いらしく横たわるその唇から、キスを盗んだ時、
僕は寒さで震えた。原因はこうだとわかった。
恋をした僕の命が、愛ゆえに僕を残して去ってしまった。
僕は自分の心を使いに出した。僕の命を取り返すために。
しかし心も引き止められ、帰る事ができなかった。
結果、両方が囚人として奴隷の身となって拘束を受け、そして
彼女の判決を受けた。両者ともため息で燃やされるべし、と。
麗しき方。両方とも燃やして下さい。あいつらは少し不躾すぎたのだから。
だが、せめてその祭壇はきみの心の中に置いてくれ。

そうすれば僕は生きられる。僕の命はきみが持っているのだから。
あらゆる生きているものに、命を与えるきみが。
僕は炎をもらった。僕がキスを盗んだ時に。
きみは僕の命を取るがいい。だが僕はこれで生きる。

このソネットでは、語り手である詩人が、愛する人とキスをした時悪寒を感じたところから始まる。なぜ震えたのか。理由はこうである。自分の命の源である魂が彼女の肉体に行ってしまったから。そしてその魂を取り戻すために、彼は（たぶんもう1度キスをして）今度は心を相手の肉体に送り込むが、心も引きとめられて帰ってこない、という内容である。セクンドゥスの13番の方では、性交渉の後のけだるさから始まっていたが、このフレッチャーの方では、キスから始まっているところが大きな違いと言える。それでも、魂の描写や、命を吹き込むあたりはセクンドゥスに準拠しているように思われる。

もちろん、セクンドゥス以前にも、すでにギリシア時代の詩を集めた *The Greek Anthology* にこれと同じような〈キスによる魂の交換〉を歌った詩が収められているし、また、セクンドゥスと同時代の背景を考えると、カスティリオーネの『宮廷人』はその大きなソースになったと考えられる。カスティリオーネはキスについて次のように論述する。「したがって接吻とは、端的に言えば、肉体の結合というよりむしろ霊魂の結合というべきです。というのは、この一体化のなかで、相手の霊魂を自分の方へ惹き寄せ、いわばその霊魂を肉体から引き離すほどの力をもつからです。そのためにすべての純潔な恋人たちは霊魂の結合として接吻を欲するのです。それゆえ、神聖な恋をしたプラトンは、霊魂は接吻することによって肉体から離れ出るべく唇にやってくる、と言っています。」（清水　751）

一方セクンドゥスも『バジア』10番で、キスについて次のように端的に表現している。「2つの魂を、合わせた口という手段で結びつけ、／お互いの魂を他方の肉体の中にしみ込ませる。／愛が究極の死の状態まで疲れきった時に。」(Et miscere duas iuncta per ora animas, / Inque peregrinum diffundere corpus utramque, / Languet in extremo cum moribundus amor.)

また、スコットやベリーは、この詩（『リシア』19番）の直接のソースとしては、マルルス (Michael Marullus, c.1453–1500) の「エピグラム」II–4をあげている。それは次のような内容のものである。「僕が、きみからしぶしぶのキスを盗み去った時、ああ貞節なネアエラよ、／不注意な僕は、きみの唇に、僕の魂を（置き忘れた）。／そして長い間気を失っていて、[魂のない状態だった。] 魂自身が帰ってこない。」(Suaviolum invitae rapio dum, casta Neaera, / Imprudens vestris liqui animam in labiis, / Exanimusque diu, cum nec per se ipsa rediret 1–3)。また一方では「魂を求めて、心を送り出した。しかし、心も同じように／魅惑的な眼に捕えられ、僕の元に帰ってこなかった。」(Misi cor quaestitum animam; sed cor quoque blandis / Captum oculis nunquam deinde mihi rediit. 5–6) (Marullus 54–55) と述べる。(Berry 58)

確かにストーリー的には、マルルスのこの作品の方が、フレッチャーにより近いと言えるかもしれないが、キスの扱い方、描写の仕方については、セクンドゥスの影響の方がより強いように思える。あるいは、マルルスがセクンドゥスに影響を与え、セクンドゥスがフレッチャーに影響を与えたというルートも考えられる。

次は、2つ目のテーマ「愛の成就による死」についてF29を見てみよう。

### (2) 愛の成就による「死」

Why dy'd I not when as I last did sleepe?
(O sleepe too short that shadowed foorth my deare)
Heavens heare my prayers, nor thus me waking keepe:
For this were heaven, if thus I sleeping weare.

For in that darke there shone a Princely light:
Two milke-white hilles, both full of Nectar sweete:
Her Ebon thighes, the wonder of my sight,
Where all my senses with their objectes meete:
I passe those sportes, in secret that are best,
Wherein my thoughtes did seeme alive to be;
We both did strive, and wearie both did rest:
I kist her still, and still she kissed me.
Heavens let me sleepe, and shewes my senses feede:
Or let me wake, and happie be indeede.

ああ、僕が最後に眠った時、なぜ僕は死ななかったのだろう。
［死んでいればよかった。］
（ああ僕の愛しい人を心に描くには、あまりにも短い眠り！）
天よ僕の願いを聞き入れてくれ、そしてこのように僕を目覚めたままにしておかないでくれ。
なぜなら、あれこそが天国だったから。もしあのように眠っていられたなら。
というのも、その闇の中に気高い光が輝いていたから。
2つの乳白色の丘、2つとも甘いネクターで満たされていた。
彼女の象牙のような太腿は、視覚にとっての驚異。
そこは僕の感覚すべてが、その対象と出会う場所。
僕は、秘密にしておくのが一番いいような場所については、言わないでおくよ。
そこでこそ、僕の想いが一番働いているのだが。
僕たちは共に一所懸命になり、共に疲れて休む。
僕はずっと彼女にキスをしつづけ、そして彼女もしつづける。
天よ、僕を眠らせておいてくれ。そして僕の感覚に餌をくれ。
そうでなければ目覚めさせてくれ。それはまたそれで、幸せだから。

このソネットは、特に最後の部分がS13番と類似していて、性交渉のあとのけだるさ、キスをしつづけること、そして、少し退廃的な雰囲気も受け継いでいると言えるだろう。このソネットは、フレッチャーにしては珍しく、性的な表現が満載で、セクンドゥスの強い影響を感じる。（セクンドゥスの大きな特徴の１つは、この開けっぴろげなエロティシズムであるのだから。）(Price)

最後に冥界の描写においては、F41 番が類似している。

(3) 冥界、地獄の描写

F41
If (aged Charon), when my life shall end,
I passe thy ferrye, and my wafftage pay,
Thy oares shall fayle thy boate, and maste shall rend,
And through the deepe, shall be a drye foote-way.
For why my heart with sighs doth breath such flame,
That ayre and water both incensed be.
The boundlesse Ocean from whose mouth they came,
For from my heate not heaven it selfe is free.
Then since to me thy losse can be no gaine:
Avoyd thy harme and flye what I foretell.
Make thou my love with me for to be slaine,
That I with her, and both with thee may dwel.
Thy fact thus (Charon) both of us shall blesse
Thou save thy boat, and I my love possesse.

年老いたカローンよ、僕の命が終わる時、
お前に川を渡してもらい、船賃を払うとすると、
お前のオールは船を進める事はなく、マストは折れ、
そして、深い海に乾いた歩道ができ上がるだろう。
というのも、僕の心は、ため息で激しい炎を巻き上げ、
空気も水も共に干上がってしまうから。
その河口がそれらの出所となっている無限の海が。

なぜなら、僕の熱からは、天そのものでさえ逃れる事はできないから。
そして、お前の損失が僕の得になるわけでもないから、
お前の害を避け、僕が予言した事を回避するがいい。
僕の愛する人を、僕と同時に殺すのだ。
僕が彼女と一緒にいられ、2人してお前と一緒に暮らせるように。
このようにして、カローンよ、お前の行為は僕らの両方にとって都合がよい事になる。
お前は自分の船を救い、僕は愛する人を手にする事ができるのだから。

この詩の骨子は、自分を殺すなら、彼女も一緒に殺してくれというものだ。(のちに述べるが、ソネットの歴史を少し遡って見ると、このトポスはソネットの始祖とも言えるシチリア派の詩人ジャコモ・ダ・レンティーニにも見られる事がわかる。) もしそうしないと、僕が欲求不満になって、ため息でもってスティックス川を干上がらせてしまうから、渡し守のカローンが困ってしまうよ、というものである。

大方の批評家の意見によれば、この詩の直接のルーツはグルテルス(Gruterus, 1560–1627) の作品にあるとされる。「だから、死の槍が僕たち両方に投げられるように取り計らってくれ。/恋人と僕の両方の胸に。/もし私なしで彼女を受け入れ、どちらか1人をお前が運ぶなら、/やがてお前の弱々しい船は、川の真ん中で止まってしまう事だろう。」(Effice, Mortis vt, uno et eodem tempore, tela / Traiiciant pectus hinc Dominae mihi: / Mox et vtrumque vehas, nam si accipies fine me illam / Trabs tuo mox medio flumine stabit iners. 11–14) (Gruterus 169–170) しかし、いつものフレッチャーのやり方として、最初は同じ路線で出発し、途中から路線変更をしているというパターンも考えられる。一番考えやすい影響のルートは、セクンドゥスからグルテルス、そしてフレッチャーではないか。

このように『バジア』の13番だけとっても、その精神があちこちに

飛び火している事が見て取れる。しかもフレッチャーの場合は、それが彼独特のやり方で取り入れられていった事がわかる。

## IV　その他の影響——特にギリシア

以上、セクンドゥスの13番とフレッチャーの3つのソネットの類似性を見てきたが、もう1つだけフレッチャーとセクンドゥスを比較する際に注意を要するのは、このセクンドゥス的な愛の表現は、実はギリシアの昔から使われたという点である。先にも述べたように、セクンドゥスはそれを主に *The Greek Anthology* などの詩歌選から取り込んだとされる。(Price 57)

そこに見られるいくつかの詩をピックアップしてみよう。「14：エウロパの接吻は甘い、唇に受けても、／口端をほんのちょっぴりかすっただけでもね。／でも彼女の接吻ときたらだね、唇の先でふれるんじゃなくて、／口に吸いついて、魂をぎゅっと吸い上げてしまうんだ。爪先までね。」「255：それからまた二人は固く唇を押しつけ合ったのだ、／肉体を喰らい尽くす、やむことのない愛の渇きに／二人とも捕えられていたからだ。／一緒に生え育ち、長年にわたって絡みあった／葡萄の樹を解くほうが、互いに四肢を絡ませて、／固く抱き合ったこの二人を引き離すよりも容易なほどだった。」（沓掛　146, 280–281）

ソネットという13世紀にシチリアで発明されたとされる詩形——いわば「枠組み」——は16世紀イギリスに伝わった。一方、内容的にはソネット発明以前（ギリシア、ローマ）の文学作品が、ソネットの内容に影響を与えるという、結果となった。これはイギリスのソネットに限ったことではなく、フランスのソネット、とりわけプレイアード派のロンサールについても同じことが言える。(Laumonier) その場合、ギリシアやローマの詩人の作品（ロンサールの場合はカトゥルス）を直接模倣したわけではなく、ギリシア、ローマの影響を受けた詩人を、間接的に模倣したという点は注目に値する。（それはちょうど、フレッチャーが、間接的にアンゲリアヌスをまねたのではないか、という本論の仮説とも一致する。）その意味では、メアリー・モリスンの「時代に適合する詩を書くためには、すでに時代にアダプトされた詩の方が使いやすい」という指摘は傾聴に値する。(Morrison 243) その意味で、セクンドゥスはイギリスのソネット文学に革命を起こす起爆剤となった詩人の１人であったと言えるだろう。セクンドゥスの持つこのような〈同時代性〉は、(1) フレッチャー経由で、(2) 別の詩人経由で、あるいは (3) 誰も経由しないで直接、ルネサンス期の大ソネット詩人たちに受け継がれていく。その〈疑わしい〉例は、フィリップ・シドニーの『アストロフィルとステラ』のキスソネット群であり、シェイクスピアのダーク・レディのソネットであり、ジョン・ダンの「エクスタシー」でもあるのだ。

それではフレッチャーという詩人に限った場合、この取り入れ方が一番成熟した形はどのようなものだったのだろうか。1 つだけ、例を挙げておきたい。『リシア』26 番である。

F26

I live (sweete love) whereas the gentle winde,
Murmures with sport, in midst of thickest bowes,
Where loving Wood-bine, doth the Harbour binde,
And chirping birdes doe eccho foorth my vowes:
Where strongest elme, can scarce support the vine,
And sweetest flowres enameld have the ground,
Where Muses dwell, and yet hereat repine:
That on the earth so rare a place was found.
But windes delight, I wish to be content:
I praise the Wood-bine, but I take no joye:
I moane the birdes, that musicke thus have spent:

As for the rest, they breede but mine annoye.
Live thou (fayre Licia) in this place alone:
Then shall I joye, though all of these were gone.

愛する人よ、僕は、優しい風が
深い森を、戯れるように静かに吹く場所に住んでいる。
その森では、愛すべきスイカズラが東屋をなし、
さえずる鳥たちが僕の誓いを木霊で返すのだ。
そこでは、どんなに頑丈な楡でも支える事が不可能なほどの豊かな蔦や
甘やかな花々が、地面を飾っていた。
そこには詩神が住んでいて、この事について嘆いた。
地上にこれほど素晴らしい場所が見つかるとは！
しかし、風たちは楽しげ。それで僕は満足したい。
僕は、スイカズラを誉めるが、喜びはない。
僕は、このように音楽を無駄遣いする鳥たちを残念に思う。
他のものについても、それは僕の倦怠を引き起こすだけだ。
リシアよ、きみだけはこの場所にいてくれ。
そうすれば、これら全てがなくなっても、僕は幸せだから。

この詩では、原詩とされるアンゲリアヌスの詩の背景を、原詩のイタリア（ナポリ）からイギリスに移している。詩の情景描写はかなりアンゲリアヌスに依拠しているが、3行目、4行目には、セクンドゥスにも登場した、楡の木や蔓のイメジもある。そのように描かれている森は、地上の楽園である。しかしそこにはリシアはおらず、詩人は孤独な生活を送るしかない。詩人は言う。〈この森のすべての美しさと引き換えでもいいから、きみにここにいて欲しい〉、と。

このソネットの後半に見え隠れするのは、先ほどカローンの詩(41)で述べた「詩人」のリシアに対するスタンスだ。〈愛する人といっしょでなければ、冥界には行きたくない。〉上記の26番では、冥界が森になっているだけである。

そしてさらにその背景には、シチリア派の詩人で、ソネットの始祖といわれているジャコモ・ダ・レンティーニとペトラルカがいる。詳述は避けるが、ジャコモの詩は次のようなものである。「僕は神に帰依する事に決めている。／だから僕は天国に行きたい。（中略）でも、僕の恋人がいなければ、天国になんて行きたくない。ブロンドの髪と輝く眉を持つ彼女。なぜなら、彼女がいないと楽しくないから。」(Jensen 38–39) ここでは、詩人が恋人と等価交換しようとしている場所は「天国」である。一方で、上記のフレッチャーのソネットを読むと、ペトラルカがヴォークリューズで庵を立て孤独な生活を送りながら、ラウラを恋う姿も浮かぶ。このようなイメジは、様々な国々の詩人を経て、遥かシェイクスピアの『ソネット集』まで繋がっていくのである。(『リシア』でいうと、12 番もこれにあたる。)

このようにフレッチャーの想像力／創造力は、いろいろな時代のいろいろな詩人から借り物をしつつ、彼なりの 1 つのソネット空間をつくるという革命を成し遂げたと言える。言いかえると、フレッチャーは、彼自身が『リシア』の序文に書いたように、恋愛がれっきとした詩の対象／テーマであることを示そうとしたのだった。(Berry 74–77)

## V　結論

フレッチャーの『リシア』を、ネオラテンの詩（特にセクンドゥス）と比べる事でいろいろなことが見えてきた。翻訳文学は当該国家の文化全体に影響を与えると同時に、翻訳者個人のイマジネーションにも大きな影響、刺激を与えるという事実は今さら指摘するまでもないが、場合によってフレッチャーのように、それに contamination と呼ばれる手法 (2 つ以上の詩を、意図的に混ぜ、ハイブリッドな詩を作る）が採用される事もあった。(Morrison 242) この際、ソネットを中心とする恋愛詩において、キスや性的エクスタシーという媒体経由で恋愛のテーマが死のテーマと結びつき、ペトラルキズムのトポスに新たな武器がさらに加わった、ということが言えるのではないか。その際、セクンドゥスの『バジア』が非常に大きな役割を果たしたのであった。

**註**

(1) この論文は、2016年6月18日、青山学院大学で開催された日本英文学会関東支部第12回大会（2016年夏季大会）でのシンポジウム「イギリス・アメリカ文学史補遺——英米文学のなかの非英米文学」の中の発題を大幅に加筆、修正したものである。

(2) "When we talk about "Neo-Latin," we refer to the Latin language and literature from around the time of the early Italian humanist Petrarch (1303–1374) up to the present day, focusing particularly on its period of greatest intellectual and social relevance: from the fifteenth to the eighteenth centuries. For this reason, the term is often used synonymously with "Renaissance Latin" or "early modern Latin."

**Works Cited**


Angeriano, Girolamo. ed. Allan M. Wilson. *The Erotopaegnion: a trifling book of love of Girolamo Angeriano*. Nieuwkoop: De Graaaf, 1995.

Cotter, James Finn. "The "Baiser" Group in Sidney's Astrohil and Stella." *Texas Studies in Literature and Language*. 12–3 (1970) 381–403.

Crane, Dougall. *Johannes Secundus, his life, work, and influence on English literature*. Leipzig: B. Tauchitz, 1931.

Ellinger, Georg. *Joannes Nicolai Secundus: Basia*. Berlin: Weidmannsche Buchhandlung, 1899.

Endres, Clifford. *Joannes Secundus: The Latin Love Elegy in the Renaissance*. Hamden, Connecticut: Archon Book, 1981.

Fletcher, Giles, the Elder. *English Works of Giles Fletcher the Elder*. edited. by L.E. Berry. Madison: University of Wisconsin Press, 1964.

Forster, Leonard. *The Icy Fire: Five Studies in European Petrarchism*. London: Cambridge UP, 1969.

*The Greek Anthology*. trans. by W. R. Paton; rev. by Michael A. Tueller. Cambridge, Mass.: Harvard UP, 2014.

Gruteri, Iani. *Pericula id est, Elegiarum libri IV. Manium Gulielmianorum Lib.I. Epigrammatum Libellus. Harmosynes sive Ocellorum Liber Primus*. Heidelbergae, 1587. Web. 31 March 2017. <https://archive.org/details/ianigruteripericOO grut>

Jensen, Frede. *The Poetry of Sicilian School*. New York: Garland Publishing, 1986.

John, Lisle Cecil. *The Elizabethan Sonnet Sequences: Studies in Conventional Conceits*. New York: Russel and Russel, 1964.

Knight, Sarah and Stefan Tig eds. *The Oxford Handbook of Neo-Latin*. Oxford: Oxford UP, 2015.

Laumonier, Paul. *Ronsard: Poète Lyrique*. Paris: Librairie Hachette, 1909.

Marullus, Michael. *Poems*. trans. by Charles Fantazzi. Cambridge Mass.: Harvard, 2012.

Morrison, Mary. "Ronsard and Catullus: The Influence of the Teaching of Marc-Antoine de Muret." *Bilbiliothèque d'Humanisme et Renaissance*. 18–2 (1956), 240–274.

Murgatroyd, Paul. *The Amatory Elegies of Johannes Secundus*. Leiden, Boston: Brill, 2000.

Nichols, Fred J. *An Anthology of neo-Latin poetry: Texts of poems in English and Latin*. London: Yale UP, 1979.

Pearson, Lu Emily. *Elizabethan Love Conventions*. New York: Barnes & Noble, 1933.

Perosa, Alessandro and John Sparrow. eds. *Renaissance Latin Verse.*: an anthology. London: Duckworth, 1979.

Price, David. *Janus Secundus*. Tempe, Arizona: Medieval & Renaissance Texts & Studies, 1996.

Price, David. "The Poetics of License in Janus Secundus's Basia." *Sixteenth Century Journal*. 23–2 (1992): 289–301.

Scott, Janet G. "Minor Elizabethan Sonneteers and Their Greater Predecessors." *The Review of English Studies*. II–8 (1926), 423–427.

Scott, Janet G. *Les Sonnets Élizabéthains: Les Sources et Personnel*. Paris: Librairie Ancienne Honoré Champion, 1929.

Wyndam, F. A. *The Love Poems of Joannes Secundus*. London: George Routledge & Sons, 1930.

清水純一、岩倉具忠、天野恵訳『カスティリオーネ　宮廷人』東京：東海大学出版会、1987。

沓掛良彦訳『ギリシア詞華集 1』京都：京都大学学術出版会、2015。

# ペンによるジェンダー革命

## ——エミリア・ラニヤーの詩集に見られるメアリー・シドニー訳 *The Psalmes* の影響[1] ——

竹山　友子

### 1.　はじめに

16 世紀から 17 世紀には体制批判または擁護のために政治や宗教をテーマに論ずる小冊子（パンフレット）が数多く出版された。その影響力は大きく、時にパンフレット論争 (pamphlet wars) とも呼ばれ、清教徒革命に繋がる力ともなった。[2] パンフレット論争の中には女性に関する論争も含まれ、特に 1610 年代から 20 年にかけて繰り広げられた女性論争はジェンダー革命と言えるものである。[3] その特徴は女性自身の手による女性擁護である。1611 年に出版されたエミリア・ラニヤー (Aemilia Lanyer) の詩集 *Salve Deus Rex Judaeorum*『ユダヤ人の神王、万歳』は、その革新的なイヴ擁護論によって女性論争の先駆けとして批評家の注目を集めてきた。この詩集の主な内容は、イヴ擁護論を挿入したキリストの受難をテーマとする標題詩、9 人の王侯貴婦人への献呈詩、英国初のカントリーハウス・ポエムとされている "The Description of Cookham" である。これまでの研究により、ラニヤーによる原罪解釈は聖アウグスティヌスによる女性論や Querelle des femmes と呼ばれる初期近代ヨーロッパの女性論争の作家達の論に負っていることが判明している (Richey; 竹山)。ラニヤーの主たる献呈先はカンバーランド伯爵夫人とその娘アン・クリフォードだが、この詩集を読み解くと、詩集の内容がさらに別の献呈先であるペンブルック伯爵夫人メアリー・シドニー・ハ

ーバート (Mary Sidney Herbert, Countess of Pembroke, 以下メアリー）の作品を反映していることが明らかとなる。興味深いことに9編の献呈詩の中でメアリー宛ての “The Authors Dreame to the Ladie *Marie*, the Countess Dowager of *Pembrooke*” が最長である。

この “The Authors Dreame to the Ladie *Marie*” の中でラニヤーは、メアリーが兄フィリップ・シドニー (Philip Sidney) と訳した詩編翻訳 *The Psalmes of David* に言及しながら、女性作家の理想像としてメアリーへの敬意を表す。(4) 多くの研究者がラニヤーの作品に対するメアリーの重要性を認めるものの、ラニヤーが詩編翻訳 *The Psalmes* を実際に読んだと主張する者はほとんどいない (Uman 69, n.48; Rienstra 85; Rogers 443)。また、メアリーは女性作家の先駆者とみなされているが、革新的な男女平等思想を持っていたと考えられてはいない。本稿では、メアリーが兄の翻訳作業を引き継いで44編から150編までを訳した *The Psalmes* とそれに付されたエリザベス女王への献呈詩を、ラニヤーが実際に読んだ可能性が高いことを明らかにする。ラニヤーの詩集 *Salve Deus Rex Judaeorum* の中で用いられているいくつかの表現は、エリザベス女王宛の献呈詩を含む詩編翻訳 *The Psalmes* と次の点で響き合っている。「並置 (juxtaposition) の繰り返し」、「ギリシャ・ローマ神話の女神像」、「Art と Nature のモチーフ」という三つの要素を効果的に利用して男女平等思想を示すという点である。特に、ラニヤーがメアリーを模倣あるいは彼女から影響を受けたと思われる表現がエリザベス女王のイメージと結びつくことは注目に値する。

## 2. 王と女王の並置：ラニヤーの標題詩とメアリーの献呈詩 “Even now that Care”

まず、ラニヤーとメアリーの詩における並置の技法の繰り返しについて述べたい。これまでラニヤーの標題詩 "Salve Deus Rex Judaeorum" はピラトの妻の言葉で原罪におけるイヴの立場を擁護する論の展開で注目されてきた。[(5)] 原罪を招いたとしてイヴを非難する一般的意見に対して、ピラトの妻は "[Adam] from Gods mouth receiv'd that strait command" (l. 787) と言って神の命を直接受けたアダムと違い、イヴは判断できない無知の状態 "undiscerning Ignorance" (l. 769) だったと擁護する。さらにピラトの妻は、神から直接命じられたアダムの罪のほうがイヴの罪よりも大きいのに、なぜ平等であるべき女性を見下すのかと述べる (ll. 825–30)。この詩の後半になると、ラニヤーは聖書に登場する別の女性、列王記上におけるシバの女王の場面を用いて男女平等思想を強調する。ラニヤーは並置の技法を繰り返しながら、ソロモンとシバの女王の関係を描写する。

> Here Majestie with Majestie did meete,
> Wisdome to Wisdome yeelded true content,
> One Beauty did another Beauty greet,
> Bounty to Bountie never could repent;
> ……………………………………………
> Wisdome desires Wisdome to embrace,
> Virtue covets her like, and doth devize
> How she her friends may entertaine with grace;
> ……………………………………………
> And this Desire did worke a strange effect,
> To drawe a Queene forth of her native Land,
> Not yeelding to the nicenesse and respect
> Of woman-kind; shee past both sea and land, […]
> (ll. 1585–88, 1594–96, 1601–1604, underlines mine)

> ここで威厳（陛下）と威厳（陛下）は出会い、
> 英知は英知に対して真の満足を生み出し、

一つの美がもう一方の美を迎え、
寛大は寛大に対して決して悔いることはなかった。
…………………………………………………
英知は英知を抱きしめたいと欲し、
徳は自分の同類を望み、友人たちを
どのように歓待できるか考えを巡らせる。
…………………………………………………
そしてこの欲求は不思議な効果をもたらし、
女王を、女性の慎みや立場に従わせず、
その母国から連れ出すこととなった。
彼女は海も陸も渡った……

"Majestie with Majestie" や "Wisdome to Wisdome" などの前置詞一語で結んだ同じ語の並置は、シバの女王とソロモン王の対等な関係を効果的に表す。この技法は同時に男性であるソロモン王と女性であるシバの女王の同質性をも示す。エスター・ギルマン・リッチー (Esther Gilman Richey) は「主語と目的語を巧みに重ね合わせることによって、女王がソロモンを欲していることが明らかとなる。なぜなら女王は王に類似していて、王の鏡像 (mirror image) なのだから」と述べる (80)。この場面では、すべての主語と目的語が無生物であるため、いずれの語もソロモンとしてまたはシバの女王として考えることができる。また、"this Desire" (l. 1601) は女王の欲求と考えられることから、この場面はリッチーの主張を反対に読み替えることが可能であり、もう一つの解釈は――シバの女王が自分の同類を切望するのは、ソロモンが女王に類似していて、ソロモンが女王の鏡像だからである――となる。

並置の技法は王と女王の類似性と平等な立場を表現するのに効果的である。実際に、平等思想を強調するこの技法は、ラニヤーの献呈先の一人であるペンブルック伯爵夫人メアリーの作品でも用いられている。メアリーは兄フィリップ・シドニー亡き後、1599年までに詩編翻訳 *The*

*Psalmes of David* を完成させていた (Herbert II 340)。*The Psalmes* は、ペンブルック伯爵家のウィルトン・ハウス行幸の際にエリザベス女王に献呈される予定だったが、行幸は結局中止となった。(6) 女王への献呈詩 “Even now that Care” において、メアリーはエリザベス女王を詩編の作者とされるダビデ王になぞらえる。

> A King should onely to a Queene bee sent.
> Gods loved choise unto his chosen love:
> Devotion to Devotions President:
> what all applaud, to her whom none reprove.
> (“Even now that Care” ll. 53–56, underlines mine)(7)
>
> 王は女王のもとにのみ遣わされるべきです。
> 神の最愛の選ばれし者は神の選ばれし愛のもとに、
> 献身的愛は献身的愛の長のもとに、
> 皆が称賛するものは、誰も非難しない彼女のもとに。

ここで、メアリーはダビデ王とエリザベスを比較するのに “Gods loved choise unto his chosen love,” “Devotion to Devotions President” というように類似する語句を前置詞一語で結んで並置する。さらに君主がもう一方の君主の元を訪れる描写はダビデ王の息子ソロモンと、ソロモンに会うため海を渡ったシバの女王の関係を想起させる。しかし、マーガレット・ハネーらが言うようにメアリーは 53 行目で、ダビデ王すなわち翻訳された「詩編」がエリザベス女王の元にやってくるとして、王と女王の役割を逆転させる (Hannay, Kinnamon and Brennan “‘Even now that Care’” 99–100)。この比較はエリザベスの女性性を強調するだけでなく、ダビデ王との対等的立場、あるいは優位性さえも強調する。さらにこの後メアリーは、ヨーロッパの王達とイングランドの女王を対比させる。

Kings on a Queene enforsd their states to lay;
Main=lands for Empire waiting on an Ile;
Men drawne by worth a woman to obay;
one moving all, herselfe unmov'd the while: ("Even now that Care" ll. 81–84)

王たちは一人の女王を攻撃するためにそれぞれの国家を増強した。
大陸の諸国は、帝国を成そうと一つの島に付き従う。
男たちは、その真価ゆえ一人の女性に従わされる。
一人がすべてを動かすのだ、彼女自身は動じることもなく。

この場面において、ヨーロッパの王達は "Main=lands" (l. 82) あるいは "Men" (l. 83) と呼ばれる一方で、エリザベス女王は "an Ile" (l. 82) あるいは "a woman" (l. 83) と呼ばれる。このような対比はエリザベスの女性性を強調させる。しかしながら、81 行目で諸国の王が女王に猛攻を加えるために国家を増強させると記されていることから、この対比は女王の王権が男性の王達と同等、あるいはそれより上位にあることをも示す。スペインやフランスといったカトリックの王達が、エリザベス女王を脅威に感じていることがこの箇所で描写されていると言えよう。先に述べたように、類似語句の並置という修辞技法を用いながらソロモン王とシバの女王の関係を暗示させつつ男女平等思想をテーマとしている点で、メアリーはラニヤーの先触れとなるのである。

## 3. ギリシャ・ローマ神話の女神像：*Salve Deus Rex Judaeorum* とメアリー訳 *The Psalmes*

メアリーによるラニヤーへの影響が見られる第二の要素は、ラニヤーの詩集とメアリー訳の詩編におけるギリシャ・ローマ神話の女神像である。ラニヤーはメアリーに献じた詩 "The Authors Dreame to the Ladie

*Marie*, the Countess Dowager of *Pembrooke*" の中で、ギリシャ・ローマ神話の女神であるアウロラ、レディ・メイ、ポイベーを用いてメアリーの美しさを引き立てる。女神達はメアリーの優美さに驚嘆し、競うように彼女に付き従う。

> *Aurora* rising from her rosie bedde,
> First blusht, then wept, to see faire *Phoebe* grac'd,
> And unto Lady *Maie* these wordes shee sed,
> Come, let us goe, we will not be out-fac'd.
>
> I will unto *Apolloes* Waggoner,
> A bidde him bring his Master presently,
> That his bright beames may all her [Phoebe's] Beauty marre,
> Gracing us with the luster of his eie.
>
> Come, come, sweet Maie, and fill their laps with floures,
> And I will give a greater light than she:
> So all these Ladies favours shall be ours,
> None shall be more esteem'd than we shall be.
>
> Thus did *Aurora* dimme faire *Phoebus* [i.e. *Phoebe*'s] (8) light,
> And was receiv'd in bright *Cynthiaes* place, [...].
>
> ("The Authors Dreame" ll. 61–74, underlines mine)

> アウロラはバラのベッドから起き上がり、
> 美しいポイベーが恵みを受けるのを目にして、最初は顔を赤らめ、それから涙を流し、
> そしてレディ・メイに次の言葉を告げた、
> さあ、行きましょう、ひるむことのないようにしましょう。
>
> アポロンの戦車の御者にお願いしましょう、

ご主人をすぐお連れするようにと、
そうすれば彼の明るい光でポイベーの美がすっかり曇り、
彼の目の輝きで私たちが飾り立てられるのです。

さあ、甘美なメイよ、ニンフたちの膝を花で満たしておくれ、
私のほうはポイベー以上に大きな光を与えましょう、
そうすればこのニンフたちの寵愛はすべて私たちのもの、
私たちより尊ばれる者はいなくなるはずです。

こうして、アウロラは美しいポイボス［ポイベー］の光を曇らせ、
そして輝かしいキュンティアの代わりに迎え入れられた。

アウロラは曙の女神であり、レディ・メイは春と花の女神フローラである。さらにはメアリーの兄フィリップ・シドニーが執筆した劇 *The Lady of May* をも示唆する。この劇はエリザベス女王の面前で演じられ、フィリップ死後にメアリーの手によって 1598 年に出版されている。ポイベーはキュンティア（Cynthia 英名シンシア）とも呼ばれる月の女神で、エリザベス女王の表象の一つである (King 59)。さらに女神達に光を与える役割で太陽神アポロン "*Apollo*"（または *Phoebus*）も登場する。ギリシャ・ローマ神話の女神はラニヤーの詩集に収められた他の献呈詩にも登場するが、アウロラとレディ・メイ（フローラ）はこのメアリー宛ての献呈詩以外には登場しない。この詩では女神達が競ってメアリーの愛顧を得ようして、彼女を祝福する様子が描かれる。ポイベー（キュンティア)、フローラ、アウロラの三女神はすべてエリザベス女王の表象であるため、ラニヤーが献呈詩の中でエリザベス女王を想起させるギリシャ・ローマ神話の三女神とメアリーを結び付けていることは明らかである。(9) さらに驚くことに異教の女神はメアリーの詩編翻訳にも登場する。

アウロラが登場するのはメアリー訳詩編第 110 編である。この詩編は、神の右手に座するイスラエルの王の勝利と栄光を称える詩である。

ダビデ王が敵に打ち勝ち、民に慕われ子孫に恵まれる様子が語られる。新共同訳では「敵のただ中で支配せよ／あなたの民は進んであなたを迎える／聖なる方の輝きを帯びてあなたの力が現れ／曙の胎から若さの露があなたに降るとき」となっている。最後の節はジュネーヴ聖書では "the youth of thy womb *shalbe* as the morning dewe" となっているが、民や子孫を示す「曙の胎」の部分についてヘブライ語原典はもとよりラテン語のウルガタ聖書や初期近代の聖書翻訳者および注釈者のほとんどが「womb 胎」の語を用いて表現する。しかしメアリーは彼らと同じ語句は用いず、ローマ神話における曙の女神アウロラを登場させる。(10)

But as for them that willing yeld,
　　in solempne robes they glad shall goe:
　　attending thee when thou shalt show
triumphantly thy troopes in field:
　　　　in field as thickly sett
　　　　　with warlike youthfull trayne
　　　　as pearled plaine with dropps is wett,
　　　　　of sweete Auroras raine.　　(Psalm 110 ll. 9–16, underlines mine)

しかし進んで従う者達は、
　　聖なる衣を纏って喜んで進軍する、
　　あなたが意気揚々と戦場で
自らの軍勢を披露すると、彼らはあなたに付き従う。
　　　　戦場では武装した若き一行が
　　　　　群れを成して位置につく
　　　　甘美な曙の女神アウロラの雨露が真珠のごとく
　　　　　平原にびっしりと滴り落ちるように。

メアリー訳では16行目のアウロラが大文字で始まっているため、アウロラは曙そのものと言うよりも曙の女神を意味する。さらに同じ行の

“raine” は、統治・王国を意味する reign の古い綴りでもある。従って“Auroras raine”「曙の雨」は「女神アウロラの王国」と解釈することが可能である。キリスト教の聖典に含まれる詩編を翻訳するのに、メアリーが擬人法を使って異教の神であるローマ神話の女神を採り入れていることは注目すべき点である。

実際のところ、アウロラ (aurora) は元々ラテン語で曙あるいは曙の女神を意味し、ウルガタ聖書においてソロモンの歌である雅歌の第 6 章 9 節（新共同訳では 6 章 10 節）「合唱」に登場する。先のメアリー訳第 110 編ではダビデ王が意気揚々と軍勢を率いて進軍する様子が語られるが、雅歌でも軍勢を率いる人物のイメージである。引用はウルガタ聖書のラテン語訳、ジュネーヴ聖書の英語訳、日本語の新共同訳である。

> Quae est ista quae progreditur quasi aurora consurgens, pulchra vt luna, electa vt sol, terribilis vt castrorum acies ordinata?
>
> (Biblia Ad Vetustissima, Canticum Canticorum 6.9)

> Who is she that loketh forthe as the morning, faire as the moone, pure as the sunne, terrible as an armie with banners! (Geneva, Song of Solomon 6.9)

> 曙のように姿を現すおとめは誰か。
> 満月のように美しく、太陽のように輝き
> 旗を掲げた軍勢のように恐ろしい。 （新共同訳　雅歌 6 章 10 節）

ジュネーヴ聖書では “aurora” の語は “the morning” と訳されていて女神ではなく曙そのものを示す。ヘブライ語から訳された新共同訳においても同様である。しかし「曙のように姿を現すおとめ」という文言は曙の女神と容易に結びつく表現である。また、「月のように美しく」かつ「軍勢のように恐ろしい」女神像は、メアリーを始めとするエリザベス朝後期の人々にとっては、月の女神と称されスペインのアルマダの海戦

時にティルベリーの演説で軍勢を鼓舞し、その戦いに勝利したエリザベス女王を思い起こさせるに十分であろう。メアリー訳第110編のみに戦場で軍勢を率いる場面で女神アウロラが登場することを考慮すると、アウロラの語が登場するウルガタ聖書の雅歌すなわちソロモンの歌の場面を念頭に、エリザベス女王を暗示させる女神アウロラをメアリーがあえて取り入れた可能性は非常に高い。(11)

アウロラ以外にメアリーは詩編第72編と第104編で月の女神に言及する。72編では、ダビデ王は神の正義が息子ソロモンに及ぶように祈り、正義が栄えて平和が広まることを望む。7節で月が登場するが、新共同訳では「生涯、神に従う者として栄え、月の失われるときまでも豊かな平和に恵まれますように」と記され、「いつまでも」あるいは「長きにわたって」という意味で月が用いられる。ジュネーヴ聖書の訳では“so long[e] as the moone endureth”となっており直訳すれば「月が存在する限り」の意味となる。(12) この部分をメアリーは次のように訳す。

During his rule the just shall ay be greene,
　and peacefull plenty joine with plenteous peace:
while of sad night the many-formed queene
　decreas’d shall grow, and grown again decrease. (Psalm 72, ll. 21–24)

その治世の間、正義は常に勢いがあり、
　豊かな平和と一体となって平和に溢れるでしょう、
多面的な暗い夜の女王が
　満ち欠けを繰り返す間に。

ヘブライ語原典や他の翻訳と違い、メアリーは“moon(e)”「月」という語を用いない。月の代わりに擬人的に“the many-formed queene” (l. 23)「多面的な女王」と表現し、月の女神ポイベー（キュンティア）を示唆する。修辞技法に関して言えば、長きにわたる平和な状態を描くこの場面の22行目および24行目において、類似語句の並置や交差対句法(chiasmus)が用いられている。さらにこの次の連ではシバの統治者によるソロモンへの貢ぎが予言的に描写されるが、それは奇しくも第2章で先述したように、ラニヤーがメアリーと同じように王と女王の並置という技法を使って平等思想を訴える箇所である。

また、第104編19節でも月が登場する。104編は万物を創造する神の御業を称える内容である。その中で太陽と月への言及があるが、この場面でもメアリーは擬人法を用いる。

> Thou makst the Moone, the Empresse of the night,
> 　　hold constant course with most unconstant face:
> thou makst the sunne the Chariot-man of light,
> 　　well knowe the start, and stop of dayly race. (Psalm 104, ll. 65–68)

> 御身は夜の女帝である月に、
> 　　何度も顔を変化させて不変の進路を取らせ給う。
> 御身は光の御者である太陽に、
> 　　一日の運行の始まりと終わりを知らしめ給う。

メアリーは月を "the Empresse of the night" (l. 65)「夜の女帝」と言い換えるとともに、太陽を "the Chariot-man of light" (l. 67)「光の御者」と表す。一方、ヘブライ語原典だけでなく、ジュネーヴ聖書、ジャン・カルヴァン (Jean Calvin) やテオドール・ド・ベーズ (Théodore de Bèze) の注解など、他の翻訳および注解においては月も太陽も修飾語はなく擬人化もされない。メアリーの擬人化された月は、またしても月の女神、ポイベー（キュンティア）を思い起こさせる。そしてさらには月の女神と称され、エドマンド・スペンサーが *The Faerie Queene* のタイトルページで記したように、時に "Empresse" と称されたエリザベス女王を想起させる。(13) *The Psalmes* においてメアリーが訳す際に改変を施した箇所に、献呈先であるエリザベス女王を想起させる女神が登場するのは、決して偶然とは言えないだろう。ここでは太陽も光の御者とされていることから、同じくギリシャ・ローマ神話の太陽神アポロンを表している。メアリーが第104編の翻訳で書き加えた表現は、本章冒頭で述べたメアリー宛てのラニヤーの献呈詩 "The Authors Dreame to the Ladie *Marie*" (ll. 61–74) に描かれる月の女神ポイベー（キュンティア）と戦車を御しまばゆい光を放つ太陽神アポロンの姿と重なる。古典作品を重んじるヒューマニズムの教育や古典とキリスト教の融合を目指した新ストア主義の影響と言えるだろう。(14)

ラニヤーは、ジェームズ1世の妻アン王妃やその娘エリザベス王女宛の献呈詩で亡きエリザベス女王に直接言及しており、エリザベス女王への敬愛を表している。詩集の中で最も重要な標題詩 "Salve Deus Rex Judaeorum" においても、月の女神キュンティア "*Cynthia*" (l. 1) が冒頭で登場する。第1連で真の永遠なる安息所へと昇ってゆき、そこで "ever-lasting Sov'raingntie" (l. 6)「永遠に続く統治の座」を授けられるキュンティアは、スザンヌ・ウッズ (Susanne Woods) が主張する通り、月の女神と称された亡きエリザベス女王を示すものである (Lanyer 51)。さらに20行目でも "shining *Phoebe*" として月の女神を登場させる。キリストの受難を主題にしながらイヴ擁護論による男女平等思想を訴えるこの宗教詩で、ギリシャ神話の女神が登場するのはこの冒頭の二カ所のみである。宗教詩の冒頭で敢えて異教の女神の表象を用いることで、亡きエリザベス女王の存在を読者に強く印象づけるのである。

## 4. Art と Nature の調和

メアリーのラニヤーへの影響と思われる第三の要素は Art（人工・技巧）と Nature（自然）のモチーフである。(15) メアリーへの献呈詩 "The

Authors Dreame to the Ladie *Marie*" の中で、ラニヤーは相反する物を調和させるメアリーの美を、Art と Nature のモチーフで描写する。[16] どちらが玉座に留まるべきかを Art と Nature が争う「聖なる泉」"That sacred Spring" (l. 81) にメアリーが「瑞々しい美」"fresh Beauty" (l. 84) として加わり、彼らを凌ぐ優美さを与える。すると Art と Nature は争わず「統治権も同等……地位も同等、威厳も同等」"in equall sov'raigntie [...] / Equall in state, equall in dignitie" (ll. 93–94) な「完全なる調和」"perfit unity" (l. 90) および「甘美な調和」"their sweet unitie" (l. 96) をもたらすのだとメアリーを称える。

一方のメアリーにおいては、第 3 章で取り上げた詩編第 104 編、月を擬人化して "Empresse of the night" と呼んだ詩編に Art と Nature のモチーフが見られる。該当の箇所は 12 節であるが、ジュネーヴ聖書および新共同訳では以下の通りとなる。主の恵みによって泉に水が溢れ、鳥たちがさえずる場面である。

By these springs shal the foules of the heauen dwell, and sing among the branches. (Geneva)
水のほとりに空の鳥は住み着き／草木の中から声を上げる。 (新共同訳)

第 104 編 12 節の行数にして 1 ～ 2 行で描写される泉のほとりに住み着いた鳥の情景を、メアリーは 5 行に膨らませて Art と Nature のモチーフを挿入する。

by these [i.e. springs] in their self-chosen mansions stay
the free-borne fowles, which through the empty way
of yelding aire wafted with winged speed,
to art-like notes of Nature-tuned lay
make earelesse busshes give attentive heed.
(Psalm 104 ll. 36–40, underline mine)

この泉のほとりで自ら選んだ住まいに留まるのは
翼を羽ばたいて思いのままに
大空を翔っていた自由民たる鳥たち、
自然の女神が調律したさえずりが奏でる芸術（技巧）のようなその声色
には、
耳のない草木も聞き耳を立てるのだ。

アウロラの描写に変更を加えたように、メアリーはこの場面にも手を加え、鳥たちが声を上げる部分に Art と Nature のモチーフを与える (Hannay, et al. "Commentary" 412)。鳥のさえずりを Art と Nature による調和の取れた音色へとイメージを膨らませる改変は、様々な翻訳の中でメアリーに特有の表現である。メアリーは泉のほとりで暮らす鳥たちに "free-born"「自由民の」という平等思想に繋がる形容詞を付けて、その上で "art-like notes of Nature-tuned lay" という Art と Nature の調和を表す語句を追加している。これは本章冒頭で述べたラニヤーがメアリーに捧げた詩 "The Authors Dreame to the Ladie *Marie*" における Art と Nature の描写、すなわち Art と Nature が覇権を争う「聖なる泉」(l. 81) にメアリーが加わることで、Art と Nature が「統治権も同等……地位も同等、威厳も同等」(ll. 93–94) となり、「甘美な調和」(l. 96) がもたらされるという描写と響き合う。

## 5. 結論：ラニヤーへのメアリーの影響とその意味

これまで述べたように、第一に並置技法の繰り返し、第二にエリザベス女王を想起させるギリシャ・ローマ神話の女神像の描写、第三に Art と Nature のモチーフの導入という三つの要素によって男女平等思想が示されるという点において、ラニヤーの詩集にはメアリーの影響が表れていると考えられる。そしてメアリーの作品においてラニヤーに影響を及ぼしたと思われる箇所を考察すると、メアリーが原語に忠実に訳した部分や他の翻訳例に従った部分ではなく、彼女が女性のために、特に献呈先のエリザベス女王を意識して改変・追加したと思われる部分にあることが判明する。メアリーの改変は非常に巧妙で、注意深い読者でなければ気付かないだろう。しかしながら、ラニヤーの詩集ではメアリーへの献呈詩および標題詩の中でそれらの改変部分が確かに響き合っている。

さらに、ラニヤーはメアリー宛ての献呈詩 “The Authors Dreame to the Ladie *Marie*” において、彼女の詩編翻訳に関して “The Psalms written newly by the Countesse Dowager of Penbrooke” と余白注を付ける (27)。“written newly” という表現は翻訳元の詩編の存在を打ち消す効果があるだけでなく (Rienstra 87)、兄との共作ではなくメアリーの単独作品の印象さえ与える。メアリーは自分の翻訳作品を出版する際には “Done into English” や “translated out of Italian” などの文言を入れて翻訳であることを明記するが、この詩編翻訳は出版されずに手稿回覧のみだった。“translated newly” ではなく “written newly” と書くことによって、ラニヤーはメアリーを翻訳者ではなく自律する執筆者と捉えていると言える。(17) 以上のような理由で、ラニヤーが詩編翻訳 *The Psalmes of David* におけるメアリーの改変部分を知り得て、自分の詩集のために平等思想だけでなく、その思想を記すためにメアリーが用いた修辞技法や表現を模倣した可能性は高い。

また、二人の作品に共通するイメージに、女神像としてのエリザベス女王がある。先述したようにメアリーは詩編翻訳をペンブルック伯爵家のウィルトン・ハウスへの女王行幸の際にエリザベスに献呈する計画であった。当時の詩編は翻訳だけでなく注解も出版され、カルヴァンやベーズの新たな注解とその英訳が出版された。メアリーの翻訳自体、ジュネーヴ聖書やベーズの注解を参考にしたとされている (Hannay, et al.

“*The Psalmes*”; Takeyama “Eliminating ‘Womb’”)。[18] それにもかかわらず、それらを含めた他の翻訳や注解には見られないギリシャ・ローマ神話の女神像が挿入され、それがエリザベス女王のイメージに結びつくことは重要な点である。プロテスタントのシドニー家に生まれ、オランダとスペインによるジュトフェンの戦いで兄を亡くしたメアリーが、最終的にアルマダ海戦でスペインを打ち破ったエリザベス女王を勝利と和をもたらす女神と称えることは不思議ではない。また、エリザベスは即位後初めての演説で “I am but one body naturally considered, though by His permission a body politic to govern” と述べている。生まれ持った女性としての自然的身体 body natural と統治する王としての男性的な政治的身体 body politic という「女王の二つの身体」を有するという点で、エリザベスは男性的な Art と女性的な Nature の調和の象徴であり、メアリーが詩編第 104 編で追加した Art と Nature が調和した情景描写とも繋がる。[19]

一方のラニヤーは、サイモン・フォーマン (Simon Forman) の日記によると、1592 年に宮廷音楽家のアルフォンソ・ラニヤーと結婚する前の数年間、ハンズドン卿ヘンリー・ケアリーの愛人としてエリザベス女王の宮廷に出入りしていたと記されている (Woods “Introduction” xviii)。ラニヤーはジェームズ 1 世の后であるアン王妃への献呈詩の中で「偉大なるエリザベスのご寵愛が若き日の私に恵まれたが、今は悲しみの小部屋に閉じこもって暮らす」と述べてエリザベスの宮廷時代を懐かしむ (“To the Queenes most Excellent Majestie” ll. 109–10)。そしてメアリーと同じように、ラニヤーも自分の作品の中にエリザベス女王のイメージを鏤め、さらにキリストの受難を主題とする標題詩にソロモン王とシバの女王を対等に描き直す表現を挿入する。その表現は並置の技法が連続して使われ、メアリーがエリザベス女王へ献じた詩 “Even now that Care” に類似する描写である。おそらくラニヤーは主たる献呈先であるカンバーランド伯爵夫人ほどに親密なあるいは直接の交流をメアリーとは持っていなかっただろう。それでも、男性中心で行われていた執筆・出版に女性でありながら携わる、つまりArt（芸術・技巧・知識・理性）とNature（自然・感性）の調和を体現するメアリーを崇拝したことが、彼女への献呈詩から伺える。そしてメアリーの巧妙な技法と表現を模倣し、ラニヤーの理想の女王像であるエリザベス1世のイメージと、女性作家としての自己の確立に利する男女平等思想を聖書のテクストに持ち込んだと思われる。ラニヤーの詩集をパラテクストも含めてメアリーの改変意図が見られる詩編翻訳と比較して浮かび上がった複数の類似点は、単なる偶然以上の響きが感じられる。少なくとも本論で明らかにしたメアリーの改変部分をラニヤーが認識していなければ、これらの類似が生じることはなかったのではないか。パンフレット論争における女性論争の特徴は女性が自らペンをとって女性擁護をしたことであり、それはまさにイングランドにおけるジェンダー革命と言えよう。その先駆けであるラニヤーの詩集には、メアリー・シドニーによる聖書翻訳を隠れ蓑にしたペンによるジェンダー革命の萌芽が現れているのである。

**注**

(1) 本稿は関西シェイクスピア研究会2016年2月例会（2016年2月28日於関西学院大学大阪梅田キャンパス）において発表した「エミリア・ラニヤーの詩集に見られるメアリー・シドニー訳*The Psalmes*の影響」に加筆修正を施したものである。Lanyerの日本語表記は定まっておらず「ラニア」の表記もある。

(2) パンフレット論争と清教徒革命の関係についてはHolstunを参照。

(3) 主な論争として、1615年にジョーゼフ・スウェットナム (Joseph Swetnam) が女性批判論となる*The Araignment of Lewd, idle, forward, and unconstant Women*を出版し、それに対する女性からの反論として1617年にレイチェル・スペイト (Rachel Speght) が*A Mouzell for Melastomus*を、エステル・サワナム (Ester Sowernam) が*Ester hath hang'd Haman*を出版した。ただし、サワナムについてはその素性が不明である (Henderson and McManus, ch. 1; Takeyama *'Our beeing your equals, free from tyranny'* 56–57)。

(4) 詩編については「詩篇」の表記もあるが、本稿では参考文献である新共同訳聖書に従って「詩編」の表記を採用する。

(5) Grossman 編集の論集 *Aemilia Lanyer: Gender, Genre, and the Canon* などを参照のこと。

(6) エリザベス女王行幸計画とシドニー兄妹訳 *The Psalmes* との関連については、Hannay, Kinnamon and Brennan "'Even now that Care'"; Brennan を参照。

(7) "Even now that Care" については Herbert I, 102–104。本稿におけるメアリー・シドニー作品の引用はすべて *The Collected Works* による。

(8) "*Phoebus* light" は "*Phoebe*'s light" の誤りと考えられる。女神アウロラがアポロン (*Phoebus*) の光を借りて曇らせるのは、彼女の前に輝く月の女神ポイベー (*Phoebe*) である (McBride 82)。

(9) 同時代のウォルター・ローリーも詩 "Now We Have Present Made" でこの三女神をエリザベスの表象として用いている。

(10) ヘブライ語原典はヘブライ語と英語対訳の *The Biblos Interlinear Bible* を用いた。

(11) 初期近代では雅歌 6 章 9 節（新共同訳では 10 節）の乙女は伝統的に聖母マリアを予表すると考えられていた (Wilcox 279)。

(12) カルヴァン訳は "until there be no more a Moone" で、ヘブライ語原典に忠実な訳となっている。

(13) エリザベスはまた後世においても Empress と称されることがあった。ウィリアム・カムデン (William Camden) のラテン語による *Annales Rerum Gestarum Angliae et Hiberniae Regnate Elizabetha* (1615) のエイブラハム・ダーシー (Abraham Darcie) による英語翻訳版のタイトルは、*Annales: The True and Royal History of the Famous Empress Elizabeth* (London, 1625) となっている。

(14) ヒューマニズムと新ストア主義がメアリーとラニヤーに与えた影響については Takeyama, *'Our beeing your equals, free from tyranny'* の Chapter 1 を参照のこと。

(15) Rienstra 89 を参照。Rienstra はメアリーをモデルとするラニヤーの作家としての自己を考察しているが、Art と Nature の調和に関して *The Psalmes* の内容とラニヤーの作品との直接的比較はしていない。

(16) 当時の文学における Art と Nature の議論については Woods, "Vocation and Authority" 87–88 を参照。当時 Art は男性的、Nature は女性的とされ、Art が上位とみなされた。

(17) 兄フィリップ・シドニーは、詩は模倣の技術だが先人の技法を単に模倣するのではなく、注意深い翻訳によって自分のものにすることが重要であると述べ、翻訳者と詩人の役割を重ねている (Sidney, *Poesy* 217, 246)。

(18) メアリーの翻訳とベーズの注釈との類似性については Hannay を参照。アンソニー・ギルビー (Anthony Gilby) による英訳版が、メアリーの叔母ハンティンドン (Huntingdon) 伯爵夫人に献じられている。

(19) Elizabeth I 52。女王の二つの身体についてはAxtonを参照。Jordanはさらに Axtonの論を応用して、エリザベス女王を肉体的には女性で政治的には男性の両性具有的君主であると主張する (160–61)。

**Works Cited**


Axton, Marie. *The Queen's Two Bodies: Drama and the Elizabethan Succession*. London: Royal Historical Society, 1977.

Bèze, Théodore de. *The Psalmes of Dauid truly opened and explaned by paraphrasis, according to the right sense of euerie Psalme*. Trans. Anthony Gilby. London, 1581. EEBO.

*The Bible and Holy Scriptures conteyned in the Olde and Newe Testament. Translated According to the Ebrue and Greke, and conferred with the best translations in diuers langages*. (The Geneva Bible). Geneva, 1560. Internet Archive.

*Biblia: Ad Vetustissima Exemplaria Nunc recens castigate*. (The Latin Vulgate). Venetiis, 1576.

*The Biblos Interlinear Bible. Bible Hub*.

Brennan, Michael G. "The Queen's Proposed Visit to Wilton House in 1599 and the 'Sidney Psalms'." *Ashgate Critical Essays on Women Writers in England, 1550–1700: Mary Sidney*. Ed. Margaret P. Hannay. Farnham: Ashgate, 2009. 175–201.

Calvin, Jean. *The Psalmes of Dauid and others. With M. Iohn Caluins commentaries*. Trans. Arthur Golding. London, 1571. EEBO.

Elizabeth I, Queen of England. *Elizabeth I: Collected Works*. Ed. Leah S. Marcus, Janel Mueller, and Mary Beth Rose. Chicago: U of Chicago P, 2000.

Grossman, Marshall, ed. *Aemilia Lanyer: Gender, Genre, and the Canon*. Kentucky: UP of Kentucky, 1998.

Hannay. Margaret P. "'Doo What Men May Sing': Mary Sidney and the Tradition of Admonitory Dedication," *Silent but for the Word: Tudor Women As Patrons, Translators, and Writers of Religious Works*. Ed. Hannay. Kent: Kent UP, 1985. 149–65.

Hannay. Margaret P, Noel J. Kinnamon, and Michael G. Brennan. "Commentary." Herbert I, 319–54.

——. "'Even now that Care': Literary Context." Herbert I, 92–101.

——. "*The Psalmes of David*: Literary Context." Herbert II, 3–32.

Henderson, Katherine Usher, and Barbara F. McManus. *Half Humankind: Contexts and Texts of the Controversy about Women in England, 1540–1640*. Urbana: U of Illinois P, 1985.

Herbert, Mary Sidney. *The Collected Works of Mary Sidney Herbert, Countess of Pem-*

*broke. I: Poems, Translations, and Correspondence*. Ed. Margaret P. Hannay, Noel J. Kinnamon, and Michael G. Brennan. 1998. Oxford: Oxford UP, 2008.

——. *The Collected Works of Mary Sidney Herbert, Countess of Pembroke. II: The Psalmes of David*. Ed. Margaret P. Hannay, Noel J. Kinnamon, and Michael G. Brennan. 1998. Oxford: Oxford UP, 2003.

Holstun, James. *Pamphlet Wars: Prose in the English Revolution*. London: Frank Cass, 1992.

Jordan, Constance. "Representing Political Androgyny: More on the Siena Portrait of Queen Elizabeth I." *The Renaissance Englishwoman in Print: Counterbalancing the Canon*. Ed. Anne M. Haselkorn and Betty S. Travitsky. Amherst: U of Massachusetts P, 1990. 157–76.

King, John N. "Queen Eliabeth I: Representations of the Virgin Queen." *Renaissance Quarterly* 43.1 (1990): 31–74.

Lanyer, Aemilia. *The Poems of Aemilia Lanyer: Salve Deus Rex Judaeorum*. Ed. Susanne Woods. Oxford: Oxford UP, 1993.

Ralegh, Walter. "Now We Have Present Made." *Elizabeth I and Her Age*. Ed. Donald Stump and Susan M. Felch. New York: W. W. Norton, 2009. 554.

Richey, Esther Gilman. "Subverting Paul: The True Church and the Querelle des Femmes in Aemilia Lanyer." *The Politics of Revelation in the English Renaissance*. Columbia, SC: U of Missouri P, 1998. 60–83.

Rienstra, Debra. "Dreaming Authorship: Aemilia Lanyer and the Countess of Pembroke." *Discourse and (Re)covering the Seventeenth-Century Religious Lyric*. Ed. Eugene R. Cunnar and Jeffrey Jonson. Pittsburgh: Duquesne UP, 2001. 80–103, 349–53.

Rogers, John. "The Passion of a Female Literary Tradition: Aemilia Lanyer's *Salve Deus Rex Judaeorum*." *The Huntington Library Quarterly* 63 (2000): 434–46.

Sidney, Sir Philip. *The Defence of Poesy. The Major Works including Astrophil and Stella*. Ed. Katherine Duncan-Jones. Oxford: Oxford UP, 2008. 212–50.

Spenser, Edmund. *The Faerie Queene*. 1596. Renascence Editions.

Takeyama, Tomoko. "Eliminating 'Womb' in the Countess of Pembroke's *Psalmes*." *Notes and Queries* (2016): 396–99.

——. *'Our beeing your equals, free from tyranny': Female Appropriation of Stoicism, Christian Humanism and Neostoicism in Writings by Aemilia Lanyer and Elizabeth Cary*. 関西学院大学出版会, 2011.

Uman, Deborah. *Women as Translators in Early Modern England*. Newark: U of Delaware P, 2012.

Wilcox, Helen, ed. *The English Poems of George Herbert*. 2007. Cambridge: Cambridge UP, 2013.

Woods, Susanne. "Introduction." Lanyer, xv–xlii.
——. "Vocation and Authority: Born to Write." Grossman. 83–98.
聖書新共同訳：旧約聖書続編つき．東京・日本聖書教会　1999.
竹山友子.「罪なきイヴの救済：エミリア・ラニヤーにおける女性擁護の言説とその源泉」『英文学研究』第 84 号 (2007): 17–34.

# 「神意にかなわぬ」ソロモン王

## ――『失楽園』におけるチャールズ二世の表象[1]――

笹川　渉

### 1

ジョン・ミルトン (John Milton) の『失楽園』(*Paradise Lost*, 1667) に17世紀イングランドの政治的な引喩を読み取る場合、主に内乱期以前の記憶で解釈されるのが批評の主流である。例えば、サタンや第12巻で語られる「傲慢な野心家」ニムロデの姿に暴君チャールズ一世を重ねる試みや、チャールズ一世とウィリアム・ロード (William Laud) 体制のもと、カトリック的傾向を強めたイングランド国教会の儀礼を読み取るなどの解釈を挙げることができよう。これは、また反スチュアート朝とチャールズ一世の処刑の擁護をしていたミルトンが王政復古により命の危機に瀕したことから、1660年以降は政治的に無力化したという事実、すなわち、クリストファー・ヒル (Christopher Hill) のように、1650年代までの急進的なミルトンは王政復古により政治的敗北を喫したとする観点によるところが大きい。[2]

これに対し、ローラ・ランガー・ノッパーズ (Laura Lunger Knoppers) が指摘するように、王政復古以降もミルトンは、国王が展開する「国家の光景」(the spectacles of state) に挑み、書きかえていたと主張することも必要であろう。[3] 近年では、マイケル・リーブ (Michel Lieb) とジョン・ショウクロス (John Shawcross) 編集の『失楽園』初版のテクストに関する論集でのチャールズ二世の衣装を論じたものや、クレイ・ダニエル (Clay Daniel) の二編の論考に見られるように、ミルトンの叙事詩に 1660 年の王政復古以降の動向を見出す傾向が強調されつつある。[4] つまり、この盲目の詩人は政治的に表舞台から消えたとはいえ、彼が抱く「内なる楽園」を実現する理想的な政治と宗教は、王政復古の体制とも相容れないものであったために、テクストを通じて現状を厳しく批判しており、「『王政復古期のミルトン』は極めて活動的であった」という訳だ。[5] 本論でも、『失楽園』の記述を内乱期以前の歴史的事実ではなく、王政復古からチャールズ二世の王妃キャサリン・オブ・ブラガンザ (Catherine of Braganza) がイングランドに迎えられた 1662 年におけるソロモン王の表象に結びつけることで、国王チャールズ二世の影がいかに『失楽園』に描かれているのかを論じる。

本論では、まず『失楽園』において、ソロモン王が堕落した愛と偶像崇拝を体現する王であることが強調されていることを確認し、堕落した愛と対極にある「結婚愛」が、歴史的に王政復古期にイングランド国教会の制約を受けることになったことを述べる。そして、この法令を命じたチャールズ二世がソロモン王としてイングランド国民から歓迎されていたという事実を踏まえ、「神意にかなわぬ」として言及される理由を同時代の出版物を紐解きながら考察する。

## 2

蛇に身を変えたサタンがイヴに近づく際、エデンの園は神話と聖書の庭園と比較して語られ、そこで焦点化されるのがソロモン王である。

> (サタンが近づいた) 場所、それは生き返ったアドニスや、
> 老ラエステルの息子を迎えた主人、
> 有名なアルキノオスの園のような、作り話のいかなる園よりも快く、
> あるいは、神意にかなわぬ場所、賢明なソロモン王が

美しいエジプトの妃と愛に戯れたあの園よりも快い場所（であった）
(9.439–43)[6]

Spot more delicious than those gardens feigned
Or of revived Adonis, or renowned.
Alcinous, host of old Laertes' son;
Or that, not mystic, where the sapient king
Held dalliance with his fair Egyptian spouse.

『失楽園』の各エディションにつけられた注が示すように、[7] この比喩はアダムとイヴが堕落し、偶像崇拝と肉欲の罪を犯すことに先立つ予期的表示 (prolepsis) となっている。つまり、堕落直前の楽園を描く際に、賢者として知られるソロモン王に対して「味わう」を語源に持つ "sapient" という形容辞を用いることで、叙事詩上ではこの後に描かれるアダムの行動を予期させる役割を果たしているというものである。事実、堕落したアダムがイヴを誘惑する際には、ソロモン王の描写で用いられた言葉の反復が見られる。

　　　　アダムとイヴは欲情に燃え、
ついにアダムは愛の戯れにイヴを誘った。
　　イヴよ、お前は味覚に正確であり、
間違いもなく、味覚による知恵が小さくないことがわかった。
というのも、我々は "savour" という語を味覚にも判断力にも用い、
舌を判断力に優れているとするからだ。 (9.1015–20)

　　　　in lust they burn:
Till Adam thus gan Eve to dalliance move.
　　Eve, now I see thou art exact of taste,
And elegant, of sapience no small part,
Since to each meaning savour we apply,

And palate call judicious.

アダムとイヴの堕落の結果、彼らが行った最初の行為である「愛の戯れ」は、この直前のソロモン王の「愛の戯れ」を想起させ、堕落した性的描写によりアダムとソロモン王を同一視させようとしていることは明確である。

さらに、この両者の引用で用いられる「愛の戯れ」(dalliance) は、ソロモン王と異教徒のエジプトの女王、そして、アダムとイヴの堕落した愛だけではなく神の意に完全に背いた情欲の表象としても使われた。サタンによれば、彼が自分の娘である「罪」(Sin) に行った陵辱も「愛の戯れ」である。

愛する娘よ、お前は私を父と主張し、
天上でお前と戯れの子どもである、
私の愛しい子を見せるのだから…… (2.817–19)

Dear Daughter, since thou claimst me for thy sire,
And my fair son here showst me, the dear pledge
Of dalliance had with thee in heaven …

このように、「死」の誕生には「愛の戯れ」(dalliance) が存在したことから、この言葉は「神意にかなわぬ」性的な堕落を示唆している。情欲の節制を失ったサタンと「罪」の「戯れ」を、アダムとソロモン王も反復し、楽園を追放された人間には、結果として「死」という果実が与えられるのである。

ソロモン王は異教徒の女との戯れにより、神の道から外れ偶像崇拝へと至った。第一巻では次の例が言及される。

アシトロテの輝く像に向かって月の出る晩は夜な夜な、

シドンの乙女たちは誓いの祈りと歌を捧げ、
シオンでもまた同様であった。そこでは、
冒涜の丘の上のアシトロテの寺院があり、
それは妻に甘いあの王により建てられた。彼は広い心を持っていたが、
美しい偶像崇拝の女たちに惑わされ、
おぞましい偶像にひれ伏したのだ。 (1.440–46)

To whose [Astrate's] bright image nightly by the moon
Sidonian virgins paid their vows and songs,
In Sion also not unsung, where stood
Her [Astarte's] temple on the offensive mountains, built
By that uxorious king, whose heart though large,
Beguiled by fair Idolatresses, fell
To Idols foul.

ミルトンが馴染んでいた『ジュネーヴ聖書』の「列王記」では、ソロモン王が愛した多くの女性たちが「異国の風変わりな女たち」(outlandish women) と翻訳され、「偶像崇拝者たち」と注がつけられている。[8] ミルトンが『失楽園』構想の段階から、ソロモン王に関心を持っていたことは、現存するトリニティ写本への書き込みに見られる、「ソロモン王、女たちに支配され、偶像に心を奪われ、女を犠牲にする者」[9] に示されていている。注目すべきは、トリニティ写本ではわずか一行しかないものの、『失楽園』では四回も言及されていることから、ソロモン王が体現する堕落した愛への耽溺と偶像崇拝への関心がミルトンの叙事詩で大きなテーマとなっていることがうかがえる。[10] バーバラ・ルワルスキー (Barbara Lewalski) が「ミルトンの後期三作（『失楽園』、『闘技者サムソン』、『復楽園』）のテーマは偶像崇拝である」と断じていることからも、[11]『失楽園』と『復楽園』でも言及されるソロモン王は偶像崇拝を体現している点で重要な位置付けがなされている。

堕落した愛に耽り、偶像崇拝に陥ったソロモン王の姿を考慮に入れると、本節冒頭で引用した『失楽園』9巻443行目の “mystic” には、字義通りの「神秘の」という意味が響いているように思われる。多くの注釈版ではこの単語について、前行までの「作り話の」神話物語と対比させ、「虚構の」あるいは「神話上の」と言い換えている。[12] しかし、『オックスフォード英語辞典』(*Oxford English Dictionary*) には、“mystic” に「虚構の」という定義はあげられていない。テクストの注釈者たちは、“mythic” や “mythological” が意味する「架空の」「神話上の」の意味で解釈をしているが、語源的に、「物語」を表す接頭辞 “myth-” と、「秘密の」や「神秘の」に由来する “mystic” は異なっている。ソロモン王の女性関係の結果引き起こされるものが、サタンと「罪」の快楽に起源を持ち、アダムの堕落した愛と同一であるため、この “mystic” は「虚構の」という意味ではなく、“mystic” の直後に置かれた “where” 以下で説明されるソロモン王の行為から、神と交流ができるエデンとは対照的な「神意にかなわぬ」場として解釈できるのではないだろうか。“mystic” は神とのつながりを示す言葉なのである。

“mystic” が “mysterious” の同義語として理解されるならば (*OED*, adj B 1.)、ジョン・N・キングの議論は傾聴に値する。[13] キングが『失楽園』で用いられる “mysterious” について、「神に向かう窓であり霊的な交渉の手段」と説明しているように、聖パウロや『国教会祈祷書』で、結婚が「神秘」(“mystery”) と語られるのは、この言葉がキリストと教会の結婚を意味するからである。キングによれば、『失楽園』5巻で、アダムとイヴの生殖器について “mysterious parts” と語られているのは、「人類のセクシュアリティが、神の愛へと至る霊的交流を行うために、愛する行為自体が聖なるものとなる手段を、そして愛する二人を聖なるものとする手段を与えることが示されている」ためだという。[14] ラファエルが語るように、堕落前の人間の愛は神の愛へと至る階梯なのである。

ソロモン王が耽った愛と対極にあるものは、堕落前の楽園で称えられる「結婚愛」に他ならない。

ようこそ結婚愛よ、神秘の法よ、人類の子孫の
唯一の源、他のあらゆるものが
共同の楽園で唯一の財産よ。
そなたによって姦淫の欲望は人間の中から
さまよう獣の群れへと追い払われた。 (4.750–54)

Hail, wedded love, mysterious law, true source
Of human offspring, sole propriety
In paradise of all things common else.
By thee adulterous lust was driven from men
Among the bestial herds to range[.]

「結婚愛」が「神秘の法」と言い換えられ、あるべき結婚は神との交流を実現し、神の意図にかなったものであることが明らかになる。「姦淫の欲望」という言葉を通じて、当時の読者は性的な欲望だけを読み取るのではなく、「世俗に対する過度な愛情」という伝統的な寓意、すなわち、プロテスタントたちが性的な言葉の比喩を用いて語る偶像崇拝も含意している可能性も見過ごせない。なぜならば『失楽園』においても、堕落したアダムやソロモン王が性欲に溺れると、彼らは同時に偶像崇拝に耽ることが描かれているからだ。『失楽園』のソロモン王が愛に耽った場所に対して “mysterious” と同じ語源の “mystic” が用いられていることは、堕落前と堕落後の愛を対比させるものであるといえるだろう。

この「結婚愛」への言及について、ケヴィン・シャープ (Kevin Sharp) は同時代の政治的な批判があることを主張する。

ミルトンが特定の行をいつ執筆したのかわれわれは知ることができない。しかし、『失楽園』が「結婚愛」を「神秘の法」として賞賛し、「売春婦の

買われた笑み」を非難していることは、極めて時事的な状況に見られるよく知られた例えへの配置転換をしているのだ。「結婚愛」はかつて王を表象する際に支配的なモチーフだったが、公にその神秘を無視した王に反対するものとなった。[15]

シャープは「極めて時事的な状況に見られるよく知られた例え」、つまり、王政復古によって王座についたチャールズ二世の性的奔放さについて示唆するにとどめ、『失楽園』の詩行を具体的に論じてはいない。しかし、ミルトンが「結婚愛」は「神秘の法」であり、かつ「唯一の財産」と主張することには、より具体的な政治的意図を読み取ることができるだろう。[16]「唯一の財産」という表現は、ミルトンの韻文ではここでのみしか使われておらず、極めて重みがある表現である。

確かにミルトンが結婚愛についての詩行をいつ執筆したのか読者が解明する術は残されていない。しかし、ソロモン王がいた場所への形容詞 “mystic” と、「結婚愛」の描写を足がかりにして、王政復古のイングランドで出された法とチャールズ二世の結婚に焦点を当てると、同時代の政治状況とミルトンの詩行の並行関係が浮き彫りになり、『失楽園』がチャールズ二世を批判する目的で執筆された可能性のある詩行を提示することができる。

## 3

王政復古後時のイングランドにおいて、「神秘の法」と語られる「結婚愛」は、名目上イングランド国民の「唯一の財産」では決してなかった。1660 年のイングランド議会（4月25日～12月29日）では、一本の法が可決された。

我らが主の年1642年5月1日以降国王のあらゆる領土で、あらゆる議会の法や国王による法の指示または真意に従って行われたすべての結婚、あるいは、議会の一方あるいは両院で決められた議会の法や国王による法の指示または真意に従って行われたすべての結婚、あるいは議会の名前、形式、称号のもと、あるいはそれらを想定した、ウェストミンスターで開廷したあらゆる会議の指示または真意に従って行われたすべての結婚は、そのような結婚がイングランド国教会で確立し使用されている儀式やセレモニーに従って行われたものとして、いかなる他の効力も結果も持たないものとして存在し、そのようにありかつそうであったものと判断され、見なされ、受諾されるべきものである。[17]

内乱期や共和制下において、結婚はイングランド国教会の結婚の儀式に従っていなくとも認められていたが、この法により1642年5月1日以降に挙げられた結婚式は、イングランド国教会の儀式に則っていない限り無効であることが宣言されるに至る。1640年代、50年代に多くの人々が教会の決まりに従わない方法で結婚していたことを妨げ、内乱期以前のような規範に戻そうとする試みであったが、人々が秘密の結婚をすることを止めさせるのは1660年代後半になってもうまくいかなかったようだ。[18] しかし、王政復古とともにチャールズ二世が、奔放な恋愛により『失楽園』で堕落前のアダムとイヴについて述べられた理想的な結婚愛を否定したばかりでなく、さらに法の力によって国民が求めるべき結婚愛の神秘をも奪おうとしたことで、ミルトンは神のもとにあるべき結婚愛への大きな脅威と感じたことは想像に難くない。

ミルトンは『テトラコードン』(*Tetrachordon*, 1645)の中で、結婚が「公民の制度として定められたものであり、教会ではなく人民の手に委ねられていること」を述べた。[19] また、『離婚の教義と規律』(*The Doctrine and Discipline of Divorce*, 1643)では、虚礼に満ちたイングランド国教会の儀礼に「結婚」が縛られていることを激しく糾弾している。

> イングランド国教会の側は、あらゆる聖なるものに人がとってかわっているにもかかわらず、結婚が秘蹟であるのか秘儀でないのかを断言しない。しかも、彼らは結婚にそのような大きな神聖さを着せて、縛り付けるための強固な鎖をそれに与えているのだ。不幸な結婚が我々に何の祝福も恵まず、我々をますます惨めにしている時に、まるでインドの神が拝まれているかのように。[20]

堕落した教会に縛られた結婚は、それ自体が崇められる対象になるという偶像崇拝の典型例として表現される。そのような結婚は、神とのつながりを失ったものであり、楽園で本当の婚姻関係を結んだものとして描かれたアダムとイヴが形式にとらわれず「様々な形式で」("In various style" 5.146) 自由に祈りを捧げていたのとは決定的に異なっている。

「楽園で唯一の財産」と描かれた「結婚愛」は、王政復古とともにこの法律だけでなく、イングランド国教会による別の「強固な鎖」で縛られようとしていた。1662年に改版された『イングランド国教会祈祷書』(*The Book of Common Prayer*) では結婚の際に跪くことが強制され、同年の5月19日に出された「信仰統一令」により936名の聖職者が国教会から追放されたという事実が残っている。『祈祷書』の改版や「信仰統一令」(The Act of Uniformity, 1662) がイングランドに大きな論争を引き起こしていたことは間違いがない。1663年2月24日聖メアリオルダーマリー教会で、ミルトンがエリザベス・ミンシュル (Elizabeth Minshull) と挙式した際に、かつて『偶像破壊者』(*Eikonoklastes*, 1649) で「古いミサの本」と攻撃した『イングランド国教会祈祷書』にしたがったとは想像しにくい。しかも今度は跪くことまで強制してきたのだ。ミルトンだけではなく、イングランド各地の教会の聖職者たちは新たな命令に直面していたのである。

しかし、イングランド国民は、イングランド国教会に「結婚」を「強固な鎖」で縛りつけたチャールズ二世を、新たなソロモン王の到来として声高に歓喜をしていた。ポルトガルからカトリックの王妃、キャサリンを迎え、カトリックの司祭に挙式を司られたチャールズ二世は、ミルトンには堕落した偶像崇拝者と写っていたであろう。ウィリアム・テイト (William Tate) が指摘するように、チャールズ二世だけではなく、スチュアート朝の王はソロモン王と同一視される伝統があったが、[21] ミルトン研究において、王政復古期にチャールズ二世がソロモン王として頻繁に賞賛されていたことの重要性はあまり指摘されていない。例えば、1631 年 3 月 27 日、セント・ポール寺院でウィリアム・ロードはチャールズ一世をダビデに、チャールズ二世をその子ソロモン王に喩え、王を賛美する説教を行った。[22] また、1649 年チャールズ一世が処刑された直後、聖職者トマス・ベイリー (Thomas Bayley) は、『神自身により国王たちに容認され旧約聖書と新約聖書に書かれた神の聖なる言葉から集めた勅許』(*The royal charter granted unto kings, by God himself and collected out of his Holy Word, in both Testaments*) を出版したが、この書の口絵では、神の王座の前に跪く皇太子チャールズが描かれている。[23] この図版を手がけたのは、『国王の像』(*Eikon Basilike*) で、十字架の前で手を合わせ天の神に眼差しを向ける、囚われのチャールズ一世を殉教者として描き出した、ウィリアム・マーシャル (William Marshall) であり、国王を聖人として祭り上げようとしたその図版をミルトンが『偶像破壊者』で糾弾したことはよく知られている。ベイリーは序文の中で、ソロモン王の審判の教訓を得ずに国王を引き裂いた議会派を糾弾し、ソロモン王のような王がイングランドには不在になってしまったことに嘆息する。このベイリーの著作は、クロムウェルが護民官として権力を握っていた 1656 年、王政復古後の 1682 年にも再版されており、チャールズ二世がソロモン王として人気を博していたことがうかがえる一例であろう。

王政復古を迎えると、ソロモン王は新しい国王を賞賛するために頻繁に用いられたレトリックの一つとして再び花開いた。例えば、王党派に与していたヘレフォード出身の聖職者ロウランド・ワトキンス (Rowland

Watkins)は、戴冠式を祝った詩で、チャールズ二世が内乱期の苦難を経て王座についたことをキリストの受難に例えて歌いつつ、冒頭ではソロモン王として呼びかける。

我らのソロモン王が王座についた。王冠は
王の頭に名誉よりも悩みを多く共にするだろう。
王は、天の王が被ったように
黄金の冠の前に、荊の冠を被った。[24]

Our Solomon is crown'd: A Crown will share
Not more of honour to his head, than care.
He wore, as the great King of Heaven would,
A Crown of Thorns, before his Crown of Gold:

また、ピエール・ドゥ・カードネル (Pierre de Cardonnel) は、チャールズ二世と王妃キャサリンの結婚を祝した詩集『幸福の島』(*Complementum Fortunatarum Insularum*) のなかで、ソロモン王への呼びかけとともに、イングランドの海軍が富をもたらすことを歌う。

用心深さ、名声、知恵で名高いソロモン王よ、
われわれの運命を導き幸福を注意するものよ、
この地球は再び新しい陸地を見つけ、
あなたの支配する海軍が新しいオフィルを生み出し
あなたの王の盾を新しい称号で満たすだろう。[25]

A Salomon for Prudence, Fame, and Wit,
Our Destines to guide and happiness to mind;
This Globe again New Continents shall find
Thy conqu'ring Navy a new Ophir yiled;
And with new Titles fill thy Royal Shield.

カードネルはソロモン王に富をもたらしたというアラビア南西部に位置するオフィル（またはオフル）に言及し、ソロモン王が統治した時代のようにイングランドが富の栄華を誇ることを願っている。[26]

チャールズ二世がソロモン王として称えられていたことは同時代の視覚芸術からも明らかである。宮廷画家として仕えたジョン・マイケル・ライト (John Michael Wright) による、王笏を手に玉座に座し正面を向いた著名なチャールズ二世の肖像画 (1661–62?) は、ヴェンツラウス・ホラー (Wenceslas Holler) による銅版画『ソロモン王とシバの女王』(*Solomon and the Queen of Sheba*, 1640s) をもとにしている（ちなみにホラーの版画は、ハンス・ホルバインの子が描き、ヘンリー八世に捧げた同名の版画をコピーしたものである）。

チャールズ二世がソロモン王ならば、キャサリンはシバの女王である。サミュエル・ハインド (Samuel Hind) は、王妃キャサリンに捧げた『ポルトガルの航海』(*Iter Lusitanicum, or The Portugal Voyage*, 1660) で、チャールズ二世をソロモン王に、王妃キャサリンをシバの女王に譬え、「われらの慈悲深いソロモン王の知恵とその人を享受して、南の女王（シバの女王のこと）の祝福があなた〔王妃〕にありますように。あなたがソロモン王の屋敷の両側のそばに育つ果実をつけるブドウのようでありますように……」[27] と祝福するのであった。

また、ロレーヌ・マッドウェイ (Lorraine Madway) は、王政復古の時代、国王チャールズと王妃キャサリンを模した刺繍や道具箱が数多く残されていることを指摘している。その中には、王政復古を記念して数多く作られた刺繍の一つとされソロモン王の審判を描いたものがある。裁縫箱の豪華な刺繍には、中央にウィンザー城を背後にして、チャールズ二世と王妃キャサリンをソロモン王とシバの女王を模した姿に描き、二人のイメージが明確に重なるようになる見せる工芸品も見ることができる。[28]

ミルトンがソロモン王の庭に言及した際の言葉、“mystic” もまた、当時チャールズ二世を賛美するために使われた表現であった。オックスフォード大学出身で、バッキンガムシャーのニュートン・ブロッサムビルで教区牧師を勤めたジョン・ボディントン (John Bodinton) が、国王チャールズ二世を言祝ぐために、『神秘のソロモンの戴冠式と結婚式』(*The mystical Solomons coronation and espousals*, 1662) を出版したことはその証左である。ボディントンによれば、ソロモン王は聖パウロやモーゼと同じように、神の啓示を受けた人物であり、ソロモン王作とされる『雅歌』(*Song of Songs*) は、「地上のアレゴリーで神の秘儀を隠して」を歌い上げげたものだという。[29] この書は『雅歌』3 章 11 節の註解という形式を取っているが、その記述からチャールズ二世とキャサリンへの賛美であることは明らかである。なぜなら「読者へ」の末尾に記された執筆日はチャールズ二世の誕生日であるからだ。神の秘儀を体現するものとして記述されたチャールズ二世は、救世主キリストの再臨と語られた当時の歴史的文脈と同じくするものであり、タイトルに冠せられた「神秘の」(mystical) や、本文で用いられる「神秘」(mysteries) といった表現は、国王が真のキリスト教徒であることを意味する記号となっている。それゆえ、ミルトンが『失楽園』の中で、結婚が神秘であり、二人の交わりが神秘的なものと繰り返す理由の一つは、「神秘」と形容されたチャールズ二世の像を反駁することにあったのであり、ソロモン王の描写で述べられる “not mystic” には、「神意にかなわぬ」とする意味が響いていると考えられる。[30]

それゆえ、ミルトンは堕落したソロモン王を強調する一方で、国王を脱神秘化するために、楽園には「神意にかなった」結婚が存在したことを強調し、現実の国王を反転させた王侯然としたアダムの姿を描き出した。

その間、我々の最初の偉大な父は、
神のごとき客〔ラファエル〕を迎えるために、歩みを進める。
お付きのものは彼の完全無欠さ以外に何者もおらず、

全ての威厳は彼のうちにあり、
その威厳さは、王侯たちの豪華な長い、
導かれた馬と黄金で飾った馬丁の行列が群衆の目を奪い、
彼らを唖然とさせる時の、
王侯に仕える長い行列より秀でている。 (5.350–57)

Meanwhile our primitive great sire, to meet
His godlike guest, walks forth, without more train
Accompanied than with his own complete
Perfections, in himself was all his state,
More solemn than the tedious pomp that waits
On princes, when their rich retínue long
Of horses led, and grooms besmeared with gold
Dazzles the crowd, and sets them all agape.

一糸まとわぬ楽園のアダムが王侯の出で立ちより立派であると語るのは、国王と宮廷への批判なのである。国王自身の誕生日に合わせて1660年5月29日にチャールズ二世がロンドンに入城した時の壮麗さは、サミュエル・ピープス (Samuel Pepys) の日記にも記されているが、チャールズ二世が凱旋門をくぐった時には、カードネルの作品にあるように帝国貿易への責務から「ソロモン王」と歓迎されていたという。[31] ジョン・リナード (John Leonard) は、ミルトンが「バーソロミュー通りの隠れ家でこの時の喧騒を聞いたにちがいない」と想像しているが、[32] もしそうであるならば、この楽園のアダムの描写にはその時の体験が生きているに違いない。

## 4

1650年代、ミルトンは『イングランド国民のための第一弁護論』(*Defensio pro Populo Anglicano*, 1651)で、「ソロモン王はチャールズ一世より優れた王だっただろうか」という、国王を弁護するサルマシウス(Salmasius)の問いを取り上げる。確かにチャールズ一世はソロモン王に似ていたかもしれない。しかし、ミルトンによればそれは優れた点においてではなく、悪行においてであった。しかも、その悪行は国王チャールズの方がいっそう国の弊害を招くという訳である。

> ソロモン王は「重税で民衆を苦しめた」。少なくとも彼は取り立てた税金を、神殿と公共の建造物に費やしたが、その一方で、チャールズは遊興に費やした。ソロモン王は多くの妻により偶像崇拝に誘われた。〔一方で〕チャールズは一人の妻〔ヘンリエッタ・マライア〕によって誘惑された。ソロモン王は罪に誘惑されたが、他の者を誘惑したとは言われていない。チャールズは堕落した教会から得た最高の報酬で他の人々を誘惑しただけでなく、勅令と教会の規定によって、人々が、全てのプロテスタントたちが嫌悪する祭壇を立てただけでなく、壁に描かれ祭壇の上にぶら下がる十字架像を崇拝するように強制した。[33]

さらに王政復古を迎えると、ソロモン王の堕落はチャールズ二世により相応しい表象となる。チャールズ二世もまた、カトリックの国から王妃を迎えただけではなく、「勅令と教会の規定によって」神と人とを結ぶ可能性を持った「結婚愛」である「神秘の法」を束縛し、新たな『イングランド国教会祈祷書』を強制までもした。そして、国を挙げてチャールズ二世がソロモン王として歓迎されていたことに対して、ミルトンは『失楽園』の中で堕落したソロモン王を繰り返し描き、チャールズ二世の悪行を重ねたかったのだろう。ミルトンが『失楽園』で、イングランド国民が肯定的に賛美したソロモン王のイメージではなく否定的な比喩を繰り返した理由はここにある。

『復楽園』でもソロモン王は女と世俗の欲望に溺れた王として言及される。イエスを誘惑するための手段として女を使おうとする悪魔ベリアルとサタンの対話の中で、ソロモン王は「名誉、富裕、繁栄に飽満し、享楽するよりほかに高尚な目的を望まなかった。だから女たちの誘惑に身を晒し、その餌食となった」(“Solomon he lived at ease, and full/ Of honour, wealth, high fare, aimed not beyond/ Higher design than to enjoy his state;/ Thence to the bait of women lay exposed” 2.201–4) 一方、[34] イエスはソロモン王よりはるかに賢明で、美しい女による誘惑には身を持ち崩さないという。

『列王記』で語られるソロモン王は、偶像崇拝の罪が強調されており、『失楽園』でもその罪に注目している点が重要である。ミルトンは、チャールズ二世を賢者ソロモン王として讃える当時の風潮を如実に感じ取ったがゆえに、「神意にかなわぬ」ソロモン王を『失楽園』で提示することで、神の道を蔑ろにしようとするイングランド国王と、彼を賞賛する国民に対する痛烈な批判を加えたのである。『失楽園』におけるソロモン王の描写は罪に陥る為政者の普遍的な寓意として読むことができる一方、王政復古期における政治的動向を写し出す鏡として極めて時宜的な比喩でもあった。

## 註

1 本稿は2015年12月5日、フェリス女学院大学で行われた日本ミルトン協会第六回研究大会シンポジウム「“Overturn, overturn, overturn” ——*Paradise Lost* をひっくり返す——」での口頭発表、「『虚構ではない』『失楽園』——ソロモン王による国王の表象再考」の発表原稿に大幅に加筆修正を加えたものである。また、本稿の執筆に際しては、平成27–29年度科学研究費補助金（基盤研究C）「イングランド内乱期と共和制下における民衆の祝祭と国王表象」（課題番号15K02288　研究代表者　笹川渉）の助成を受けた研究成果の一部に負っている。

2 Christopher Hill, *The Experience of Defeat: Milton and Some Contemporaries*

(London: Faber and Faber, 1984), pp. 247–328.

3 Laura Lunger Knoppers, *Historicizing Milton: Spectacle, Power and Poetry in Restoration England* (Athens: University Gerogia Press, 1994).

4 Clay Daniel, "Milton and the Restoration: Some Reassessments," *Connotations*, 11 (2001/2002), 201–21; ——, "Restoration Lost." *Appositions* 6, 12 Aug 2013 <http://appositions.blogspot.jp> [accessed 15 August 2015]; Richard J. DuRocher, "The Emperor's New Clothes: The Royal Fashion of Satan and Charles II," in "*Paradise Lost: A Poem Written in Ten Books*": *Essays on the 1667 First Edition*, ed. by Michael Lieb and John T. Shawcross (Pittsburgh: Duquesne University Press, 2007), pp. 97–122.

5 Daniel, "Milton and the Restoration: Some Reassessments", p. 201.

6 本稿での日本語訳は筆者による。*Paradise Lost* の原文は、John Milton, *Paradise Lost*, ed. by Alastair Fowler, 2nd edn (Harlow: Longman, 1998) による。

7 Fowler, p. 195.

8 *The Geneva Bible, a Facsimile of the 1560 edition* (Madison: University of Wisconsin Press, 1969), p. 156.

9 "Solomon Gynæcocratumenus or Idolomargus aut Thysiazusæ. Reg. 1. 11. (Solomon women-governed, idol-mad, the women-sacrificers [sacrificing]") 引用と英訳は、*Complete Prose Works of John Milton*, general ed. by Don M. Wolfe, 8 vols (New Haven: Yale University Press, 1953–82), VIII, p. 556. 以下 *CPW* と省略する。Reg. は旧約聖書『列王記』のこと。

10 本論で論じた以外の二か所の言及は、1 巻 399 行以降と 12 巻 322 行目以降。

11 Barbara Kiefer Lewalski, "Milton and Idolatry," *Studies in English Literature 1500–1900*, 43 (2003), 213–32 (p. 222).

12 例えば、"mystic" について、ファウラーは "mythic", ロイ・フラナガンは "'mythical', 'superstitious', or 'fictional'" としている。*The Riverside Milton*, ed. by Roy Flannagan (Boston: Houghton Mifflin, 1998). それ以前の注、*Paradise Lost Book IX*, notes by Rosemary Syfret (London: Macmillan, 1972); *Paradies Lost: Books IX and X*, ed. by A. W. Verity (Cambridge: Cambridge University Press, 1956) でも同様に "mythical" という言い換えをしている。その中で、ジョン・マーティン・エヴァンスとジョン・リナードは "allegorical" (OED 1) の意味を提示しているが、mysterious とする解釈ではない。*Paradise Lost Books IX–X*, ed. by John Martin Evans (Cambridge: Cambridge University Press 1975); *Paradise Lost*, ed. by John Leonard (Penguin: Harmondsworth, 2000).

13 以下の議論については、John King, *Milton and Religious Controversy* (Cambridge: Cambridge University Press, 2000), pp. 149–51 を参照。

14 King, p. 151.

15 Kevin Sharpe, *Reading Authority and Representing Rule in Early Modern England* (London: Bloomsbury Academic, 2013), p. 223.

16 『復楽園』で言及される「『無法な』性」に着目し、ミルトンの描くキリストがチャールズ二世の宮廷を批判しているとの指摘については、Katsuhiro Engetsu, “The Publication of the King’s Privacy: *Paradise Regained* and *Of True Religion* in Restoration England”, in *Milton and the Terms of Liberty*, ed. by Graham Parry and Joad Raymond (Cambridge: D.S. Brewer, 2002), pp. 163–74 (pp. 168–69) を参照。

17 “Charles II, 1660: An Act for Confirmation of Marriages,” *Statutes of the Realm: Volume 5, 1628–80*, ed. by John Raithby (s.l: Great Britain Record Commission, 1819), *British History Online* <http://www.british-history.ac.uk/statutes-realm/vol5/p296> [accessed 11 October 2015] (p. 296).

18 R. B. Outhwaite, *Clandestine Marriage in England, 1500–1850* (London: Hambledon Press, 1995), p. 13.

19 *CPW*, II, p. 420.

20 *CPW*, II, p. 277.

21 William Carroll Tate, *Solomonic Iconography in Early Stuart England: Solomon’s Wisdom, Solomon’s Folly* (Ceredigion: The Edwin Mellen Press, 2001). また、ロイ・ストロング (Roy Strong) が分析しているように、チャールズ一世がルーベンス (Rubens) に命じてホワイトホール宮殿のバンケティング・ハウスの天井に描かせた絵画 (*The Judgment of Solomon: James I recreates the Empire of Great Britain*) では、ジェームズ一世がソロモン王として描かれている。Roy Strong, *Britannia Triumphans: Inigo Jones, Rubens and Whitehall Palace* (New York: Thames & Hudson, 1980). ストロングの指摘にあるように、ジェームズ一世は「新しいソロモン王」として公式にとらえられていたのである (pp. 19–20)。

22 William Laud, “A commemoration of King Charles his inauguration, or, A sermon preached at Pauls Crosse” (London, 1645, Wing L579).

23 Thomas Baily, *The royal charter granted unto kings, by God himself and collected out of his Holy Word, in both Testaments* (London, 1649, Wing B1514).

24 “Upon the Coronation of our Soveraign Lord CHARLES by the grace of God King of England, Scotland, France and Ireland, Defender of the Faith.” in *Flamma sine fumo, or, Poems without fictions hereunto are annexed the causes, symptoms, or signes of several diseases with their cures, and also the diversity of urines, with their causes in poeticl measures* (London, 1662, Wing W1076), p. 9.

25 Pierre de Cardonnel, *Complementum Fortunatarum Insularum* (London, 1662, Wing C499), sta 2.

26 『失楽園』11巻400行目にも言及されるオフィルの表象を通じたチャールズ二世の富の栄華について、ブレア・ホックスビーが重商主義の観点から論じている以下の論考を参照。Blair Hoxby, *Mammon's Music: Literature and Economics in the Age of Milton* (New Haven: Yale University Press, 2003).

27 Samuel Hinde, *Iter Lusitanicum, or The Portugal Voyage* (London, 1662, Wing H2058), [n.p.].

28 Lorraine Madway, "Rites of Deliverance and Disenchantment: The Marriage Celebration for Charles II and Catherine of Braganza, 1661–62," *The Seventeenth Century*, 27 (2012), 79–105.

29 John Bodington, *The Mystical Solomons Coronation and Espousals* (London, 1662, Wing B3390A), p. 5.

30 『失楽園』の中で結婚が "mysterious" と呼ばれるキリスト教的意義については、David Shelley Berkeley, "The 'Mysterious' Marriage of Adam and Eve in *Paradise Lost*," *Philological Quarterly*, 66 (1987), 195–205 を参照。

31 Hoxby, p. 165.

32 John Leonard, "Self-Contracting Puns in *Paradise Lost*," in *A Companion to Milton*, ed. by Thomas N. Corns (Oxford: Blackwell, 2001), pp. 393–410 (p. 405).

33 *CPW*, IV, pp. 372–73.

34 引用は John Milton, *Complete Shorter Poems*, ed. by John Carey, 2nd edn (Harlow: Longman, 1997) による。

# 『偶像破壊者』から『楽園の喪失』へ
## ——祈りの問題を中心として——

野呂　有子

### はじめに

1649年1月30日、かつてのイングランド国王チャールズ1世 (Charles I, 1600–49) は、イングランド国家に対する反逆者として、革命政府により断罪された。同日、すでに、『王の像——孤独と苦境にあえぐ聖なる国王陛下の肖像』(*Eikon Basilike: The Pourtraiture of His Sacred Majestie in His Solitudes and Sufferings*; 以下、『王の像』) と銘打った書物の先行版が流布し始めた。本書はたちまち売れ行きを伸ばし、第一版第三刷が初めて書店に並んだのは、2月9日だとされている。[1] さらに、本書は一大センセーションを巻き起こした。出版後、1年間にロンドンで35刷、アイルランドや諸外国でも25刷が増刷された。爆発的な売れ行きであったことが分かる。チャールズの礼拝堂付き牧師であった ジョン・ゴードン (John Gauden, 1605–62) が執筆したことは伏せられており、亡き国王チャールズ自身が『王の像』を執筆したという体裁が取られていた。[2] 8日には、チャールズの埋葬が行われている。殉教のキリストは埋葬後3日目に復活したとされるが、『王の像』の流布によって、イングランドの一般民衆は、書物を通してチャールズが蘇ったかのような印象を持ったと想定される。なぜなら、チャールズは『王の像』において、殉教のキリストのイメージで繰り返し描出されるからである。

共和政府にとって最初の試練ともいえる『王の像』出版とほぼ並行して、ジョン・ミルトン (John Milton, 1608–74) は、『国王と為政者の在任権』(*Tenure of Kings and Magistrates*) を出版した。ミルトンはこの書を国王処刑以前から執筆し、準備していたといわれる。これが共和政府の認めるところとなり、ミルトンは3月13日に国務会議に招かれ、15日にラテン語担当秘書官に任ぜられ、5月上旬には、共和政府から『王の像』反駁論執筆を命じられた。そして10月6日に『偶像破壊者』(*Eikonoklastes*) が出版される。

『偶像破壊者』執筆に際してミルトンが直面したのは、「神への祈り」の問題であった。そして、それはミルトンの時代に「ダビデ王の詩篇」(*The Psalms of David*) と呼ばれた、旧約聖書の「詩篇」を中核とするものだった。

本論考の目的は、『偶像破壊者』においてミルトンが考察し、検証し、精密化していった「祈りの問題」——具体的には「ダビデ王の詩篇」に認められる祈りの型とことばが提起した問題——をいかにして、後の大作『楽園の喪失』(1667) において発展させ、具現化していったかを明らかにすることである。[(3)]

## 1. 『王の像』における「王の祈り」と『英国国教会祈祷書』における「ダビデ王の詩篇」

『王の像』は全28章からなる。第1章から第26章までの各章は、亡きチャールズの自己弁護と、それに続く、神への「祈り」という形で構成される。第27章は、国王からその長子〔王政復古時に、チャールズ2世として即位〕に宛てた「遺言の書」となっており、最終章は全体が瞑想と祈祷の形になっている。

まず、読者の目を奪うのは、口絵に描かれたチャールズの肖像画である。ウィリアム・マーシャル (William Marshall, 1617–49) の名を世に知らしめた、この絵の中で、チャールズはひざまずき、神に対して祈りを捧げている。彼は「殉教者の報酬である栄光の冠を見上げ」、彼の本来の持ち物であり、地上の権力を示す王冠は足元に転がり、「キリストを思わせる茨の冠」を掴んでいる。[4] 開かれた書物にはラテン語で「わが希望は主のことばにあり」、荒波にもまれる岩の上のスクロールには「不動にして勝利する」とあり、キリストとその勝利を象徴する、重りをつるされた棕櫚の木には「徳は重圧のもとでこそ育まれる」、と書かれ、暗雲からチャールズに注がれる光には「暗闇を通じて一層明るく」と記されている。全体が厳粛な聖書のことばと雰囲気に満ちた殉教者の姿を浮かび上がらせる構図を取る。この敬虔極まる人物は、キリストが全人類の罪を贖うために十字架刑に処せられたと同様、全イングランドの民の罪を一身に受けて、その贖いとして処刑されるのである。つまり、「キリストに限りなく似た」チャールズの姿が読者の脳裏に焼き付けられるという戦略が取られている。

読者の脳裏に刻まれた「王の肖像」は、民の平和と安寧を願い、自らをキリストのごとく生け贄として神に捧げる、殉教の「国父」が繰り返し神に捧げる「祈り」のことばとの相乗効果によって、慈愛に満ちた柔和な「第2のキリスト」としてチャールズを演出する。さらに、ダビデ王への言及もしばしば行われ、チャールズがダビデ王に比肩する名君であり、神から王権を授けられた正統な王であることが強調される。[5] チャールズ1世による「王の祈り」は、伝統的なキリスト教の「王の祈りの書」である「ダビデ王の詩篇」を意識し、模倣して作成されたものであった。そして、それは、「ダビデ王の詩篇」の系譜に連なる、「第2のダビデ」たるチャールズ1世による「チャールズ王の詩篇」として認識されるよう目論まれた。事実、これら「王の祈り」の詩は、1657年に編纂され、一部手を加えられて、*Psalterium Carolinum*（『チャールズ国王の詩篇』）と題されて出版される。[6] これは、「ダビデ王の詩篇」が『英国国教会祈祷書』に付され、当時、最も権威ある「祈り」の手本として位置づけられていたことと大いに関係がある。さらに、「ダビデ王の詩篇」の解釈が、革命以前も以降も、英国の祈りの型とことばをめぐる大きな争点となっていたことを考慮すれば、ここでチャールズ国王自身による「祈りの型とことば」が王党派によって提示されたことは、戦略的に大きな意味をもっていた。

そもそも、『英国国教会祈祷書』には、細部に亘って日々の祈りの細則が定められている。その主要部分に採用されているのは、マイルズ・カヴァデール (Miles Coverdale, 1488?–1568?) 訳の、いわゆる『カヴァデール聖書』(1535) の詩篇英語訳である。チャールズ 1 世の支配下で、カンタベリー大主教を務めたウィリアム・ロード (William Laud, 1573–1645) に代表される英国国教会の高位聖職者たちは、王権神授説を標榜する国王及び王党派の意向を受けて、その政策の一環として、教会及び集会において『英国国教会祈祷書』の細則に厳密に従って、会衆が祈りの務めを行うことを強要した。ロードは英国国教会のみならず、スコットランドの国教会にも『英国国教会祈祷書』の使用を要求した。そして、逆らう者たちは、英国・スコットランドを問わず弾圧した。それがもとでロードは、長期議会（1640 年 11 月 3 日にチャールズ 1 世が召集）で弾劾され、処刑された。まさに、『英国国教会祈祷書』の強要とその是非が、イングランド革命の火種となり、王党派と反王党派の争点の 1 つとなっていったのである。そして、その中核となったのが、「ダビデ王の詩篇」のことば、すなわち、「祈りのことば」だった。(7)

## 2.『偶像破壊者』におけるミルトンの戦略

『偶像破壊者』におけるミルトンの狙いは、「チャールズ自身による祈りの型とことば」の内実が、極めて空疎で事実とはかけ離れたものであること、そして、神との信頼関係と応答関係に基づく、個人としての人間の真心から生まれたことばには、ほど遠い、寄せ集めの、剽窃の塊であることを証明することにあった。

『偶像破壊者』は序言を含めて、全体で29章から成る。各章は、内容的に『王の像』の各章に対応する形で書かれ、1章1章に反駁していく形が取られている。ただし、『王の像』とは異なり、各章の集結部に祈りが置かれることはない。その一方で、ミルトンは『偶像破壊者』全編を通じて、各所で「祈り」の問題に、必要に応じて、考察を加えている。

ミルトンはまず、『偶像破壊者』第1章において、『王の像』第1章の「王の祈り」と称するものが、サー・フィリップ・シドニー (Sir Philip Sidney, 1554–86) 作『アルカディア』(*Arcadia*, 1590) における「パメラの祈り」の剽窃であることを指摘して、「王の祈り」の実態がいかに空疎で形だけの、間に合わせの代物であるかを白日のもとにさらけ出す。ミルトンは、聖なるキリスト教の神に捧げる祈りにおいては、本来なら、聖霊により霊感を受けてその教えにそって、自分の真心から出たことばを用いて祈るべきであるのに、チャールズ／ゴードンは、他の作家の執筆した恋愛物語の中で登場人物が異教の神に向かって祈っていることばを、ほぼそのまま借りて、それを自分自身の祈りのことばででもあるかのごとくに装っていると指摘する。そして、祈りにおいて他者のことばを剽窃して事足れりとするような人間には、まったく信頼が置けないし、そこに真実味はまったくないのであるから、そのようなものはまともに受け取る価値がないと主張する。そのような行為は自分自身に対しても友人に対しても裏切りの行為に他ならず、神に対する冒瀆となるのである。さらに、ここには、今日の民主主義的精神と人権に関わる論点が極めて明確に、著作権問題を通して語られている。

> しかし、まさしく、神に対する罪と見なされうるものは別としても、著作物の所有権（プロパティ）は、生前と同様に死後も、それぞれの著者にすべて帰属しなければならないと定められているのに、それを破るとは、人権（ヒューマンライト）侵害も甚だしいこと、この上ないのであります。[8]

ミルトンは、著作権を最初に主張した作家の1人だと言われるが、ここで彼は、国王だとて容赦なく、その剽窃ぶりを糾弾しつつ、堂々と、作家の著作権を主張する。剽窃は、神から与えられた人間の権利＝人権を侵害する、卑劣極まる行為だと述べる、作家としてのミルトンの矜持と、個人の尊厳に対する、揺るぎない信頼が認められる。

王権神授説の信奉者が圧倒的多数を占める時代にあって、ミルトンは、国王も1人の人間に過ぎず、その職務は、国民から信任されて、戴冠式の誓約という「契約」によって国民の福利と安全を守ることが義務づけられているのであるから、その契約を破棄すれば、廃位されてしかるべきだと主張した。[9] したがって、国王が、国民からその私有財産（プロパティ）を奪えば、それは犯罪となるのであり、さらに、私有財産の中には、土地や財産だけでなく、知的財産も含まれるのだという、現代にも通用する考え方が、ここには提示されている。

しばしば言われるように、英国市民革命の中から——そして、ピューリタンと呼ばれる人々の中から——こうした民主主義的精神と個人の尊厳、人権、さらに、これらに基づいた、知的財産権を含む私有財産の考え方が生まれてきたのであるが、先の引用部分は、われわれ現代人が、こうした思想の源流を、改めて確認することのできる1節となる。

こうしたミルトンの論調は、『偶像破壊者』全体を貫いている。ミルトンは繰り返し、国王の祈りと称するものが、ダビデ王の祈りのことば、すなわち「詩篇」からの剽窃であることを明らかにし、『王の像』のいかさまぶりを徹底的に暴き出すのである。

『王の像』第16章「『英国国教会祈祷書』廃止の法令について」において、同じ神に対して祈っているがゆえに皆が同じ『英国国教会祈祷書』に定められたことばを使って祈るのが自然だとする論敵に反駁してミルトンは「同じ神だから」と言って同じことばで述べる必要はない、と主張する。それよりもむしろ、「ひとりの神に対して祈る」がゆえに「真心からのことばを使って祈る」べきであり、「神は毎朝われわれの心に新しい表現を降り注いでくださる（“God every morning raines down new expressions into our heart”）」がゆえに、祈るときに神に対して「お仕着せのことば」のみを使用して、ことばを惜しむ必要はなく、「多種多様な状況で祈る場合には、多種多様なことばが必要（“with variety of Circumstances, which ask varietie of words”）」であると述べる。(505–506) そして、その根拠として「言論の自由（“freedom of speech”）」を掲げる。先に述べた著作権という所有権、および人権の概念や、言論の自由という概念は、今日の民主主義思想の根幹をなすものであるが、それらが王権神授説との壮絶な戦いと、神に捧げる祈りついての考察という土壌から生まれたことは特筆に値する。

さらに、ミルトンは「聖霊と祈り」がともに「神の賜物」だと考えている。

> 神は聖化してくださる霊によってわれわれの心が導かれるままになさいました。それと同様に、前もって考えていなくても、われわれのことばが心のなかにすっと入ってくる（“so did he likewise our words to be put into us without premeditation”）ようになさったのでした。……子としてのことば、恩寵の玉座に近づくにあたって、言論の自由をもって、なんら、はばかることなく頻繁に使う神の子としてのことばを……蔑ろにして、ほかの人間の上滑りのことばを使うとは、神と、神の完全な賜物である聖霊を傷つけることになるでありましょう。聖霊こそわれらに祈る力を授けてくださるのです。それなのに、聖霊のつとめが不完全で、心を授けた人々にたいして十分にことばを与えておらず、祈りという賜物を完全な賜物にしていないかのごときであります。(506)

一方で、既成のことばをなぞって、心のこもらない、見かけ倒しの祈りを捧げることが、人心を荒廃させ、堕落させ、結果として神から離反させることになる、とミルトンは警告する。だからこそ、ミルトンは『偶像破壊者』において、他者のことばをそのまま写し取って（＝剽窃）繰り返すことの愚を厳しく戒めるのである。特に神に捧げる祈りのことばの場合、「祈る」という行為は、祈る人間と神との直接の語らいの場においてなされる。それは、祈る個人の人格と神との真剣なやり取りの場であり、そこでは、個人の心から出た誠のことばが要求されるがゆえに、それは祈る者自身の固有のことばとなっていなければならない、とミルトンは考えた。ゆえに、『王の像』第1章の「王の祈り」と称するものが、『アルカディア』からの剽窃、しかも「異教徒の祈り」の剽窃であったことは、ミルトンの眼には許しがたい神への冒瀆と映ったわけである。『偶像破壊者』第16章は、祈りが争点となり、祈りの本質が問われる章となっている。ミルトンは、祈り、および、祈りを送り出す〈聖霊〉を極めて神聖な、だれも侵してはならない尊厳溢れたものとして認識していることが分かる。ここでミルトンは、『英国国教会祈祷書』に規定がある通りに、「詩篇」の1節や、その他の祈りのことばをノルマとして、時々の個々人の心情や状況とは関わりなく、ただ朗誦したり祈祷したりすることの愚を戒めている。そのようなことでは、祈りのことばは自発的なものとはならず、おざなりで機械的な、形だけの、形骸化し空洞化した祈りになってしまうからである。これは、まさに、彼が「離婚論争」で展開した夫婦の在り方の本質に繋がる考え方でもある。(10)

## 3. イングランド革命における「詩篇」第51篇の位置

ところで、第1章でミルトンがチャールズによる剽窃だとして攻撃した、「王の祈り」は、チャールズ／ゴードンの書いたものではなく、実は、ミルトン自身が印刷屋に命じて挿入させたという説がある。比較的最近ではウィリアム・エンプソン (William Empson, 1906–84) がこれを唱えたが、そうした説は『偶像破壊者』におけるミルトンの一貫した主張を見逃して、限られた細部にのみ関心を払う、偏った批評態度から生まれたものだと言わざるを得ない。[11] なぜなら、「王の祈り」は、どの章を見ても、「ダビデ王の詩篇」あるいは聖書の他の箇所から、聖句をほぼそのまま持ってきて繋げたり、並べ変えたりした、寄せ集めだということが明らかだからである。

例えば、『王の像』第2章「ストラフォード伯爵の死について」における「王の祈り」の冒頭部分は、「詩篇」第51篇第3、14、4、7節を組み合わせたものであると、ハニバル・ハムリン (Hannibal Hamlin) は指摘する。[12] 当該詩篇の第2–4節を次に挙げる。

| | |
|---|---|
| 悪に染まったわたしを洗い、 | (Wash me thoroughly from my wickedness: |
| 罪に汚れたわたしを清めてください。 | and cleanse me from my sin. |
| わたしは自分の過ちを認めています。 | For I acknowledge my faults: |
| わたしの罪はいつも目の前にあります。 | and my sin is ever before me. |
| わたしはあなたに、ただあなたに罪を犯し、 | Against thee only have I sinned, |
| あなたの前で悪を行いました。 | and done this evil in thy sight. . .) |

〔傍線は論者〕[13]

本詩篇は、ミルトンの時代には、『サムエル記上』第12節から15節を基にした、ダビデの悔悛の詩篇と見なされ、広く人口に膾炙していた。特に、「王権神授説」を標榜する王党派は、本詩篇の第6節を根拠として、国王は超法規的存在であり、その行いの責は神によってのみ問われるものであって、臣下たる国民に国王を裁く権利はない、と主張した。王党派と議会派の争点の核となる詩篇であった。

一方で、「王の祈り」の該当箇所は以下のようになる。

| | |
|---|---|
| ああ、主よ、わたしは自分のとがを認めています。 | Oh Lord, I acknowledge my transgression, |
| わたしの罪はいつも目の前にあります。 | and my sin is ever before me. |

| | |
|---|---|
| 血に染まったわたしの罪からわたしを<br>解放してください、 | Deliver me from my<br>bloodguiltiness, |
| ああ、主よ、あなたはわが救いの神です、 | Oh God, Thou God of my<br>salvation, |
| そしてわが舌はあなたの正しさを<br>歌いましょう。 | and my tongue shall sing of Thy<br>righteousness |
| わたしはあなたに罪を犯しました、 | Against Thee have I sinned |
| あなたの前で悪をおこないました。 | and done this evil in thy sight<br>… ; 10) |

英語を比較すると、二つの詩行が極めてよく似ていることが分かる。対応する日本語部分に網がけしたそれぞれ2行は、“faults” と “transgression” を入れ替えただけであるし、下線部の違いは、“only” の語の有無のみで、祈りのことばが、まったく同一であることが明らかである。他にも同様の箇所が多々あることから、「パメラの祈り」以外にもミルトンがチャールズによる剽窃として糾弾する個所に事欠かなかったことは確かである。ミルトンは『王の像』の出だしの最も効果的な個所を突いたに過ぎない。一方で王党派の戦略は、教会で強制的に使用され、一般大衆の耳に慣れ親しみ、口頭でも詠唱された『英国国教会祈祷書』の文言を可能な限り利用し、反響させて、一般大衆の信仰心に付け込むというものであったことが窺える。ちなみに『欽定英訳聖書』(1611) で当該箇所は、“Wash me thoroughly from mine iniquity, and cleanse me from my sin: for I acknowledge my transgressions: and my sin *is* ever before me. Against thee, thee only have I sinned, and done *this* evil in thy sight:” となっており、「王の祈り」における “transgression” の語が『欽定英訳聖書』から採用されたことが分かる。

ストラフォード伯爵トマス・ウェントワース (Thomas Wentworth, 1593–1641) は、ロード主教とともに国王の主要な助言者であった。1640 年 3 月にアイルランド議会からの 18 万ポンドの特別出資議決を得たことで、国王援助のため9千の兵を挙げる計画にはずみをつけ、4月3日にアイルランドから軍隊を導入する。後に長期議会により弾劾、処刑されるが、その際、チャールズは死刑執行令状に署名した。

ここで、ハムリンも指摘するように、チャールズ／ゴードンはストラフォード伯爵を見殺しにした罪を、ダビデ王がウリアを戦いの最前線に送って見殺しにした罪になぞらえて改悛の祈りをしている。[14] 引用個所で、チャールズはストラフォード伯爵1人の死の原因が自分にあると認めることによって、大量の死者を出した戦争を引き起こした張本人であるという、遥かに重大な事実から一般大衆の目を逸らそうとする。さらに、ダビデがバテシバを得るためにウリアを殺しても、それは「神に対してのみ犯した罪」だというなら、チャールズの罪などものの数にも入らない、という思いを一般読者の心に植え付けようという戦略も隠されている。そもそも、国王が令状に署名したとはいえ、ストラフォード伯爵処刑は議会派の主導により行われたからである。こうして、チャールズは「ダビデ以上に慈悲深く、信仰心に篤い王」という地位を、『英国国教会祈祷書』と『欽定英訳聖書』というステュアート王朝を支える2本の柱に収められた「ダビデ王の詩篇」の言説を用いて獲得するのである。

## 4. 祈りに対するミルトンの姿勢

最初に断っておきたいのは、個人、あるいは会衆が神に祈りを捧げる場合、一定の決まったことばを使用することに対してミルトンが必ずしも常に否定的だったわけではない、ということである。しかし、それら祈りのことばとは、決してお仕着せのことばであってはいけない。個人あるいは会衆が、無反省に権力側から与えられたことばに従う、あるいは盲目的に与えられたことばを受け入れるということがあってはならない、とミルトンは考えた。祈りという、極めて重要な、神との語らいの場で使うことばであればこそ、祈る側の自覚的な姿勢が要求される。当時の国教会のお仕着せの「祈祷書」に対してミルトン及び当時のピューリタンや非国教徒の人々が拒否反応を示したのもここに理由がある。つまり、ミルトンの祈りに関する見解は決してミルトンに特有な見解というわけではない。当時のピューリタンや非国教徒の人々に共通した見解だった。(15)

さらに、それら祈りのことばは、決して洗練された技術的に高度なことばである必要はない。ただ、祈る者の心の底から発された、心からの、誠意のこもったことばであれば、それでよいのである。それが他者の眼から見て、稚拙であるか、否かは問題ではない。こうしたミルトンの祈りに対する考え方は『楽園の喪失』におけるアダムとイヴの祈りにおいて具体的な形で結実していくことになる。

さらに、『偶像破壊者』第17章において、ミルトンは亡きチャールズを殉教のキリストや旧約聖書中で神に愛された最も偉大な王ダビデに準えようとする王党派の思惑とは反対に、チャールズが、むしろ旧約聖書の「出エジプト記」で、イスラエルの民を隷属させ収奪し、ついには神の裁きによって紅海の藻屑となったエジプトのパロに良く似ていると主張する。

ミルトンはチャールズとパロを比較し、その共通点が「民に対する奇妙な恐怖と猜疑の念」だとしている。そして、ここでもまた、ミルトンはイングランド国民をイスラエルの民に準え、イングランド革命を、暴君の圧政からの解放、すなわち、出エジプトの枠組みで捉えているのである。

チャールズをエジプトの暴君パロに準えて語るミルトンにとって、主教制度もまた、当然、批判の対象となる。ミルトンは主教制度及び主教たちを、真の神の教えに従わない暴君たちが、真の預言者に対抗するために雇ってその力を競わせた偽預言者に準えている。つまり、暴君チャールズは、主教という偽預言者たちと主教制度という偽の制度を使って、神の民たるキリストの信徒を抑圧し搾取し続けたというのである。さらに、ここには、真の預言者の一翼を担うというミルトンの召命意識さえもが窺われる。

繰り返しになるが、『王の像』の戦略は、常に神に祈りのことばを捧げる敬虔なチャールズ１世、無残にも瀆神の輩に殺害された国王、神から授けられた超越的権力と権威を持つキリストにも似た殉教者というイメージをイングランドの一般大衆の心に植え付け、議会派や共和政府から人々の心を引き離し、王政復古を狙う、というものであった。各章の終わりに「王の祈り」を付したのもそのためだった。

しかし、神への祈りという最も神聖な捧げものをそのような目的に使うということは、常に、物事の見せかけではなく本質を問う、という生き方を貫いてきたミルトンにとっては見過ごすことのできない冒瀆の行為そのものと映ったのである。

## 5.『偶像破壊者』と『楽園の喪失』における祈りの問題

『偶像破壊者』において充分に展開された「祈り」と「祈りのことば」に対するミルトンの思考様式は、『楽園の喪失』第５巻144行から152行において具現化される。

> かれらは腰を低めて神を拝しつつ、朝ごとに
> 変化することば (“each Morning … / In various style”) で、朝の祈りをはじめた。
> というのも創造主をたたえるために、かれらは
> 変化することばと聖なる恍惚 (“… various style / … holy rapture”) に不足することはなかったから。
> ふさわしい調べに合わせて賛美をうたい、
> おのずからなる (“Unmeditated”) ことばで祈った。うるわしさを

添えるリュートや立琴を必要とはせぬほどに
調べの高い散文、あざやかな祈りが、
時をおかず、かれらの唇から流れた。(“such prompt eloquence / Flowd fron thir lips”)(16)

引用箇所は、本論考第二章で考察した『偶像破壊者』第16章に認められる語句にほぼ正確に呼応する。神は「毎朝 (“every morning”)」、「多種多様な状況で……多種多様なことば (“with variety of Circumstances, which ask varietie of words”)」、つまり祈るためのことばを与えてくださるのであり、それは前もって考えていなくともわれわれの内にすみやかに入ってくるもの (“our words to be put into us without premeditaiton”) であった。第16章で二度繰り返された “varaiety / varietie” の語は、『楽園の喪失』第5巻では形容詞となって二度繰り返される。“every morning” は “each morning” に呼応し、“without premeditation” の語は “Unmeditated” に呼応し、“put into us” は “Flowd from thir lips” に呼応する。アダムとイヴの祈りは「朝ごとにかわることばと聖なる恍惚」をともなうが、それは「おのずからなることば」、つまり、自然に自発的に生まれてくることばなのである。それは大げさな鳴り物も必要としない、祈り自体が「調べの高い、あざやかな祈り」であり、推敲のための時間も必要とせずに、2人の唇からほとばしり出る。ミルトンが『偶像破壊者』という政治論文で展開した散文のことばが、ほぼ20年の時を経て、『楽園の喪失』という詩のことばとなって結実していることが明らかとなる。

ここで改めてミルトンが、生涯ほぼ一貫して、物事の形に囚われることなく、常に物事の本質を問い直し、そこに真心を込めて生きようとする人物であったことが想起される。彼が『離婚論』で主張したのも、やはり、空洞化し形骸化した結婚の外面をのみ取り繕うような生き方を排して、互いが真心を込めて尽くしあい、語り合える関係を伴侶とともに築き上げるという積極的な姿勢であった。それは、結婚が神から与えられた人間の生きる形であるからには、神の御心に沿うような結婚の形とはどのようなものか、とミルトンが問いかけ、問い直し続けた結果、出てきた答えだったのである。

次に、『楽園の喪失』第10巻で、アダムとイヴが神に対して捧げる悔悛の祈り（「詩篇」のジャンルの一つ）に着目する。禁断の実を食したために、神の裁きを受けた後、アダムは心乱れてイヴを糾弾する。しかし、アダムに対するイヴの悔悛の祈りによって心和らいだアダムはイヴに、ともに神への悔悛の祈りを捧げようと提案する。(17)

第10巻におけるアダムとイヴの悔い改めは、しかし、祈りの体をなしていなかった。口の端に上るのは、「溜め息と呻き声」だけであったが、それは心からの悔い改めの祈りだったがゆえに、神の御子の元へと届き、御子はこれを至上の供え物として受け取り、神へのとりなしを行った。ちなみに、ここから明らかとなるのは、ミルトンがカルヴァン(Jean Calvin, 1509–64) の運命予定説には組みしない、ということである。ミルトンは救われようと努力するアダムとイヴの自由意志と祈りを尊重しているからだ。仮に人間が功徳を積んでも救われないとするなら、アダムとイヴの祈りの場面と、それに答えて御子が神にとりなしの祈りを行なう場面は意味を持たないことになる。そして、ことばにならなかったアダムとイヴの祈りの内容を敢えて問うならば、それは、詩篇第85篇第7節をはじめとして、全150篇の多くに認められる内容にほかならない。つまり、神に赦しと慈悲を乞い、罪を犯したために、「生ける屍」となった自分の内に、新たな生を与えてくれるようにという祈りと願いである。

「心からの悔い改めの祈り」こそ、神への最高の捧げものである、とする考え方は、聖書中、まさに祈りの書と呼ぶにふさわしい「詩篇」の各詩行の中にしばしば登場する考え方である。ミルトンもこれを踏襲している。ここで、悔い改めの祈りの詩篇として最も有名であり、本論考第3章で扱った、詩篇第51篇第16–19節に着目する。

神よ、死の嘆きから　わたしを救ってください。
わたしの舌は　あなたの正しさを声高らかに歌いましょう。
主よ、わたしのくちびるを開いてください。
わたしの口はあなたの誉れをのべ伝えましょう。
あなたは　いけにえを喜ばれず、
わたしが　焼きつくすいけにえをささげても、
それをよみされない。
悔いる霊こそ、この上ない　いけにえ。
神よ、あなたは　へりくだった悔いる心を、さげすまされません。

ミルトンは上記引用詩行を字義通りに解釈した。そして、ここに提示された概念を用いて、「堕落後のアダムとイヴの霊的救済」という、旧約聖書「創世記」にはまったく記述のないテーマを、『楽園の喪失』の最重要テーマの一つに据えた。アダムとイヴの救済の第一歩として、2人がことばにならない、「溜め息と呻き声」からなる祈り、「心からの悔悛の祈り」を天に捧げる場面を歌い上げたのである。『楽園の喪失』第10巻最終の19行（1086–1104行）を引用する。

「……裁かれたところへもどり、神のみまえに
虔しみひれ伏し、そこで心ひくく
われらの罪を告白し、みゆるしを乞いまつり、
いつわらぬ悔悛 (“sorrow”) と柔和な謙遜のしるしに、
悔いた (“contrite”) 心の涙で地をうるおし、
われらのため息で大気を満たそうぞ――
これ以上のことが、われらにできようか。
神はかならずや和らがれて、ごきげんを
なおされよう。神のしずけきみ顔には、
み怒りの、いときびしく見えるときでさえ、
好意、恩恵、憐みが光りかがようのだ」
大父は悔いた (“penitent”) 心でこう言った。エバも
ともにふかく悔いた (“remorse”)、ふたりはただちに、

裁かれたところへもどり、神のみまえに
虔しみひれ伏し、心ひくくおのが罪を
告白し、みゆるしを請いまつり、
いつわらぬ悔悛 (“sorrow”) と柔和な謙遜のしるしに、
悔いた (“contrite”) 心の涙で地をうるおし、
かれらのため息で大気を満たした。

全19行の詩行中に、第1義として「悔悛」の意味を持つ語が4度出現する。ミルトンはこれらの語を重ねることによって、アダムとイヴの悔悛と祈りが極めて真摯なものであることを強調する。「悔悛」を意味する語の選択にも、ミルトンの、際だった精緻な配慮が見て取れる。2人の心 “hearts” を形容する “contrite” の語は、本来ラテン語で “con-” 「ともに」 “trite” 「〔地に頭や体などを〕こすり付ける」という意味を持っており、そこから神学的に「深く罪を悔いている」という意味に発展していった。ミルトンはここで敢えて “contrite” の語を採用することによって、形ばかりの懺悔の姿——身体を低くして、あるいはひざまずいて祈りの姿勢を取ること——ではなく、不可視の心の低きさまこそが重要であることをも強調している。しかも、それは当事者全員が心をともにして、一つになって漸く達成される心の姿なのだ。(18) ここには、『王の像』に描かれた、チャールズがひざまづいて神に祈る一幅の絵が英国の一般民衆の情動を激しく揺さぶり、処刑されたチャールズに対する同情を煽ったことに対するミルトンの痛烈な糾弾が込められていると考えられる。

そして、“our Father penitent,” の後にすかさず “nor Eve / Felt less remorse” と続けられているところから、ミルトンがアダムの悔悛だけでなく、イヴの悔悛をも極めて重要視していることが明らかである。アダムの悔悛だけでは、人類の救いはあり得ない。イヴもまた悔悛してこそ、救いは可能となるのである。そのことは、本2行（1097–98行）の前後を挟み込む形で、“hearts contrite”（1091、および、1103行）の語句が出現することからも明らかとなる。ミルトンは、アダムとイヴに代表される夫婦の形を共同体の最小にして最重要の単位と見なしていた。(19) それは、そもそも旧約聖書「創世記」において、最初に神から与えられた人間の結びつきの単位だからである。しかし、それと同時に、ミルトンは個人としての人間の有り様をも尊重した。そうしたミルトンの思考様式が、"hearts contrite" という語句の選択と配列に現出している。ここからもまた、アダムとイヴの悔悛と祈りが、ダビデ王の悔悛と祈りとは次元を異にするものであることが判明する。ダビデ王は単独に悔悛し祈っており、バテシバはまったく関与していない。聖書『サムエル記上』では、バテシバはダビデ王の情欲の対象として描かれている。彼女自身の言動は記述されていない。それゆえ、読者がそこに、個人としてのバテシバの姿を読みとることはない。

一方で、第10巻最終場面に描かれたアダムとイヴの「悔悛詩篇」では、個人としてそれぞれ別箇の悔悛の情 ("penitent": "remorse") に溢れたアダムとイヴが、心を1つにして ("hearts contrite") 祈る姿が描出されている。ミルトンは、『楽園の喪失』において、詩篇第51篇をもとにしながら、独自にして固有の、アダムとイヴの悔悛詩篇という新たな創作詩篇を生み出した。

## おわりに

人類史上、初のそして、最重要と考えられる、アダムとイヴの悔悛の祈りの叙述は極めて短い。しかも、全19行の詩行の内、最初の6行と最後の6行は、ことばも内容もほぼ同じものとなっている。最初の6行は、アダムからイブへの共同作業の呼びかけであり、最後の6行は2人が、まさに、アダムのことば通りの行動を取ったことを示している。2人がどのようなことばを用いて神の許しを願ったかについては具体的に何も語られていない。ここで語られるのは、悔悛し、許しを願って祈る、という、祈る際に人が取るべき心の有り様と祈りの姿勢のみである。ちなみに、バーバラ・ルワルスキー (Barbara Lewalski) は、この祈りの場面で、具体的な祈りのことばが描写されなかったのは、ミルトンの詩的戦略のゆえであり、第11巻冒頭の、神に対する御子の「とりなしの対話」に照準をあてるためだと主張する。[20]

しかし、第10巻のアダムとイヴの悔悛の祈りの描写に込められているのは、真心からの、心のこもった祈りは、人には「溜め息」や「呻き声」としか聞こえなかったとしても、あるいは、稚拙なことばでなされようとも、必ず神に届く、というミルトンの信念である。それは、真のキリスト教徒が、真心から祈りのことばを神に捧げる際には、ことばの形や完成度に拘泥せず、素直に自発的に自然に従って祈ってよいのだ、という一般の人々への激励のメッセージでもある。何か、華麗に、ものものしく、荘厳な伴奏つきで大袈裟に、ことば巧みに祈る必要はないのである。ましてや、権力者から強制的に押し付けられたお仕着せのことばで祈る必要などまったくない。ここには、支配階級により特権化された祈りを民衆の手に取り戻そうという、民主主義的な祈りの精神が確かに息づいている。このミルトンの主張は、さきに引用した『偶像破壊者』第16章の祈りの考察において充分に論じられていたことでもあった。

そして、われわれはまた、この場面に「いつわりの悔悛のことば」で、長々と「ダビデ王の詩篇」の詩行を切り貼りし、他の作品から剽窃して、ものものしく流麗に見える、空疎なことばを重ねる『王の像』の作者にして、悲劇の主人公気取りのチャールズ、および、王党派に対するミルトンの厳しい非難の眼差しを見ることができるのである。このようにして、ミルトンは『偶像破壊者』において展開した「祈りの理論と精神」を『楽園の喪失』において精密化し、「祈りのかたち」として具現化して見せたのである。

## 註

※本論考は、2015 年 12 月 5 日、龍谷大学で開催された日本ミルトン協会第 6 回研究大会における論者の口頭発表「『偶像破壊者』と詩篇翻訳」を大幅に加筆訂正したものである。

※聖書各書の表記は『新共同訳聖書』に従った。

(1) Gaudon, John. *Eikon Basilike—The Portraiture of His Sacred Majesty in His Solitudes and Sufferings*. Ed. Philip A. Knachel. New York: Cornell UP, 1966. xi. Print. 以降、『王の像』の引用はすべて本書からとし、引用の後の（　）内の数字で出典頁を示す。日本語訳は拙訳。

(2) ゴードンは、ワイト島のチャールズに『王の像』の主要部分を見せて指示を受けていたことが夫人の証言から分かっている。上掲書、171。

(3) 英国における詩篇の持つ特殊な重要性に関しては、拙著『詩篇翻訳から「楽園の喪失」へ——出エジプトの主題を中心として』冨山房インターナショナル, 2015. 19–25. Print. を参照されたい。

(4) 山田恵摩「感情対理性——『偶像破壊者』におけるミルトンの姿勢——」『摂理をしるべとして——ミルトン研究会記念論文集』新井明・野呂有子編, リーベル出版, 2003. 36. Print.

(5) Hamlin, Hannibal. *Psalm Culture and Early Modern English Literature.* Cambridge: Cambridge UP, 2004. 194–97. Print. では、『王の像』の口絵と、Hunnis, William. *Seven Sobbes of a Sorrowful Soule for Sinnes*. (1597) の口絵のダビデ王の肖像、および、マーシャルが Bayly, Lewis. *The Practice of Pietie*. (1616) の表題に描いたダビデ王の肖像とが極めて良く似通っていること、先行の二書が広く人口に膾炙していたことが指摘されている。チャールズ＝ダビデ王のイメージを人々の心に植え付けるという王党派の戦略が成功したことが明らかである。

(6) Hamlin 195.

(7) 詳細は、拙著『詩篇翻訳から「楽園の喪失」へ』19 - 25 他。

(8) Milton, John. *Complete Prose Works of John Milton*. Vol. III. Ed. Merritt Y. Hughes. New Haven: Yale UP, 1962. 364–65. Print. 以降、『偶像破壊者』の引用はすべて本書からとし、引用の後の（　）内の数字で出典頁を示す。日本語訳は拙訳。

(9) 拙論「『イングランド国民のための第一弁護論』における自由と隷従」『イギリス革命におけるミルトンとバニヤン』永岡薫・今関恒夫編, 御茶ノ水書房, 1991. 273–301. Print. を参照されたい。

(10) 詳細は、拙論「母と娘の脱失楽園——『フランケンシュタイン』における対等の配偶者」『神、男、そして女——ミルトンの「失楽園」を読む』辻裕子他編, 英宝社, 1995. 76–89. Print. を参照されたい。

(11) 詳細は、Shawcross, John T. “Eikon Basilike.” *A Milton Encyclopedia*. Vol. 3. Ed.

William B. Hunter Jr. London: Associated UP, 1979. 32–34. Print. を参照されたい。

(12) Hamlin 193.

(13) 訳は『聖書　原文校訂による口語訳　詩篇』フランシスコ会聖書研究所訳注, 1968. 中央出版社, 1981. Print. に学びつつ、拙訳を行った個所もある。以降、詩篇の日本語訳は基本的に同書による。英語はカヴァデール版「詩篇」英語訳を採用した『英国国教会祈祷書』の以下の版を使用。*The Book of Common Prayer Ornamented with Wood Cuts from designs of Albert Durer, Hans Holbein, and others. In Imitation of Queen Elizabeth's Book of Christian Prayers*. London: The Folio Soc., 2004. Print.

(14) Hamlin 192.

(15) Lewalski, Barbara K. *Protestant Poetics and the Seventeenth-Century Lyric*. Princeton: Princeton UP, 1979. Print.

(16) 訳は、ミルトン, ジョン『楽園の喪失』新井明訳, 大修館書店, 1978. Print. に学びつつ、一部拙訳を行った個所もある。*Paradise Lost* の引用はすべて、Milton, John. *The Works of John Milton*. Vol. II-1. Gen. Ed. Frank Allen Patterson. New York: Columbia UP, 1933. Print. に基づく。

(17) 詩篇第 51 篇 4 節を基にしたイヴからアダムへの「悔悛詩篇」に関しては、拙論 "From Paraphrasing 'Psalm 114' to Composing *Paradise Lost*." 日本大学文理学部人文科学研究所『研究紀要』第 91 号 (2016)：11–23 を参照されたい。

(18)「改悛」を意味する語の使用に関する更なる分析については、拙著『詩篇翻訳から「楽園の喪失」へ』221–36 に譲る。

(19) Christopher, Georgia B. *Milton and the Science of the Saints*. Princeton: Princeton UP, 1982. 146. Print. に、17 世紀には結婚は一般的に "a little church" にして、"a little state" だと考えられていた、という指摘がなされている。

(20) Lewalski, Barbara K. *Paradise Lost and the Rhetoric of Literary Forms*. New Jersey: Princeton UP, 1985. 252–53. Print.

# 夭折の詩人ジョン・オールダムとその古典翻案

大久保　友博

## 1

17世紀後半に生きて齢30で天然痘によって病没した早世の詩人ジョン・オールダム (John Oldham 1653–1683) は、ジョン・ドライデンが送った追悼詩「オールダム君の想い出に」(‘To the Memory of Mr. Oldham’) によって最もよく知られている。

さようなら、余りにも少なく、余りにも遅れて知られた人よ、
君を私は自分のものと考え、そう呼び始めたのだったが。
[……]
もう一度別れの言葉を、では、さようなら、さようなら、年若い
しかも余りに去ることの早かった、われらが国語の名将マーセラスよ、
君の額は蔦と桂の枝で飾られているが、
運命と暗い夜が君の身を取巻いているのだ。(1)

追悼詩としては、キリスト教の影がほとんどなく、ギリシア・ローマの古典時代のイメージが色濃いとされるため、ドライデンの古典主義を如実に表すものとしても読まれているが(2)、オールダム自身も生前・没後に刊行された小詩集群が、新古典主義の時代にはたびたび版を重ねたという(3)。

文学研究の面でオールダムが注目され始めたのは1918年のことで、本人の手稿が見つかり、そのなかにドライデン『マックフレックノー』が書写されていたため、オールダムが真正の作者と言い出す者があった

のだが、もちろんすぐさま否定されている[4]。そののちの1930年代にしっかりとした手稿と版本の分析にハロルド・ブルックスが乗り出し、その前後で散発的に論文が書かれているものの[5]、本格的な再評価が進んだのは1960年代後半以降である。ブルックスが再びオールダムを研究対象としたほか、今ではドライデン研究の泰斗であるポール・ハモンドが早くに取り組んで単著を上梓し[6]、テクストの批評版も1965年にPOASに収録されたあと、1980年のロビンソン版、87年のブルックス版と続き、98年にはペンギン・クラシックス、2002年にはオックスフォード・ワールズ・クラシックスでも他の作家と合同で著作集が出され[7]、ドライデンの詩のみならずオールダム本人の詩もたびたび論じられるようになったが、21世紀に入ってからは目立った研究がまだ少ない[8]。

そうした論考では、先述の「オールダム君の想い出に」もまた合わせ読まれるわけだが、なかでも焦点が当たっているのは、以下の一節である。

何故なら確かに私たちの魂は近く結ばれ、君の
心は私のそれと同じ詩の道に形づくられていたのだから。
私たちはおのおのの竪琴をとって相似た調べを奏で、
ひとしく無頼の徒や暗愚な輩を忌み嫌った。
二人の労作は一つの目標に向って進められたが、
最も遅れて発った者が最初に着く事となってしまった。

ドライデンは多くの文人に賛辞を寄せているが、ポール・ハモンドによれば、自らと同一視するまでの親近感を示したものは、この詩しかないという[9]。ただしオールダムとドライデンに実際の交流があったかどうかを確かめる証拠は残念ながら残っていない。グロスタシャーで清教徒の教区牧師の子として生まれたオールダムは、王政復古後に職を追われた父が始めた学園で学んでオックスフォード大学に進んだあと、中退して地方の学園の助教師や大きな家の家庭教師などを歴任しているが、

1680年頃ロンドンへ出てきたと見られ、その時分にドライデン周辺と知り合っていたのではと考えられている(10)。

「私たちの魂は近く結ばれ」('our souls were near allied')、「同じ詩の道」('the same poetic mould')、「相似た調べ」('one common note')、「一つの目標」('the same goal') といった言葉で示される文芸とは、ひとつにはもちろん、その詩のなかにも語として出てくる「諷刺詩」であろう。ジョン・オールダムの作品で最も早く批評版テクストとして出たのも、『イエズス会士への諷刺詩』(*Satyrs upon the Jesuits*) と「不注意な陽気者」('The Careless Good Fellow') というふたつの政治諷刺詩であるし、前者は彼の代表作とも目され、ドライデンが『アブサロムとアキトフェル』を書くきっかけのひとつともなった作品だ。

それでいて、オールダムとドライデンが共通して入れ込んだ活動には、もうひとつある。それは古典翻訳、とりわけ詩の翻訳である。事実、オールダムの残した作品の大半は訳詩であり、その著作集の中心的内容も訳詩が多くを占めている。オールダムの翻案・模倣 ('adaptation/imitation') ないし釈意訳 ('paraphrase') に対する考察は、古典主義という観点からは試みられているが(11)、古典との関連を徹底して分析するあまり肝心の詩としての力強い表現や時代性を見落としてしまっているとの指摘がある(12)。本稿では、オールダムの訳業について、周辺の人脈や時代性にも鑑みながら、その訳出の独自性に注目したい。

## 2

ドライデン「オールダム君の想い出に」は、当時の文脈に照らし合わせると、確かに諷刺詩よりもむしろ「古典翻訳」の流れのうちにある。「想い出に」が収録されたオールダム没後の『ジョン・オールダム氏の韻文・散文遺稿集』(*Remains of Mr. John Oldham in Verse and Prose*, 1684)

には、古典翻訳をその内容の要としたドライデン＝トンソン雑詠集の周辺人脈が同じく追悼の詩を寄せているのみならず、当の雑詠集の第二集『杜』(*Sylvae*, 1685) にジェイコブ・トンソンが匿名でオールダムの追悼詩を寄せている。こうした点も 17 世紀末の古典翻訳という文脈にあることの傍証となるだろう。またドライデンは先に引いた箇所の続きで、「こうしてナイサスが滑る道に足をとられて倒れる間に、／その若い友は競争を続け見事勝利を勝ち得たのだ。」と記しているが、ここで引き合いに出されたニーススとエウリュアルスという『アエネーイス』の挿話は、まさにドライデンがその『杜』に抜粋して寄せた訳詩である。

そもそもドライデン「オールダム君の想い出に」と翻訳との関連は、たびたび指摘されてきた。ジェームズ・アンダーソン・ウィンをはじめとする研究者らは、この詩が出されたのが「ロスコモン伯にその優れたる『訳詩論』について寄せる」('To the Earl of Roscommon on his Excellent *Essay on Translated Verse*') と同年の 1684 年であることに注目した上で、これらの詩群がそのあとのドライデン晩年の各種訳業につながるもの、あるいは予告するものとしている(13)。

ロスコモン伯『訳詩論』は、（本来の執筆意図とは異なるものの）ドライデン＝トンソン雑詠集の趣意書よろしく機能した詩論であるが(14)、その冒頭でギリシア・ローマ古典を底本に翻訳へ取り組む動機として、次のように示されている。

> ところが印刷・説教壇・舞台なるものが
> 持てる力を結託し、当代を侵すがために、
> 憤り奮起せる［……］(15)

当時の事情を伝え聞くというチャールズ・ギルドンの解説によれば、この一節は「カトリック陰謀事件」を意識したものであるという(16)。カトリック陰謀事件——別名、教皇派陰謀事件 ('Popish Plot', 1678–81) ——

は発端こそ、タイタス・オーツというイエズス会に恨みを持つ人物による、カトリック教徒がチャールズ２世を暗殺して国家転覆を企んでいるという嘘の密告と、続いて起こった治安判事の変死事件に起因する。ところがその事件の中心は、むしろそうした風聞によって大衆がかつての「血まみれメアリ」や「火薬陰謀事件」ないし「ロンドン大火」の記憶を思い出してヒステリーに陥り、なおかつ騒ぎに便乗した政治家や説教師・文士たちによって、その恐怖を煽るように政治や諷刺の冊子・瓦版が乱れ飛んだことにある(17)。

ロスコモン伯はそうした状況に対し、自分たちだけでもまともな本を出そうと、17世紀における古典翻訳の衣鉢を継ごうとしたわけだが、かたやジョン・オールダムの翻訳が世に出たのもまた、このカトリック陰謀事件がきっかけであった。カトリックを敵視する清教徒の家に生まれた彼は、教皇派の陰謀という捏造された革命未遂に湧く風潮のなかで、代表作『イエズス会士への諷刺詩』となる一連の詩を書いているが、当初書かれた諷刺詩の第一部は内輪の回覧のみに限られていた。ところが時流に乗って陰謀関連の文芸を出したい印刷出版者が、回覧されていたその詩を手に入れ、1679年にオールダムに無断で海賊出版したのだ。そこでオールダム当人はこの海賊出版に対抗しようと、自ら諷刺詩をまとめて1680年末に書籍を出そうとするのだが、そこに一篇の翻訳も含まれた次第である。

この翻訳が評価されたからか、オールダムはさらなる翻訳に邁進するのだが、その背景に、ドライデンも参加したというロスコモン伯の翻訳アカデミーの存在を推測する識者もいる。『訳詩論』が執筆された現場でもあるこのサークルは、古典作家を精読・訳出しては互いに合評するもので、1680年頃から伯の亡くなる1685年1月までのあいだに活動していたと考えられる(18)。なかでも会員のドーセット伯とオールダムにつながりがあり、先行する訳者としてのロスコモン伯を意識しているのもあってか、ウィンは彼をアカデミーの一員と推測するが(19)、一方でカリフォルニア大学出版局版ドライデン著作集の編者は、オールダムは「ロスコモンの貴人・文人らのサークルに入りたがった」が、叶えられずに終わったと考えている[(20)]。

ともあれ、当時のロンドンや文壇の空気として、翻訳者たちが互いに影響を与え合っていたことは間違いないだろう。とりわけ先に触れた『イエズス会士への諷刺詩』とともに収録された古典翻訳について、取り組む直接のきっかけとしてオールダムが触れたのは、まさにドライデンの関わった翻訳書であった。

## 3

> 最後の小品も、価値あるものだとするなら、何かしら触れておくべきだろう。この作品のきっかけは、最近出た『オウィディウス書簡集』の翻訳を読んだことにあり、この書が著者に、同様の主題について自らにできることをやってみようという気持ちにさせたのである。これらはすでに先になされているが、著者は同詩人でもこれを選んだ方が、おそらく自分もかなり自由にやれるから、ふさわしいと思ったのである。始める前にサンズ氏の訳を見ていれば、あえて試みはしなかったはずだ。自らの試みに絶望できるだけの理由はあるし、気づいているのだから。だがもうなされてしまった以上は、著者はそれを燃やすのもしのびなく、むしろ他の誰かにその厄介なものを委ねてしまうことにする。読者は自分の好きなようにすればよく、愛読してくれていいし、それをジョーダン氏の著作集［を写す反古紙］に使ってくれてもいい。[(21)]

この一節は、1680年末にオールダム自らがあらためて刊行した『イエズス会士への諷刺詩』に付された「お知らせ」(‘Advertisement’) の一部で、オウィディウス『転身譜』9巻から抜粋訳した「ビュブリスの情欲」(‘The Passion of Byblis’) へ言及したものである。ドライデンらが1680年中に刊行した『オウィディウス書簡集』(原典は『ヒロインたち』(*Heroides*))は、書肆トンソンによる実験的出版であったが見事に成功して広く読まれており[22]、その試みに影響されて自分もオウィディウスを訳してみたというわけだ。

「ビュブリスの情欲」は、ラテン語原典では200行弱の詩だが、オールダムの翻訳では脚韻がかなり荒削りな350行のヒロイックカプレットで書かれている。「同様の主題」('a like Subject') というのはもちろんオウィディウスの翻訳のことを指しているが、女性主人公を題材としているのもドライデンらの翻訳との共通点だろう。ただしオールダムの場合、女性への関心がかなり「官能的」である点で異なっており、この詩の直後に収録されている別の詩「女性への諷刺詩」('A Satyr upon a Woman') も猥雑な性質を持つものであるから、そこが自分に「ふさわしい」とする所以なのだろう。

『転身譜』のこのエピソードは「ビュブリスの邪恋」とも言い、ビュブリスなる若い娘が双子の兄に禁断の愛を向けるという戒めの話であるが、性的な場面となると原典以上の描き込みが見られるのがオールダム訳の特徴である。たとえば、ビュブリスが恋と知らずに兄と身体を接触させるくだりでは、

　はじめ、自分の新しく生まれた欲情に名はなく、
明滅する火花が炎へと燃え上がることは滅多になかった。
彼女はそれを罪とは思わなかった、兄の唇から
無邪気な至福を掠め取っても、彼女の愛ある抱擁が
しどけなく巻き付きながら頻りに彼の首に回っても。
そして愛はいまだ自然らしさのために紛れていた。[23]

ここは原典では、「はじめは、自分の欲情の火に少しも気づかず、また罪の意識もなしに、たびたび、接吻を交したり、自分の両腕を兄の首にからませたりしながら、長い間、肉親の愛といういつわりの影で、おの

れを欺いていた」[24]という大意だから、行為の部分があえて選ばれて官能性を強調されていることがわかる。先行訳として「お知らせ」でも触れられているジョージ・サンズ訳（同じく英雄対句）の同箇所と比べると、その描写の細かさがより際立つ。

はじめ自分の愛情がわからなかった。
熱心に口づけするのが罪とも思わず、
抱きしめて不義をおかすこともまた。
誤った敬愛の影が彼女を欺いており、[25]

さらに、ビュブリスが性的な夢を見たことを語るところも、サンズ訳と対照させると顕著である。

優しい眠りは、悪意ある間者が入るのを許さず、
ただ、生き写しのごとき悦びを与えてくれる。
神よ！　それはなんという喜悦の場面！　いかに
素早く私は、あえぐ胸にその幻を抱きしめたことか！
なんと激しい躍動で、わが至福に触れんと跳び込み、
わが恍惚の魂は、口吸いのたびごとに翔び果てたか！
息が切れて、気も遠くおだやかに、くずおれるまで、
私は全身で、立ち上る快感にとろけるまま！
思い出すことさえいかに甘美か！　もっとも夜は
妬む光のせいで追い払われ、あまりに早く去った。[26]

その模造の喜びを密告できる間者はいない。
おおウェヌス、共にある汝、翼ある少年よ！
何たる喜悦、何たる満足をその夜に得たか！
いか程にわが全身が快楽にとろけるままか！
思い出すのがいか程の喜びか！　ただ喜び
そのものは短く、逸る夜が我らの幸を妬む。[27]

原典が「夢には、目撃者はいないし、また本物そっくりの快楽も、ないわけではない。ああ、美神(ウェヌス)よ、またたおやかな翼もつその子愛神(クピドー)よ、私はどれほど大きな喜びを味わったことか！　どれほどあらわな欲情に身を任せたことか！　どんなにぐったりとして、骨の髄まで溶けてしまいそうだったか！　思い出すだけでも、何とすばらしかったか！　もっとも、その快楽はあまりに短くて、夜は、まるで私たちのくわだてを妬むかのように、あわただしく過ぎてしまったが」[28]という、あくまで観念的でぼかした表現であることを考えると、オールダムの訳はそれぞれの記述をふくらませながら、性的行為を思わせる表現をかなり書き加えていると言えよう。

そして、近親相姦の愛にビュブリスが悩むところは、原典では「いっそ、この禁じられた情熱を、私の胸から追い払うか、それとも、もしそれもかなわなければ、今のうちに命絶えて、冷たく棺に横たえられた私の亡骸に、どうか兄が、口づけをしてくれますよう」[29]となるが、彼女の語りのうちでも盛り上がる箇所だと考えたのか、明らかにオールダムの創作が付け加えられている。

いや、どうかこの禁じられた炎を追い払わせてくれ、
もしくは、わが血でそれを消させて、それでかき消してくれ。
誉れに穢れもなく、名に傷がつかぬまま、
どうかその同じ墓に、私の愛と恥を埋葬してくれるように。
それでも、私のいまわの際、横たわってあえいでいるところには、
どうか、わが優しき「人殺し」だけがそばにいてくれるように。
どうかその人が、私がため息のうちにその魂を吐き出しているか、
それをながめているときには、憐れみの目で見つめてくれるように。
どうかその人が、(きっと私にそれを与えるのを拒めない)
私の冷たい唇を、一回の親愛なる別れの口づけで、ふさいでくれるように。[30]

こうした恋愛や情事へ露骨に引き寄せた訳出をするのは、ロスコモン伯がその『訳詩論』で翻訳行為を詩神との情交にたとえるのと同じように[31]、王政復古期のある種の詩人たちにとっては、ホモソーシャルな空間における恒例のお遊びでもあった[32]。オールダム訳は、男性同士による内輪での回覧が前提とされるものであるがゆえに、サンズの生真面目な訳に比べれば人に見せるに当たっては厄介な代物であり、あえて意図は言わず、読者に委ねざるを得ないところがある。ただし、匿名出版とするなど多少のはばかりがあり、詩の冒頭で示されるようにあくまで「戒め」ないし「教訓」とされているとはいえ、それを自ら（抱き合わせ）で出版できる点は、当時の翻訳の場もまた何かしらの男性原理に支配されていることが窺われる。ジュリー・ピークマンが言うように、長い18世紀にあっては官能文芸と道徳文芸に区別などなく[33]、むしろ女性への性道徳というかたちで官能文芸が成立しえたのである。たとえばラテン語で書かれたフランスの教訓風官能文芸『女の学校』(Nicolas Chorier, *The School of Women*) が英訳刊行されたのもちょうど翌年の1682年という時期であり、その原型となるラテン語テクストも70年代中盤には英国で流通している。この作品にもビュブリスへの言及が出てくる上に、オールダム自身も読んでいたというから[34]、このオールダム訳のもうひとつの着想元とも言えよう。

またオウィディウスの神話から官能性を見出すという行為は、16世紀末には教科書として向き合った男子学生たちによって早くも始められ、『転身譜』を題材にしたものではトマス・ロッジ『スキュラの変身』(1589) やジョン・マーストン『ピグマリオン』(1598) などがそうした作品として指摘されているが[35]、ハモンドによれば、オウィディウス関連の性的な著作群はとりわけ王政復古期の感性と合致して多く訳され、この「ビュブリスの情欲」もやはりそうした性的な心理描写から評価を得たという[36]。とはいえ1709年のドラリヴィエール・マンリー『新アタランティス』では、官能的な書物としてオウィディウスを読む女性という存在が、女性自身の手で描かれているように[37]、読者が男性に限られていたわけではないことには、留意しておくべきだろう。

こうした猥雑な訳詩からは、同時代の詩人トマス・ブラウンによるルキアノスの翻訳もその一例として思い出されるが、オールダムとも知り合いであった当のブラウンによれば、オールダムは「機知ある狂人」(‘witty madman’) であるらしく[38]、このオールダムの小品自体も確かに、知恵あるものの奔放な遊びの域を越えてはいない。ただし本格的な翻訳への挑戦を準備するものとしては、その訳の自由度をじゅうぶん示している点でも、重要な詩であることは間違いない。

## 4

ジョン・オールダムは、翌 1681 年にも『未刊新作数点』(*Some New Pieces Never Before Publisht*) と題した書籍を出版し、この書には 11 点の作品が収められているが、うち 8 点が翻訳・翻案に類するものだった。そして冒頭に置かれたのが、翻案をする上では避けては通れない技法書であるホラーティウス『詩論』の英語版 (‘Horace His Art of Poetry, Imitated in English’) である。本書の「お知らせ」でも、その翻訳に取り組んだことについて、前置きを述べている。

> 疑いなく読者は私が、自分より以前に同じ試みが二名の偉大な手でなされたあとであるのに、厚かましくも『詩論』の翻訳に挑むという罪を犯したとお思いになるだろう。言うまでもなく、ベン・ジョンソンとロスコモン伯のことで、前者は、なされたことが神聖なものとされるほど権威の確立された人物で、後者は、近年成し遂げたものがたいへん見事な成功を収めたため、彼のなしたものまで迫ろうと後を追う考えのどんな者も、いかなる希望もほとんど奪われるほどの人物である。[39]

2点の有名な既訳をしっかり意識しているオールダムであるから、今回の訳し方はそのいずれとも異なっている。先行する翻訳の特徴を簡単に言えば、ジョンソン訳は（本人も出来が気にくわないほどの）手稿に残した個人的なメモのごとき訳文であり、ロスコモン伯のものは原典の趣旨が改変されて、内輪のサークル向けの「過去のものを書き換え自分の作品にする際のべからず集」[40]とも言うべき代物になっていた。そのなかでオールダムは自分にできることを考えるわけだが、「自分より先行するこれらが、気に留めておらず、躊躇ってそのものから取り去ってしまった」[41]点を生かせないかと考えたようだ。

そこで取り組んだのが、『詩論』の大胆な現代化である。

> 私がすぐさま思いついたことは、ホラーティウスへこれまでの見た目以上に今様の着物を着せることで、すなわち、彼にあたかも今生きて書いているかのように語らせることで、成しえないかということだ。そこで私は心に決めて、舞台をローマからロンドンに変え、人や場所・風習などもそれなりに対応できそうな英国の名称を用い、そうしてこの詩にある種の新しい雰囲気を与えて、それを現代の趣向にもっと好ましくしようと考えたのである。[42]

これは先の二者よりもかなり翻案を意識したもので、たとえば『詩論』にある新しい表現や造語について忠告をするくだりでは、原典ではローマの詩人たちが例に挙がっているのに対して、オールダムは英国の詩人らの名を持ちだしている。

> 新しく馴染みない語が最もよく持ち込まれうるのは、
> 近縁の言語から借用された場合である。
> なにゆえ、強情な批評家たちは今、これまでは
> シェイクスピア、ベン、フレッチャーには拒んでいた
> ものを、リーやドライデンには許すというのか。[43]

原典の同箇所の大意は「新しい、つくられたばかりの語は、ギリシアの泉から湧き出す流れを控えめに引いてきたものであれば、信用を博すことになろう。ローマ人がそうした自由をウェルギリウスとヴァリウスには拒み、カエキリウスとプラウトゥスにはあたえようとするのは、どうしてか」[44] となるから、「ビュブリスの情欲」とは大きく訳し方が異なり、原文の趣旨を簡潔にまとめながらも、自分たちの例に置き換えつつ創作の技法をうまく説くかたちになっている。とはいえ台詞と登場人物の性格・特質を一致させるべしという指南の部分において、原典では例として挙がる出身が「コルキス人かそれともアッシリア人か、テーバイ育ちかそれともアルゴス育ちか」[45] となっているのが、オールダム訳では「スペイン人かフランス人、イタリア人、オランダ人かデンマーク人か、／トルコ育ちかインド育ちか日本育ちか」[46] と、やや過剰な翻案になっているところはご愛敬というものだろう。ローマを英国ロンドンに置き換える手法は、のちの「諷刺：ユウェナリス第三詩の模倣」('A Satyr, in Imitation of the Third of Juvenal', 1682) でも用いているが、こちらは同種の試みであるサミュエル・ジョンソン『ロンドン』(*London: A Poem in Imitation of the Third Satire of Juvenal*, 1738) に半世紀先立つものでもあった（なお 1693 年の同詩のドライデン訳ではこうした場所の置換は行われていないが、一方で同年のボワロー『詩法』の共訳では同様の英国化が試みられている）。

ともあれこうした翻案に対して、厳密な翻訳ではないという非難ももちろん出てくるだろうが、この点に関してはオールダムも「お知らせ」でしっかりと先取りして回答している。

> こうした考慮をした上で私はこの作品に取り組み、それに従って推し進めた。伝えておくが、私は原典の言葉を保とうと几帳面になりすぎはしなかった。というのも、それは本作中に収められたある規則に反することだからである。それでいて、その想念には厳正厳密であって、この主題の作品

がそうであるように、平易でわかりやすい筆致でそれを表現した。そこから逸れたと思われるようなところでも［……］、道理のわかる読者なら、私の意図通りに行うためには必要だとわかってくれようし、著者自身も生きていれば（きっと）私を許してくれよう。私は堅苦しさを注意深く避けた上で、書簡詩におけるホラーティウスの特徴で誰よりも彼特有の気安く親しみ深い書き方に（できる限り）合わせようと試みたのである。(47)

ここでオールダムに言及されたホラーティウス『詩論』所収の「規則」については、ハワード・D・ワインブロットが有名な 'Nec verbum verbo curabis reddere fidus interpres' を逐語訳の戒めとして同定しているが、むしろ『詩論』のこの一節は、うまく翻案するためにはどうすればいいかという、その条件の一部でしかないので、はっきりと全体を捉えた方が正確だろう。あらためて掲げると、以下の通りである。

公有財も自分の手中のものとなるだろう、もし
大した値打ちもない開けっぴろげの環のなかにとどまらず、
忠実な仲介役気取りで語を語で再現することに
つとめたりせず、真似をしようと狭いところに飛び込んだばかりに
ひるむなりジャンルのしばりを気にするなりでそこから踏み出せなくならなければ。(48)

このくだりの真意は、「既存のものをうまく自家薬籠中に翻案するためには、誰でもできるような面白くもないことはしないこと、オリジナルの引き写しをしないこと、ルールや模倣を意識しすぎるあまり萎縮してしまわないこと」(49) であるが、まさにオールダム自身の説明とも一致している。これまでに行われたあまりよくない既訳の真似はせず、また原典をそのまま訳すだけという弊には陥らず、さらには萎縮しすぎて必要な改変ができなくなるような事態も避けたというわけだ。

そして気になるのは、当のオールダムがこの箇所をどう訳しているかである。

他人の作品を模倣する際、それをやり遂げ、
自分のものらしくするには、次のいくつかの規則を守ること。
君が彼らの話のどこかしらを表現するときには、
自分で新しい挿話を見つけようと心がけなさい。
著者の言葉を几帳面にすぎるほど辿らずに、
真新しい気品と美点をもってすべてを改めなさい。
密に守ることに自分をしっかりと縛りつけたり、
余裕を求めて撤退せざるを得なくなって
あきらめて、無様になってしまうような、
厳密な模造の規則にこだわったりはしないこと。(50)

彼なりにかなり内容を咀嚼しつつ、平易に訳そうとしていることが窺える訳文である。オールダムの訳があまりに今風で口語的であるとして、粗野な言葉の代名詞である ‘Billingsgate’ を引き合いに出す向きもあるが(51)、既存の高尚文芸の立場に留まるからそう見えるに過ぎない。同時代のウィリアム・ソームズはこの訳を評して、「教師がホラーティウスに出された宿題をやってきたがごとく」(52) だと言うが、ある意味では的確で、助教師や家庭教師を務めていたオールダムの経歴を鑑みるなら、むしろ学園の教師が町の子どもへ、家庭教師がその家の子へ、わかりやすく講釈するような風情とでも言えよう。17 世紀初頭に、同じく教師の立場から翻訳をなしたフィーリモン・ホランド (Philemon Holland, 1552–1637) の場合は、ひとつひとつの語を捉えて逐字講釈するものだったが、同じ教師であっても手法は異なり、オールダムは別のわかりやすいものに喩えて置き換えつつ、読み手の理解を深めさせようとするのである。ケン・ロビンソンは、オールダムの解釈には清教徒特有の主体的な読み方が背景にあるのではと指摘するが(53)、ここでの訳し方はそうした個人的な読解というよりも、書簡詩を意識した語りかけるような文体である上、彼の言う通り、稚拙というよりもわざとその文体を選んでおり(54)、既訳であるジョンソンやロスコモン伯がそうした訳し方をしなかったこ

とを考えると、あえて新訳としての革新性をねらっていることが読み取れる。

翻案として自分の創作に引き寄せて原典を都合良く無視するのではなく、各行を厳密に読んでから内容を膨らますのだから、ワインブロットの「行ごとの翻案」('line by line adaptation') とは言い得て妙な表現だが[55]、オールダムの真骨頂は、各翻案に対してそれぞれに適した別のスタイルを採っている点にある。『未刊新作数点』に収められた翻案詩のみならず、亡くなる直前の1683年に出された『詩と翻訳』(*Poems and Translations*) も、全25点中15篇の訳詩を収めるなど（「諷刺：ユウェナリス第三詩の模倣」含む)、オールダムの翻訳の豊かさや多彩ぶりをじゅうぶんに感じさせるものであった。また訳詩以外の詩でも、古典翻訳への関心を示したものが2篇採録されており、「ベン・ジョンソンの作品について」('Upon the Works of Ben. Jonson') では古典主義者としてのジョンソンを称えているし、「ある友人に宛てる諷刺」('A Satyr: Address'd to a Friend') ではイソップ童話の狼と犬の挿話を下敷きにしている。オールダムの古典翻訳への旺盛な取り組みは、死後にすぐさらなる遺稿集がまとまるほどであるから、この訳業の勢いをそのまま保って翻訳を続けていればむろん、さらに膨大な個人訳詩集が発表されていたことだろう。

そして『未刊新作数点』に収められた詩「田舎から町の友人へ送る詩」('A Letter from the Country to a Friend in Town') では、文筆が儲からぬ営みであることを知りながら、なお訳詩を「書くことが自らの運命」だと捉えており[56]、この詩をしたためた1678年の数年後オールダムはあえて教師の職を辞してロンドンへ上京までしている。『詩と翻訳』の「お知らせ」では詩の出版を続けられていることを喜んでもいて、ようやくパトロンも得たというのに、儚くもその同年には病を得て、後援者であるキングストン伯の邸宅で死没してしまう。幻となった続刊が、ドライデンらの雑詠集やその後の古典翻訳の時流に乗れてさえいれば、世界初の翻訳詩人として身を立てることも不可能ではなかったかもしれない。

## 5

それから240年ほど時を経たアメリカの素人文壇で、オールダムが取り上げられたことがある。ラインハート・クライナー (Rheinhart Kleiner, 1892–1949) という当時の中心人物のひとりは、紹介されてオールダムの詩を読んだあと、次の詩 ('John Oldham: 1653–1683', 1919) を残している。

無視されたオールダム！　ドーセットが好んで
読んだこの韻文を、誰が注目しようか。
恐らく、現代人は彼を劣等生と呼ぶだろう、
かつてはドライデンに賞賛されたというのに！
彼のしばらく崇拝された諷刺という特質も、
今では妙に馬鹿らしく空虚に思えてくる。
その機知は退屈になり、韻文も平板だ。
そこに対立意見などあるはずもない！
だがもし我々が、少しなりとも拍手が
できるようなそれなりの理由を探しても、
こうなるはずさ――もう報いられたのだと、
あのなつかしき王政復古の時代に！(57)

ところが、1919年にあってもなお英国の古典主義文芸を心から愛し、生前はパルプ作家扱いされながら自身も夭折したのち死後評価されることになるアメリカの幻想怪奇作家ハワード・P・ラヴクラフト (Howard Phillips Lovecraft, 1890–1937) は、その返答詩 ('John Oldham; A Defence', 1919) で、ドライデン「オールダム君の想い出に」の表現を響かせなが

ら、自虐的にこう記している。

現代の才人が蔑みとともに、素直な
オールダムの荒削りの頁を罵りながら、
確かに彼の詩神も阻喪蒼白となろうとも、
知ったかぶりの横目でもって、
先人の誤りを咎めもしようとも、
そしてオールダムにある、あらゆる詩人の犯すはずの
つまらなさをこき下ろすにせよ、どうか大目に見てほしい。
時折私は思うのだ、彼が死んでなかったとしたら、
歳を重ねたジョンは、別の面を見せていたのではないかと。
なぜなら、これら小才子がこんにち殴り書きしたものに、
この詩人だって、何とも言えないではないか。(58)

どちらの詩も拙いものだが、20 世紀初頭のアメリカの素人文壇というコミュニティには、17 世紀の文芸世界と似たように、お互いに自作の詩や作品を手紙で送り合って（あるいは同人誌にして）回覧するという性質があった。彼らが実際に読んだのは 1854 年に再刊された『オールダム詩集』（きわめて粗悪な版本）か、あるいはその写しかはわからないが、過去の詩人たちには、コミュニティにおける相互批評という不文律を当てはめようもないので、一方的な揶揄は不公平だとラヴクラフトは考えたのかもしれない。

ただし相手が「諷刺」という従来通りの観点に留まっているのに対して、この尚古趣味の文人が「別の面」('another side') を強調している点は、じゅうぶん注目できよう。ラヴクラフトは、ルネサンスや新古典主義によくある連作ソネットを怪奇風に仕上げてみたり、英国の手稿文化やギリシア・ローマ古典志向を同時代の魔術趣味とかけ合わせて魔道書に仕立てるなど、ある意味では17〜18世紀英国文芸を模倣して翻案するがごとき作家で、古典の翻案に関しても、幼年期には自らオウィディウ

ス『転身譜』冒頭の訳詩、長じてからもホラーティウスのオードの翻訳を試みている。おそらく先にオールダムに関心を抱いたであろうラヴクラフトが目を付けたのは、自分と同様に「翻案」を手がけたという側面ではなかろうか。ドライデンはその追悼詩で「おお、若くして結ばれた実よ、君の限りない蘊蓄に／老齢がいかなるものを加え得たろう」と詠い、正しい韻律や単調な甘さを例に挙げているが、一方で別世界 ('another world') や向こう側 ('beyond') に現実が裏返しになるような幻想的な想像力を見たラヴクラフトが、同じ関心を持つ売れない作家として同情にも似た弁護をしているとすれば、「別の面」とはむしろ好意的な側面であろう。彼の嗜好を考えれば、長生きしていれば諷刺詩のみならず翻案の傑作をものしたのでは、と夢想してもおかしくはない。

死ぬのが早すぎたオールダムは、それでいて「生まれるのが早すぎた」とも言われている(59)。彼の亡くなった5年後には、アレグザンダー・ポープが生まれているが、その同時代であればさらに「別の面」が現れただろうか。背は高いが痩せぎすで、面長で不健康そうな顔をしたこの男(60)、ジョン・オールダムの翻案の革命は、果たされないままで終わったのである。

**注**

(1) 邦訳の引用は、石井正之助訳編『英詩珠玉選』(大修館書店、1990) 67–72頁から。原典は、Paul Hammond and David Hopkins, eds. *Dryden: Selected Poems* (Longman Annotated English Poets) (London: Routledge, 2014) 306–310. およびその元となった5巻本 *The Poems of John Dryden* (London: Longman, 1995–2005). に詳注つきで収録されている。また、「余りにも遅れて知られた人よ」と呼びかける点に関して、オールダム存命中には彼の詩がおおむね匿名出版されていたことを挙げる説もある。詳しくは、Paul Hammond, *The Making of Restoration Poetry* (Cambridge: Brewer, 2006) 56–61.

(2) R. G. Peterson, 'The Unavailing Gift: Dryden's Roman Farewell to Mr. Oldham', *Modern Philology* 66.3 (1969): 232–236; Paul Hammond, *Dryden and the Traces of*

*Classical Rome* (Oxford: Clarendon, 1999) 50–52; James Anderson Winn, *John Dryden and His World* (New Haven: Yale UP, 1987) 405.

(3) Paul Hammond, 'Oldham, John', *Oxford Dictionary of National Biography, vol.41* (Oxford: Oxford UP, 2004) 690–692.

(4) Percy L. Babington, 'Dryden Not the Author of 'Mac Flecknoe'', *MLR*, 13 (1918): 25–34; H. M. Belden, 'The Authorship of MacFlecknoe', *MLN* 33 (1918): 449–56.

(5) たとえば、Harold F. Brooks, 'When Dryden write Mac Flecknoe?', *RES*, 11 (1935): 74–78; 'A Bibliography of John Oldham the Restoration Satirist', *Oxford Bibliographical Society Proceedings & Papers*, 5 (1936–39): 1–38; 'John Oldham', *Bulletin of the Institute of Historical Research*, 18 (1940–41): 135–36 ; 'The "Imitation" in English Poetry, Especially in Formal Satire, before the Age of Pope', *RES*, 25 (1949): 124–40.

(6) Harold F. Brooks, 'Oldham and Phineas Fletcher: An Unrecognized Source for Satyrs upon the Jesuits', *RES*, 22.88 (1971): 410–422; 23.89 (1972): 19–34; Paul Hammond, *John Oldham and the Renewal of Classical Culture* (Cambridge: Cambridge UP, 1983).

(7) Elias Mengel, Jr., ed. *Poems on Affairs of State: Augustan Satirical Verse, 1660–1714*, vol.2: 1678–1681 (New Haven: Yale UP, 1965); Ken Robinson, ed. *John Oldham: Selected Poems* (Newcastle: Bloodaxe, 1980); Harold F. Brooks and Raman Selden, eds. *The Poems of John Oldham* (Oxford: Clarendon, 1987); Julia Griffin, ed. *Selected Poems of Abraham Cowley, Edmund Waller and John Oldham* (London: Penguin, 1998); Paul Hammond, ed. *Restoration Literature: An Anthology* (Oxford: Oxford UP, 2002).

(8) オールダムが論じられた例としては、David Hopkins, 'The London Odes on St Cecilia's Day for 1686, 1695, and 1696', *RES*, 45.180 (1994): 486–495; Cooper R. Mackin, 'The Satiric Technique of John Oldham's "Satyrs upon the Jesuits"', *Studies in Philology*, 62.1 (1965): 78–90; Raman Selden, 'Oldham, Pope, and Restoration Satire', *The Yearbook of English Studies*, 14 (1984): 109–126; Rachel Trickett, *The Honest Muse: A Study in Augustan Verse* (Oxford: Clarendon P, 1967) 85–105. 21世紀に入ってからのものとして、James Grantham Turner, *Schooling Sex: Libertine Literature and Erotic Education in Italy, France, and England 1534–1685* (Oxford: Oxford UP, 2003) 260–305. が、オールダムとロチェスターについて1章を割いている。

(9) Hammond, *John Oldham*, 1.

(10) Brooks and Selden, eds. *ibid.*, xxxiv; Hammond and Hopkins, eds. *ibid.*, 306; Winn, *ibid.*, 387, 606.

(11) Hammond, *ibid.*

(12) Ken Robinson, Rev. of John Oldham and the Renewal of Classical Culture, by Paul Hammond. *Yearbook of English Studies*, 18.1 (1988): 274–275.

(13) Greg Clingham, 'Roscommon's 'Academy,' Chetwood's Manuscript 'Life of Roscommon' and Dryden's Translation Project', *Restoration*, 26.1 (2002): 22; Hammond, *The Making*, 147–48; James Anderson Winn, *"When Beauty Fires the Blood": Love and the Arts in the Age of Dryden* (Ann Arbor: U of Michigan P, 1992) 322.

(14) 大久保友博「ロスコモン伯と翻訳アカデミー」『関西英文学研究』6 (2012): 13–20.

(15) 大久保友博「近代英国翻訳論――解題と訳文. ロスコモン伯ウェントワース・ディロン『訳詩論』（抄）」『翻訳研究への招待』10 (2013): 69.

(16) Charles Gildon, ed. *The Laws of Poetry: Explain'd and Illustrated* (London: Hinchliffe, 1721) 283–284.

(17) カトリック陰謀事件の記述については、友清理士『イギリス革命史　上』（研究社、2004）229–253 頁。この時期の文芸については、Mengel, *ibid.*, xxiii–xxxii; Peter Hind, *'The Horrid Popish Plot': Roger L'Estrange and the Circulation of Political Discourse in Late Seventeenth-Century London* (London: Oxford UP, 2010).

(18) 大久保「ロスコモン伯と翻訳アカデミー」

(19) Winn, *John Dryden*, 606.

(20) H. T. Swedenberg, Jr., ed., *The Works of John Dryden*, vol.2 (Berkeley: U of California P, 1972) 384.「オールダム君の想い出に」注の記述で、本篇は 175.

(21) Brooks and Selden, eds. *ibid.*, 4. 以下、オールダムの引用は拙訳による。

(22) 大久保友博「ドライデンの翻訳論と中庸の修辞」『十七世紀英文学を歴史的に読む』（金星堂、2015）211.

(23) Brooks and Selden, eds. *ibid.*, 71.

(24) 松本克己訳「オウィディウス　転身譜」『ギリシア神話集　世界文学全集 2』（筑摩書房、1970）298 頁。

(25) Karl K. Hulley and Stanley T. Vandersall, eds. *Ovid's Metamorphosis Englished, Mythologized, and Represented in Figures by George Sandys* (Lincoln: U of Nebraska P, 1970) 414. 以下、ジョージ・サンズの引用は拙訳による。サンズ訳の特徴に対する考察については、大久保友博「『転身譜』第 15 巻跋詞の訳におけるジョージ・サンズの変容」『歴史文化社会論講座紀要（京都大学大学院人間・環境学研究科）』11 (2014): 55–65. も参照のこと。

(26) Brooks and Selden, eds. *ibid.*, 72.

(27) Hulley and Vandersall, eds. *ibid.*

(28) 松本、前掲書、299 頁。

(29) 前掲書、300 頁。

(30) Brooks and Selden, eds. *ibid.*, 73.

(31) 大久保「近代英国翻訳論（ロスコモン伯）」65–82;「ロスコモン伯と翻訳アカデミー」13–20.

(32) Hammond, ed. *Restoration Literature*, xxvi; Rachel Trickett, *ibid.*, 106–112

(33) Julie Peakman, *Mighty Lewd Books: The Development of Pornography in Eighteenth-Century England* (Houndmills: Palgrave, 2003) 5.

(34) Hammond, *John Oldham*, 33.

(35) オウィディウスの官能性については、Heather James, 'Ovid and the Question of Politics in Early Modern England', *English Literary History*, 70.2 (2003): 344–346; 'Ovid in Renaissance English Literature', *A Companion to Ovid* (Chichester: Wiley-Blackwell, 2009) 423–426. 作品の例については、Ian Frederick Moulton, *Before Pornography: Erotic Writing in Early Modern England* (Oxford: Oxford UP) 22–23.

(36) Hammond, *DNB*, 690; *The Making*, 10.

(37) Bradford K. Mudge, *The Whore's Story: Women, Pornography, and the British Novel, 1684–1830* (Oxford: Oxford UP) 147.

(38) Robinson, ed. *ibid.*, 13.

(39) Brooks and Selden, eds. *ibid.*, 87.

(40) 大久保「ロスコモン伯と翻訳アカデミー」17.

(41) Brooks and Selden, eds. *ibid.*

(42) *Ibid.*

(43) *Ibid.*, 93.

(44) 岡道男訳「ホラーティウス　詩論」『アリストテレース詩学・ホラーティウス詩論』（岩波書店、1997）234 頁。

(45) 前掲書、237 頁。

(46) Brooks and Selden, eds. *ibid.*, 96.

(47) *Ibid.*, 87–88. 言及については、Howard D. Weinbrot, *The Formal Strain: Studies in Augustan Imitation and Satire* (Chicago: U of Chicago P, 1956) 54.

(48) ホラーティウスのこのくだりの解釈については、大久保「ドライデンの翻訳論と中庸の修辞」220–227. および大久保友博「近代英国翻訳論――解題と訳文　ホラーティウス『詩論』（抄）とその受容」『翻訳研究への招待』11 (2014): 35–44. を参照のこと。

(49) 大久保「ドライデンの翻訳論と中庸の修辞」223.

(50) Brooks and Selden, eds. *ibid.*, 97.

(51) Griffin, ed. *ibid.*, xx; Hammond, *DNB*, 691; Trickett, *ibid.*, 91, 97.

(52) Brooks and Selden, eds. *ibid.*, xxxiii.

(53) Robinson, ed. *ibid.*, 11.

(54) *Ibid.*, 7.

(55) Weinbrot, *ibid.*, 49.

(56) Brooks and Selden, eds. *ibid.*, 155.

(57) S. T. Joshi, ed. *The Ancient Track: The Complete Poetical Works of H. P. Lovecraft*, 2nd ed. (New York: Hippocampus P, 2013) 489. 引用は拙訳による。

(58) Joshi, *ibid.*, 145. 同じく引用は拙訳による。

(59) Brooks and Selden, eds. *ibid.*, lxx.

(60) Hammond, *John Oldham*, 19.

# 詩はグローサーズ・ホールにあり
## ——1690年代貨幣危機の文学——

西山　徹

## 1.　はじめに

「きれいな言葉だけ渡して実際には何も払わないのが詩的であるのなら、詩はパルナソスよりグローサーズ・ホールに多くあるのだ」(Wilmot et al. 210) と風刺詩人トマス・ブラウン (Thomas Brown, 1662–1704) は手紙に書いている。グローサーズ・ホールは当時のイングランド銀行の所在地であり、この言葉は、貨幣不足によって大部分の国民が貧しくなっても、もともと貧しい詩人は気にしないだろうと、ブラウンが詩人の境遇を自嘲しつつイングランド銀行を揶揄する文脈で発した逆説的表現である。貨幣の代りに紙券を与えて支払いはしないというのは銀行批判の常套句であり、ブラウンの言葉は、イングランド銀行の発行する手形を保証する実質的なものは何もないのではないか、というこの時代に多くの人が感じていた不安を代弁しているのである。

1690年代イングランドにおいて貨幣の不安定さは単なる時事問題の域を越えた大問題であった。マコーレーは『イギリス史』において、あらゆる商取引や産業に大打撃を与えて麻痺させたこの時代の貨幣危機は国民の大部分に甚大な被害を与えたので、「悪いクラウンや悪いシリングがわずか一年の間にもたらした災い」は「この四半世紀の間に悪い王、悪い大臣、悪い議会、悪い裁判官がイングランド国民に与えてきたすべての災い」に匹敵するのではないかと言う (Macaulay 2567)。またロバート・マークリーは、イングランド銀行設立、コート・ホイッグと下院カントリー派の税金をめぐる攻防、大改鋳などの1690年代の重要な出来事は「文学作品の背景やコンテクストではなく、この10年間に書かれた風刺に決定的な影響を与え、考えられてきた以上に風刺の主題となっている」(Markley 110) と言う。この時期の国民の意識は貨幣に向けられていて、貨幣がなくなるのではないか、手持ちの貨幣が通用しなくなるのではないか、といった不安は当時の著作物の言葉の端々に見られる。貨幣問題はあまりに深刻なものであったので、様々な分野の意識の中に浸透し、物事を考える枠組みとして機能するようになっていたのである。

本論においては、1690年代貨幣危機の中で詩がどのような役割を果たしたか、また当時の貨幣危機と文学の問題がどのように重なりあっていたかを考えたい。貨幣不安の時代に問題になっていたことは、近代に真に価値ある文学が生み出せるのか、という詩人にとって深刻な問題とも繋がっていたからである。

## 2.　17世紀末の貨幣不足

17世紀を通じて潜在的にあった貨幣不足の問題は、名誉革命後の1690年代にはより深刻化した。貨幣不足の悲鳴はあちこちで聞かれる。ジョン・イーヴリンは1696年の日記に貨幣不足に対する苦情を繰り返し書いている。例えば5月24日の日記には「貨幣がやはり極めて不足したままで、信用取引によらなければ何も払えないし受け取れない。造幣局は一般に必要なだけの貨幣を供給していない」(Evelyn 1007) とある。6月11日にも「通貨不足は続いていて、最小の取引だけではなく一般市場の日々の準備分にも足りない」(1009) と通貨不足が商業を滞らせるさまをイーヴリンは記している。地方においても事情は同様で96年7月のノリッジの状況が別の著者によって次のように報告されている。

> 信用以外ではどんな取引も行われない。小作人は地代を払えない。小麦の仲買人は前に買った分の払いができず、商売を続けられなくなるだろう。だからすべてが停滞してしまい、人々の不満は極限に達している。小家族では困窮のために心中する者も相次いでいる。まったくお先真っ暗だ。
>
> (Bohun 139)

マコーレーはこの時期、「何かを買うとなると必ず言い争いが起こった」(Macaulay 2567) と言うが、全国的に商取引が困難になっていたことは以上のような同時代の証言からわかる。

17世紀末のイングランド鋳貨が混乱状態にあったのは、以下のような事情によるものである[(1)]。1663年以前に鋳造された手打ちの打製銀貨 (hammered silver) は縁周りを削り取られ、その内在価値（重量）が大きく減じていたため、特に外国ではもはや使用可能な通貨ではなかった。1663年以降に造幣局で造られた機械打ちの銀貨は、縁にギザ (mill) がついていたので、削り取りは免れたものの鋳潰しは可能であった。ギザが刻まれた縁付きの新銀貨は、イングランドでの額面より大陸での銀地金としての方が価値が高かったので、莫大な量の鋳貨が溶かされて国外へ大量流失した。縁付き貨幣 (milled coins) は蓄蔵されて鞘取り市場に輸出され、削損貨幣 (clipped coins) は流通し続けた。正にグレシャムの法則通り、悪貨が良貨を駆逐していたのである。

以上の様な事情から17世紀後半のイングランドは慢性的に貨幣不足状態にあったが、フランスとの戦争に突入して貨幣不足はさらに加速した。政府は大陸の軍隊に多額の送金をしなければならず、またそのせいで鞘取り売買の機会も増えたからである。造幣局長官ニュートンのよき相談役でもあった局出納係ホプトン・ヘインズ (Hopton Haynes) は1696年、改鋳の必要性を訴える覚書に「銀貨の粗悪化やギニー貨の騰貴のために、全王国はあげて狂乱におちいり、誰一人として何を信用したらよいのかがわからなくなってしまった」(*English Economic History* 678) と記している。鋳貨の信用回復は喫緊の課題だったのである。

1682年にウィリアム・ペティは『貨幣小論』(*Quantulumcunque concerning Money*) において、「貨幣が少なすぎるとき、どんな解決策があるだろうか」という問いを立て、それに対して「我々は銀行を設立しなければならない。そして十分に算定してみると、銀行というものはわが鋳貨の効用をほとんど倍加させるのである」(Petty 2: 446) と答えていた。大規模な改鋳の必要性を説くこの小著は、貨幣不安が極度に高まっていた1695年に印刷出版された。そして80年代初めにペティが貨幣の不安定さに対する対策として提案していた改鋳と銀行設立は、90年代になって実現していったのである。

## 3. イングランド銀行設立

90年代の公設銀行について考えるには、それ以前からあった私設の銀行、特に金匠銀行 (Goldsmith banks)[(2)] のことを頭に置いておかなければならない。近代的銀行業の創始者は金匠であり、「金匠手形」(Goldsmith's notes) はイングランドにおいて発行された銀行券の最も初期の形態であるとされる。もともとは単なる金細工商であった金匠は、両替商としての取引も行なうようになったのみならず、特に内乱期以降は地主や商人たちの現金を堅牢な金庫に預かる業務をも行なっていた。預金に対して金匠が受領書として発行する「金匠手形」は譲渡可能なものとなり、まもなく鋳貨よりいっそうよく流通して、銀貨の不足を補うようになっていたのである。

「銀行業者」(bankers) と呼ばれるようになった金匠は、安い金利で手に入れた資本を、法外な利率（法定歩合は6%であるのに20%、ときには30%以上の利子）で貸付けることで暴利を得ていたこともあって、特に政府に貨幣を貸付けるようになってからは、激しく非難されるようになっていた。しかも、るつぼを所有して貨幣溶解が簡単にできた金匠が、貨幣を地金にして海外流出させていることは一般に知られていたのでなおさらであった。また金匠は、英蘭戦争の戦局不利に起因する取付けや 1672 年の国庫支払い停止によって大きな打撃を受けた。その結果、金匠の発行する紙券は必ずしも望ましい保証を与えるものではないと考えられるようになっていた。

以上のような事情から、金利を引き下げ紙券通貨を保証することのできる公設銀行への期待が高まっていた。イングランド銀行設立前夜の公設銀行待望論としてしばしば引用される H. M. 著『イングランドの栄光』(*England's Glory*, 1694) は、単なる媒介に過ぎない貨幣と同じように銀行券も商取引の基準となりうる (H. M. 4–7) として、公設銀行の設立を促している。当時、紙券の発行は必ずしも永続的なものとして想定されていたわけではなく、貨幣の悪用や貨幣不足に対する過渡的な手段であるとも考えられていた。例えばある匿名著者は、改鋳のために回収した削損貨幣に対して証書を発行し、その証書を裏書きすれば譲渡可能なものにすることを提案している (*A Discourse of the General Notions* 20–21)。そこで想定されているのは改鋳時の過渡的手段としての流通証書である。

1690 年代にはホースフィールドが言うように様々な「貨幣の実験」が試みられ、土地銀行、貨幣銀行、孤児銀行、ミリオン銀行など様々な銀行の提案が起業家によってなされた。起業家ウィリアム・パターソンの提案するイングランド銀行(3)も数ある銀行案の一つであった。パターソンの提案にしたがって 1694 年 5 月、船舶の積荷に課せられる年 10 万ポンドの新税「トン税」他を保証として 120 万ポンド以内の紙券を発行することを認める歳入法が下院で可決され、7 月にイングランド銀行設立の特許状が出された。それは 8% の利子で政府に 120 万ポンドを貸し付けると同時に、資金と同額の 120 万ポンドまでの紙券を発行する銀行の設置を認めるものであった。

クラパムによれば、パターソンのバックにはロンドン・シティのグループがあって、彼らは長年に渡って新しい銀行案を練っていた。彼らは政府債権者の組合と金匠銀行を一つにしたような新機関を作ろうと模索していたのである (Clapham 1: 14–15)。したがってイングランド銀行はパターソン一人の思い付きではなく、その背後にシティの大きな力があった。また、ホイッグ首脳の一人であるチャールズ・モンタギューが肩入れしたことからわかるように、イングランド銀行は最初からホイッグ的なものであった。イングランド銀行はコート・ホイッグとシティの有力者が結びつく形で、つまり半官半民の銀行として登場したのである。ホイッグには、公設銀行は国王と結びつきを深めて絶対君主政を呼び込むのではないかという懸念があったが、議会の承認なしに国王に貸付をすることはできないという一文を設立条項にいれることによって、コート・ホイッグとシティ、つまり政府と財界は手を結んだのである。

## 4. 改鋳と国民土地銀行

しかし、前述したようにイングランド銀行は 90 年代の数ある銀行提案の一つであり、他にも様々な銀行の提案がなされていた。中でも土地銀行については、チェンバレン、ブリスコー、アスギル、バーボンら複数の起業家による提案が複雑に絡み合いつつ競合して乱戦が繰りひろげられていた。土地銀行は土地を担保として土地所有者に信用証券を発行するもので、17 世紀中頃から様々な提案がなされてきたが、90 年代になって現実味を帯びてきた。1693 年 12 月にチェンバレンが議会に提出した土地銀行案は下院委員会によって有益と報告された（杉山 109–111）が、土地銀行計画はそれ以上進展せず、結局イングランド銀行に先を越されることになった。しかし 1696 年の改鋳騒ぎの中で、土地銀行は再び取り上げられることになる。コート・ホイッグが設立したイングランド銀行に対抗する目的で、後にオックスフォード伯爵となるロバート・

ハーリーと下院議長ポール・フォリーを中心とする議会カントリー派が後押しした国民土地銀行 (The National Land Bank) が 1696 年 4 月に下院で認可されたのである。イングランド銀行対国民土地銀行の「銀行の戦争」の背後にあったのは、下院におけるモンタギュー主導のコート派とハーリー主導のカントリー派の熾烈な政治的闘争であった。

改鋳と国民土地銀行設立は一連の流れの中にあるので、まず改鋳(4)の経緯を辿りたい。貨幣の不安定さを是正するために改鋳が必要であることは、17 世紀には多数の認めるところであった。1690 年代の改鋳論争の争点は、貨幣を切上げすべきか、それともエリザベス時代の基準重量に戻すべきかということであった。貨幣の切上げを主張した財政府次官ウィリアム・ラウンズは、鋳造貨幣の額面を 25 パーセント引き上げて現状に適合させることを提案した (Lowndes 199–201)。これに対してジョン・ロックは、貨幣の中に含まれている銀の量をそのままにしておいて外的名称を引き上げても何にもならないとして、貨幣の重量をエリザベス時代の標準に戻すべきであると主張したのである (Locke 410–481)。

下院は議論の後、最終的にロックの方針を選択し、重量と純度の両面における造幣局の既定基準にしたがってすべての削損貨幣を改鋳すること、新貨にはすべてギザを刻んだ縁を付けること、削損貨幣の損失分は国が担うこと、削損貨幣の使用期限を定めること等を 95 年 12 月 10 日に決議した (*The History and Proceedings* 3: 6)。12 月 19 日に布告が出され、削損したクラウン貨や半クラウン貨は翌年 1 月 1 日以降、租税の支払いや国王への貸付けを除いて通用しないことになり、それも 2 月 22 日までに限ると定められた。シリング貨は 2 月 13 日まで、6 ペンス貨は 3 月 2 日までであった。そして最終期限として、クラウン貨や半クラウン貨は 2 月 22 日以降、シリング貨は 3 月 2 日以降、6 ペンス貨は 4 月 2 日以降、いかなる支払いにおいても額面では通用せず、量目においてのみ受け取られることになった。

しかしこの性急な措置はパニックを引き起こした。あらゆる商店で議論が起こり、一般の人々の間で深刻な不平がつぶやかれ、騒動が起こった。そこで96年1月21日に改鋳に関する改正法案が可決され、受け取りの最終期日が延期された。削損貨幣は租税の支払いにおいては5月3日まで、国王への貸付けについては6月23日まで額面通りに受け取られることになったのである。

ここまでが改鋳の経緯であるが、これが国民土地銀行設立(5)の動因となった。改鋳にかかる費用を含めこの年度の一般的な目的のために政府は200万ポンドほど借り入れることが必要であった。下院は、イングランド銀行から資金を調達するのではなく、以前から議論されていた新銀行である国民土地銀行を設立して約250万ポンドを募集によって調達することを2月10日に決議した。この法律は4月27日付の勅令によって国王の裁可を得た (Luttrell 4: 50; *The History and Proceedings* 3: 24)。

5月末にエクセター取引所で国民土地銀行の応募が始まったが、期待に反して応募は少なく、応募期限となっていた8月1日、予定していた資金を集められなかった国民土地銀行は水泡に帰した。最終的な応募総額は、国王自身の応募5,000ポンドを含めてわずか7,100ポンドであり、予定額の250万ポンドには程遠かった。1696年11月24日、下院で国民土地銀行計画の頓挫が報告されている (*The History and Proceedings* 3: 53)。

改鋳と国民土地銀行設立計画のこの流れはイングランド銀行の動向とも深く絡み合っている。改鋳と2月10日の国民土地銀行設立決定の影響で、2月1日に107%の交換比率を示していたイングランド銀行券は同月14日には83%まで下落した (Luttrell 16; 杉山 78)。さらに、削損貨幣が通貨性を失った2日後の96年5月6日、イングランド銀行は激しい取付けを受けた。結局イングランド銀行は、96年7月13日から一年間、部分的兌換停止の状態に追い込まれることになる (Clapham 1: 36)。

これを取り上げたある風刺文 (*The Tryal and Condemnation of the Trustees of the Land-Bank*) は、土地銀行がイングランド銀行を殺害したとしてその事件の架空の裁判の様子を描いている。

このようにイングランド銀行は改鋳や国民土地銀行計画のせいで苦汁をなめたが、逆にこの件を機に特権を拡張し、独占性を獲得していくことになるので、競合者の存在は、結果的にはイングランド銀行にとっては有利に働いた。土地銀行を蹴落とすことによって最善でなくとも次善の策としてイングランド銀行を選択させ、独占的地位を確立していったからである (Andréadès 109–113)。

## 5.　イングランド銀行反対論の成り行き

イングランド銀行に対する反対論は設立当初からあった。イングランド銀行提案者パターソンは、『計画中のイングランド銀行の短い解説』(1694) という小冊子において同行の趣旨について解説し、公設銀行は共和政体にあるべきものであり、君主国にはふさわしくないという、古くからある銀行反対論を取り上げている (Paterson 6–8)。銀行に対する拒否感は、絶対王政と共和政という二つの両極端への恐怖と結びついていたが、国王の権力の強大化に対する懸念については、前述のように議会の承認なしに国王に貸付をすることはできないという一文を入れることで解消された。共和政への不安についてパターソンは、近年イングランドは財産と所有権が安定しているので政変の起こる危険はほとんどないし、また銀行のおかげで貨幣が国民全体に循環するようになれば、国民と国家の結びつきはより確実なものになり、国民も政変を起こそうという気にはならないだろう (Paterson 12;15)、と反論している。

イングランド銀行に対する別の批判は、匿名で出版された『イングランドの安全』(*Angliae Tutamen*, 1695) に見られる。この小冊子は、イングランド銀行はこれまで国の商取引を支えてきた個人的な保証を一撃で破壊して、商業全体を沈滞させた (*Angliae Tutamen* 6)、と私的な銀行家である金匠たちにこの銀行が大きな打撃を与えたことを指摘する。そして、イングランド銀行の成功は「国の一部が他の一部を食い物にする」共食いの結果だとして、この銀行は貨幣利害関係者が土地利害関係者を食い物にする仕掛けだと批判する (7)。さらにこの書は「イングランド銀行は、良貨はすべて貯め込んで、悪貨で支払いを行い、貨幣の価値を好きなように上げたり下げたりしている。そのおかげで商取引が困難で不安定になるのだ」(9) と同行による独占的金融操作をも批判する。「銀行というものは大きな害をもたらす企みであり、この国から追い出すべきものだ」(16) と公設銀行一般に対する強い疑念を示すこのパンフレットは、銀行の企画だけでなく他の数々の企画をも取り上げて、あらゆる企画の根底にあるのは「深い欺瞞」(34) なので、それらは致命的で有害であるとして切り捨てる。

アンドレアデスによれば、イングランド銀行に政治的な理由で反対したのはトーリーおよびジャコバイトと地方地主、商業上の利害で反対したのは金匠らの既存の金融業者および土地銀行提唱者らの競合者である (67–68) が、このまとめには多少の修正が必要であると思われる。政治的な意味でイングランド銀行に反対した者の中にはトーリーとジャコバイトだけでなく、反コート・ホイッグのカントリー・ホイッグも含まれていたので、下院で同行に反対したのはカントリー派のトーリー・ホイッグ連合だったからだ。財政・金融革命の中でトーリー／ホイッグという党派は、カントリー／コートあるいは土地利害関係者／貨幣利害関係者という区分にしたがって再編成されていったのである (Pincus and Wolfram 58–59)。

イングランド銀行に対する激しいパンフレット攻撃を行ったのは、それと競合する土地銀行の提唱者や推奨者である。チェンバレンは自分の提唱する土地銀行と比較してイングランド銀行を批判する小冊子をいくつも出している。またパターソンの『計画中のイングランド銀行の短い解説』を段落ごとに取り上げて反駁するある小冊子は、「よい銀行が商取引に非常に有益なのは間違いない」(*Some useful Reflections* 2) として、「よい銀行」と「悪い銀行」を区別し、「悪い銀行」としてのイングランド銀行を批判して、結局は「よい銀行」としてのチェンバレン土地銀行の擁護に入っていく。イングランド銀行反対論の大部分は、公設銀行そのものに対する反対というより、公設銀行はどうあるべきか、どのような銀行がいいのか、という銀行運営上の問題を扱っていて、そこに見え隠れするのは業界の主導権争いであり、『イングランドの安全』のように公設銀行そのものの是非を問う論考は少ない。

シティとコート・ホイッグの強い後押しがあったことがイングランド銀行存続の要因であったことは確かであるが、最善ではなくとも現実的な次善としてイングランド銀行を肯定する合意が国民の中に形成されていったと思われる。例えば、『イングランド銀行についての所見』(1695)は、「既知の世界の中でロンドンほど銀行が必要とされている都市はない」と認めた上で、人は十人十色でそれぞれ勝手なことを言うが、「問題はどの銀行が最も良いかということでなく、最も害が少ないのはどれかということだ」(*Some Observations upon the Bank of England* 11; 25) と言う。貨幣不足を解消して国の信用を回復することは最優先課題であり、軌道に乗り始めた銀行をなくすことは得策ではないという考えが一般化した結果、消去法的にイングランド銀行が選ばれたという側面があったことは否めない。

## 6. 貨幣危機の文学

1696 年の大改鋳の成果の是非については賛否両論がある[6]。ペティが『貨幣小論』でも疑問として挙げていたように、1663 年以降に鋳造された縁付き銀貨が退蔵・溶解されて海外流失したのなら、改鋳後の新貨が同じ運命を辿ることも予想できたはずである (Petty 2: 440)。しかし、イングランド銀行他の発行する紙券信用を支える基金となる貨幣を健全化して国の信用の回復を図るという意味で、17 世紀末の貨幣不安の時代に大規模な改鋳を行うことは、多少銀を犠牲にしても意義があると判断されたと思われる。そういう意味でロックの理論に基づいて行われた大改鋳については、経済的側面だけでなくイギリス国民の意識に与えた倫理的側面を考えなければその真の意義は理解できないのではないか。政治経済的な小冊子類においても理論的説得のみならず文学的比喩に訴えることはしばしば行われたが、文学は貨幣問題を倫理的に意味付けする上で大きな役割を果たしたと思われる。

1690 年代に書かれた政治詩の多くが貨幣問題を主題として取り上げている。貨幣がなくなるのではないか、手持ちの貨幣が通用しなくなるのではないか、紙券が貨幣の代わりとなるのか、改鋳と租税によって貨幣が巻き上げられてしまうのではないか、といった不安感が、ブロードサイドによって歌われ、また劇場で語られたのである。

例えば、冒頭で引用したトマス・ブラウンは、詩「サッカーボールの中にあった予言」(“A Prophecy Found in a Football”) において、過去に行われた予言の形で「……するとき」という二行連句を繰り返して現状を示し、最後の二行で、そのときにはイングランドは呪われる、という落ちを付けている。そこには貨幣に関する不安が次のように書き込まれている。

チョークでチーズの支払いがされ、金貨が木の割符に成り下がり、
銀行が洪水を防ぐどころか呼び込むとき、
グローサーズ・ホールが債務者監獄に送られるのを恐れ、
国民の信頼が軽くなって鳥の羽根にも騙されるとき、
造幣所は増えるのに貨幣はますます不足し、

和平を望んでいるのに戦争へと向けられるとき、

……………………………………

そのときは、イングランドよ、お前はきっと呪われた恥辱に塗れるだろう。
今さら後悔しても無駄だ。罪を重ねて地獄に堕ちるが良い。(5–10; 19–20)

「チョークでチーズの支払いがなされ」という諺的表現は、ここでは改鋳時に回収貨幣を数える方法を示唆し、金貨が割符に成り下がるという言葉と共に、貨幣が内在的に価値のない物や記号に置き換えられるさまを示している。この詩はイングランド銀行には明らかに批判的で、「堤防」にかけた「銀行」(The Bank) は災害を防ぐどころか呼び込んでいるとして、破産の可能性も示唆されている。この詩はイングランド銀行設立を含む政府の財政策が貨幣不足を防ぎえていないことを国の混乱や衰退と結び付けて呪うのである。

ブラウンは改鋳にも批判的で、別のところでは「我々（お前と俺のことだ）は馬鹿ではないのか。／新貨を確保する前に旧貨を手放すとは。」(Brown, "The Epilogue" 314) と自嘲している。このような見解はブラウンだけのものではなく、ブラウンと近い立場にあった別の詩人も次のように言う。

我々が旧貨全部を手放したことは、
多くの新貨を望む我々の愚かさを示すものだ。
手中の一羽は藪の中の二羽の値打ちがあるということを、
肝心な時に思い出せばよかったのに。 (Hall 21–24)

しかし、改鋳をめぐる不安を取り上げた詩の中には、不本意ながらも改鋳に協力すべしとするものも少なくない。例えばある無名のバラッド詩人は手持ちの旧貨が通用しないと悩む者に次のように解決策を示す。

軽すぎるこのような貨幣を

適正なものにする方法はある。
その方法について我がムーサがやんわり言うのは、
それをすべて造幣所に投げ入れようということだ。
ああ、我々のお金は通用しない、と
もう叫ばなくてもいいように。　(*A Ready Cure* 31–36)

この詩は、旧貨が通用しないと嘆く者に、それを造幣所に納めて新貨鋳造に協力すれば結局嘆かなくても済むようになるのだと、政府の方針に従うことを促すのである。また「真のイングランド人預言者」を名乗る詩は 17 世紀末の状況を次のように歌う。

確かに我が国にはあまり硬貨がなく、
残念ながら富と銀は急速に出て行きつつある。
しかし切り取り屋と鋳造者が硬貨を削り取り、
戦争がそれをニシンの池の向こうに
さらっていったとしても、いいではないか。
そのうち縁付きのクラウン、ポンド、シリング、ペンスがあふれるのだから。
あと 100 年だけ健康に生きていればの話だが。
(*The True English Prophet* 29–35)

ここでは貨幣不足の際に大陸での戦争のせいで税金を搾り取られる状況が皮肉られ、100 年後はいい時代になっているさ、といういささか自暴自棄な歌が聞かれる。この詩は、貨幣がなくなっていくことを憂いつつも、基本的には政府の方針である改鋳を不承不承ながらも受け入れようという姿勢を取っていて、そこに見られるのは安定への願望と一種の諦めである。

イングランド銀行に対しても、ブラウンのようにその運営についての不安感を示す者はあっても、イングランド銀行を名指しで真っ向から激しく攻撃する詩はほとんど見られない。全体的に見られる傾向は、銀行そのものには懐疑的であるものの、現実問題としてすでに作られたイングランド銀行に対してはこれを壊すことは得策ではないとして事後的に容認するという態度である。そのような態度は匿名の風刺詩『土地銀行についての新しいバラッド―信用の回復』(1696) に典型的に現れている。この詩の最初の部分では、金融取引はいかがわしく怪しいものとして香具師の手品に譬えられる。銀行業自体が疑念をもって見られるのであるが、イングランド銀行が正式の捺印証券とともに発行していた当座現金手形、通称「トム・スピードの手形[(7)]」(*A New Ballad* 6) への言及が第1連から見られ、グローサーズ・ホールの名前も出されるので、イングランド銀行自体もそのいかがわしさを免れていない印象を与える。

しかし中盤からこの詩はイングランド銀行を擁護し、その独占を支持する方向に向かう。イングランド銀行は他のあらゆる銀行を束ねるものであったはずだとして、「イングランド銀行」(The Bank of England) という名に付いた定冠詞を取り上げ、「名前に付いたTHEという言葉は／法によれば／「唯一の銀行」と言うのと同じことだ。」(68–70) と言う。そして土地銀行の計画はジャコバイトの陰謀なのでこれを排除すべきだとして、次のようにイングランド銀行の独占を促す。

> グローサーズの店は現在完全に停止して、
> 一銭たりとも支払わないが、
> この店の人々以外は、
> 金を貸し借りする商売を
> 何人も始めてはならないという法を
> 作らせよう。　(116–121)

前述したように、改鋳騒ぎと土地銀行計画具体化のあおりを受けて96年5月6日にイングランド銀行は激しい取付けに遭い、7月13日から一時兌換停止の状態に追い込まれたが、上記の詩句はそれに言及しつつ、イングランド銀行以外のものが銀行業務を行うことを禁じる法を定めるべきであるとして、同行の独占を促している。銀行業自体には疑念を残しつつも、現状としては土地銀行という障害を排除してイングランド銀行に独占的地位を与えることが国の信用回復に繋がるという妥協的かつ現実的な視点がこの詩には見られる。これは小冊子類の中でイングランド銀行が消去法的に支持されていったのと同様の選択である。

## 7. 愛の削損

貨幣の不足や削損は文学作品においてはしばしば倫理的な問題と結び付けられた。例えばタイトルからして当時の状況を踏まえているモットゥー (Peter Anthony Motteux, 1660–1718) の一幕物の戯曲『まったく金なし』(*All without Money*, 1697) の台詞には貨幣をからめた所見が頻出する。「お世辞は悪貨のようなものであり、最も賢い者でさえしばしばそれを手に入れるために良貨を手放してしまう」(Motteux12) と悪貨は実質のない言葉＝お世辞と結び付けられる。登場人物の一人は、貨幣不足を女性の貞節と関連付けて「このお金っていう商品を最近の人々の間で見つけるのは、劇場で処女を見つけるのと同じくらい大変だ」(19) と言う。また「私はグローサーズ・ホールの債権者と同じくらい我慢強い」(20) という台詞は、イングランド銀行が短期の借入れによらず、利付きの永久公債で資金を調達したことへの揶揄である。そして最終的には主人公ニードウェルが心を入れ換えて放蕩生活から足を洗い、「負債を払って、収入に見合った支出をする」(25) ことを宣言してこの劇は幕となる。

貨幣の問題をもっと徹底した形で展開しているのはシバーの『愛の最後の策略』(*Love's Last Shift*) である。この劇はドルリー・レーン劇場で1696年1月に初演されている。96年1月といえば、先ほど見たようにロンドンが改鋳問題で最大の危機を迎えていたときである。95年末の

12月19日の布告によって、96年1月1日より削損貨幣は租税支払いと国王への貸付けを除いて通用しなくなった。その結果ロンドンはパニックに陥り、暴動が起こるまでになって、政府も1月21日法案の修正を余儀なくされたのである。『愛の最後の策略』が舞台にかかっていたのは丁度この時期であった。貨幣に関する比喩がちりばめられたこの劇を見た観客は、そこに現在進行中の貨幣危機に対する何がしかの解決を見出したに違いない。

この戯曲のタイトルにある「最後の策略」とは、貞節な妻アマンダが放蕩者の夫ラヴレスを改心させて自分のもとに取り戻すために行う策略のことである。ラヴレスは結婚6ヶ月で妻に飽き、10年間海外に行って放蕩三昧の日々を送ってきた。ロンドンに無一文で戻ってきた彼は、もう妻は死んだと思っている。妻アマンダは高級娼婦に扮してラヴレスをもてなし一夜を過ごすが、翌朝本当の正体を明かす。ラヴレスはアマンダの貞節に感動して改心する。以上のような主筋に様々な脇筋が絡みつつ劇は進行する。

この劇でも貨幣や金融問題は人間関係を考える枠組みとして作用している。『まったく金なし』同様、貨幣問題は女性の貞節＝真の愛 (virtue) と結び付けられる。劇中の女性談義では「貞節は我が国の貨幣同様劣化しているのだ、処女は縁付きの半クラウンと同じくらい見つからない。実際、「神の恩寵によって」（注：鋳貨に刻まれた銘）は旧貨の縁回りにも16歳の少女にも見つけるのは難しい」(Cibber 79) といった台詞が見られ、愛が貨幣のように削損されていることが嘆かれる。

また主要登場人物の一人ナーシッサはレイディ・マンラヴを罵って次のように言う。

> 嫉妬深い女！　あの気前のいい女は、愛を手元に死蔵している若い男みんなにあげる愛想の基金をきっとたんまり持っているから、私たちのように貞淑な女にとってはすごく邪魔なのよ。イングランド銀行がシティのゴー

ルドスミスにとってすごく邪魔なのと同じだわ。 (70)

ここではイングランド銀行と金匠銀行の対立が戯画化されているが、イングランド銀行批判にまで発展してはいない。別の箇所では金匠が貨幣の削り取りと溶解によって稼いでいたことが揶揄されているので、金匠銀行が肯定されているわけでもない。ここで示されるのは、愛は貨幣であるというアナロジーである。主人公は愛がない（ラヴレス）のと同様金もない（マネーレス）。ナーシッサによれば愛は死蔵された貨幣同様、使用しないでしまっておくことができるし、浮気女は払うべき愛想の基金をたくさん持っている。そして、先ほど見たように、削り取られて劣化する貨幣同様、貞節＝真の愛も劣化するのだ。

この作品のクライマックスは、娼婦に変装した妻アマンダと、それとは知らずに一夜を過ごしたラヴレスに、アマンダが「真の愛についてのお考えをお聞かせください。真の愛を持っている女性がいることをお信じになりますか、それともそんなのはただの空想かしら？」と聞く場面である。ラヴレスはいろいろと考えをめぐらした後に、「そのような女性はいると信じるよ」と答える (104–105)。それを聞いたアマンダは自らの正体を明かし、二人はお互いの愛を確認し合う。都合のいいことに、アマンダは最近死んだ叔父から年収2,000ポンドの遺産を受け取っていたので、ラヴレスは真の愛を得ると同時に無一文の状態から救われることになる。これはラヴレス＝愛のない男が、真の愛（と貨幣）を再び発見するという芝居なのである。『愛の最後の策略』のドラマは当時の貨幣危機の上に成り立っているのだ。

アマンダとラヴレスの会話で問題になるのは、真の愛を持つ女性が存在するかどうかではなく、真の愛を持つ女性が存在すると「信じる」かどうかである。つまり、それが真実かどうかではなく、それが真実であると「信じられる」かどうかが問題にされているのだ。愛が貨幣であるなら、貨幣もまた愛であり、それぞれに真の形があることを信じ、それを求めることが正しい道であり、そうすれば結局は報われるのだ、というのがこの劇の説くところである。そして信用が貨幣であるとすれば、国の基盤を形成する貨幣が不安定になって国に対する信用が揺らぎ、改鋳によってロンドンがパニック状態にあったときの鎮静剤としてこの劇は作用したと思われる。ためらいつつも真の愛＝真の貨幣があると信じると宣言する主人公の言葉に観客は目の前の問題に対するある種の解答を見出したに違いない。貨幣問題を倫理的問題として理解させることで、この劇は改鋳の必要性を人々の腑に落とすことができたのである。

## 8.　貨幣危機と詩才

以上のように、文学作品は貨幣危機に一つの解答を与えていたのであるが、逆に貨幣危機は詩人のアイデンティティに関わる根幹的な問題を突きつけることになった。詩人は自意識的に貨幣の不足を詩才の枯渇と重ね合わせたのである。詩人ドライデンが出版業者トンソンにあてた手紙の中にはトンソンとの金銭トラブルが繰り返し記録されていて、彼もまた 90 年代貨幣危機の当事者であったことがわかる。例えば 1695 年 10 月 29 日付の手紙でドライデンは、「前に送ってくださったようなものではなく、銀の良貨で 50 ポンド送ってください。」(Dryden, *Letters* 77) と良貨での支払いをトンソンに求めている。以前の手紙でドライデンは、トンソンからの送金に真鍮貨や削損貨幣が多く含まれていたことに苦情を言っていたのである (Dryden, *Letters* 75)。

そしてこのようなやり取りがされていたのは、これらの手紙の他の部分に書かれているように、詩人がウェルギリウスの翻訳を行っているときであった。トンソンへの手紙から見られるような貨幣不安はドライデンの精神に深く刻み込まれていたにちがいない。『アエネーイス』翻訳の献辞の中では、貨幣危機が詩人としての切実な問題に絡めて展開され、翻訳の際にウェルギリウスの言葉の豊かさに圧倒されたさまが貨幣の比喩で描写される。「言葉は貨幣のようには簡単に鋳造できず」、「入金がほとんどなくて出金が嵩むと、銀行だけでなく国庫の信用まで損なわれてしまう」のに、ウェルギリウスは「比喩的で優美で響きのよい言葉の蓄えを無尽蔵に備えていて」、翻訳者は「一行ごとに何らかの新しい言葉が求められる」ので、ずっと支払い続けた自分は「破産寸前」となった、とドライデンは翻訳の苦労を語る。しかも「縁付きの新鋳貨」、つまり「新しい言葉」が不足していたので、「古い打製鋳貨」、つまり「一度用いた古い言葉」で支払いをしなければならなかった、と当時の貨幣状況を踏まえて言うのである (Dryden, *Works* 332–334)。

翻訳という文学上の作業が貨幣の交換取引の比喩で語られるこの献辞には古代の詩人に対峙する近代の詩人という新旧論争的意識が見られる。ここでは古代詩人の豊かな言葉の蓄え＝基金と比べると近代詩人たる自分は蓄えが少なく、良貨でなく悪貨で支払いをしなければならないと、古代詩人の優位性を前にした近代詩人の劣等感が言葉の経済学とでも言うべき言葉で語られるのである。

このように貨幣問題は、詩人たちにとって最も切実な問題、つまり真にオリジナルな言葉や作品を生み出す詩才があるかという問題と認識的につながっていた。詩才不足に対し金融革命に倣って近代的な解決をもたらそうとしたのはサー・リチャード・ブラックモアである。詩『機知に対する風刺』(*A Satyr against Wit*, 1699) においてブラックモアは、詩人が持ち寄った詩才を基金として「機知の銀行」を設立することを提唱する。別の詩でも語っているように、彼の想定しているのは文学アカデミーのようなものなのだが、ここでは貨幣問題が文学作品の経済学と結びつけて展開されている。

ブラックモアがこの詩に先立って出版した小冊子『最近の議会の短い記録』は 1695 年から 97 年のウィリアム三世の第三議会の議事進行とその背景をまとめたものであるが、そこにはこの議会の議論の焦点の一つであった貨幣危機とその対策についての解説が見られる。『機知に対する風刺』は、この記録で掘り下げられた貨幣事情に関する知識を文学の世界に置き換えて展開したものである。『最近の議会の短い記録』は90年代の貨幣危機を「病気」ととらえ、それを「治療」するのが「国家の医師」たる議会であるとしていたが (Blackmore, *Short History* 21)、『機知に対する風刺』においては、疫病としての機知が国中に蔓延する様子が描かれる。そして詩人は「機知が国民の美徳を破壊してしまえば、／うまく形成された政府も国も存続し得ない」(Blackmore, "Satyr" 79–80) と嘆き、サマーズを始めとするホイッグ・ジャントーたちに呼びかけ、次のように貨幣の比喩を使って機知の規制を懇願する。

> 最高権力をふるって裁きを行い、
> 国家を苦しめる機知を規制していただきたい。
> 良質のスターリング銀貨を日々払い
> 騙されて機知の銅貨を買う人々を哀れんでほしい。
> いったん詩人たちの出納係が偽の機知の受け入れを拒否したら、
> 機知が流通することはなくなるだろう。
> 分別でメッキしたり、薄く延ばしたりした悪貨は、
> これまで通用していたが、今後通用しなくなるだろう。　　(187–94)

ここでは世に流通する文学作品、つまり機知貨幣は悪貨であるとされる。この悪貨を取り除くためにブラックモアは「布告を出して、削損貨幣はすべて／改鋳するよう命じるのだ」(195–96) と、現実の貨幣政策に倣って大改鋳を提案する。そこでは文学作品はるつぼで溶かされて不純物を取り除かれ、大詩人ドライデンでさえ、その巨大な作品群をるつぼに入れて精製して「不純物」を取り除くと「スターリング銀貨一枚にもならない」(211) という。

しかし、文学作品という貨幣が改鋳のために回収されてしまうと、機知不足が生じて社会が混乱する。そこで提案されるのが「機知と分別の

銀行」の設立である。

> 我々の機知が回収されてしまうと、残りもので
> 詩人たちの学識ある商売を続けるのは難しいのではないか。
> 洒落者や貴婦人がどれほど憂えることか。
> 手近に機知がなくなった彼らは反乱を起こすだろう。
> このような不都合に激怒する人がないように、
> 機知と分別の銀行を設立することにしよう。
> 縁付きの機知が造幣局から新たに戻ってくるまで、
> この銀行の通貨で支払いをするようにしよう。(220–227)

ブラックモアは『最近の議会の短い記録』においても「改鋳の間に貨幣の流通が停滞して支払いが滞る」不都合に対する対策が検討されたことを説明し、「新しい貨幣が鋳造所から戻ってくるまでの間、商取引を支えるための何らかの方策が見つけられなければ、イングランドがやっていけないのは明らかだった」(Blackmore, *Short History* 31) と書いていたが、この詩においては改鋳のための貨幣回収によって起こる貨幣不足に対する現実の対策が機知貨幣不足の対策に重ねられているのである。この詩はあらゆる詩人を敵に回すことになったが、中でもブラウンは機知銀行計画に対して「お前は破産宣告を受けているから、／お前の手形はグラブ・ストリートでも一文にもならない」(“On Sir R— Bl—’s Project” 5–6) と貨幣の比喩で返している。

以上見てきたように、90年代貨幣危機の当事者であった詩人たちの意識には、貨幣の問題が浸透して愛や詩才といった詩人にとって重要な問題を語る言葉の枠組みを提供していたのである。

## 9. おわりに

貨幣不足が世を揺るがす社会問題になっていた17世紀末には、政府に貸し付ける貨幣を集め、かつ貨幣の代用となる紙券を発行する様々な実験がなされた。この時期、イングランドは貨幣を鋳貨の形から紙券の形へと解き放つ試みによって、いわゆる財政・金融革命の最大の山場を迎えていたのである。鋳貨の内在的価値にこだわった1696年の大改鋳は、貨幣の価値を古来の基準に復古することであり、この革命に逆向するもののように見える。実際、改鋳は即時の経済的解決をもたらすものではなく、大きなパニックを生み出し、社会は混乱状態になった。しかし、改鋳は単なる経済的解決ではなく倫理的問題と絡むものであり、我々の国はごまかしをしていないという、国に対する信用を国民の間に醸し出したと思われる。フェヴィアーの言葉を借りれば、イングランドは「ロックの論法の帰結から、失ったものよりもはるかに多くのものを獲得した」(149) のである。

90年代の文学作品はこの時代の混乱を最小限に収め、新しい制度を何とか軟着陸させる役割を担っていた。商取引の仕組みに精通している者でなければ、その細部まで理解することは難しいと思われる貨幣問題に関する議論を、鮮烈なイメージで語り具体的な体験に訴えることによって、経済問題を意味付けするのが文学作品の役目であった。そもそも貨幣問題を論じた論考にも多くの文学的比喩が使われて同様の効果を発揮していたが、文学作品はそれを強力に推し進め、経済問題に倫理的解決を与えたのである。詩の中には歌のついたものも多く、歌われた詩は記憶に残りやすいし、また劇場で多数の多様な人々に訴えかけられる強みもあったので、その効果は大きかったと思われる。貨幣を語る文学は貨幣危機に倫理性を与えたが、本論で最後に見たように、貨幣危機の方は詩人に愛や詩作を語る一連の言葉をもたらした。経済と文学のこの相互作用こそが1690年代文学の重要な特徴の一つなのである。

## 注

(1) 当時の鋳貨の状況については Andréadès 90–91; Feavearyear 119–125; 伊藤「17–18 世紀の貨幣価値論の系譜について」63–64 を参照。

(2) 金匠銀行については Andréadès 20–26; Feavearyear 101–110 を参照。

(3) イングランド銀行設立については Andréadès 65–67; Clapham 1: 13–20; Feavearyear 125–129 を参照。

(4) 改鋳については Andréadès 90–102; Clapham 1: 35–36; Feavearyear 132–149; Macaulay 2578–2580 を参照。

(5) 国民土地銀行については Andréadès 103–113; Clapham 33–34; Macaulay 2621–2631; 杉山 57–103 を参照。

(6) 大改鋳の経済的評価については楊枝 31–40 に詳しい。

(7)「(トム・) スピードの手形」(Tom Speed's Notes) とは当座現金手形 (running cash notes) の別名で、主席出納管理者トマス・スピードの名を取ってこう呼ばれた。捺印証券 (sealed bill) と違って当座現金手形は捺印されることなく出納管理者の署名だけで発行できた。イングランド銀行は 120 万ポンド以上の捺印証券の発行を認められていなかったが、当座現金手形にはこの制限は当てはまらないとされた (Feavearyear 128–129)。

## 参照文献


Andréadès, A., *History of the Bank of England*. London: P. S. King, 1909. 町田義一郎、吉田啓一訳『イングランド銀行史』日本評論社、1971 年。

*Angliae Tutamen: or, The Safety of England*. London, 1695.

Blackmore, Sir Richard. "A Satyr against Wit" [1699]. *Poems on Affairs of State*. 6: 129–154.

——. *A Short History of The Last Parliament*. London, 1699.

Bohun, Edmund. *The Diary and Autobiography of Edmund Buhun Esq*. Beccles: R. Crisp, 1853.

Brown, Thomas. "The Epilogue written by Mr. Brown, and spoke by Jo. Haines, in the Habit of an Horse-Officer, mounted on an Ass." *The Works of Mr. Thomas Brown*. London, 1730. 4: 313–314.

——. "On Sir R— Bl—'s Project to erect a Bank of Wit." *Commendatory Verses: or, a Step Towards a Poetical War, Betwixt Covent-Garden and Cheap-Side*. London, 1702. 21–22.

——. "A Prophecy Found in a Football" [1697]. *Poems on Affairs of State*. 5: 485–487.

Cibber, Colley. *The Plays of Colley Cibber*. Eds. Timothy J. Viator and William J. Burling. Madison: Fairleigh Dickinson UP, 2001.

Clapham, Sir John, *The Bank of England: A History*. 2 vols. Cambridge: Cambridge UP, 1944. 英国金融史研究会訳『イングランド銀行――その歴史』ダイヤモンド社、1970 年。

*Conscience by Scruples, Money by Ounces; or New Fashioned Scales for Old Fashioned Money*. London, 1697.

*A Discourse of the General Notions of Money, Trade, and Exchanges, as They Stand in Relation Each to Other*. London, 1695.

Dryden, John. *The Works of John Dryden*. Vol. 5. Berkeley: U of California P, 1987.

――. *The Letters of John Dryden*. Ed. Charles E. Ward. Durham, N.C.: Duke UP, 1942.

*English Economic History: Select Documents*. Eds. A. E. Bland, P. A. Brown, and R. H. Tawney. London: G. Bell, 1914.

Evelyn, John. *The Diary of John Evelyn*. Ed. E. S. de Beer. London: Oxford UP, 1959.

Feavearyear, Sir Albert. *The Pound Sterling: A History of English Money*. 2nd ed. Rev. by E. Victor Morgan. Oxford: Clarendon, 1963. 一ノ瀬篤他訳『ポンド・スターリング：イギリス貨幣史』新評論、1984 年。

Hall, Henry. "A Ballad on the Times" [1696]. *Poems on Affairs of State*. 5: 498–500.

*The History and Proceedings of the House of Commons from the Restration to the Present Time*. Vol. 3: 1695–1706. London, 1742.

H. M. *England's Glory; or The Great Improvement Of Trade in General, By A Royal Bank, Or Office of Credit, To Be Erected in London*. London, 1694.

Horsefield, J. Keith. *British Monetary Experiments, 1650–1710*. London: London School of Economics and Political Science: G. Bell, 1960.

Kleer, Richard. "'Fictitious Cash': English Public Finance and Paper Money, 1689–97." *Money, Power, and Print: Interdisciplinary Studies on the Financial Revolution in the British Isles*. Eds. Charles Ivar McGrath and Chris Fauske. Newark: U of Delaware P, 2008. 70–103.

Locke, John. *Locke on Money*. Ed. Patrick Hyde Kelly. Oxford: Clarendon, 1991.

Lowndes, William. "A Report containing an Essay for the Amendment of Silver Coins" [1695]. *A Select Collection of Scarce and Valuable Tracts on Money*. Ed. J. R. McCulloch. London, 1856.

Luttrell, Narcissus. *A Brief Historical Relation of State Affairs from September 1678 to April 1714*. 6 vols. Oxford UP, 1857.

Macaulay, Thomas Babington. *The History of England from the Accession of James the Second*. Ed. Charles Harding Firth. London: Macmillan, 1913–1915.

Markley, Robert. "'Credit Exhausted': Satire and Scarcity in the 1690s." *Cutting Edges: Postmodern Critical Essays on Eighteenth-Century Satire*. Ed. James E. Gill. Knoxville: U of Tennessee P, 1995. 110–126.

Motteux, Peter Anthony. *The Novelty: Every Act a Play*. London, 1697.
*A New Ballad upon the Land-Bank: or Credit Restored*. London, 1696.
Paterson, William. *A Brief Account of the Intended Bank of England*. London, 1694.
Petty, William. *The Economic Writings of Sir William Petty*. Ed. Charles Henry Hull. Cambridge UP, 1899.
Pincus, Steve and Alice Wolfram. "A Proactive State? The Land Bank, Investment and Party Politics in the 1690s." *Regulating the British Economy, 1660–1850*. Ed. Perry Gauci. Farnham: Ashgate, 2011. 41–62.
*Poems on Affairs of State: Augustan Satirical Verse, 1660–1714*. Vol. 5: 1688–1697. Ed. William J. Cameron. New Haven: Yale UP, 1971.
*Poems on Affairs of State: Augustan Satirical Verse, 1660–1714*. Vol. 6: 1697–1704. Ed. Frank H. Ellis. New Haven: Yale UP, 1970.
*A Ready Cure for Uneasie Minds, for That their Money will not Pass*. London, 1696.
Rubini, Dennis. "Politics and the Battle for the Banks, 1688–1697." *The English Historical Review* 85. 337 (1970): 693–714.
*Some Observations upon the Bank of England*. London, 1695.
*Some useful Reflections upon a Pamphlet Called a Brief Account of the intended Bank of England*. London, 1694.
*The True English Prophet: or, Englands Happiness A Hundred Years Hence*. London, 1697.
*The Tryal and Condemnation of the Trustees of the Land-Bank at Exeter Exchange for Murdering the Bank of England at Grocers-Hall*. London, 1696.
Wilkins, W. Walter. *Political Ballads of The Seventeenth And Eighteenth Centuries Annotated*. 2 Vols. London: Longman, 1860.
Wilmot, John, Earl of Rochester et al. *Familiar Letters*. Vol. 1. London, 1697.

伊藤誠一郎「17–18 世紀の貨幣価値論の系譜について」『経済思想にみる貨幣と金融』大友敏明、池田幸弘、佐藤有史編、三嶺書房、2002 年、61–82 頁。
——「17 世紀イングランドにおける信用と基金」『徳・商業・文明社会』坂本達哉、長尾伸一編、京都大学学術出版会、2015 年、33–58 頁。
圓月勝博、佐々木和貴、末廣幹、南隆太編『イギリス王政復古演劇案内』喜志哲雄監修、松柏社、2009 年。
大久保友博「近代英国翻訳論——解題と訳文　ジョン・ドライデン後四篇」『翻訳研究への招待』13 (2015): 83–102.
杉山忠平『イギリス信用思想史研究』未来社、1963 年。
楊枝嗣朗『歴史の中の貨幣 : 貨幣とは何か』文眞堂、2012 年。

# 革命前後のエンブレム作家たちと宗教文化
## ——詩篇（歌）137番を巡って——

松田　美作子

## はじめに

1534年、ヘンリー八世の離婚問題に始まる宗教改革 (Reformation) から1649年、チャールズ1世の処刑で終わる大内乱 (Civil War) へ至る近代初期英国において、新旧、高低、国教会、非国教会など、どの会派であるか否かに関わらず、人々の信仰生活に大きな影響力を持ったのは、詩篇を韻文に訳して歌にした詩篇歌 (metrical psalms) であった。ルターやカルヴァンも詩篇を韻文に訳し metrical psalms にした。ルターの最初の説教（1513年）は『詩篇』についてであったし、自身の訳した詩篇歌の入ったヨハネス・ワルター (Johann Walther) の *Wittenburg Gesangbuch* (1524年) の重要性を以下のように説明している。

> (A)s a good beginning, and to encourage those who can do better, I and several others have brought together certain spiritual songs with a view to spreading abroad and setting in motion the holy Gospel which now, by grace of God, has again emerged, so that we too may pride ourselves, as Moses does in his song, Exodus 15, that Christ is our strength and song and may not know anything to sing or say, save Jesus Christ our Savior, as Paul says, I Corinthians 2).[1]

最初に用いるのによく、また心あるものたちを励ますため、私とほかの何人かは霊歌を持ち込みました。神のみ恵によって今再び現れた福音を海外にも広め、始動させるためにです。さすればわれわれは『出エジプト記』15章において、モーセが自身の歌中でしたように、キリストがわれわれの力であり歌であることを誇りに思うでしょう。そしてパウロが『コリント人への手紙1』2章で述べるように、救世主イエス・キリスト以外に、歌い語るべきことをわれわれは何も知り得えないのです。

彼らは、み言葉を歌にして歌うことは、信条を覚えさせ普及させるのに有効であると見抜いていた。その主たる根拠のひとつは、パウロの「キリストの言葉があなたがたの内に豊かに宿るようにしなさい。知恵を尽くして互いに教え、諭し合い、詩篇と賛歌と霊的な歌により、感謝して心から神をほめたたえなさい。」(『コロサイの信徒への手紙』3: 16)にあった。詩篇歌とは、第一義的に神を讃える頌栄歌である。『詩篇』の詩的で感情豊かな特質は、初期教父時代から注目され、注釈も多く、中世においてはプリマーとして修道士の教育の根幹をなしており、(Brown 4) 典礼以外でも大変重用されていた。(Kuczynski 192)『詩篇』にメロディを附して礼拝時以外でも歌うということは、1558年エリザベスの即位後、「大陸」に逃れていたプロテスタントたちが帰国すると、急速に浸透していった。(Hamlin 32) ルターの『詩篇』の訳をまねたCoverdaleに始まり、1640年までに大きさも様々な300版以上の『詩篇』訳が存在し、(Lewalski 39) 祈祷書と合本で出版されることも多かった。シェイクスピアの『ヘンリー4世・第一部』において、フォールスタッフがハル王子と仲間たちとふざけているとき、"I would I were a weaver, I could sing psalms or any thing."(2幕4場133行)とうそぶくセリフにあるように、身分の低い機織り職人も教会へ通う道すがら歌っていたのである。[2] しかし、英国において、『詩篇』が書かれたヘブライ語に精通していた著作者はほとんどおらず、すべてはラテン語や他言語からの訳を補って解釈され作成されたため、英語で書かれた詩篇歌は、翻訳はオリジナルテクストからという今日考える翻訳とは厳密にはかけ離れていた。すでに中世末、15世紀の初頭にThomas Bramptonによって、「痛悔詩篇」(Penitential Psalms)が英訳されて以来、詩篇歌はballad meterで訳され、ポピュラー・バラッドの韻律は、metrical psalmsによって普及していったのである。(Hamlin 24) 韻文で書かれた詩篇歌は、大きく分けると教会で歌われるのを意図したchurch psaltersと、多くは詩人の手になるlyric poetryとして作成されたものの2種類となるであろう。(Hamlin 32) 双方にもっともよくスタンダードとして使用されていたのは、スターンホールドとホプキンスの詩篇歌集(*Sternhold and Hopkins Psalter*)であった。正式には*The Whole Booke of Psalmes*というタイトルであり、1562年に出版された。ここには『詩篇』に含まれないcanticlesも収められていたが、フランスでポピュラーとなっていたクレマン・マロとテオドール・ベーズの訳した詩篇歌の影響を受けたこの詩篇歌集は、Geneva Bibleの筆頭訳者であるWilliam Whittinghamによって編集された。[3] 幅広い層に受け入れられ、以後出版される詩篇歌の良くも悪くも標準を提供した。その後、ジョージ・サンズ、トマス・ワイアット、シドニー姉弟、エドマンド・スペンサー、トマス・キャムピオン、フランシス・ベーコン、そしてジョン・ミルトンにいたる代表的な文筆家や詩人たち、ジェームズ一世ら王侯貴族、ヘンリー・キング主教のような聖職者たちが部分的にしろ、『詩篇』の翻訳をしている。そのなかには、エイブラハム・フローンス、ジョージ・ウィザー、フランシス・クォールズやエドモンド・アーウェイカーといったエンブレムブックを作成した著作家も含まれる。そして、主な詩人たちの翻訳は、先行研究に取り上げられ論じられているが、エンブレムブックにおける詩篇歌に関しては、十分に考察されていないのである。[4] そこで、本論ではCivil Warを挟んだ複雑な政治的、宗教的状況において、エンブレム作家がどのように『詩篇』に関した図版やそれに附した詩文を描いたのか考察することで、ピューリタン革命前後の宗教文化の一端を明らかにしたい。

『詩篇』の中で重要視され、多々翻訳されたのはPenitential Psalms

(「痛恨詩篇」6, 23, 38, 51, 102, 130, 143 番）であった。布教の目的が改心に導くことであれば、まず最初に罪の自覚を促すことが必要である。そのため、「痛恨詩篇」は、改心への第一歩とみなされていた。本論では7篇のうちから137番を中心に論ずる。137番は、psalm of exile と言われる。『詩篇』は、エルサレム帰還のころに成立したと考えられている。紀元前586年、ユダ王国が新バビロニアに征服され、紀元前538年、アケメネス朝キュロス2世によって解放されるまで、ユダヤ人はバビロンにて捕囚になったのである。すでに一世紀にはユダヤ人は、ローマをバビロンと寓意的に表現しており、(Hamlin 218) この伝統は 宗教改革期においても継承されていた。実際に国を出てさまよう人々はもちろん、信仰について真剣に悩み、迷う信徒も、精神的に exile といってよい状況に置かれていたと考えられる。そのような状況下で、137番がどの『詩篇』より多く訳を試みられ、パラフレーズされて用いられた『詩篇』であった。そして、川の流れとユダヤ人の流す涙の比較、柳の木にかけたハープなど、137番中にみられるモチーフは、当時の宗教改革と連動して音楽が表象する霊的力や寓意的意味を明らかにしてくれよう。声を上げたくても上げられない囚われの身を嘆く137番において、詩文と図版の協働で主張するエンブレムは、Exile の「沈黙」を表象することとなる。宗教改革期において、殉教や迫害などの暴力的な場面を描いたエンブレムが作成されたが、図版に表象された迫害される側の人間は、声を上げられないが、エンブレムの詩文で彼らの声を代弁している。声を上げられないことを声にすることで、〈沈黙〉の表象に込められた意味を描くことができるのである。反宗教改革期のエンブレムにおいて、〈信仰〉は啞で表象され、詩文でその意味は精神的に再解釈される。(Pincus 43) 137番に関連したエンブレムを援用して考察することで、革命前夜のディヴォーションの一側面を考察する。

## ヤン・ファン・デル・ノートの『俗人の劇場』(1569年)

英国のエンブレムブックの展開は、最初期から宗教と政治の問題と切り離すことはできない。現在、初の英語のエンブレムブックと認められているヤン・ファン・デル・ヌート (Jan van der Noot, 1539 or 1540–1595年) の『俗人の劇場』(*A Theatre for Worldlings*, London, 1569) であるが、ヌートもスペイン支配下のネーデルラントから逃れてきた亡命者であった。数千といわれるロンドンに逃れ来た当地出身のプロテスタントのなかには、ヌートのようなカルヴァン主義者で第一級の詩人や、マルクス・ゲーラールツ (Marcus Gheeraerlts the Elder, c.1520–c.1590) のような優れた芸術家もおり、高い技術を生かして工房を営んでいた。彼の銅版画は、初期の木版画にはなかった自然主義を、イングランドに紹介した。(Hodnett 7) 英国の版画の発展に寄与した彼らの功績は、無視できない。17世紀を代表する3人の挿絵画家、ジェームズ一世の招きでイングランドへきて、ジョージ・サンディスの『変身物語』の挿絵を彫った Francis Cleyn (1582?–1658)、初代アランデル伯爵トマス・ハワードが、1637年にイングランドへ連れて来た Wenceslaus Hollar (1607–77)、英国のスポーティング・プリントの父として知られている Francis Barlow (1626?–1704) に大きな影響を与えた。『俗人の劇場』は、まずオランダ語で、次にフランス語版が出てのち、英語版が Henry Bynneman によって出版された。オランダ語版は自身フランドル出身であったロンドン市長 Roger Martens に献呈されており、彼はフランドルからの避難者を庇護した。木版および銅板を彫ったのは、ゲーラールツではなく、同じくロンドンにいた Lucas de Heere であるといわれている。[5] 内容は、Epigrams と銘打たれたクレマン・マロが訳したラウラの死をめぐるペトラルカの "Vision of Petrarque"(Rime 323) からの6編、Sonet と銘打たれた Du Belly のローマの崩壊を描いた "Les Antiquitez de Rome" という11編のソネット・シークエンスからの7編と、ヌート自身が書いた最後の 4 編のソネットで構成されている。大変長い注釈が附されているが、英語版のエピグラムとソネットを英訳したのは、エドマンド・スペンサーであるとされている。当時、まだ 16 か 17 歳であったスペンサーは、Merchant Taylor's School の校長であった Richard Mulcaster の勧めで翻訳の機会を得たかもしれない。(Foster 33) マルカスターもまた、ロンドンのオランダ人社会と通じていた。3 部からなるこの作品は、それぞれ違ったテーマを持っているが、ヴィジョナリーである点、そしてカトリック派の圧政を逃れてロンドンに避難してきたヌートたちの祖国解放と帰国の願いは、バビロンに連れていかれ、エルサレム帰還を願う『詩篇』と、主題は共通している。そこでこの書の詩文のみならず図版をみると、詩篇 137 番のモチーフが潜んでいる。

137 番は、川の流れとユダヤ人が流す涙の関連から始まる。10 連で構成されるスターンホールドとホプキンス版より引用する。

When we did sit in Babylon
　　The rivers round about.
Then in remembrance of Zion
　　The tears for grief burst out.　　(ll. 1–4)[6]

バビロンの流れのほとりに
　　われわれが座っているとき、
シオンを思い出して
　　嘆きの涙があふれ出た。

最初のエピグラムの図版は、川辺で猟犬に追いかけられ、今にも噛みつかれそうな鹿、2 番目は嵐の中の船、3 番目は嵐の後、水たまりに立つ 2 本の木、4 番目は泉のほとりで歌うナーイアス (Naiad) たち、というように、水に関わるエンブレムが続く。とくに、4 番目の 3 人のニンフたち、ナーイアスは、泉のほとりで本を開いて美しい声を唱和させて歌う。"... and the Nymphes withal, / That sweetely in accorde did tune their voice / Unto the gentle sounding of the waters fall. "(ll. 5–7)〔図 1〕しかし、大地が割れて、泉を飲み込んでしまったところで終わる。彼女たちは、7 番目のソネットにも登場する。〔図 2〕ここでは、詩篇 137 番のように、ナーイアスは一人、川辺で腕を組んで腰掛けて嘆いている。このソネットは、マロのローマの崩壊を描いたソネットを基にしている部分のため、彼女の足元を流れる川はテベレ川であり、地にネロやカルグラがまた来たことを彼女は嘆くのである。そして、ヌート自身の筆になる最後の 4 編のソネットは、黙示録的なヴィジョンに満ちている。たとえば、バビロンの大娼婦を描いてその崩壊を預言している。〔図 3〕137 番もまた、9 連はバビロンの崩壊を歌う。

...        O Babylon,
    At length to dust be brought:
And happy shall that man be called,
    That our revenge hath wrought:                    (ll. 36–9)

        おお、バビロンよ、
    ついに破滅がもたらされる。
そして幸いなるかな、
    われわれの仕返しを成すものは。

ここでは、バビロンに対する報復が願われている。スターンホルドが、オランダのプロテスタントであり、当時スペインの圧政に苦しんでいたという歴史的背景もあると思われる。図版につけられたスペンサーの訳文は、オレンジ色の獣に乗るバビロンの娼婦の毒々しい姿を描き、最後に "An Angell then desending downe from Heaven,/ With thonding voice cride out aloude, and sayd,/ Now for a truth great Babylon is fallen." (ll. 12–4) と、バビロンの崩壊を預言している。リチャード・フッカーが "By

## Epigrams.

*Within this wood, out of the rocke did riſe*
*A Spring of water mildely rumblyng downe,*
*Whereto approched not in any wiſe*
*The homely Shepherde, nor the ruder cloune,*
*But many Muſes, and the Nymphes withall,*
*That ſweetely in accorde did tune their voice*
*Unto the gentle ſounding of the waters fall.*
*The ſight wherof dyd make my heart reioyce.*
*But while I toke herein my chiefe delight,*
*I ſawe (alas) the gaping earth deuoure*
*The Spring, the place, and all cleane out of ſight.*

図 1. ヌート『俗人の劇場』 エピグラム 4

## Sonets.

*HArd by a riuers ſide, a wailing Nimphe,*
*Folding hir armes with thouſand ſighs to heaue*
*Did tune hir plaint to falling riuers ſound,*
*Renting hir faire viſage and golden haire,*
*Where is (quod ſhe) this whilome honored face?*
*Where is thy glory and the auncient praiſe,*
*Where all worldes hap was repoſed,*
*When erſt of Gods and man I worſhipt was?*
*Alas, ſuffiſde it not that ciuile bate*
*Made me the ſpoile and bootie of the world,*
*But this new Hydra mete to be aſſailde*
*Euen by an hundred ſuch as Hercules,*
*With ſeuen ſpringing heds of monſtrous crimes,*
*So many Neroes and Caligulaes*
*Muſt ſtill bring forth to rule this croked ſhore.*

図 2. ヌート『俗人の劇場』 ソネット 7

図 3. ヌート『俗人の劇場』 ソネット 12

図 4. ヌート『俗人の劇場』 ソネット 14

Babylon we understand the church of Rome" というように、バビロンは、言うまでもなく当時のプロテスタントにとって、new Rome を表している。[7] ルターは自らの改革を、バビロン捕囚からの解放とみていた。ヌートの11番目のソネットは、黙示録的な戦いの場面が描かれ、7つの頭を持つ beast と逃げ惑う男たちと、それらに対する天使や口から剣を突き出す男などが描かれ、エルサレムの勝利を暗示している。最後の14番目のソネットの図版は、聖ヨハネに伴われ、膝まづいて祈る男が描かれ、エルサレム帰還を思わせる図版で締めくくられる。〔図4〕エルサレムは、ヌートにとって新教を奉ずる祖国であり、ローマと対峙する新教徒の地である。具体的なモチーフとして、詩篇137番に登場する柳の木や、その木に掛けるハープはでてこないが、ラウラの死を悼み、地上的愛の虚しさを歌うペトラルカ、ローマの崩壊に思いをはせるマロのテクストとともに、ヌートは Exile を念頭に置いて、このエンブレム集を作成し、構想の背後には詩篇137番が通底していると思われる。このエンブレム集は、エリザベス一世に献呈されており、ヌートたち「大陸」から逃れてきたプロテスタントにとってのイングランドに対する強い期待が込められている。

## ジェフリー・ホットニーの『エンブレム選集』(1586年)

このころ、フランスではナヴァールの宮廷でジャンヌ・ダルブレに仕えていたジョルジェット・ド・モントネが、宗教的エンブレム集、*Emblemes ou Devises Chrestiennes* (Lyon, 1571) を出版、ユグノーの苦難と堅忍、旧教派の残忍さを訴えている。エンブレムブックは、タイトル数7000に迫るほど多く作成され隆盛を誇ったが、その多くは宗教改革期に新旧両派がそれぞれの信条を広めるために出した宗教的なエンブレム集であった。とくにイエズス会は、布教においてエンブレムの有用性を認識し、各地のコレッジで生徒にエンブレム作成を奨励していた。[8] それに対抗して、新教側でもド・モントネのようにエンブレム集が作成された。ユグノーであったド・モントネのエンブレムは、ヌート以後の本格的な英語のエンブレム集を作成したジェフリー・ホイットニー（Geffrey Whitney）の『エンブレム選集』（*Choice of Emblemes*, 1586年）において、いくつか借用された。このエンブレム集はレスター伯に献呈され、ライデンで出版された。伯爵のネーデルラント遠征に同行して宮廷での職を求めたホイットニーが、「大陸」で出版されたエンブレム集から抜粋して図版は借用し、詩文は訳したり創作したりして作ったものであり、一部オリジナルなエンブレムも作成した。彼の動機は、きわめて政治的であるが、遠征は宗教対立によるため、彼が借用したド・モントネには、犬をけしかけられ、剣で脅される3人の殉教者を描いたエンブレムがある。〔図5–1と2〕モットーは、『詩篇』70:20からとったもので、これは、キリスト教徒として忍耐や友和を訴えるエンブレムの多いド・モントネにあって、暴力的な場面を描いた例外である。当時のフランスの旧教派の残虐を思い出させるものであるが、それを選んだホイットニーもまた、ユグノーの苦難に共感していることがわかる。遠征に同行した多くのオランダ人ヒューマニストや政治家などの名前がエンブレムの献辞にみられ、エンブレムというより、インプレーサ（個人の紋章）の性格を持つものが多い。たとえば、オランダ側の指揮官、ヤーヌス・ドウサにささげたホイットニーのエンブレム206番は、“Everything becomes more mel-lower with time” というモットーのもと、図版はブドウ棚の下で房を手にする男と、傍らに立つ女性を描いている。〔図6〕壁のスタッコに描かれているのはおとめ座のシンボルであり、このブドウの房をもつ女性がおそらくエリザベスであることを暗示する。つまり、渋々ながら許可した遠征であるが、エリザベスはドウサたちを援助することを暗示している。この遠征で命を落とすシドニーに献じたエンブレムもあるが、彼は『詩篇』を訳した一人で、彼と彼の死後、妹メアリ―の引き

*Feu, glaiue, mer, maint chien malicieux,*
*De tous costés les iustes enuironne.*
*Rien il n'y a en ce monde enuieux*
*Qui auec dueil ce torment ne leur donne:*
*Mais de la foy l'œil voyant la couronne*
*A eux promise apres l'affliction,*
*Auec sainct Paul trouuent la guide bonne,*
*Qui meine à Christ, nostre saluation.*

Cc

5-1. ド・モントネ『キリスト教的エンブレム集』65 頁

*Sic probantur.* Iacob 24.

TO M. ANDREWES *Preacher.*

THROVGHE tormentes straunge, and persecutions dire,
The Christians passe, with pacience in their paine:
And ende their course, sometime with sworde, and fire,
And constant stand, and like to lambes are slaine.
Bycause, when all their martirdome is past,
They hope to gaine a glorious croune at last.

図 5-2. ホイットニー『エンブレム選集』224 頁

*Tempore cuncta mitiora.*

IANO DOVSÆ, *nobiliss. viri*, DN. IANI DOVSÆ
à *Noortwijck* F.

THE grapes not ripe, the trauailinge man doth waste,
And vnder foote doth treade, as sower, and naughte:
Which, being ripe, had sweete, and pleasaunte taste
Whereby, wee maie this lesson true be taughte.
Howe simple men, doe simplie iudge of thinges.
And doe not waighe that time perfection bringes.

For in this worlde, the thinges most faire, and rare,
Are harde at firste, and seeme both harshe, and sower:
But yet in time, they sweete and easie are,
Then staie for time, which giues both fruite and flower:
And vse our time, and let vs still suppose
No greater losse, then time that wee doe lose.

*Nam mora dat vires, teneras mora percoquit vuas,*
*Et validas segetes, quod fuit herba facit.* Ouid. 1. Remed.

図 6. ホイットニー『エンブレム選集』206 頁

継いだ『詩篇』の翻訳は、ダンが称賛したことで知られ、訳詩として高く評価されている。[9] また、当時のユグノーへの迫害を反映したド・モントネのエンブレム 65–68 番は、先に述べた暴力的な場面が描かれている。1562 年、モンラック (Monluc) 将軍率いる勢力は、ユグノー軍を徹底的に痛めつけ、ギョーム県の大部分を制圧した。その残虐さは、“I have marked my path with corpses hanging from trees on both sides of the road. A single hanging makes a deeper impression than the news of one hundred men lost in battle.” (quoted in Reynolds-Cornell 54) と自身記すほどであった。前述した図 5-1, 2 の犬をけしかけられ、剣で脅され、拷問にあう 3 人の男たちは殉教者であり、このような苦難をなぜ神は与えるのかと嘆きつつ、来るべき再臨の主によって永遠の祝福にあづかることを願う。これは、『詩篇』71 の 20 節、「あなたは多くの災いと苦しみをわたしに思い知らせられましたが、再び命を得させてくださるでしょう。地の深い淵から再び引き上げてくださるでしょう。」に通じる内容である。「選ばれしもの」の艱難を乗り越えんとするのは、ド・モントネの 65 番にある “Ubi Es” というモットーで、顔を覆って木のもとに隠れているアダムを描いたエンブレムにみられる。これは、『創世記』に

図 7-1. ド・モントネ『キリスト教的エンブレム集』65 頁

図 7-2. ホイットニー『エンブレム選集』229 頁-a

描かれたアダムがエバに誘惑されて堕落した場面を描いている。神は偏在し、すべてをみており罪を見逃さないから、迫害されているものへ希望を訴えている。〔図7-1〕これもホイットニーが借用している。〔図7-2〕そして、その監視の目から逃れることのできない人間は、つねに良心を働かせて自らを律していかなければならないことを教えている。ド・モントネ、ホイットニーともに、カルヴァン主義的な罪の告発を表現しており、英国でも、宗教的な問題が政治情勢に大きく関わるにつれ、ディヴォーショナルなエンブレムが作成されていくこととなる。

## フランシス・クォールズの『エンブレム集』(1635年)

こうしたカルヴァン的な傾向は、17世紀イングランドにおいてエンブレム集を作成したクォールズやウィザーにも引き継がれていく。この2人を選んだのは、それぞれ王党派と忠実なプロテスタントであるからで、詩篇137番に限ってであるが、2人のエンブレムを考察してみたい。チャールズ一世の即位後、対立の度合いを深めていく議会と国王の揺れ動く政治情勢のさなか、政治的なパンフレットを書いたり、国王を巡る政争で投獄されたり、彼らの周囲もまた、つねに平穏ではなかった。クリストファー・ヒルは、当時の歴史的展開を彼らの歩んだ人生や著作から再構築することを試みている。[10] しかし、彼らのエンブレム集には、政治的中立がある程度認められよう。なぜならエンブレムは、特定の人物というより、不特定多数に向けて作成されるからである。彼らの信条に縛られない声を考察することが可能であろう。まず、クォールズから考察したい。

フランシス・クォールズ (Francis Quarles) は、多作な著作家であったが、何より『エンブレム集』(*Emblemes*, 1635年) で名を知られている。『エンブレム集』が出版された1935年中に再版されたほどで、その後、1638 年に出版された『人生のヒエログリフ集』(*Hieroglyphikes of the Life of Man*, 1638 年）と合本されて、1639 年から 20 世紀初頭に至るまで出版され続け、受け入れられてきた。[11] 彼は、プロテスタント派の詩人と評されていたが、現在ではチャールズ王の弁護もした穏健な改革を望んだ王党派であると考えられている。革命後、経済的に窮して訳した「詩篇歌」が、ジョン・ジョンストンという文人の手で大西洋を渡って、ジョン・コットンに届けられた。現存するのは 1 から 8 番のみであるが、アメリカでも彼のエンブレム集や『詩篇』の訳が用いられていた。[12] イエズス会士ヘルマン・フーゴの「敬虔な欲望――聖なる教父たちのエンブレム、悲歌、情感によって解明された」(*Pia Desideria Emblematis, Elegiis et Affectibus SS. Patrum illustrata*、アントウェルペン、1624 年）と、アントウェルペンのイエズス会修辞学学院の 9 名の生徒にたちによって作成された『世界像――世界の厄災と危険、神的愛と人間的愛の対立がエンブレムによって解説される』(*Typus Mundi,in quo cuis Calamitates et Pericula nec non Divini, humanique Amoris Antipathia, Emblematice proponuntur*, アントウェルペン、1627 年）というカトリック派の材源を用いているにもかかわらず、彼のエンブレムはプロテスタント派に歓迎されたことになる。その理由として、彼のエンブレムがイグナチウス・ロヨラの確立した瞑想の方式に倣って、ジョセフ・ホールが広めたプロテスタント派の瞑想に合うように作り変えたことが考えられる。「場所の想設」に始まる形式的な瞑想の手続きによるディヴォーションは、プロテスタント派にとっても受け入れることができるよう、より個人の内面を重視した、場所や対象物を選ばずにできる瞑想へと改変された。[13] それが彼の 20 世紀初頭まで続くポピュラリティの要因であろう。当時、1634 年に初版が出ると、続けて 35, 36, 38 年と再版された。

彼の『エンブレム集』は、タイトル・ページに付随した「希求の祈り」で始まるが、そこには冒頭から詩篇歌との関連が読み取れる。

Rowze thee, my soul, and dreine thee from the dregs
Of vulgar thoughts: Skrue up the heighset pegs
Of thy sublime Theorboe foure notes higher
And higher yet, that so, the thrill-mouth'd Quire
Of swift-wing'd seraphims may come and joine.
And make thy Consort more than halfe divine. ("The invocation", ll. 1–6)

わが魂よ、卑俗なる思いの澱を
汝より洗い流せ。汝の荘厳なるテオルボの
最高度のねじを4音高く締め上げよ。
さらに高く締め上げれば、素早き翼を持つセラフィムらの
歌響き渡る合唱隊の来たりて唱和し、
汝の合唱隊をさらに聖なるものに近づけん。（「希求の祈り」、1–6行）

3行目の「荘厳なるテオルボ」とは、大型のリュートのことで、イギリスでテオルボが本格的に用いられるようになったのは、イタリア風モノディ・オペラの移入の時期と重なり、17世紀中葉になってからである。テオルボはバロック・リュートとともにバロック音楽に欠かせない楽器で、主に通奏低音を奏でるための楽器である。テオルボの「ねじを4音高く締め上げよ」と歌い、このエンブレム集の声の基調を示唆している。弦楽器のペグに言及して俗なる思いから離れ、聖なる思いのみで魂を満たすという。タイトル・ページの図版に描かれた女性は、詩人の魂を表すミューズで、傍らにテオルボを置いて天に向かい歌っている。2本の木の片方は枯れ、もう一方は葉が出ている。（対照的な2本の木は、ヌートのエンブレム3番にもある。）右の枯れている木は世俗詩、葉が出ている方は、宗教詩を表し、「われ、天を向く間、地を蔑む」("Dum Coelum aspicio, Solum despicio") というモットーが記されている。この『エンブレム集』が、声に出して歌うことでディヴォーションを高める詩篇歌のように、信仰生活に寄り添う存在であることを示唆する。

図 8. クォールズ『エンブレム集』4 巻 5

『エンブレム集』には、『詩篇』からとったモットーが 22 ある。5 巻構成で、フーゴの 15 編の Psalm of Degrees（詩篇 120–34 番、または Songs of Ascents）と、ヤハウェの神殿の 15 階段を踏襲して各巻に 15 のエンブレムが収められている。そのなかで、137 番 4 節、“How shall we sing a song of the Lord in a strange land?” をモットーにしているのが、4 巻の最後を飾る 15 番目のエンブレムである。モットーは、欽定訳聖書から引用している。図版には、小川のほとりで両手を広げている人物と、その右側に立つ 3 人の人物を描いている。〔図 8〕 材源であるフーゴに、3 人の男性たちや、川の流れは描かれていない。1686 年にエドマンド・アーウォーカー (Edmund Arwaker) は、クォールズがフーゴに依拠した後の 3 巻の図版に附した文を不服として、『敬虔なる欲望』を忠実に英訳した。この本は、クォールズを除けば再版された唯一の英語のエンブレムブックで、出版から 20 年の内に 2 回再版された。(Freeman 205) 彼の長詩にはこれまでの英語による「詩篇歌」の翻訳の要素が詰め込まれている。彼の詩文は、英国のエンブレム作家のうちで、唯一批評家の関心をひくもので、実際、ブラウニングやソローに称賛された。(Praz 264) その詩文において、図に描かれたものに拠って彼は瞑想を繰り広げる。

> Urge me no more: This Ayry mirth belongs
> To better times: These times are not for songs:
> The sprightly Twang of the melodious Lute

Agrees not with my voice: and both unfruit
My untun'd fortunes: (ll. 1–5)

もうわれを急き立てるな。この軽快な浮かれ騒ぎは
もっとよい時代のものだ。昨今は、歌向きの時代ではない。
陽気にかき鳴らすリュートの音は、
わが声と唱和しない。そしてどちらも
調子のはずれたわが運命を虚しくする。

2行ずつ押韻しており、打ち捨てられたようにみえるリュートは、今は浮かれ騒ぎをして歌など歌う時ではないという語りだしに照応する。リュートが奏でる音楽は、何より恋愛において有用であり、愛を描いたエンブレムにおいて、クピドともに登場する。詩篇137の原文ではハープであり、後で触れるウィザーも含め、翻訳者たちはほかに "instruments" など付け加えたりしているが、ハープとしている。クォールズがリュートにしたのは、おそらく「希求の祈り」でテオルボを描いたからではないだろうか。リュートもテオルボも当時流行した弦楽器で、読者に配慮しているのではとハムリンは推測している。(229) ルネサンス期文芸の文脈では、ハープ類の弦楽器は、それらの弦を調整することが、魂を神に合わせて整える比喩に用いられる伝統がある。アポロンの楽器である7弦の竪琴は、7つの惑星との照合でとらえられ、これらが正しく調律されて奏でる楽音は、天の秩序だった調和を表し、かつ理性と感情のバランスが取れた調和した人間の魂の象徴であった。[14] そのリュートが放置されている、あるいは弦が切れているのは、この地に秩序がないことを示唆する。その代表的な例として、アルチャートの『エンブレム集』(アウグスブルク、1532年) の2番目のエンブレムを挙げておく。イタリア人の同盟という銘のもと、机上に置かれたリュートの図を用いて、国家間の協和をよく調律された弦楽器と比較して訴えている。

さらにクォールズの詩文を読んでいくと、後半においてオルフェウス神話に言及する。人文主義的エンブレムにおいて、古代ギリシア・ローマ神話は作者の訴えたい真理や道徳を寓意的、あるいは象徴的に示すことができる格好の題材であった。アポロンの子であるオルフェウスは、獣や石さえ心を動かれたという音楽、父から受けた竪琴や悲劇的な人生について多くの伝承をうみ、多様な寓意を付与されてきた。オルフェウス神話のなかでも、急死した彼の妻エウリディケを、冥界から連れ戻そうとして失敗するエピソードは有名であるが、人文主義的エンブレムに表象されたオルフェウスは、後で触れるパーマーの場合のように、理想の君主、あるいは文明へ人々を導くリーダーとしてイメージされている。[15] そうしたオルフェウスとエウリディケを、クォールズは詩文の最後で霊的に援用する。

Ah, if my voice could, Orpheus-like, unspell
My poor Euridice, my soule, from hell
Of earths misconstru'd Heav'n, O then my brest
Should warble Ayres, whose Rapsodies should feast
The eares of Seraphims, and entertaine,
Heav'ns highest Deity with their lofty straine,
A straine well drench in the true Thespian Well: (ll. 45–51)

ああ、もしわが声がオルフェウスのごとく
哀れなエウリディケ、わが魂を
天を誤ったこの世の地獄から解き放つことができるなら、
おお、それならわが息は歌曲を吟ずるはずだ。その狂詩曲は
セラフィムたちの耳を楽しませ、
天の最高位の神を高尚な旋律でもてなすこととなる。
真のテスピスの泉によく浸した旋律で。

クォールズは、オルフェウスの lyre を lute に、song を ayres に替えたが、冥界にいるエウリディケを地獄のごとき地に捕らえられている魂（アニマ）にたとえて、この神話を霊的に応用している。モットーとして詩篇 137 番を用いているが、図版に付された神話を用いた詩文は、ローマへの反発を表面に出さず、あくまで信徒個人の内面的な戦いに焦点をあてている。次にウィザーのオルフェウス関連のエンブレムと、翻訳をとりあげよう。

ジョージ・ウィザー (George Wither) は、プロテスタントして 40 年間にわたる文筆生活の中で、罪の問題を人間の自由意志との関連で追求したクォールズ以上に多作な文人である。詩篇歌に関する関心はほかの詩人たち同様高く、1619 年に *Preparation to the Psalter* を、1632 年に *Psalms of David* を出している。前者はチャールズ皇太子に、後者はエリザベス王女に献呈されているが、大内乱では議会派としてクロムウェル軍とともに戦っている。このことからわかるように、彼はロード大主教とは対立する立場であったから、印刷出版業組合に出版を拒否され、*Psams of David* は、小さい質素な 16 折版にてオランダで出版された。[16] しかし、彼は自身の訳が一般信徒に用いられることを願い、非常に簡素なスタイルを用い古い韻律で訳した。それぞれ冒頭に、短く趣旨を述べた argument が付され、彼の解釈がわかる。1632 年の *Psalms of David* の 137 番の「趣旨」を引用する。

> This Elegiacal Hymne, mystically expresseth the Zeal, & love of the faithful, To the Citty of God: And Pro/phecies, the fall of the spiritual Babilon. Wee may sing it to comfort vs during the continuance of our Naturall bondage, & the tirranies of Anti/Christ.

> このエレゲイア体の讃美歌は、神の都に対する、信心厚き者の熱情と愛を神秘的に表す。そして霊的なバビロンの崩壊を預言す。われわれはそれをこの世の隷従と反キリストの暴政が続く間、われわれを慰めるために歌う

ことができよう。

他の翻訳者同様、スターンホールド版を不服としてより原典に正確な訳をするという自負をもっていたウィザーは、137番が霊的バビロンの崩壊を預言し、プロテスタントに慰めを与える讃美歌であることを教える「趣旨」を付け加えることで、人々に親しみやすい「詩篇歌集」を作成したかったのであろう。簡潔さを目指した訳文の第1連を挙げておく。

AS wee nigh Babel River sate,
Wee, overcharg'd with weepings were,
To thinck on Syon's pore estate;
And hung our harpes, on willows there:
For, they to whom wee were inthralled,
On vs, for songs of Syon, called. (ll.1–6)

参照したスターンホールド版は、バラッド形式で訳されている。

When we did sit in Babylon
the rivers round about.
Then in remembrance of Zion
the tears for grief burst out.

We hanged our harps and instruments
The willow trees upon:
For in that place men for their use
Had planted many one.

スターンホールド版は、ウィザーの6行分を8行で表現しており、全体でウィザーが4連すなわち24行で訳しているところ、スターンホールド版は10連すなわち40行で訳している。バラッド形式を用いた数々の訳のなかで、1650年に制定され、以後使用され続けている *The Scottish*

*Metrical Psalter* では、1連4行が9連あり、36行となっており、ウィザーの訳が簡潔であることがわかる。また、*Preparation* のほうは、フォリオ版で出版され、手の込んだタイトル・ページが入っている。当時の書物のタイトル・ページは、エンブレム的な応用表現例である。書物の梗概を、図版を通して表現しており、この場合もウィザーの執筆の意図がうかがえる。〔図9〕画面中央でひざまずいて、ハープをひく男性に注目したい。男性の周囲には、他の楽器を弾くもの、聞いている群衆などとともに、動物が何種類か描きこまれている。ハープをひく男性、そしておとなしくそれを聞いているような動物たちは、われわれにオルフェウスを想起させる。実際、ウィザーは彼の『古今エンブレム集』(*A Collection of Emblemes. Amscient and Moderne*, ロンドン、1635年）において、音楽の力を扱っている。ひとつは、前述したように、恋愛と結びついた心を魅了する世俗的音楽〔図10〕、一方は神のもとで奏でられる魂に作用する音楽である。〔図11〕前者では、“Love, a Musician is profest, And, of all Musicke, is the best” という銘に、クピドがリュートを持った図で、若い女性たちに恋人の声がメロディアスで心をとらえること、しぐさが心の琴線に触れることを説き、愛こそうまい音楽家だという。後者では、“Though Musicke be of some abbor'd, She is the the Handmaid of the Lord” という銘のもと、ヤハウェに音楽を捧げる10弦のハープをひくダビデ王の姿が描かれている。ダビデは、いうまでもなく150編ある『詩篇』の多くを作ったとされ、そのうち73の『詩篇』に彼の名が付されている。心を楽しませ、うっとりさせる音楽 (Soule-delighting-Raptures tuned” (l. 3) の危険を訴えつつ、しかし音楽は神の侍女であり、その力は心が神に向くのを助けると説く。

For, Musicke, is the Handmaid of the LORD,
And, for his Worship, was at first ordained:
……

図 9. Francisco Delaram, ジョージ・ウィザー著、
*A Preparation to the Psalter* のタイトル・ページ

図 10. ウィザー『古今エンブレム集』82 頁

図 11. ウィザー『古今エンブレム集』65 頁

図 12. トマス・パーマー「二百のエンブレム集」
（スローン手稿本 4794）81

Shee, by a nat'rall power, doth helpe to raise,
The mind to God, when joyfull Notes are sounded:
And, Passions fierce Distemperatures, alaies,
When, by grave Tones, the Mellody is bounded.

　というのも、〈音楽〉は、神の侍女であり、
彼を讃えるため、最初に任命されたのだ。
……
彼女は、その生来の力で
楽しい調べを奏でて心が神に向くのを助け、
また、心を乱す激した熱情を鎮める
旋律が荘重な調べにかかったときには。

そして、詩文の最後では、「一斉に新しい信仰の歌を歌おう」("Sing out, Faiths new-songs, with full consent") と呼びかける。これは、自らの詩篇歌が教会で歌われることを願った彼の希望と重なる。そして、タイトル・ページのハープをひく男性と、このエンブレムの男性は神に音楽を捧げる同様の存在であり、ウィザーが信仰生活において音楽の機能を重視していたことを示唆する。

彼は、世俗的音楽にはリュートを、聖なる音楽にはハープを用いている。ハープをひくオルフェウスは、トマス・パーマーの写本、「二百のエンブレム集」(*Two Hundred Poosies*) にもみられる。ここでオルフェウスは、「雄弁の力」とうモットーのもと、その獰猛な獣さえおとなしくさせる音楽で、未開人を森から呼び出す雄弁な指導者として表象されている。〔図 12〕

音楽の力を認識し、それを信仰生活に生かすことをエンブレム作家たちも苦心して考えていた。人文主義者たちが付与した神話の人物の寓意を霊的に解釈することで、神話に親しんだ当時の読者層に、ディヴォーションを行うための助けを提供している。137 番を取り上げてみてきた

が、詩篇歌の普及に伴って、イングランドでも受容された宗教的エンブレムは、人文主義的エンブレムに見られる神話の応用をさらに進め、どのような苦しい環境下でも忘れられることのない音楽の霊的効用を歌い、神を賛美した。最初期のヌートやパーマーからウィザーまで、イングランドのエンブレム作家たちの試みは、詩篇文化を理解するうえで無視できない。

註

1 Translated by Oliver Sirunk, in Source Readings in *Music Histry: The Renaissance*, ed. Gary Tomlinson, 83. カルヴァンは、1538 年、ジュネーヴを追放されて後、フランス語訳を試みているが、1541 年、桂冠詩人クレマン・マロが本格的に仏訳に着手すると、自身の訳は破棄してしまう。マロの死後、テオドール・ベーズが仏訳を引き継ぎ、1562 年、150 の『詩篇』の全訳が完成、いわゆるジュネーヴ詩篇歌である。これは、プロテスタント派の讃美歌に大きな影響を与えた。その 1 つの版で、Claude Goudimel は以下のように述べている。"To the melody of the psalms we have, in this little volume, adapted three parts, not to induce you to sing them in church, but that you may rejoice in God, particularly in your home".(*Source Reading*, 90) 神への賛美が教会内のみならず、個々人の家庭で奨励されていたことを示している。

2『ヘンリー 4 世・第一部』からの引用は、Jonathan Bate and Eric Rausmussen eds. *RSC Shakespeare* (2017) に拠る。

3 スターンホールドとホプキンスの詩篇歌集に関わったジュネーヴからの避難者のうち、ヘブライ語ができたのは、おそらく編者を務めたウィッティンガムだけであった。彼らはまた、詩篇歌をロンドンの "stranger church" で歌っていた。

4 近代初期英文学における主な詩篇歌研究としては、Hannibal Hamlin の諸研究が挙げられる。彼は、*Psalm Culture and Early Modern English Literature*, 234 頁で、エンブレム作家たちに関してさらなる考察が必要であることを記している。

5 詳細は、Louis S.Friedland, "The Illustrations in *The theatre for Worldlings*" で論じられている。

6 本稿で用いる詩篇歌からの引用は、すべて EEBO 版に拠る。

7 *Dictionary of Biblical Tradition in English Literature* の "Babylon" の項 (69–70) を参照。

8 イエズス会修辞学学校での教育と、ブラッセルの Jesuit College における学生たちの見事な作例は、以下に見られる。Karel Portman, *Emblematic Exhibitions (affixiones) at the Brussels Jesuit College (1630–1685)*.

9 The Sidney Psalter に関する詳細な検討は、Hannibal Hamlin, *Psalm Culture and Early Modern Literature*, 118–131 を参照。

10 ヒルは、ミルトンと比較することでウィザーの心性を明らかにしている。*The Collected Essays of Christopher Hill* vol.1, ch.3, "George Wither (1588–1667) and John Milton (1608–74)" を参照。

11 クォールズの版本に関しては、以下を参照。John Horden, *Francis Quarles: A Bibliography of his Works to the year 1800*.

12 新大陸におけるクォールズの受容に関して、筆者はその一部を『墓石に彫られたフランシス・クォールズと「詩篇歌」――近代初期英国におけるプロテスタント派の瞑想を巡って』において、明らかにした。

13 クォールズとロヨラの瞑想法との関連は、ヘルトゲンによって指摘された。Karl J. Höltgen, *Aspects of Emblems*, ch.1 を参照。

14 音楽と秩序を関連づけた以下の論考を参照。James Daly, "Cosmic Harmony and Political Thinking in Early Stuart England".

15 カロジェロは、ルネサンス期のエンブレムに描かれた音楽のイメージを、*Ideas and Images of Music in Renglish and Continental Emblem Books 1550–1700* において、3 種類に分けて論じた。神話的伝統における音楽の力、愛のエンブレムと音楽、そして音楽とスピリチュアリティである。第一部でも、オルフェウスは、無残な死後、残った頭部が預言を行ったという伝承から、ダビデに連なる存在として論じられている。

16 ウィザーと出版業組合との詳しいいきさつについては、Doelman、および Hamlin, 前掲書、57–9 頁を参照。

## 引証文献

Brown, George. "The Psalm as the Foundation of Anglo-Saxon Learning" in Nancy Van Deusen ed. *The Place of the Psalms in the Intellectual Culture of the Middle Ages*. Albany, NY, 1999, 1–24.

Calogero, Elena Laura. *Ideas and Images of Music in English and Continental Emblem Books 1550–1700*. Barden-Barden, 2009.

Daly, James. "Cosmic Harmony and Political Thinking in Early Stuart England", *Transactions of the American Philosophical Society* 69:7 (1979), 1–41.

Doelman, James. *King James I and the Religious Culture of England*. Cambridge, 2004.

Foster, Leonald. "The translator of the 'Theatre for Worldlings'", *ES* 48(1967), 27–34.

Freeman, Rosemary. English Emblem Books. London, 1948.

Friedland, Louis S. "The Illustration in *The Theatre for Worldlings*", *HLQ* 19(1956), 107–20.

Hamlin, Hannibal. *Psalm Culture and Early Modern English Literature*. Cambridge, 2004.

Hill, Christopher. *The Collected Essays of Christpher Hill*, vol.1: *Writing and Revolution in Seventeenth-Century England*. Amherst, MA., 1985.

Hodnett, Edward. *Aesop in England: A Concordance of the Motifs in Seventeenth-Century Illustrations of Aesop's Fables*. Charlottesville, Virginia, 1979.

Höltgen, Karl J. Aspects of the Emblem: Studies in the English Tradition and the European Context. Kessel, 1986.（邦訳：川井万里子・松田美作子訳『英国におけるエンブレムの伝統――ルネサンス視覚文化の一面』慶應義塾大学出版会、2005 年）

Jeffrey, David Lyle ed. *A Dictionary of Biblical Tradition in English Literature*. Michigan, 1992.

Kuczynski, Michaael P. "The Psalm and Social Action" in Nancy van Deusen ed. *The Place of Psalms in the Intellectual Culture of the Middle Ages*. Albany, NY, 1999.

Lewalski, Barbara Kiefer. *Protestant Poetics and the Seventeenth-Century Religious Lyric*. Princeton, N.J.,1979.

Montenay, Georgette de. *Emblemes ou Devises Chrestiennes 1571*. Ed. by John Horden with introductory note by C. N. Smith. Menston, 1973.

Noot, Jan van del. *A Theatre for Worlings*, in ed. by Peter Daly, *The English Emblem Tradition* vol. 1. Toronto, 1988.

Palmer, Thomas. *The Emblem of Thomas Palmer*: Two Hundred Poosies, *Slone MS 3794*. Edited with an introduction and notes by John Manning. New York, 1988.

Pincus, Karen. *Picturing Silence: Emblem, Language, Counter-Reformation Materiality*. Ann Arbor, 1996.

Porteman, Karel. *Emblematic Exhibitions at the Brussels Jesuit College (1630–1685): A Study of the Commemorative Manuscripts* (Royal Library Brussels). Brussels, 1996.

Praz, Mario. *Studies in Seventeenth-Century Imagery*, 2 vols. Roma, 1964–74.

Quarles, Francis. *Emblemes* (1635) and *Hierogriphikes of the Life of Man* (1638). Introd. By Karl J.Holtgen and John Horden. Hildesheim, 1993.

Reynolds-Cornell, Régine. *Witnessing an era: Georgette de Montenay and the Emblèmes ou Devises Christiennes*. Birmingham, Alabama, 1987.

*The Scottish Metrical Psalter of 1650*, taken from EEBO.

Shakespeare, William. *The RSC William Shakespeare Complete Works*. Jonathan Bate and Eric Rasmussen eds. Basingstoke, 2007.

Whitney, Geoffrey. *A Choice of Emblemes and Other Devices (Leiden, 1586)*, The English Experience, 161. Amsterdam, 1969.

*The Whole Booke of Psalmes, Collected into English Metre* (London, 1652). EEBO.

Wither, George. *A Collection of Emblemes, Anscient and Moderne* (1635). Introd. by Rosemary Freeman and bibliographical notes by C. S. Hensley, Columbia, SC., 1975.

——, *A Preparation to the Psalter,* 1619. Spense Society reprint. NY, 1882, rpt. 1967.

—— *The Psalms of David Translated into Lyrick-Verse*, 1632, taken from EEBO.

アンドレア・アルチャーティ（伊藤博明解説・訳）『エンブレム集』（ありな書房、2000 年）

松田美作子『シェイクスピアとエンブレム——人文主義の文化的基層』（慶應大学出版会、2013 年）

——「墓石に彫られたフランシス・クォールズと詩篇歌——近代初期英国におけるプロテスタント派の瞑想を巡って」成城大楽文芸学部紀要『成城文芸』第 237・238 合併号（2016 年 12 月）117–141 頁。

# インングランド国教会における説教を巡る対立

## ――ジョン・ダンとウィリアム・ロード――

久野　幸子

## 序論

ジョン・ダン (John Donne, 1572–1631) とウィリアム・ロード (William Laud, 1573–1645) は同じ頃生まれている。社会階層も同じ、貴族や地主ではなく、中産階層の鉄商人と織物商人の息子であった。しかし、宗教的背景は異なる。ダンはロンドンのカトリックの家系に生まれ、オックスフォード大学に学んだが、カトリックであったため、学位はもらわなかった。長い逡巡の末、1615 年イングランド国教会を選び、説教者として名を成し、聖ポール大寺院主席司祭として、叙階後 16 年、1631 年 3 月 31 日に 59 歳で生涯を終えた。一方、ロードはバークシャー州レディングの国教会の信徒の家に生まれ、オックスフォード大学に学び、1601 年に 28 歳で按手、聖職者として生き始める。1625 年に即位したチャールズ一世に重用され、以後、聖職階段を駆け上がり、1633 年カンタベリー大主教となった。このように二人とも国教会の聖職者であったが、革命の始まる 13 年前に亡くなったダンに対し、ロードはチャールズ一世のもとで約 10 年間にわたりピューリタンの迫害を行い、専制政治を補佐した。そして、革命初期、1640 年に再開された長期議会で反逆罪に問われ、弾劾され、逮捕、投獄、5 年後の 1645 年 1 月 10 日に処刑される。72 歳であった。

本論では、上記二人の言動を〈説教〉を中心に探り、それぞれが 17 世紀前半期の英国社会において果たした役割を考えたい。ダンは国教会の説教者として死ぬまで説教を続けている。ところが、ロードは説教そのものをあまり評価していなかった。1620年代後半から彼は説教の内容を事前審査し、制限する方向に動いている。そもそも、17世紀四半期、国教会に所属しながら、ピューリタン的傾向をもつ司祭や信徒たちは教会内で自分たちの好む説教をかなり自由に語り、傾聴していたが、1625年以降それをチャールズ一世とロードによって制限される。そこで、彼らは教会外での説教集会に力を注ぎ、自分たちの政治的・宗教的理想を実現しようとした。これがピューリタン革命の引き金になる。つまり、国王とロードによる説教の制限がイングランドを革命へ進ませる大きな要因の一つになったのである。

以下、前期スチュアート朝からカロライン朝のチャールズ一世が処刑される革命直前までの説教を巡る諸事情について詳しく考察する。ダンとロード、二人の神学的立場は同じではなかった。とくに教会内で毎日曜日に行われる司祭による聖務、サクラメント（聖餐と礼拝）と説教、の捉え方は異なっており、その違いは二人の宗教観や生き方とも大きく関係していたと思われる。

## 1章　イングランド国教会と説教

### (1)　国教会について

国教会はヘンリー8世（1491–1547, 在位1509–47）の「首長令」（1534年）公布とともに始まった。しかし、ローマ・カトリックとプロテスタントとの神学的折衷の機構であったために、独自の神学体系をもたず、理論的には盤石ではない。そこで、国教会内では常に神学論争が行われていたと言っていい。

国教会はエリザベス女王時代 (1558–1603) までは絶対王政とほぼ共存できていたが、ジェームズ一世の時代 (1603–1625) から共存が難しくなった。ジェームズ一世が即位してすぐピューリタンによる「共通祈祷書」の使用と「三九か条」への同意拒否やカトリックによる火薬陰謀事件（1605 年）がおこったように、国内ではピューリタンやカトリックが不穏な動きを強めており、国王側は様々な会議を開き、聖書の英訳を決定、多くの政策を施行、鎮静化を図ったが、反対勢力はますます大きくなっていったのである。

(2)　説教とは何か

前期スチュアート朝期の国教会の説教及び説教壇には、重要な存在理由が大きく分けて二つあった。その一つは「信徒の信仰を深める」という説教本来の役割を担うもの（後年、講解説教《Expository Sermon》と呼ばれる）。説教に耳を傾けることはプロテスタントとして大切なことであった。しかしながら、すべての教会に英訳された聖書が備え付けられ、信徒たちは自分で自由に聖書を手に取ることができたが、どう読めばいいのか、わからない。一方、国教会側も「ヴィア・メディア」(via media) と称する自分たちの教理をどのように指導すべきか、苦慮していた。説教はそもそも信徒に聖書の読み方を示すものなので、国教会側は教会で説教を聞くように信徒を指導したが、ピューリタン派の信徒は教会で説教を聞くことにあまり熱心ではなかった。

もう一つの存在理由は「社会の諸問題を取り上げ、信徒にキリスト教徒の立場からの対応を促す」という役割に由来するもの（後年、特定機会説教《Occasional Sermon》と呼ばれる）。この意味で、教区教会は説教によって信徒に日常生活における行動の指針を示すことができる重要な情報の発信地となる。しかも、当時のイングランドは治安判事だけが管轄権をもつ行政機構のない社会であったから、主教の下に統括される教区教会の説教壇は、政府側にとっては信徒に情報を伝え、政治的にリードできる絶好な場となった。片や、信徒側にとっては、政府の政策に対してお互いの意見の交換ができる大切な場でもあった。つまり、信徒は情報を得、その情報への応対を協議しあうためにも、毎日曜日、教区教会に足を運んだのである。

もちろん、上記二つの存在理由は一つの説教（1時間半から2時間続く）においてほぼ常に混在する。通常、説教者は、あらかじめ、聖書から一節（聖句または聖語と呼ばれる）を選び、それをもとに神意と時局的メッセージの両方を信徒に伝えようとする。ところが、当時の社会情勢では、時局的メッセージが伝えられたとしても、それへの信徒の反応は政府関係者の予想を裏切ることも多く、政府が説教の内容と信徒の反応に神経をとがらせたのも当然であった。

(3)　国教会の説教の実態

国教会はカトリック教会から独立した際、プロテスタント教会として説教の重要性を学んでいたはずである。ところが、津々浦々に教区教会が設置され、毎日曜日、サクラメントと説教が行われたが、現実には、説教については、政府発行の『説教書』を丸写しにしたり、『教義問答集』から引用したり、「スポーツ令」など法令の主旨を伝えるだけの司祭も多く、司祭自身も信徒の信仰生活における説教の重要性を理解していないような事態も起こっていた。さらに、当時の国教会の信徒の実態を詳しく見ると、国教会派、中間派、ピューリタン派の３つ、いやそれ以上のグループに分けることができる状態にあった。それに加えて、教区司祭自身が全員、国教会派だったわけでもない。しかも、かなり多くの教区教会で、司祭や助祭によっていい加減な説教が行われていた。もっとも、当時の教区教会は政府公認の教会ではあったが、給料も滞りがちで、司祭たちが経済的に恵まれなくなっていたのも事実である。国教会に全体として緊張感が欠けており、ロードの主張した国教会の根本的体質改善は確かに急務であった。

## 2章　ダンとロード

### (1)　聖職歴について

1601年に按手したロードは1611年、オックスフォード大学のセント・ジョンズ・カレッジの学長になり、1616年、グロスター聖堂の参事会長、1621年、セント・デイヴィス教区主教になる。そして、1626年、バース・アンド・ウエルズ教区の主教、1628年、ロンドン教区の主教になり、1633年にはカンタベリー大主教にまで登り詰めた。

一方、ダンはロードに遅れること14年、1615年1月23日、43歳で叙階し、王室礼拝堂付き司祭(Royal Chaplain)になる。1616年にはリンカン法学院の神学講師になるが、1617年に聖ポール大寺院主席司祭(Dean)に任命され、以後13年間、死ぬまでその地位に留る。

二人の1615年から1627年までの間の直接的関係を示す資料は殆ど残されていない。しかし、ロードは1611年に王室礼拝堂付き司祭になり、1626年4月から1627年4月までのいずれかの時期に王室礼拝堂の首席司祭に就任していたから、それ以後3、4年は10数名いたと言われる王室礼拝堂付き司祭の一人であったダンの上司であったことになる。ロードが明確にダンに言及しているのは、1627年11月4日に行われたダンの宮廷説教についての彼の日記の記述だけであり、一方、ダンのロードに関する言及はその時の友人への書簡でダン自身がロードに会いに出向いたことを伝える間接的なものしかない。

### (2)　神学上の立場について

ジェームズ一世時代のイングランド国教会はローマ・カトリック教会とは違う。カトリック教会は改革が不十分で、国教会のほうが原始教会に近いというのが、国教会の公式見解であった。ここまでは、ダンもロードも同意見である。しかし、実際は国教会の内部そのものが神学的に分裂しており、また、極めて流動的であった。「ヴィア・メディア」というのは便利な、あるいは不便な？言葉であり、いくつかに分派していたのである。ダニエル・ダーセン (Daniel Doerksen) が当時の国教会の高位聖職者の宗派一覧表を作っているが[(1)]、この表から、ダンは一応カルヴァン派であったと推測できる。ロードは明らかに高教会派であった。

ところで、ケネス・フィンチャム (Kenneth Fincham) によると、ジェームズ一世の時代、主教たちは「説教する牧者」(Preaching pastor) として広く受け入れられ、カルヴァン派高位聖職者 (prelate) が多かった。しかし、チャールズ一世が即位した 1625 年以後、国王の支援を受けてロード及び高教会派の高位聖職者が優勢になり、主教たちの多くが、「秩序の守護者」(Custodian of Order) となった[(2)]。ジェームズ一世は基本的に国教会にカトリックとプロテスタントの両方を受け入れる方針をとっていたから、カトリックにのみ好意を持つチャールズ一世の即位は、カルヴァン派司祭たちには大打撃であった。しかしながら、ダンは、穏健なカルヴァン派として、ロードたちのように "Beauty of Holiness" を強調することは最後までなかったようである。

(3)　説教観について

説教は本来、国教会正統派にとっても、国教会内ピューリタンにとっても、1640 年以後のピューリタンにとっても、重要な聖務であったはずである。そこで、まず、国教会とピューリタンの説教観の違いを概観してみたい。キーワードは 3 つある。教会とサクラメントと説教（聖書の言葉）である。国教会は教会とサクラメントと説教、すべてを必要と考えた。ところが、ピューリタンは説教を必要としたが、教会もサクラメントも説教ほど必要とは考えていなかったらしい。では、ダンとロードはどうであったのか。

1) ダンと説教

ダンは教会とサクラメントと説教のすべてを必要と考えた。ダンほど、自らの説教のなかで、説教や説教者について論じている説教者はいないといわれる。ダンは神学上、神とキリストと聖霊で三位一体であるとする「三位一体説」(doctrine of trinity) をとくに重要視していた。ダンと「三位一体説」についてはジェフリー・ジョンソン (Jeffrey Johnson) が簡潔に説明しているが(3)、ダンは司祭にとって重要な聖務は、教会でのサクラメントと説教の両方と考え、聖霊は教会に訪れると考えた。説教が重要なのは、教会での司祭の説教を通じ、信徒は神からの召命を聖霊の働きによって聞くことが、あるいは聞いたと感じることができるからである。聖書は一番重要な書物だが、解読は難しく、教会で説教者が時に応じ、適切な聖句を選んで、信徒にキリスト教の教えを理解させ、イエスの愛を体験させなければならない。言い換えれば、ダンは教会という公共の場で説教を傾聴することで信徒各自が深い信仰体験をすることができると考えていた。説教者の言葉が神のみ言葉に変わる、つまり、教会内で、説教者の a word が大文字の神の The Word に変わるのである。

2) ダンの抱く説教者像

ダンにとっては、多くのプロテスタント牧師と同じく、叙階は「牧師になること」以上に「説教者になること」だった。「叙階しても、説教をしないなら、何の意味があるのか」と自問し、聖パウロの聖句「福音を告げ知らせないなら、私は不幸なのです」(コリントの信徒への第 1 の手紙、9 章 16 節) を座右の銘としていた。

ダンの神学的立場を一括して説明するのは難しいが、少なくとも、彼はロードが 1620 年代後半、大主教として教会行政に登場する以前は穏健なカルヴァン派であり、キリスト教における分派主義を嫌い、どの宗派に属していようとすべてのひとは同じキリスト教徒であると主張していた。一例を示せば、ダンは 1619 年 5 月 12 日、欧州プロテスタントの統一を目指したドンカスター子爵ジェームズ・ヘイ (James Hay, c.

1580 –1636) の率いる欧州旅行にチヤプレンとして同行し、帰国後、1620 年 11 月 9 日に聖ポール大寺院主席司祭に就任したのだが、旅行以前も旅行以後もカトリック派、カルヴァン派どちらの陣営とも付き合い、一方に偏ることを避けていたらしい。後で主教となるジョセフ・ホール (Joseph Hall, 1574–1656) と同様、両派に反対するのではなく、両派の間の壁を取り除くことを願っていたのである。

3) ロードと説教

ダンは説教を約 160 篇後世に残したが、ロードの場合はどうだったのか。

ロードの長い聖職歴を考えれば、多くの機会が与えられ、それぞれの状況に応じた説教を行ったはずであるが、残念なことに私たちに残されている説教は 7 篇のみ。それらの日時と選んだ聖句を次に列挙するが、国家的行事の際の、つまり、特定機会説教が殆どであった(4)。

(1) 1621 年 6 月 19 日　詩編 122 章　6–7　議会開始の説教
(2) 1621 年 3 月 24 日　詩編　21 章　6–7　議会開始の説教
(3) 1625 年 2 月　6 日　詩編 122 章　3–5　議会開始の説教
(4) 1625 年 6 月 19 日　詩編　75 章　2–3　議会開始の説教
(5) 1626 年 7 月 15 日　詩編　74 章　22　君主を称える説教
(6) 1628 年 3 月 17 日　エフェソの信徒への手紙　議会開始の説教
(7) 1631 年 3 月 27 日　詩編　72 章　1　即位記念日の説教

これらの説教について、エドウィン・ダーガン (Edwin Dorgan) は『世界説教史 17—18 世紀』で次のように説明している。

王の誕生日、即位記念日などといった国家的行事の際になされたものがほとんどである。それらは福音の教えよりはむしろ、ロードの主張する国王と教会の優位性についての強力な議論によって占められている。それらは重々しく衒学的である。その点はアンドルーズの説教に似ているが、彼ほど有能ではない。しかし、それらは明快な分析と力強い表現を示しており、もしそれらがより十分に説教壇の仕事に忠実であったなら、ロードも説教者として相当な力を発揮したであろうと思わせられる[5]。

4) ロードの説教観

ロードはダンと同様、当然、教会での司祭の聖務としてサクラメントも説教も認めていた。ロードはオックスフォード大学在学中のチューターであったジョン・バカリッジ (John Buckeridge, c.1562–1631) とともに、後年アンドルーズ (Lancelot Andrewes, 1554–1626) の著作を編集しているが、ロードのサクラメントと説教への考え方はフッカー (Richard Hooker, 1554–1626) やアンドルーズの考え方を踏襲していたらしい。

ロードは公的なものとしての説教の価値は大いに認めていた。だが、信徒の魂を救うという意味での説教についての言及は彼の著作には殆ど見当たらない。ロードの目標は、イングランド国民の魂の救済というより、イングランドと国教会を二本の柱として、この地上に平和で安定した社会を築くことであり、それゆえ、国家的行事のための説教は彼の望むところであった。

ロードはジェームズ一世の治世下、1621年6月3日、宮廷で説教し、その説教（聖句は詩編122章6–7）で主張した教会と国家は相互依存的であるという議論がジェームズ一世を喜ばせ、これはすぐ出版されている。1622年3月24日の議会開始の説教（聖句は詩編21章6–7）も国王を喜ばせた。その2か月後、国王に命じられ、1622年5月24日にイエズス会士フィッシャー (John Fisher, 1569–1641) と会談 (Conference) を行っている（二回目は9月1日)。この会談はその後『イエズス会士フィッシャーとの会談』(初出版は1639年）として出版された[6]。

5) ロードと召命、説教者像

ロードも当然、聖書をもっとも重要なものと考えていた。ところが、教会もまた、重要なものと考えた。そして、司祭の聖務として、サクラメントと説教を考えていたが、説教よりもサクラメントを重視した。

ロードが説教よりサクラメントを重視した理由の一つは、聖職者が受け取ったとする召命 (Vocation) の問題である。（日本聖公会では「気づき」と呼ばれている）。ロードの主張ははっきりしている。どのような状況にあろうと、生きている人間が召命を受けるはずがない。あるとすれば、精神的興奮状態が各人に召命が下ったと錯覚させるからである。それゆえ、ロードの考える国教会神学では、教会からの聖職任命権を重視するが、個人に対する召命を評価しない。従って説教者による聖書の個人的解釈に基づくような説教も評価しないのである。

このように、ロードは説教を公的な性格を持つものと捉えるので、個人的感情を説教壇で表現すべきではない、と考えた。この点について、『大主教ウィリアム・ロード』（1986 年）を書いた伝記作家チャールズ・カールトン (Charles Carlton) が次のように解説している。

> ロードの神学は信仰、あるいは個人と創り主との関係を扱うことは殆どなかった。彼はこの主題を公的な神学的提言としてはふさわしくないと考え、信徒の前で議論するのはあまりに個人的であると考えたからである。彼個人の礼拝においてさえ、ロードは控えめだった。彼は彼自身の神への情念の深さを認めることさえ意識的に避けていた[(7)]。

ロードはもちろん、敬虔な信仰心を抱いていた。しかし、自分の信仰の悩みについて説教壇で語ることはしていない[(8)]。一方、ダンは自らの信仰の悩みを語ったし、多くのピューリタン説教者も信仰の悩みを語った。ロードが説教壇で熱心に語ったのは、自分たちの抱く理想の教会国家実現への強い願望であった。

日本聖公会の首座主任司祭であった八代崇 (1931–1997) は「ロードの思想と行動について」の論文（1968 年）で次のように説明している。

> ピューリタンとロードとの争いは、神学的には「聖書のみ」の立場と「聖書と伝承」の立場の対立であった。「聖書のみ」の立場から見れば、神と人との直接無媒介的出会いを妨げる一切のものは排除されなければならなかった（中略）ところが、ロードは（中略）聖書の絶対的権威は、1) 教会の証言（中略）2) 聖書の証言（中略）3) 聖書のなかに含まれる光を明らかにする聖霊の証言　4) 理性の 4 つによって証明される、と主張する[(9)]。

下記の引用も、八代が聖書の解釈についてのロードの見解として紹介したものである。

> 聖書は解釈を必要とする（中略）しかし、万一解釈上の異議が生じた場合（中略）「聖霊や各人に与えられた啓示というものは本人以外には証明できないものであるから、各人が勝手に聖書を解釈することに反対する。聖書は教会によって解釈されるべきもので、議論が起きたら、（中略）公会議の決定に従うべき」と主張する[(10)]。

このように、ロードは説教者以上に教会と公会議を重んじていたが、ピューリタンたちは良心の自由に基づく聖書の個人的解釈を強く主張した。つまり、ここで対立がおきたのである。

ロードは説教そのものを評価していなかったので、フィッシャーとの『会談』でも、説教について議論しているところは少ない。彼は神のみ心は教会でのサクラメントを通して示されると考え、教会そのものの再建に向かった。上記の八代崇の解説はロードとピューリタンの違いについてであるが、これはロードとダンとの違いでもあったといえよう。

ロードの説教の文章は分かりやすい。明晰、論理的で無駄がない。しかし、人間的要素に欠けている。説教といっても、福音を伝え、信徒の魂の救いを目指すのではなく、ひたすら、信徒に立派な王をお与えくださり、幸せをもたらした神に〈感謝の祈りを捧げるよう〉促すものであった。ロードは国王を「神によって選ばれた」として褒めたたえているから、神学的には正当な説教と言えよう。そこで、国王の政策である増税に反対することは即「地獄に堕ちることである」というような、神学的根拠を欠く短絡的な説教をしたマンウェアリング (Roger Manwaring, 1590–1653) やシブソープ（Robert Sibthorpe, 1662 年没）などと比べれば、その違いは一目瞭然である。しかし、ロードの 1631 年 3 月 31 日のポールズ・クロス説教壇での即位記念日を祝う説教を聞いた信徒のうち何人の人が自己の魂が救われることを実感しただろうか。通常、説教中、説教者は、自分を含めて一人称複数で信徒に話しかけるが、ロードはこの説教では、二人称で信徒に語りかけている。この人称の違いについては、メアリー・モリセイ (Mary Morrissey) が貴重な指摘をしているが(11)、ロードの説教の目的は、信徒に国王への賛美を促すことであり、神のみ心への感謝を促すことは二の次であった。信徒に二人称で語りかけたということは、ロードは、自分自身はすでに救われており、今更、救いを求める必要などない、と考えたのだろうか。

結局、ロードとピューリタンとの違いは、聖書の個人的解釈を許すかどうかであった。そして、ダンとロードを比較すると、ダンは説教者による聖書の個人的解釈を認めたが、ロードはそれを認めず、教会という建物とその機能性にこだわり、説教者ではなく、公会議を重んじた。つまり、ロードにとっては、説教者個人の人間性や考え方などは大して問題ではなかった。極めて真面目で几帳面な人柄だったらしいのだが、説教中に彼自身の個性を示すものを殆ど残していない。いや、残してはいけないと考えたのだろう。ダンの場合は、信徒に「あのダン博士がどのような主題をどのようにお話になるのか」という興味を抱かせたし、ダン自身、多くの信徒の期待に応えられるような彼独自の個性的な説教を目指した。イブリン・シンプソン (Evelyn Simpson) は「ダンほど説教に自らの個性を生き生きと表現した説教者はいないのではないか」[12]と述べているが、ダンは聖書を今までに書かれた最高の文学作品と考え、自分の説教を少しでも聖書に近づけようと、日夜、努力していたという[13]。

## 3章　説教内容の審査から禁止へ

この章では、説教内容の審査と禁止、という点で、二人が最も接近した場面での二人の動きをもう少し具体的に見ておきたい。ピーター・マカラー (Peter McCullough) が指摘するように[14]、当時の宗教事情を扱うこれまでの歴史書では、奇妙なことに長い間ダンとこの出来事については余り言及されてこなかった。しかし、ダン研究者間ではここ20年以上、説教者としてのダンを評価するうえで、極めて重要な事件としてさまざまに考察されている[15]。

ダンとロード、この二人の直接対立は1627年4月1日に行われたダンの説教の時に起っている。しかしながら、国教会における説教問題そのものは、その5年も前、ジェームズ一世の「説教者への指令」(*Directions to the Preachers*)（1622年8月）が発布され、ダンがこの「指令」の弁護の説教を命じられたときに正式に始まったといえよう。ところで、先に言及したロードとフィッシャーとの会談はその3か月前の1622年5月24日にジェームズ一世の命のもとに行われている。つまり、ジェーンムズ一世は当時から、ロードの神学的立場、宗教的主張に熟知していたことになる。

### (1)　ジェームズ一世の「説教者への指令」

エリザベス女王から王位を引き継いだ時、ジェームズ一世は国教会の信徒のなかで、カルヴァン派とカトリック派の両方がそれぞれ大きな比重を占めていることを悟らされる。そこで、彼は宗教政策として、反対しあう両派をさらにそれぞれ分断する方針を打ち出した。つまり、両派のそれぞれで、穏健な人々と過激な人々とを分けて扱い、穏健なカトリックと穏健なピューリタンを国教会内に残し、それぞれの過激なグループを処罰することを基本方針とした。そのうえ、ジェームズ一世の究極の目的は国教会を宗派の違いを超えた世界宗教に育て上げることであったので、国王はあくまでもバランスを優先、様々な窮地を乗り切ろうとした。しかし、在位後半、ジェームズ一世の国内外の政策は、皇太子チャールズのスペイン王女との結婚の不成立、王女を嫁がせたプロテスタント王の欧州の戦いでの敗北など、すべて不調であった。

さて、この1622年の「指令」によってジェームズ一世は、説教が扱える主題に大幅な制約を加え、神学上の論争中の諸問題についてふれることを禁じている。『教義問答集』の教義は扱えるが、説教のテーマを限定し、時間を2時間から1時間半に削り、日曜日の午後の説教を禁じる。これは安息日厳守を掲げるピューリタン派への極めて厳しい決定であった。1618年には「スポーツの書」を公布し、日曜日の説教活動を間接的に制限していたから、この「指令」は日曜日の午後に開かれるピューリタン派の説教集会をはっきり、制限するものであった。

(2)　ダンの上記「説教者への指令」弁護の説教[16]

この説教の聖句は旧約聖書の「士師記」5章20節「もろもろの星は天からの戦いに加わり、その軌道からシセラと戦った」である。イスラエル人のカナン征服記であり、敵カナン軍の将軍シセラが無名のヤエルに殺される。名もない女性ヤエルがシセラを欺いて自発的にイスラエルのために戦った話である。

この弁護説教はポールズ・クロス説教壇で「指令」の発布1か月後の1622年9月15日に行われている。ダンの聖職叙任後7年目のことである。このとき、ダンはこの降りかかった皮肉な運命に対し、彼らしい逆説的論証を展開し、全国の国教会説教者たちにこの困難を乗り越え、とにかく説教を続けるように説いている。

ダンはこの説教で、概略すれば、「この『指令』は説教してはいけない、と言っているのではなく、つまらぬ説教をしないようにと言っているのだ」と読み替える。各地の説教者たちに、「説教者にとっては、論争の続く神学上の諸問題に対して、国王に基本線を整理してもらえ、内容の保証をしてもらえたのだから、かえって説教しやすくなったではないか」と説いている。ダンのこの説教は国王から及第点をもらい、すぐ出版された。

しかし、この国王の「指令」はあまり実質的効果がなかったとも言われている。そもそも、ジエームズ一世は説教の意義を認めており、説教を禁止するつもりはなく、警告に止めていたため、「指令」公布後もピューリタン派司祭の多くが国教会内で説教を続けることできたからである。

(3)　両者の直接対決（1627 年 4 月 1 日）

1) 1627 年 4 月 1 日、ダンとロードの説教に対する考えが直に対決する事件がおこる。

ダンが、「指令」弁護説教をしてから 5 年後、チャールズの即位（1625 年）から 2 年後、チャールズ一世の宮廷で王室礼拝堂付き司祭として定例の説教 (VII, 16) をした時のことである。

2) このときのチャールズ一世の宗教観はどのようなものであったのだろうか。

ジェームズ一世は死ぬ直前まで、彼の宗教政策を変えることはなかったが、1614 年に長男ヘンリーを失い、彼が希望を託した次男チャールズはジェームズ一世とは信仰に対する考え方の多くを違えていた。チャールズ一世はカトリック派であった。彼はロードたちの高教会派を歓迎する。チャールズ一世は、即位直後は、父王同様、ピューリタン派の国教会信徒を懐柔するためにピューリタン派の司祭が説教を国教会内で行うことを認めていたが、この頃から、それらを禁止するように方針を変えた。ロードたちは教会堂の外観を整え、内部を整備し、司祭たちの経済面の充実を図ることを第一の目標としたから、ピューリタン派の説教への要求を容易に無視できた。このような状況のもとで、ダンは問題の説教を行ったのである。

3) この説教の聖句は「マルコ伝」4章24節「何を聞いているかに注意しなさい」である。
この説教が「説教と説教者についての説教」であることを最初に見破ったのはマカラーだが、確かに、説教という項目を念頭において読んだ場合、つぎのような問題となる箇所をあちこちで見つけることができる。マカラーの指摘を要約すると次のようになる[17]。

> (ダンは) 説教壇の力をおおげさに称賛した後、例によって、聖パウロの「福音を告げ知らせないなら、私は不幸です」を引用し、どのような主題を説教者が宮廷で説教すべきか、列挙し、カトリックの教義に毒された説教を批判、国教会にとって正統的な説教を称賛している。

具体的には、序の部分では、誰かの話を聞くときは気を付けて聞くように、と忠告し、イエスは最初の説教者であり、福音書のあちこちで説教をされているので、信徒はイエスの真意を正しく受け取らなくてはならないと言う。解説部分では、このところ、国王チャールズ一世の政策についてあちこちで不満が囁かれているが、それらを聞くときは気を付けなくてはならない、二枚舌を使うものもいるからだ、と注意を促す。そして、適用部分では、ダンは結婚後も続く王妃アンリエッタ・マリア (1609–69) のカトリック的信仰生活について穏やかに自重をうながしたあと、「イングランド国教会では、教会そのものがゆれ動いているのだから、信徒がその位置を決められないのは当然である」と述べている。次の引用は、イングランド国教会の神学的立場についてのダンの纏まった解説としてよく取り上げられる箇所からの抜粋である。

> （イングランド）教会が完璧さを失っていたとしても、カトリックでもなければ、異教徒でもありません。天使ですら、極端から極端へ、東から西へは真ん中を通らなければ行けないからです。イングランド国教会の大抵の改革者たちは、途中で何かに抵触しなくては行きつきません。終わりまで来たとき、途中で何があったのか、思い出せません。人は天国に行って初めて神の右手になるべき生き方、姿勢を知ります。神は近づいた人に手を差し伸べます。
> (VII,16, p.409)

結局、ダンがこの説教で主張したかったのは、まず、国王に対しては、先王のように神に従う道と王としての統治の道を両立させねばならないこと、そして、この「ヴィア・メディア」を目指すイングランド国教会では、信徒は、最終決定は彼個人と神との対話に委ねられているのを知るべきであること、の二つである。ここで、ダンは彼独特のイングランド国教会信徒論を展開している。つまり、イングランド国教会は所詮、折衷の教会なのだから、この世で純粋さを達成することは難しく、神の面前で初めて唯一、本当の純粋な信仰に到達できる、というものであり、それだからこそ、信徒は、個人個人が自らの内面を最後まで守らなければならないと説く。信徒の信仰は、結局、各個人が最終的に神との対話で自ら選択するのだから、死ぬときまでカルヴァン主義者ともアルミニウス主義者とも断定できない。この点をジョシュア・スコーデル (Joshua Scodel) は次のように説明している。

> イングランド国教会の信徒は、自分たちには避けられない不完全さがあることを認めながらもその不完全さに対してもがいているがゆえに、まさに

中庸 (mean) にふさわしい[18]。

つまり、ダンは、イングランド国教会の信徒は、最後の最後まで自ら、神に救いを祈願しなければならない、と考えていたのである。

4) 問題発生：

ダンはこの説教を終えてすぐ、説教が国王の怒りを買ったと友人でありパトロンでもあったロバート・カー卿 (Robert Carr, c1578–1654) から連絡をもらう。しかし、実を言えば、この説教はダンにとって、当時、国法を無視した行動をとり始めていたチャールズ一世に対し「先王と同様、法に従うこと、つまらぬことで民衆の怒りを買わないように」という政治的進言を意図的に盛り込んだ、ある意味、野心作でもあった。しかも、ダンはチャールズ一世が即位した年とその翌年、国王の御前で説教をし、それら二つの説教の出版許可を得ていた。そこで、ダンは前回の説教の場合と同じように、ロード派の主張する教会での「祈願」は信徒に神に対して尊敬の念を抱かせるため必要であるとは認めるが、教会の祭壇の飾りや絵画などは「どうでもいいこと」(Things indifferent) で、本当に必要なのは説教であると説教の重要性を示唆したのである。しかも、このダンの主張は明らかにロード派の主張と対立しており、当時のロード派の説教制限を目指す新しい動きを考えれば、やはり大胆不敵であったと言わざるをえない。

その説教終了後、ロードを通してダンに「説教原稿を国王に送るように」という命令が伝えられる。ダンはあわててカー以外の友人たちにもとりなしを頼んだので、この件に関するダンの友人たちへの貴重な書簡が数通、現存している。そして、ロードは３日後の４月４日の日記に、ダンの国王との会見に彼も同席し、そのあと、ダンの原稿を注意深く読んだ彼自身の行為が国王に認められたという喜びを次のように誇らしげに書いている。ロードはダンに勝ったのである。

国王はダンの説教原稿に 2, 3 の紙片を挟んでから、気高くもお許しになった。そして、チャールズ（国王）はそのダンの説教原稿を丁寧に読み、内容を報告した私にはお褒めの言葉を下された。私はそれらのお言葉を私の心に消えることのない文字で神と国王への大きな感謝の念とともに書き加えた(19)。

この説教についての国王の正確な反応はダン自身もあれこれ推測するしかなかったと思われるが、結局、ダンは王妃への大胆な当てこすりのせいで、チャールズ一世には説教の必要性を説く彼の政治的意図をわかってはもらえなかったと判断し、諦める。つまり、ダンはこのとき、いずれにしても、説教者としての自分には、彼自身がポールズ・クロスで 1617 年 3 月 24 日に行った第 1 回目の説教 (I, 3) でさりげなく提案したような「敬虔で賢明な国王と敬虔で賢明な家臣」という理想的主従関係をチャールズ一世との間に築くことはできないと悟ったのだと思う。

## 4 章　対立後の二人

(1) ダンは、この事件からわずか 1 か月後の 1627 年 5 月 1 日にポールズ・クロスで 3 回目の説教し、彼の立場がどちらかというと、プロテスタントではなく、カトリック寄りであることを示す数節を残している。これだけ見ると、ダンがロードに完全に降伏したように見えるが、そうとも言い切れない。確かに王室礼拝堂での聖務として、サクラメントに比べ、説教の価値が相対的に下がったのは事実である。そして、これ以後もダンは、宮廷でも聖ポールズ大寺院でもポールズ・クロスでも彼らしい説教をしてはいるものの、ロードと張り合うことはなくなっている。ダンは結局、ロードのような御用説教者にはならなかった。なろうと努めたがなれなかった、というのとは大いに違う。

ダンは、どの派に属そうと、どのような神学論争に加わろうと、いや、国王であろうと宮廷人であろうと庶民であろうと、人はすべて神の前では平等であり、神は分け隔だてをなさらない、という信念のもとに説教を続けた。1630 年の初め、体調を崩したが、翌年 2 月 25 日に宮廷で、死後「自分のための葬送説教のようだった」と言われることになる説教「死との決闘」(*Death's Duel*, X, 11) を行い、1 か月後に死去。4 月 3 日の埋葬式には多くの友人・知人、信徒が集まり、彼の死を悼んだという。

(2) ロードは 1628 年の 6 月から翌年の 1 月までのいずれかの時期から、彼のいわゆる国政・宗教両面での「徹底政策」を推し進めた。チャールズ一世からも「三九か条」の新しい版が出され、ピューリタンの活動への一層厳しい制約となった。ロードは以後、宗教面だけでなく、国政全般でチャールズ一世の補佐役となる。教会内人事権を掌中に収め、国教会の諸制度を整え、絶対王制と国教会を車の両輪としてイングランドを存続させることに心血を注いだ。

(3) 説教はスタイルが変わった。ダンたちの場合、サクラメントの一部として説教をしたのではなく、サクラメントが一通り終わったあと、説教者が起立した状態で 1 時間半から 2 時間の説教をしていたのだが、そのような説教は、以後行われなくなった。スタイルの変更はもちろん、説教の内容に影響し、説教そのものも変えてしまうことになるのである[(20)]。

## 結論

### (1) ダンと説教

ダンは神学者でも論争家でもなく、説教者であった。宮廷説教者として、御用説教をしなければならない場面に追い込まれても、説教者の本来の役割を忘れまい、と彼なりに努力している。このことはロードの説教とダンの説教を比較するとよくわかる。ロードは自分の夢の実現のため、御用説教をした。ところが、ダンは、カリザースとハーディ (Gale H. Carrithers and James D. Hardy) が「ダンの司牧神学はこの世的変動の向こうを見る傾向がある」(Donne's pastoral theology tended to look beyond vicissitude) と解説するように、御用説教をしながらも、信徒をこの世的、政治的意図を超える崇高な宗教的境地に導こうとしたのである[(21)]。

### (2) ロードと国教会

ロードも説教を残したが、それらは御用説教そのものであった。従って、彼の説教には信徒の魂の問題など存在しない、というより、彼にはそれ以上に目指すべきことがあった。イングランドと国教会を立て直して初めて、全国民が幸せになることができると固く信じ、ひたむきに彼自身の理想を追求している。彼はチャールズ一世と組んで、教会国家でありながら、議会を無視する宗教的独裁体制をイングランドにもたらす過ちを犯した。ロードは弾劾裁判中、自分の行為は国王の言うなりであったと自己弁護したらしいが、国王の政策を諌めるという聖職者本来の役割を忘れていたため、国王が暴政に走るのを防ぐことはできなかったのである。

(3) イングランドでは、内乱勃発から20年後、「信教自由令」(1660年)が施行され、二人の説教を巡る対立に一応の終止符がうたれた。王政復古後も説教は英国教会のサクラメントの一部として残るが、それらの説教は、与えられる時間も15分から20分と短く、20年前のイングランド国教会での1時間半から2時間近く続いた説教のように、信徒を自らの信仰に向かわせるような内容ではなくなった。しかしながら、説教者ダンの抱き続けた宗派の違いを超えて全キリスト者が神と向き合うことへの真摯な思いは、現在の英国教会(Anglican Church)において「世界教会主義運動」(Ecumenicalism)として生き残ったのである。

注

(1) Daniel Doerksen, W., *Conforming to the Word, Herbert, Donne, and the English Church before Laud*, Lewisburg and London: Associated University Press, 1997. 22.
(2) Kenneth Fincham, *Prelate as Pastor, The Episcopate of James I*, Oxford, Clarendon Press, 1990. 248–293.
(3) Jeffrey Johnson, *The Theology of John Donne*, Cambridge, D.S. Brewer, 1999. 137.
(4) William Laud, *The Works*, Vol I (1847) and II (1849) in one volume, George Olms, 1977.
(5) ダーガン、E. 中島正章訳『世界説教史 III　17–18世紀』東京、教文館、1996年。160頁。
(6) Laud, *A Relation of the Conference Between William Laud, Late Lord Archbishop of Canterbury and Mr. Fisher the Jesuit, by the Command of King James, of Ever Blessed Memory*, Classics Reprint series. 1839.
(7) Charles Carlton, *Archbishop William Laud*. London: Routledge and Kegan Paul, 1987. 40.
(8) カールトンは「大主教ロードの夢人生」(“The Dream life of Archbishop Laud”)(*History Today*, Volume 36, 1986, 9–14)で、ロードが几帳面に書き残した日記から32の夢を選び、彼の宗教的・政治的人生を洞察し、そこに垣間見られる人間的な側面にも注目している。彼のみた楽しい夢は、唯一の肉親であった母親や救世主イエスについてのもの、不愉快な夢は国王や支援者たちとの意見の衝突、裏切りや挫折、病気や死への恐怖、など辛い体験をきっかけとしたものが多く、楽しい夢の3倍以上の数であると指摘している。
(9) 八代崇「スチュアート朝英国における教会と国家——ウイリアム・ロードの思想と行動を巡って——」『桃山学院大学キリスト教論集』4　1968年、11–50頁。

(10) 八代、24–28 頁。

(11) Mary Morrissey, *Politics and the Paul's Cross Sermons, 1558–1642*, Oxford, University Press, 2011, 155–6.

(12) Simpson, Evelyn, M. *John Donne's Sermons on the Psalms and Gospels, with a selection of Prayers and Meditations*, Barkley: University of California Press, 1963. 2.

(13) *Sermons*, ed. George P. Potter and Evelyn Simpson. 10 vols, Berkley U of California P., 1953–62. II. 7. 170–171, VI. I, 56. 以下、ダンの説教からの引用はすべてこの版とする。

(14) Peter McCullough, "Donne and Andrewes" *John Donne Journal*, vol.22 (2003). 165–201.

(15) Colclough, David., ion, *Sermons Preached at the Court of Charles I*, Oxford, OUP., 2013. 323–324.

(16) IV. 7.

(17) McCullough, "Donne as Preacher at Court: Precarious 'Inthronization' *John Donne's Professional Lives*, ed. by David Colclough, Cambridge, D. S. Brewer, 2003.179–202.

(18) Joshua Scodel, "John Donne and the Religious Politics of the Mean", *John Donne's Religious Imagination*, ed., by Raymond-Jean Frontain and Frances Malppezzi, Conway, AR, UCA Press, 1995, 45–80.

(19) R. C. Bald., *John Donne: A Life*, Oxford, OUP, 1970. 494.

(20) Peter Lake, "The Laudian Style, of Order, Uniformity and the Pursuit of the Beauty of Holiness in the 1630s, *The Early Stuart Church, 1630–1642*, Houndmills, The Macmillan Press, LTD, 1993. 161–185, 169.

(21) Carrithers, Gale H. Jr, and Hardy, James D. Jr, *Age of Iron*, Baton Rouge, Louisiana University Press, 1998. 135.

## 引用・主要参考文献

Donne, John: *The Sermons of John Donne*, ed. George R. Potter and Evelyn M. Simpson, 10 vols. Barkley: Univ. of California Press, 1953–62.

——, *Sermons Preached at the Court of Charles I*, edited with Introduction by David Colclough, Oxford, OUP., 2013. (The Oxford Edition of the Sermons of John Donne・III)

Laud, William, *The Works*, Vol, I (1847) & II (1849) in one volume, George Olms Verlag Hildesheim, New York, 1977.

——, *A Relation of the Conference between William Laud, Late Lord Archbishop of Canterbury and Mr. Fisher the Jesuit, by the Command of King James, of Ever*

*Blessed Memory*, Oxford, at the University Press, 1839, Classic Reprint series.

☆

Bald, R. C. *John Donne: A Life*, Oxford: OUP, 1970.

Carlton, Charles. *Archbishop William Laud*, London: Routledge & Kegan Paul, 1987.

——. "The Dream Life of Archbishop Laud", *History Today*, Volume 36 Issue 12 December 1986. 9–14.

Carrithers, Gale, Jr., and James D. Hardy, Jr. *Age of Iron*, Baton Rouge: Louisiana state University Press, 1998.

Colclough, David, ed. *John Donne's Professional Lives*. Cambridge: D.S. Brewer, 2003.

Doerksen, Daniel, W. "Polemist or Pastor? Donne and Moderate Calvinist Conformity" *John and the Protestant Reformation*, ed. by Mary Arshagouni Papazian, Wayne State University press, 2003, 12–34.

——, *Conforming to the Word, Herbert, Donne and the English Church before Laud*, London, Associated University Press, 1997.

Fincham, Kenneth ed. *The Early Stuart Church, 1603–1642*, Houndmills, The Macmillan Press LTD, 1993.

——. *Prelate as Pastor, The Episcopate of James I*, Oxford: Clarendon, 1990.

Hunt, Arnold, "English Nation in 1631", *Oxford Handbook of John Donne*, 2011, 634–645. 637.

Johnson, Jeffrey, *The Theology of John Donne*, Cambridge: D.S. Brewer, 1999.

Lake, Peter, "The Laudian Style: Uniformity and the Pursuit of the Beauty of Holiness in the 1630s," 161–185, *The Early Stuart Church, 1603–1642*, edited by Kenneth Fincham, Macmillan, 1993.

McCullough, Peter, "Donne and Andrewes", *John Donne Journal*, Vol. 22 (2003).

——."Donne as Preacher at Court: Precarious 'Inthronization'" *John Donne's Professional Lives*, ed.by David Colclough, Cambridge: D.S.Brewer, 2008. 179–204.

——."Donne and Court Chaplaincy", *The Oxford Handbook of John Donne*, 2011, 554–565, 564.

Norbrook, David, "The Monarch of Wit and the Republic of Letters: Donne's Politics" Eizabeth D. Harvey and Katherine Eisaman Maus eds, *Soliciting Interpretation : Literary Theory and Seventeenth-Century English Poetry*, Chicago: University of Chicago Press, 1990. 3–36.

Parazian, Mary Arshagouni, ed. *John Donne and Protestant Reformation*, Detroit: Wayne State University Press, 2003.

Scodel, Joshua, 'The Medium Is the Message: Donne's "Satire 3," "To Sir Henry Wotton" (Sir, more than kisses), and the Ideologies of the Mean'. *Modern Philology*, 90,

1993. 479–511.
——. "John Donne and the Religious Politics of the Mean", *John Donne's Religious Imagination*, ed. by Raymond-Jean Frontain and Frances M. Malpezzi, Conway, AR, UCA Press, 1995, 45–80.
Simpson, Evelen, M. ed. *John Donne's Sermons on the Psalms and Gospels, with a selection of Prayers and Meditations*, Barkley: University of California Press, 1963.
Tyacke, Nicholas, "Archbishop Laud", *The Early Stuart Church*, 1603–1642, 51–70.

☆

香内三郎『言論の自由の源流』東京、平凡社選書 45、1976 年。
ダーガン、E. 中嶋正昭訳『世界説教史 III 17–18 世紀』東京、教文館、1996 年。
八代崇「スチュアート朝英国における教会と国家——ウイリアム・ロードの思想と行動をめぐって——」『桃山学院大学キリスト教論集』4、1968 年。11–50.

# “the Repairers of the breaches” とピューリタン

## ——スティーヴン・マーシャルの断食説教——

高橋　正平

## はじめに

1640年11月17日午後、ピューリタン長老派の説教家スティーヴン・マーシャル (Stephen Marshall) は断食説教と称する説教を庶民院で行った。この日の午前には同じく長老派の説教家バージェス (Cornelius Burges) も庶民院で断食説教を行っており(1)、ピューリタンがいかに断食説教を重視しているかが理解できる。そもそも断食説教とは1570年代に長老派が始めた説教で、その目的は個人か国家が神の怒りによってもたらされた苦しみの救済策として断食とへりくだりによって神の怒りを静めることであった(2)。マーシャルが説教を行った日はチャールズ一世が長期議会を11月3日に招集してから二週間が経過していた。長期議会開会時に厄介な問題は国の財政であった。その一つは海軍の強化の名目で徴収した船舶税である。長期議会で違法とされた船舶税はマーシャルの説教時にまだ違法ではなかったが、国王権力が財源調達のために利用されることへの反対が生まれつつあった。対外的にはスコットランドであった。スコットランドは宗教的には長老主義を採っていた。ところがチャールズ一世がイングランドの監督制（主教制）をスコットランドに強制したことからスコットランドは国民盟約を結び、チャールズ一世に対抗した。いわゆる主教戦争である。1639年にスコットランド軍はイングランドに侵入したが、チャールズ一世は戦費不足で戦えず、停戦に至った。このあとスコットランドは再度イングランドによる監督制度強制に反旗を翻した。1640年4月にチャールズ一世はスコットランドとの戦費のため11年ぶりに議会を招集したが、課税反対が多く議会は3週間で解散した。1640年8月20日のスコットランド盟約軍によるノーサンバーランド侵入、2日後のニューバーンの戦いでのアレグザンダー・レズリー (Alexander Leslie) によるチャールズ一世軍への勝利によりチャールズ一世は事実上降伏した。10月チャールズ一世と盟約軍は和平条約を締結し、それによりスコットランドは戦いで得たノーサンバーランド州とダラム州の占領を維持し、その維持費としてチャールズ一世はスコットランドに1日850ポンドを支払うことになった。チャールズ一世がこの条約の最終的批准と資金調達のために開催したのが長期議会であったが、マーシャルの説教が行われた11月17日は10月26日の停戦条約締結からまだ間もなかった。マーシャルの説教時には内乱はまだ本格化していなかったが、政局は混迷を極めていた。ピューリタンの最終目標はチャールズ一世打倒であったが、マーシャルは政治よりも宗教の面からチャールズ一世下のイングランド改革を目指した。それは英国国教会の改革であった。チャールズ一世とその腹心ロード大主教 (William Laud, Archbishop of Canterbury)、ストラフォード伯 (Earl of Thomas Wentworth Strafford) による英国国教会のカトリック教化に対する不満はピューリタンに対する異端、秘密結社名目での彼らへの弾圧からも人々の間に募りつつあった。ロードは礼拝形式面において改革を断行し、新教会法によって改革の法典化を図り、ピューリタンの説教を阻止し、チャールズ一世への抵抗を厳しく禁じた(3)。ピューリタンにとってカトリック教は偽の宗教であり、ピューリタンは形骸化した宗教による国民の真の宗教からの離反を特に警戒した。マーシャルはこのようなカトリック教を批判し、英国国教会をカトリック教から奪回しようとした。その先駆けとなったのは同じピューリタンのピム (John Pym) が1640年11月7日に庶民院で行った演説で、それは英国国教会内のローマ派とロード主義者へ向けられた(4)。ピムの「離れがたい政治的及び精神的盟友[5]」であり、「ピムの死後の彼の信条の解説者[6]」であるマーシャルから我々はピム以上にカトリック教の支配下にある英国国教会への激しい批判を期待するが、その期待は裏切られる。説教にはロードやストラフォードの名前は見られず、英国国教会への容赦のない批判も見られない。むしろマーシャルは、英国国教会改革を実行する前に真のキリスト教徒としてのあるべき姿を庶民院議員に訴えている。マーシャルは絶えず主なる神との共存が社会変革を起こすには不可欠であり、また神との共存のために神との契約の必要性を論じ、最終的に社会の「破れを繕う」のはピューリタンであることを庶民院議員に強く呼びかける。マーシャルにとって真のキリスト教徒はピューリタンであり、カトリック教化した英国国教信奉者はキリスト教徒の名に値しない。本論ではイングランドのかかる背景を考慮に入れ、ピューリタン説教家による断食説教としてマーシャルの説教を取り上げ、その説教が単なる断食説教ではなく、イングランドの宗教界現状打破のための説教であったことを論じていきたい。

## 1. “The Lord is with you, while yee bee with him.”

マーシャル説教時のイングランドの政治上の混迷以上にピューリタンを激怒させていたのはチャールズ一世側による英国国教会のローマ化であった。この問題を国会で取り上げたピムはマーシャルの説教の 10 日前の 11 月 7 日に議会で「苦情」を述べたが、それはローマ派とロード主義者への「苦情」であった[7]。我々はマーシャルがピムの「苦情」を取り上げ、強硬な反ローマの姿勢を期待するが、マーシャルはピムに追随して「苦情」を全面的に説教で扱うことはしない[8]。マーシャルが説教の主題に選んだのは旧約聖書の「歴代誌下」15 章 2 節であった。

The Lord is with you, while yee bee with him: and if yee seeke him, he will be found of you: but if yee forsake him, he will forsake you.

マーシャルはこの一節を基に説教を前半と後半に分け、論を展開する。聖書の一節はアザリアがユダの王アサに国民が主なる神から離れて、神を見捨てるときには困難が降りかかるので主に対して忠誠心を示すようにと国民に促している一節である。マーシャルの説教の真意はこの一節に表れている。庶民院での説教の目的は「イングランド国民がエズラと共に自らと国王と国家にとっての正しい道を探すことができるように神の前でイングランド国民の魂を苦しめるため(9)」である。「正しい道」とは英国国教会の脱ローマ化である。マーシャルは序文で "Popery, Armianisme, Socinianisme, Prophanenesse, Apostacy, and Atheism" が我々に押し寄せてきていると言うが(10)、これらはすべてローマ化された英国国教会を念頭においての発言である。国民が英国国教会の混乱から抜け出し、「正しい道」を得るにはどうしたらよいか。マーシャルはそれを聖書から立証する。説教におけるマーシャルの論証方法は徹底した聖書特に旧約聖書の利用である。マーシャルは旧約聖書の中にイングランドと類似した状況、人物を見つけ出す。マーシャルが「正しい道」を求めた人物として挙げたのはエズラである。彼はペルシャ王に次のように言っている。

*... the hand of God is upon them for good that seeke him; but his power and wrath against all them that forsake him, viz. That God will be with you, while you be with him*(11).

この前半は「エズラ記」8 章 22 節からで後半の *viz.* 以下は説教の冒頭の「歴代誌」15 章 2 節の一部である。バビロン捕囚のためにユダヤ人は絶望に追いやられ、ユダ国では一時宗教が腐敗し、国が弱体化した。そのようなユダヤ人に対してエズラは神を求める者には神の援護があり、神を見捨てる者には神の怒りがあると言う。ユダの三代目の王アサは宗教改革を実行し、偶像崇拝を廃した。そして彼はユダに「父なる主なる神」を求めることを勧めた。これを行ったユダはエチオピアからの攻撃を受けたが、アサはひたすら神に祈り続ける。その結果神はアサに「輝かしい勝利と敵国の略奪品」を与えた。アサは「正しい道」を求め、その結果として神から援護を得た。これに反し、神の道から逸脱した例はイスラエルの十部族である。彼ら十部族は神も教えを行う祭司もおらず、律法もなく(12)、全く信仰心を欠いていた。マーシャルは、十部族は神を捨てたから神も彼らを捨てたと言う。

> ... and as they [the ten Tribes] had cast off God, so God had cast off them: howbeit, if they would have sought to God, and turned to him, God would have bin found of them: but they going on in the way of desperate Apostacy the Lord vexed them every where, in the City, in the Country, in the Family, every where God was too strong for them, ...(13)

前半は「歴代誌下」15章2節を踏まえた言葉である。神を求める者には神は見つけられる。神の道から逸脱した者を神は至る所で苦しめる。だから神はアサに同様な悲惨が生じないように正しい道を歩むように勧める。マーシャルは説教で幾度も神を求める者と求めない者とを対比し、前者には神の援護があることを強調する。マーシャルが神を求めなかった人物として挙げる聖書からのもう一つの例はイスラエル十二部族の一つエフライム (Ephraim) である。エフライムはバール礼拝に走った報いとして彼の栄光は鳥のように逃げ去り、彼は完全に破滅する。つまり “If God goe, woe comes; all goes, if God goe(14)” である。神が去れば災難が降りかかり、すべてが消滅する。逆に神と共にいればいかなることも可能である。信仰心の厚いアサや偶像崇拝に走ったエフライムによってマーシャルが何を庶民院に語りたかったかは明白である。アサは「正しい道」を歩んでいるピューリタンであり、エフライムは英国国教会のローマ化を推し進め、真の神を求めないロード主義者である。では神と共にいることとは何を意味するか。マーシャルは以下の三点を挙げる。

(1) 信心深い民となること[15]。
(2) 真に神を崇拝し、偶像崇拝や迷信から離れ、神の命令の潔白さを維持すること[16]。
(3) すべての大義において神の側に立つこと[17]。

この三条件はすべてピューリタンの宗教への態度を示している。この反対がロード派であることは言うまでもない。マーシャルはこの条件をさらに確固たるものにするために「恩寵の契約」(Covenant of Grace) という考えを提示する。「恩寵の契約」にはピューリタンとしてのマーシャルの考えが明瞭に表されており、その契約は上記の三条件を満たす人が交わすことができ、この契約理論がイングランド改革には不可欠となってくる。

## 2.「恩寵の契約」

人が神と絶えずいるために必要な「恩寵の契約」によってマーシャルは何を聴衆に訴えたかったのか。神との契約を通して契約者は何を得ることができるのか。一言で言えば契約は神と契約者との結びつきを強固なものにする。契約により神は契約者を離さず、契約者は神によって保護される。マーシャルの場合、神との契約は神の恩寵を通して行われる。それは神からの一方的な契約であり、契約者の自由意志は認められない。しかし、それは裏を返せばピューリタン各自がいかにすべてを神に投げ出し、無私の精神で生きるかにも関わってくる契約である。「恩寵の契約」とは何か。マーシャルは次のように言う。

> ... in which [God's presence in the Covenant of Grace] he [God] is so joyned with a people, that they also are joyned unto him. God to be joyned with a people, and to be in Covenant with them, in the Scripture phrase is all one[18].

「恩寵の契約」には神が存在し、神と国民は結び合わされる。これにより国民は神から保護され、援護される。だからマーシャルは「教理」として “The presence of God in his Covenant of Grace with any people, is the greatest glory, and happinesse that they can enjoy[19].” と言うのである。「恩寵の契約」によって神の存在を知ることは契約者にとって「この上ない光栄であり幸福」となる。「恩寵の契約」がなかったらどうなるのか。神はすべての国に自らを現すが、それは「暗い雲」のなかにいるような状態で、人々は神を探し求めても神を感じることはできない。しかし、「恩寵の契約」では人は神を直視でき、神と一体化できる[20]。そこから不動の、確固たる自信・勇気が生じてくる。言葉を変えて言えば、「恩寵の契約」はマーシャルがいかに神の援護を必要としていたかを明白に示す言葉ともなる。神が契約のなかにいるところは天国であるともマーシャルは言うが[21]、「恩寵の契約」によりすべては天国にいるような充実感を得る。具体的に契約の中の神とともにいることは次の三点を意味する。第一点は契約によって神は人々を所有し、自らの民だと認める[22]。神が契約者を所有し、自分の民だと認めることによって、神は契約者の神となり、契約者は神の民となる。契約者は神に、神は契約者に占有権を有することになる。だから契約者は「この神は我々の神である」と言い、神は「この民は私の民である」と言うことができる。契約によって互恵関係が生じる。第二点は契約による神の援助である[23]。神との契約により神の援助が生じ、すべての仕事は繁栄する。これを明白に示す聖書の人物はダビデであり、ヨセフである。いずれの場合にも神が彼らと共にいた。逆に神が不在の場合人間のすべての努力は無駄に終わる。第三点は神との契約により神が契約者を敵から保護してくれることである[24]。これを最も良く示すのがエジプトに奴隷として売られたヨセフである。神がヨセフと共にいたので、神は彼を苦しみから救ってあげた。マーシャルはさらに言葉を続けて「多くの所で神は自らを彼の民の見張り人、彼らの指導者、擁護者と呼ぶ。すべては、神の民の安全と擁護は彼らと共に神が存在することに基づいていることを意味する[25]」と言っている。神がユダヤの民と共にいた間は武力も欺瞞も彼らを害することがなかった[26]。しかし、神との契約がない場合はどうなるのか。それは神の不在を意味する。髪の毛を切られたサムソンの敗北、神が退いたイスラエルのアマジア王による敗北、これらはみな神が存在しなかったことから生じた敗北である。マーシャルが最も恐れるのは神が去ることである。既に言及したエフライムに関して、主は "Woe unto them when I depart from thee[27]." と言った。マーシャルは神が去れば苦悩が来、神が去ればすべてが去る、とも言った[28]。マーシャルの説教はいかにして神を味方につけ、神を去らせないかについての説教であるとも言える。それは、また、イングランドが宗教改革を成功させるためには不可欠な条件であった。いかにしてイングランドが神の側に立ち、神の援護の下で宗教改革を成功に導くか、これがマーシャルにとっての課題であった。

イングランドのカトリック教化を防ぎ、イングランドを真の福音に満ちた社会にするためには神との契約が必要であったが、その契約はピューリタンの団結力を生み出すものでもあった。マーシャルと同じく断食説教を行ったピューリタン独立派のジョセフ・カリル (Joseph Caryl) は、契約を "solemn compact or agreement between two chosen parties or more, whereby with mutuall, free, and full consent they binde themselves upon select conditions, tending to the glory of God and their good" と定義した[29]。ここからもピューリタンの契約がいかなる性格を有するものであるかが理解できる。彼らの契約とは志を共にする人たちの精神的な一体感を示すものである。だからカリルはさらに「契約は王国を団結させる際に同種の人たちを集めさせ、神と共に様々な国で誠実なるキリスト教徒を結びあわせる(30)」とも言うのである。契約は断食説教での聴衆のへりくだりと神への感謝の姿勢の中に暗に含まれている、とウィルソン (John F. Wilson) は言う(31)。ウィルソンはさらに、契約は神とイングランドとの特別な親密関係を明確にし、神の監督の下でのイングランドの特別な苦難を明らかにする手段であるとも言う(32)。ピューリタンは神との「特別な親密関係」を築き、それにより英国国教会の改革に着手しようとしたのである。スコットランド長老派サミュエル・ラザフォード (Samuel Rutherford) は *Lex, Rex* (1644) で契約について次のように述べている。

> The covenant [between God and man] is so mutuall that if the people break the covenant, God is loosed from his part of the covenant (Zech.11.10). The covenant giveth to the believer a sort of action of law, and *jus quoddam*, to plead with God in respect of his fidelity to stand to that covenant that bindeth Him by reason of his fidelity (Isa.43. 26; 63.16; Dan.9.4–5). And far more a covenant giveth ground of a civil action and claim to a people, and the free estates, against a king, seduced by wicked counsel to make war against the land, whereas he did swear by the most high God that he should be a father and protector of the Church of God, …(33)

ラザフォードは、神と人間との間の相互契約は人間が契約を破棄すれば神も契約の分担から解かれると言うが、これはマーシャルが説教で再三繰り返していた人が神と共にいなかれば神は人と共にはいないという言葉を思い出させる。上記のラザフォードの言葉で重要なのは、契約は国民や自由な身分にある人たちに王に対して市民としての行動の根拠と権利を与えるという主張である。契約は単なる宗教上の契約ではなく、政治的な意味をも有してくる。この場合「王」がチャールズ一世と重なってくるのは言うまでもない。神と契約を交わす人にとって国を混乱に陥れる王との戦いは神によって是認される聖なる戦いとなる。ラザフォードの契約観はマーシャルの契約観とほぼ同じである。マーシャルは契約について次のようにも言っていた。

> … Gods presence in his Covenant with any people implyes that they are dearly beloved of him, that hee works all their works for them, and shields and defends them against all their enemies(34).

契約のなかには神が存在する。その神と契約を交わすことは契約者が神によって愛され、神が契約者のために仕事を行い、そして敵から契約者を守ってくれる。マーシャルが説教を行った1640年11月17日以前のイングランドは国内外で政治的にも宗教的にも苦境に立たされていたことはすでに述べたが、その苦境から脱出させてくれるのは契約であった。マーシャルは契約思想によって正しい道を踏み外そうとしているイングランドを「正しい道」に引き戻したかった。そのためはもはや現体制の打倒以外にはない。彼らの契約論は聴衆をチャールズ一世体制打破へと奮い立たせる精神的な支柱でもあった。

マーシャル等はなぜ契約理論によって神との密接な関係を強調したのか。その最大の理由は神の不在を打ち消し、絶えず神を身近な存在として意識したかったからに他ならなかった。それはまた契約によるピューリタン結束への訴えでもあった。以後の内乱の勝敗を決定づけたのはピューリタンがいかに神を身近に意識したかであったと言っても過言ではない。ヒル (Christopher Hill) によれば、神のイングランド放棄のテーマは1630年代にごく普通になった(35)。イングランドの歴史を見れば1588年のスペイン無敵艦隊撃退と1605年の火薬陰謀事件を通してイングランド人は「神の選民」であるという考えが彼ら浸透し、彼らもそれを自認していた。ところがイングランドと神との特別な関係も次第に薄れ、イングランドは様々な困難を体験する。かつての「神の国」イングランドは遠い昔の夢のように響く。マーシャルは言う。

> We can never light our Candle, if this Fountaine be shut up. All your [House of Commons] counsels and advising will be nothing if God say "I will stay no longer in England, we shall then bee a spoyle to any enemy; a few unarmed men will be too hard for us all....[36]"

神がイングランドに留まらなければ庶民院の勧告・助言も無に帰し、容易に敵の餌食となる。敵の餌食とならないために我々は絶えず神に依存しなければならない。神が我々と共にいれば我々は敵を恐れる必要はない。神を全面的に信頼し、すべてを神の手に委ねることによってのみ我々は危険を脱することが出来る[37]。主の名前は強力な塔のようなものであり、大事が起きてもそこに逃れれば安全で、敵からも襲われない。神を味方につけた者をいかなる者も攻撃できない。だから説教を聞きに来る庶民院議員も神の仕事を続けよ、とマーシャルは言う[38]。我々は神なしでは全くの無力な存在である。しかし、一度神を味方につけ、神と共にいればいかなる困難をも排することができる。神に対して真摯な信仰心を抱く者を神は裏切ることはないからである。神を享受する三条件は「神との和解と信心深い民として神と共に歩むこと、神と共に純粋な崇拝を続けること、神の栄光に関わるあらゆる大義において神を守ること」であった[39]。この三条件を満たすためにも神との契約は絶対不可欠となる。

マーシャルの断食説教の意図はこれだけではない。マーシャルは説教で幾度となく神とともにいることによってあらゆる困難の打開は可能であることを述べる。マーシャルの説教の真の意図は聖書から神とユダヤ人の関係を述べることではない。長期議会開催2週間後の断食説教でマーシャルは庶民院に祈りとへりくだりの姿勢を神に示すことを要請し、イングランド改革への強い決意を聴衆に求めた。彼の意図がどこにあったかは容易に理解できる。マーシャルには打ち続く社会の混乱を何とかして打破したい強い熱意があった。その主導者となるのはピューリタンであることをマーシャルは確信していた。現状打破のためには何をなすべきか。それには社会の変革しかない。その変革を成功へと推し進めるためにはピューリタンの結束力が不可欠である。イングランド社会を変えることにより、イングランドは新しく生まれ変わる。マーシャルの断食説教はこのイングランド再生のための説教であった。その再生はイングランドと神との密接な関係を維持することによる社会の変革であった。そのためにマーシャルは神との契約を説いた。マーシャルは旧約聖書からの例を引き合いに出し、聴衆を説得しようと試みた。自分たちがこれから行おうとしていることには聖書に先例がある。神の選民ユダヤ人は神の言葉を信じ、幾多の困難がありながらも民族の復興を遂げた。ならば同じ神から選ばれた民であるイングランド人も聖書通りに行動すれば国家の繁栄は約束されるはずである。このような揺るぎのない信念がピューリタンのマーシャルにはあった。言うなればマーシャルはピューリタンの取るべき行動の指針を聖書に見出したのである。それではマーシャルはイングランドの現状をどのように見ていたのであろうか。そしてその現状改善の主役としてのピューリタンをマーシャルはどのようにみていたか。次にこの問題に論を転ずることとしたい。

## 3. “the Repairers of the breaches”

マーシャルはイングランドの宗教界の現状に強い「苦情」を抱いていた。「破れを繕う者」とは「イザヤ書」58章12節に出てくる言葉である。バビロン軍によって破壊されたエルサレムの神殿復興は多くの様々な反対・妨害がありながらも成し遂げられたが、ユダヤ人に課せられた神の都復興者が「破れを繕う者」である。マーシャルにとって「破れ」とは理想からほど遠い英国国教会の現状であり、「繕う者」はピューリタンである。ユダヤ人が破壊されたエルサレムの神殿を復興したようにピューリタンもイングランドの「破れ」を「繕う」必要がある。マーシャルはエルサレム包囲後、捕囚としてバビロンに連行されたエゼキエルをイングランド人が模倣すべき人物として挙げている。エゼキエルはエルサレム陥落を預言し、神殿も破壊された。多くがバビロンに捕囚され、エゼキエルもその一人であった。エルサレム陥落と共にユダヤの王国も滅びた。「エゼキエル書」ではエルサレム陥落は神のユダヤ人放棄の結果ではなく、むしろ神がユダヤ人の不正に対しエルサレム陥落を認めたとされている。エゼキエルは、悔い改めと再度神に服従する者は回復を得ることができるとも言っている。神の怒りを買い、失望と絶望のただ中にいるだけがユダヤ人のすべてではない。彼らにも生まれ変わるチャンスはある。捕囚民のなかには異教に走った者もいたが、エゼキエルは偶像礼拝ではなく真の神への新たな信仰心をもって難局を乗り越えようとした。マーシャルは、捕囚民としてのエゼキエルについてイスラエルとユダの不正を背負い、パン以外に豆、は虫類、イタチ、人間の糞で焼かれたものを食べ、何日間もわずかな水を飲むだけで、エゼキエルの精神はいかに惨めで重かったに違いないとエゼキエルに同情するが[(40)]、このエゼキエルの精神状態が庶民院に集まった議員の精神状態でもある。英国国教会説教家ならばエゼキエルを一個人に適応し、個人崇拝を行うが、ピューリタンのマーシャルは一個人ではなく庶民院議員全員へエゼキエルを適応する。さらにマーシャルは、言葉を続けてイングランドは神と共にいないという点においていかに「悲しむべきことがイングランドに対してあることか」と言う[(41)]。イングランドの混迷した社会情勢はすべて神の不在に原因がある。だから国会は神の不在を泣く人たちの場所としなければならない。

> … we should make this place [the House of Commons] a Bochim, a place of weepers, the stoutest heart would be as Queen HuZzah, and her Ladies, when they went into captivitie, tabering on their breasts, and mourning as

Doves, yea howling after the manner of Dragons[42].

これはアッスリアの主とニネベの滅亡に関する「ナホム書」に関連した一節である。ナホムはアッスリアの暴虐に対して憎悪の念を表しており、「ナホム書」全体はアッスリアの暴虐ぶりに対するいましめをも記している書である。だからアッスリア女王ハザーとその侍女たちの嘆き、悲しみはマーシャルからすれば本来は同情すべき対象とはならない。「ナホム書」の一節からイングランドの現状を見るとアッスリア滅亡はむしろ歓迎すべきこととなる。それはチャールズ一世体制崩壊と重なってくるからである。マーシャルの意図するところはチャールズ一世下のイングランドがいかに民衆から離反しているかを訴えることにあり、アッスリアがどのような国家であったかにはさほど注意を払っていない。マーシャルにとってイングランドの現状は涙を流すほど悪化している。イングランドは神からかけ離れているが神は完全にイングランドを見捨ててはいない。努力次第でイングランドは再び神を引き寄せることができる。しかし、現在のイングランは神に対して多くの罪を犯したイングランドであり、イングランドはまた悪徳の都市として知られるソドムとゴモラ両都市にもたとえられる。ソドムとゴモラは最終的には神の怒りにより滅亡されたようにイングランドについても現状のローマ化した英国国教会が継続する限りいずれは神による罰を受け、破滅の道を歩まざるをえない。マーシャルはイングランドの現状をさらに詳細に論ずる。その第一点は「イングランド人は聖なる国民であるか」である。マーシャルの答えは否である。マーシャルは、イングランドでは君主から一般国民に至るまで「聖なる」人物ではなく、国全体が真なる宗教心を失っていると言う。これは明らかにロード＝ストラフォード体制への批判である。マーシャルにとってイングランドは「キリスト教の規則」に従って歩いてはいない[43]。マーシャルは、このような恥ずべき国家としてのイングランドに類似した一節を旧約聖書に探し出す。それはシオンの窮状を描いた「イザヤ書」1章4節である。罪深く、不正を負う国民、悪を行う人の子孫、腐敗者である子供たち、シオン（エルサレム）への容赦のない非難がイザヤから浴びせられる。体に完全なところはなく、あるのは傷、打ち傷、生傷だけである[44]。シオンの窮状はそのままイングランドの窮状でもある。マーシャルのイングランド現状への失望はマーシャルをしてイングランドはエジプト以下であるとも言わせる。イングランドは“horrible prophanenesse, uncleannesse, oppression, deceit, and whatsoever is a stench in the Lords nostrils[45]”で覆われている。「主の装い」をまといながら「悪魔の仕事」をしているイングランドである。マーシャルは“the measure of our iniquity seems to be more than full[46].”とも言い、イングランドの不正を徹底して批判する。マーシャルがイングランドへの批判として挙げる二点目は、神の崇拝に関してイングランドの人々は神と共にいないということである。イングランド人以上に神の怒りを買っている国民はいない。我々が真実を受け入れなかったために神は虚偽を信ずるようにイングランド国民を引き渡している[47]。キリスト教への真の信仰を失い、形式的な信仰、迷信に走るイングランドへの不信である。「虚偽」とは言うまでもなくローマ・カトリック教を指している。マーシャルから見ればロード派によりイングランドはローマ・カトリック教に近づきつつある。反カルヴィニズムの姿勢を貫き、隠れカトリック教徒であるとさえ言われたロードは礼拝におけるサクラメントと儀式を特に重んじ、聖職者の俗事への介入を容認し、予定説を廃し、善行による救済を擁護した。カールトン（Charles Carlton）は次のように言っている。

> His [Laud's] emphasis on stained glass windows, genuflecting, choirs, surplices, and the placement of the altar convinced many Protestants that he was quite literally a closet Papist who, as one London apprentice alleged, hung a crucifix in his private chamber[48].

ロードが強調したステンドグラス、礼拝時のひざまずき、聖歌隊、サープリス、祭壇の配置、これらすべてはカトリック教会と関係があり、ピューリタンの考えと相容れない。イングランドのカトリック教化の表れは主日（日曜日）に対する変化にも表れた。ピューリタンは主日に対しては厳格な態度を採り、飲酒、劇場見物などの娯楽は一切禁じていた。ところがロード大主教はこれを無視し、ジェームズ一世の発した『遊びの書』(*The Book of Sports*) を復活させ、ピューリタンが主張する安息日厳守主義を破ってしまった。『遊びの書』によればモリス・ダンスなどの民族ダンス、レスリング、アーチェリーなどは民衆に慰めを与え、彼らを楽しませるので安息日には適切かつ健全な遊びである。だからこれらを禁ずるピューリタンの教えには従う必要はないとしたのである。日曜日の遊び奨励の背景にはピューリタンの説教集会に出席するのを阻止する意図もあった(49)。マーシャルは安息日厳守を破ったイングランドは主日に対して "high affronts(50)" を示したと強い口調で批判を浴びせ、モーゼの十戒の第四の安息日を守ることを訴える。マーシャルが第三に挙げるのは説教に関してである。マーシャルによれば神の言葉の説教はキリストの王国の笏であり、国の栄光であり、生命と救済が乗ってくる二輪馬車でもある。賢い商人はこの宝物がある畑を買うためだったらすべてを投げ打っても購入する、それが神の言葉である。ところがロード大主教はピューリタンの説教を禁止した。これに対してマーシャルは "O that God would humble England for the great abuse of this invaluable mercy(51)!" と言う。この「イングランド」はチャールズ一世、ロード＝ストラフォード体制下のイングランドである。「この貴重な慈悲の大きな不当な扱い」とはピューリタン聖職者による説教禁止である。そのようなイングランドの高慢な鼻を神がへし折ってくれることをマーシャルは願うのである。マーシャルはさらに言葉を続けて次のように説教禁止に対して批判を加える。

What little care hath the State in generall taken to provide that Christ might ride in Triumph upon his white horse, that the Word of God might spread into every corner of the Land[52]?

キリストが勝ち誇り白馬に乗って来るというのは「ヨハネ黙示録」19章11節への言及であるが、そこで描かれるキリストは終末に再臨し、地を支配するイエスである。キリストの再臨や神の言葉が国の隅々まで広がることを規定するためにイングランドはほとんど注意を払わない。これはキリスト教を軽視したイングランドの現状である。説教の禁止は会衆から命を奪うようなものでもある。

But, oh the cruelty that hath been offered to many poore Congregations, in taking away the bread of Life from their mouthes, without any pity! as if the starving and murtheries of soules, for which Jesus Christ shed his blood, were a matter of no moment[53].

「口からの命のパン」とは説教を指すが、説教の禁止は魂の飢餓、殺害にも匹敵する。しかしチャールズ一世側はそれを大して重要だとは思っていない。説教を自粛されたピューリタンは説教ができないことからの罪悪感にさいなまれ、他方ではそのような無謀な行為に走る王国に大きな怒りを覚える。神の言葉を伝えることができないピューリタン聖職者にとっては神の前で震えるだけである[54]。ロード体制下のイングランドの現状を述べるマーシャルにとって最大の関心事は英国国教会であるが、英国国教会を改革することによって、つまり英国国教会からローマ・カトリック教の影響を一掃することによってイングランド社会改革は達成できる。ロード体制下の英国国教会の現状はイングランド社会の諸悪の根源である。マーシャルのイングランド社会への最後の批判は上記の説教とも関連してくるが、それは神の崇拝を堕落させる “the extreme daring, bold audaciousnesse of a generation of men[55]” に対してである。

「同世代の人々の大胆な無謀さ」とは英国国教会擁護派である。彼らは英国国教会のカトリック教化に奔走している人たちで、ローマの偶像崇拝と迷信が他人によって実践されるのを見て喜ぶばかりでなく、自分たちの好みに従って神の崇拝を飾る。カトリック教徒への批判はマーシャル以前からも行われており、特に1605年の火薬陰謀事件以降カトリック教及びカトリック教徒への批判はその激しさを増していった。チャールズ一世、ロード＝ストラフォード体制になり逆に英国国教会はカトリック教化へ傾倒していく。英国国教会では礼拝形式の改革が行われたが、それは偶像崇拝的で迷信的であるとピューリタンからは見なされた[56]。異教徒の慣例とローマ・カトリック教会の迷信と偶像崇拝にはほとんど違いは見られないともマーシャル言う[57]。マーシャルを始めとするピューリタンにとってローマ・カトリック教化した英国国教会の打倒はチャールズ一世体制の打倒を意味する。チャールズ一世の父のジェームズ一世は火薬陰謀事件で暗殺を免れたが、ジェームズ一世はカトリック教会に対して激しい憎悪を見せた。事件後の国教会派説教家による火薬陰謀事件記念説教をみればいかに激しくカトリック教への批判が行われているかを知ることができる。息子のチャールズ一世は妻がカトリック教徒であったことからも徐々にカトリック教化へ傾いていく。国内で劣勢に追いやられたチャールズ一世にとって権力奪回にはカトリック教の援助も必要でもあった。しかし、イングランドがカトリック教化してしまえばエリザベス女王が始めたプロテスタントの道が再度閉ざされることになる。マーシャルの断食説教は11月17日で、その日は1558年のエリザベス女王即位の日であった。マーシャルがわざわざ女王即位日を説教日に選んだのは女王がイングランドを再びプロテスタント国にしたことへの配慮であった。エリザベス女王に至るまではヘンリー八世がローマ・カトリック教と断絶し、エドワードが教会改革に着手し、メアリーがローマ・カトリック教を再び国内に取り戻し、そしてエリザベス女王が再度カトリック教会と手を切った。その後のジェームズ一世もエリザベス女王と同じ路線を歩む。ところがチャールズ一世のカトリック教へ歩み寄りである。エリザベス女王がイングランドをプロテスタント国家にしたことにより福音がイングランドにもたらされ、イングランドは神との契約を交わすことになった。しかしながら、イングランドには徐々に神の崇拝に関しての形式化、熱意の低下が見られ、イングランドは「偶像」と「迷信」にあこがれ、隣国のどの国よりもよりひどく神から離反し、キリスト教本来の姿を失っている(58)。マーシャルは真の宗教を失ったことへの神の懲罰に懸念を表すが、神の懲罰とは神がイングランドから離れることである。神に見捨てられないために何をすればよいのか。ここでマーシャルは庶民院議員に訴える。イングランドの現状を引き起こした責任は議員にもある。神は庶民院議員を "the Repairers of our breach, to heale and prevent our ruine(59)" とした。ここでマーシャルは庶民院議員が何をなすべきかを明確に述べる。議員の任務は「我々の破滅を治し、防ぐために破れを繕う者」となることである。庶民院議員に課せられた任務は腐敗した、真の神の道から逸脱したイングランドを元の道に取り戻すことである。それはチャールズ一世体制の打倒による新しいイングランドの樹立である。そのためには議員たちは決して "swearers, cursers, adulterers, haters of Gods ways, scorners of his Children, and his Ordinances, men who goe in your sinfull ways(60)" となってはいけない。もし議員たちが神の道に反すれば必ずや神の罰はある。断食とはすでに指摘したがこれまでの罪を悔い、神の許しを請うために行うものである。イングランド人がこれまでに犯した罪とは言うまでもなく、チャールズ一世の暴政と英国国教会のカトリック教化である。その暴政を食い止め、イングランドのカトリック教化を阻止するために立ち上がらねばならないのがピューリタンである。マーシャルの断食説教は聴衆に行動決起を促す、檄とも言える説教であった。我々が神に反して歩めば神は我々とは共にいなくなる。聖なる民として神に向かい、悪の道には走るな、ともマーシャルは言う(61)。神の助けを得るために第一に行うべきは真摯な神への信仰である。いかんながらチャールズ一世下のイングランドには真摯な神への信仰は欠けていた。だからマーシャルは、「純粋な宗教と神の崇拝を維持し、保持する人たちの優しさと信心深さは彼らと彼らの繁栄のために絶えず神の見えるところにあるだろう[(62)]」と言うが、まさに今、国を立て直すには「純粋な宗教と神の崇拝」が不可欠である。戦争、反乱、異端信仰、宗派分裂によって混乱に陥っている国もあるが、もし「純粋な宗教と神の崇拝」がイングランドで維持されなければその結果も同様である。マーシャルは、反キリストの王国が破滅されるまでは心の安らぎは期待できないと言うが[(63)]、「反キリストの王国」とは言うまでもなくチャールズ一世体制下のイングランドである。庶民院に集まった議員たちになぜ議員たちは今日庶民院に集まったのかとマーシャルは問う。それは国と教会の幸福を探し求めるためである[(64)]。これは個人の魂の救済よりも大きな責任である。個人の領域を越えて全キリスト教世界の幸福は議員にかかっている。神は庶民院議員を「すべての我々の破れを繕う者」とすべく召命した。庶民院議員はイングランド社会改革のために立ち上がらねばならない。庶民院議員の仕事は偉大で、我々の悪は多い、だが落胆してはいけない、とマーシャルは言葉を続ける。

> Your work is great, our evils are many: but be not discouraged; onely remember, that God is with you, while you are with him. As it is in Zech. 4. Who art thou, o great Mountaine? Before my servant Zorobabel, thou shalt become a plain. If God be with Zorobabel, Mountaines shall become Plaines before him[(65)].

バビロンからの帰還者だといわれるゼルババベルに神の言葉が与えられ、山も平地になったように神と共にいることによって不可能と思われたことも可能になった。だから議員たちも神と共にいればイングランドの改革も可能となる。マーシャルにとって庶民院議員は “purgers and preservers of our Religion[(66)]” である。議員たちはイングランドの形骸化した宗教を清め、清められた宗教を保護してくれる人たちである。彼らに課せられた任務は誤りを見て、神が「植え付けなかった植物」を引き抜くことである[(67)]。神が植え付けなかった植物とはカトリック教会の聖書とは無関係な儀式などである。ヨシュアについて彼の前にも後にも彼のような人はいなかったと言われるように、今イングランドについても前にも後にもこの国会ほどすべての心、魂、力をもって神の意志に従って主に従った国会はなかったとマーシャルは議員たちに賛辞を送る[(68)]。

本章では「イザヤ書」58 章 12 節に現れる "Repairers of Breaches" という表現をマーシャルが使用していることから論を展開してきた。庶民院議員の使命はイングランド改革、英国国教会改革である。チャールズ一世、ロード＝ストラフォード体制による専制政治、王のカトリック教徒の妻ヘンリエッタ・マリアの政治、宗教への介入、民衆のチャールズ一世王政からの離反、何よりもピューリタンが目指した「魂の改革」はチャールズ一世の専制政治と礼拝様式の改悪により実現の可能性が消滅しつつあった。真の「魂の改革」を行うにはもはや体制打破しか道は残されていない。そして、それを実行に移すのがピューリタンであったのである。

## 4. むすび

これまで 1640 年 11 月 17 日に庶民院で行われたマーシャルの断食説教を論じてきた。その説教は神の怒りを静めることを目的とした本来の断食説教ではなく、イングランド社会、とりわけ英国国教会の現状打破によって神の怒りを静める説教である。真の神不在のイングランドにおいていかにして神を味方につけるかはピューリタンのイングランド改革の運命を左右する大問題であった。神なしでは彼らの理想は単なる理想で終わる。イングランド改革を成功させるにはピューリタンの団結が必要である。11月3日開催の長期議会以来ほぼ半年間は、宗教問題について議会派ピューリタンの間に一致は見られた。その一致はローマ派への対抗、英国国教会のローマ化反撃のためのロード主義者攻撃へ向けられた[69]。1640年の英国国教会の主教はロード主義者が圧倒的であり、宗教問題は何よりも英国国教会からのロード主義者の排除が主であった。当然マーシャルにも反ローマの姿勢は強かったが、彼は露骨にロード主義者を批判したり、ローマ・カトリック教を攻撃することはしない。ローマ・カトリック教会の偶像崇拝と迷信については説教で言及はしているが[70]、批判のトーンは穏やかである。マーシャルの長老派ピューリタンとしてその戦う姿勢が激しさを増していくのはこの説教以降である。1640年11月17日の断食説教でマーシャルが強調してやまなかったのは何よりもピューリタンの団結と意思統一であった。そのためにマーシャルは神への絶対的な信頼感を訴え、神と契約を交わし、神の援護の下で英国国教会の刷新を図ろうとした。英国国教会の改革の準備としてピューリタンにマーシャルが求めたものは強固な「神を求めれば神を見つけることはできる」という信念であった。この信念があって初めてピューリタンは「破れを繕う者」となることができたのである。ニジンスキー (Nijinsky) はマーシャルが断食説教を行った1640年11月17日は近代イングランドの議会及び教会史のなかでの転換期であったと言い、その日に内乱に至る道に国を始動させた第一歩が取られたと述べている[71]。またトレヴァー・ローパーはマーシャルを「革命の最も有名な政治的聖職者[72]」「議会の聖職指導者[73]」と評したが、「革命」抜きにしてマーシャルを語ることはできない。マーシャルの予想通りイングランドの混乱は最終的に革命、王処刑、共和政治、軍事的専制政治、無政府、そして王政復古へと至ることは歴史が語るところである。マーシャルの断食説教は革命の火ぶたを切った説教であるが、それは同日午前に行われたバージェスの説教と比べると“less innovative[74]”であった。「1640年は、宗教をイデオロギー的推進力とする最後の国家的革命の年であった[75]」と書いたのはヒルである。マーシャルは翌1641年2月23日 “Meroz Cursed” と称する断食説教を行うが、その説教は更に改革へと人々を扇動する説教である。1642年の庶民院での説教でマーシャルは「貴族、為政者、州代議士、ジェントルマン、上流階級の人びと多くは、神に対するまったくの裏切り者、反逆者である」と述べた。更に彼は1644年には「イングランドにおける問題とは、キリストと反キリストのどちらが主、あるいは王となるかだ」とも述べ[76]、チャールズ一世を反キリストと呼んだ。マーシャルの説教は1640年以降ますます戦闘化していく。マーシャルはイングランド改革の熱意に燃え、庶民院に集まった聴衆に社会改革の意義と改革の使命を聖書を例証として論じ、ピューリタンの勝利を確約したのであった。

## 注

(1) Cornelius Burges, *The First Sermon Preached to the Honourable House of Commons, now assembled in PARLIAMENT at their Publike Fast. Novem. 17. 1640.*(London, 1641)

(2) Christopher Hill, *The Collected Essays of Christopher Hill. Volume Two: Religion and Politics in 17th Century England* (Sussex:The Harvester Press, 1986), p. 79. これには『十七世紀イギリスの宗教と政治』クリストファー・ヒル評論集II小野功生訳（東京：法政大学出版局、1991年）がある。

(3) 上田惟一『ピューリタン革命史研究』（大阪：関西大学出版部、平成10年）, pp. 108–109 この書はピューリタン革命を宗教面から扱った書で、筆者は教えられるところが多い。

(4) Ibid., p. 145ff. William A. Shaw, *A History of the English Church during the Civil Wars and under the Commonwealth 1640–1660* Vol. I. (New York: Burt Franklin Reprinters, 1974), p. 11, Barry Coward ed., *A Companion to Stuart Britain* (Oxford: Blackwell Publishing Ltd., 2009), p. 350をも参照。

(5) Hugh Trevor-Roper, *The Crisis of the Seventeenth Century: Religion, the Reformation, and Social Change* (Indianapolis: Liberty Fund,1967), p.276.

(6) Op. cit.

(7)「苦情」についてはJ. P. Kenyon, *Stuart Constitution 1603–1688* (Cambridge:

Cambridge University Press, 1966), pp. 203–205、上田、pp. 145–146 を参照。上田は、イングランドの宗教と政治において変革を実行しようとしている人として (1) ローマ派 (2) 堕落した聖職者 (3) スペインや他の国からのまわし者 (4) 自身の昇進を求めている者を挙げている。

(8) マーシャルはピムの「苦情」については二回言及している。
1. I doubt not but you have a multitude of co[m]plaints of *Grievances* presented to the *Parliament House*: (p. 17)
2. … [give me leave] to informe you who be the Authors of the greatest Grievances, and Evils that can possibly betide the Kingdome of *England*, even they that would *rob us of our Go*d. (p. 17)

(9) Stephen Marshall, *A Sermon Preached before the Honourable House of Commons, now assembled in PARLIAMENT, At the publike Fast, November 17. 1640. Upon 2 Chron, 15. 2.* (London, 1641), p. 2.

(10) Ibid., A3.

(11) Ibid., p. 2.

(12) Ibid., p. 4.

(13) Op.cit.

(14) Ibid., p. 9.

(15) Ibid., p. 25.

(16) Ibid., p. 26.

(17) Ibid., p. 28.

(18) Ibid., p. 5.

(19) Op. cit.

(20) Ibid., p. 10.

(21) Op. cit.

(22) Ibid., pp. 10–11.

(23) Ibid., p. 12.

(24) Ibid., p. 13.

(25) Ibid., p. 14.

(26) Ibid., p. 15.

(27) Ibid., p. 9.

(28) Op. cit.

(29) Wilson, p, 171.

(30) Op. cit.

(31) Op. cit.

(32) Op. cit.

(33) A. S. P. Woodhouse, *Puritanism and Liberty* (Chicago: The University of Chicago

Press, 1974), p. 208.

(34) Marshall, p. 17.

(35) Hill, *The English Bible and the Seventeenth-Century Revolution* (London: Penguin Books, 1994), p. 292. ヒルはまた次のようにも言っている。"God is packing up his Gospel", said Thomas Hooker in 1631, "because nobody will buy his wares". "God is going from England". Religion and Politics in 17th Century England, p. 324. なおヒルはこの問題を *The English Bible and the Seventeenth-Century Revolution* (London: Penguin Books, 1994), pp. 284–297 で論じている。

(36) Ibid., pp. 19–20.

(37) Ibid., p. 10.

(38) Ibid., p. 21.

(39) Ibid., p. 29.

(40) Ibid., pp. 29–30.

(41) Op. cit.

(42) Op. cit.

(43) Ibid., pp. 30–31.

(44) Ibid., p. 31.

(45) Op. cit.

(46) Op. cit.

(47) Ibid., p. 32.

(48) Charles Carlton, *Archbishop William Laud* (London and New York: Routledge & Kegan Paul, 1987), pp. 129–130.

(49) 塚田理『イングランドの宗教』(東京：教文館，2006)，p. 196.

(50) Marshall, p. 32.

(51) Ibid., p. 33.

(52) Op. cit.

(53) Op. cit.

(54) Op. cit.

(55) Op. cit.

(56) S. R. Gardiner, *History of England from the Accession of James I to the Outbreak of the Civil War 1603–1642, XII*, pp. 309–312.

(57) Marshall, p. 34.

(58) Ibid., p. 35.

(59) Ibid., p. 36.

(60) Op. cit.

(61) Ibid., p. 39.

(62) Ibid., p. 42.

(63) Ibid., p. 44.
(64) Ibid., p. 46.
(65) Op. cit.
(66) Op. cit.
(67) Ibid., p. 40.
(68) Op. cit.
(69) 上田，p. 169.
(70) Marshall, p. 26, 33, 34, 35 に “Idolatry” と “Superstition” への批判が見られる。
(71) Alexander Sergei Nijinsky, “Preachers and Parliamentarians, 1640–1643” (PhD Dissertation, University of California, Santa Barbara, 1983),p. 6.
(72) Trevor-Roper, p. 276.
(73) Ibid., p. 277.
(74) Wilson, p. 37.
(75) Hill, *Religion and Politics in 17th Century England*, p. 336.
(76) Ibid., pp. 328–329.

# *The Roaring Girl, or Moll Cutpurse* と男装・女性身体・女優

本多　まりえ

## はじめに

*The Roaring Girl, or Moll Cutpurse* は、トマス・ミドルトン (Thomas Middleton) とトマス・デッカー (Thomas Dekker) によるジェームズ朝の市民喜劇である。(1) 四つ折り本のタイトルページには、「最近フォーチュン座でヘンリー王子一座［前身は海軍大臣一座］によって上演された」とあり、ページの最下部に 1611 という年号があることから、レヴェルズ・プレイズ (The Revels Plays) 版の編者ポール・マルホランド (Paul Mulholland) は、本作品の制作は 1611 年の初めに行われ、初演は同年の 4 月末か 5 月初めに行われたと推測している (Mulholland, Introduction 13)。

本作品は、同時代に書かれた他の市民喜劇と同様に、結婚と金をテーマとするが、ヒロインのモル (Moll) のモデルが、当時実在した男装の女悪党メアリー・フリス (Mary Frith)、通称「巾着切りのモル (Moll Cutpurse)」であった点で斬新である。実在のモルは史実では、1584 年頃生まれ、1659 年 7 月 26 日にフリート通りで亡くなった。彼女の人生に関する詳細は、彼女の死から 3 年後の 1662 年に出版された作者不詳の『メアリー・フリスの生涯 (*The Life and Death of Mrs Mary Frith*)』というパンフレット（散文で書かれた小冊子）にあるが、所々に創作が混ざっている可能性がある。彼女は当時のロンドンでは非常に有名であり、上記パンフレット以外にも、同時代の芝居や詩など、様々な作品で

言及されているが、彼女を中心人物として描いた劇で現存するものは、*The Roaring Girl* のみである。[(2)] ジョン・デイ (John Day) の『バンクサイドの陽気なモルの狂った悪ふざけ (*The Madde Pranckes of Mery Mall of the Bankside*)』(1610) という劇も、モルをヒロインとするようだが、現存しないためどのような内容かはわからない。[(3)]

メアリー・フリスは、巾着切り、娼婦、置屋の女将、盗品故売人といった裏稼業に従事していたようだが、*The Roaring Girl* のモルは、ガーミニ・サルガード (Gāmini Salgādo) など多くの批評家が指摘するように、美化されている (Salgādo 30; Berlin 115; Drouet 93)。[(4)] モルは劇中で、巾着切りや娼婦と称されることが多いが、それは世の噂や偏見に過ぎず、最終場では貞淑な女性として皆に認められる。

また、実在のモルは、舞台に立つ経験を持つなど、劇場とも密接な関係があり、*The Roaring Girl* にもそのことが示唆されている。本論の「3 女優」で詳しく論じるが、『ロンドン主教区法廷懲罰記録 (*Consistory of London Correction Book*)』には、メアリー・フリスが男の衣装を纏ってフォーチュン座に出演し、いかがわしい話をしゃべり、リュートを奏でながら歌を歌ったとあり、この逸話は当時有名だったようで、*The Roaring Girl* の中にも登場する。男装姿のモルは劇中で、男性陣からみだらで色っぽい女性と思われ、モルが、ヴァイオリンの前身の楽器、ヴァイオル (viol) を弾きながら歌を歌う場面や、フォーチュン座でスリを捕まえたことがあると語る場面がある。さらに「エピローグ」では、観客が本作を気に入らなければ、後日、本物のモルが舞台に立って償いをするという興味深い台詞が述べられ、モルと演劇界との密接な関係が示唆される。

*The Roaring Girl* は、批評史において、近年、注目されるようになり、特に 1980 年代以降、モルの男装に焦点が当てられ、ジェンダーの面から研究されてきた。例えば、メアリー・ベス・ローズ (Mary Beth Rose) やジーン・ハワード (Jean Howard) などは、モルを家父長制社会の掟から解放された自由な女性とみなし、本作品は女性の社会的不公平に異議

を唱えると論じる。また、ジョナサン・ドリモア (Jonathan Dollimore) やスティーヴン・オーゲル (Stephen Orgel) も、モルを家父長制に反発するラディカルで転覆的な人物とみなす。他方、ジェーン・バストン (Jane Baston) は、モルは男装をして転覆的行動をとるが、最終的には女の姿になり、皆に受け入れられ、社会に取り込まれると結論づける。より最近の批評家、エイドリアン・イーストウッド (Adrienne Eastwood) は、ジェームズ1世の女性嫌悪や、女性の在り方を述べた手引書が蔓延していたという当時の時代背景から、多くの観客は、女性の権利を擁護するモルを受け入れただろうが、モルを社会から切り離された変人とみなす者もいただろうと二つの見解を述べ、バストンとは異なる態度を示す。

確かに、当時の社会では、男装は、宗教的にも道徳的にも禁止されており、モルの男装は社会規範から逸脱した行為と捉えられ、劇中でモルが色男ラクストン (Laxton) に対し述べる台詞、「お前相手に男て奴に挑戦してやるぞ、男どもの最悪の憎悪、へらへらしたごますり、金ぴかの魔術にな、男はこんなもので、意気消沈の愚か者を地獄落ちに誘いやがるんだ」(3幕1場92–94行) や「この身を男に売るなんざとんでもない。こっちで男を買ってやろうじゃないか」(3幕1場111–12行) などは、家父長制に反する考えである。(5) しかし、本作品の目的は、観客の意識改革を行い、女性の社会的地位や権利を向上させることではなく、ミドルトンが本作を出版する際、読者に宛てた「書簡」で述べたように、「エロスと笑い」を提示し、観客や読者を楽しませることにあると考えられる。つまり、ミドルトンが「書簡」の冒頭で劇作術の流行を服の流行に例えたように、作者たちは、流行に敏感なロンドン市民に受けるような娯楽作品を書いたに過ぎないのである。

本稿では、*The Roaring Girl* におけるモルの表象に着目し、男装・女性身体・女優という観点から考察する。具体的にはまず、モルの男装に焦点を当て、実在のモルの姿や同時代の人々の男装に関する見解を検証する。次に、男装のモルの身体に関する記述や性的魅力について論じる。最後に、モルと演劇の関連性を考察し、実在のメアリー・フリスが女優であった可能性や、本作品のモルと王政復古期の女優との間に共通点が多いことなどを指摘し、早くもこの時代、即ち、16世紀初頭に、女優誕生の萌芽があったのではないかという仮説を提示する。

## 1　男装

本論に入る前にまず *The Roaring Girl* の大まかな内容を確認したい。本作品は大きく分けて三つのプロットがある。主筋では、貴族の息子セバスチャン (Sebastian) とメアリー (Mary) は恋仲にあるが、セバスチャンの父サー・アレキサンダー・ウエングレイブ (Sir Alexander Wengrave) は、メアリーの家が貧しく持参金が少ないという理由で、彼らの結婚に反対する。メアリーはジェントリーの娘であるが、サー・アレキサンダーはもっと金持ちの娘と結婚させたいのである。そこでセバスチャンは、ロンドンで悪名高い男装のモルに恋をしているふりをすることで父を困らせ、モルよりはましなメアリーと結婚させようと仕向ける作戦を立てる。結果的にこの作戦はうまく行き、セバスチャンは最後に父から許しを得てメアリーと結婚することとなる。この他に副筋として、羽根飾り屋、仕立屋、薬種屋の店主の妻と3人の伊達男 (gallants) との恋愛騒動がある。こうしたロンドンの中産階級の結婚や浮気な恋愛は、市民喜劇には典型的な特徴であるが、もう一つの副筋、モルと悪党仲間たちが隠語を用いて談笑するなど、裏社会に纏わる副筋は、他の市民喜劇にはあまりない特徴である。ミドルトンとデッカーは共に、所謂「悪漢文学 (rogue literature)」という裏社会に関するパンフレットを書いていたことから、人々の裏社会への関心の高さを熟知していたし、彼ら自身も劇場街を闊歩し裏社会となじみがあったのかもしれない。[6]

モルは2幕1場の途中で初めて舞台に登場するが、その前に観客は彼女に関する情報を少し与えられる。1幕2場で、セバスチャンが、これから自分は父親の前ではモルに恋するふりをすると、恋人メアリーに打ち明ける際に、「気違いモル、またの名、陽気なモル、君と同じモルて愛称の姐御がいるんだ。一風かわった女傑だから、町中誰もが名前も気っぷも知っている」(1幕1場98–101行)と述べ、モルが変人として有名であることを示唆する。さらに1幕2場では、サー・アレキサンダーが客人たちに、息子の恋の相手、即ち男装のモルについて否定的見解を述べる際に、彼女を両性具有の「化け物 (monster)」として扱う。彼は「男かと思えば女、女かと見れば男 ('Tis woman more than man, / Man more than woman)」(1幕2場130–31行)、「ふたなりですわ (She's a varlet!)」(1幕2場135行)と述べ、客人の一人サー・ディヴィ (Sir Davy) も「化物だ、いかにも化物 (A monster! 'Tis some monster!)」(1幕2場135行)と同意する。

2幕に入ってモルが登場してからも、両性具有のイメージは舞台上に蔓延し、例えば薬種屋のガリポット夫人 (Mistress Prudence Gallipot) が、「あからさまにあれは男だって言う人もいれば、ふたなりだって言う人もいますね (Some will not stick to say she's a man, and some, both man and woman)」(2幕1場209–10行)と述べる。また、サー・アレキサンダーは街頭で洋服屋とモルに出くわした際に、洋服屋がモルの半ズボンを新調するために寸法を測りたいと申し出る様子を陰で見て、「何と、半ズボンだと。これはしたり、倅め、二股かけた化者と結婚しようてのか? (Heyday, breeches! What, will he marry a monster with trinkets?)」(2幕2場76–77行)と傍白する。"trinkets" はマルホランドの註によると、男女両性の性器を指す (2.2.77n)。この台詞以降、洋服屋もモルの半ズボンや下半身に関する性的な冗談を始め、男装のモルのエロティックなイメージが強調される。さらにその後の場面では、サー・アレキサンダーの手先で、子分としてモルに仕えるトラプドア (Trapdoor) が、「おっと、モル、こちとらのやくざな親分、いや姐御がいやがる (Zounds, yonder comes Moll, my whorish master and mistress)」(5 幕 1 場 66–67 行)と述べるが、ここでも "master and mistress" という語にモルの両性具有的なイメージが示唆される。

男装は、イングランドにおいて、聖書や奢侈禁止令により伝統的に禁じられていたが、エリザベス朝時代から男装する女性が現れ始め、ジェームズ朝に入って1620年から約10年間にわたり大流行した。特に1620年には男装が大きな社会問題となり、ジェームズが男装を非難したことが、ジョン・チェンバレイン (John Chamberlain) がダドレイ・カールトン (Dudley Carleton) へ宛てた手紙の中に記されたり、作者不詳の『男女 (*Hic Mulier*)』という男装を批判するパンフレットが出たすぐ後に、これに抗議する『女男 (*Haec-Vil*)』というパンフレットが現れた (Rose 369–72; Howard 420–25; 楠 23–42)。

サー・アレキサンダーらがモルの男装に対して抱くイメージは、ピューリタンのフィリップ・スタッブス (Philip Stubbes) やウィリアム・ハリソン (William Harrison) のパンフレットに由来する。スタッブスは『悪弊の解剖 (*The Anatomy of Abuses*)』(1583) の中で、「我々の衣服は性を区別するためのサインとして与えられた……これらの女性はふたなり (Hermaphroditi) つまりは両性を備えた怪物、半男半女と呼ばれ得る」(F5v) と述べる。また、ハリソンは、『イングランド誌 (*Description of England*)』(1587) の中で、「胸に股袋がぶら下がったダブレット」(170) と「ゆったりしたズボン」(170) を身に着けた一般女性たちのことを嘆き、実際にこのような女性をロンドンで見たことがあるが男性か女性か分からなかったと述べる (170–71)。男装は元々は娼婦が流行らせたファッションであり、男装する女性は娼婦とみなされていたが、この頃は一般女性までもが男装するようになったとハリソンは嘆く (楠 23–25; Howard 420–21)。モルも劇中では「娼婦」と呼ばれることが多く、先に引用したトラプドアの台詞「こちとらのやくざな親分、いや姐御 ("my whorish master and mistress")」や、サー・アレキサンダーの台詞「あのスリ女郎(めろう) (this cutpurse drab)」(1 幕 2 場 172 行)や「盗人女郎(ぬすっとめろう)の目 (her thief-whorish eye)」(4 幕 1 場 17 行)など、枚挙に遑がない。

男装する女性に抱かれる両性具有の化け物というイメージは、性に対し多様な価値観が存在する現代においては、決して笑えるものではないが、現代人とは異なる価値観を持つジェームズ朝の人々の間では、冗談として、きっと受け入れられたであろう。シェイクスピアの『十二夜』で、男装したヴァイオラが、公爵に好意を寄せる一方でオリヴィアに言い寄られる自身の姿を、「あわれな怪物 (poor monster)」(2 幕 2 場 34 行)と称するが、現代の舞台ではこの場面は滑稽に描かれることが多く、おそらく当時の舞台でも滑稽な場面となったことであろう。同様に、*The Roaring Girl* においても、モルの両性具有の化け物というイメージは、観客の笑いを喚起するように描かれ、モルの男装姿に驚愕するサー・アレキサンダーは、スタッブスやハリソンのような保守的な人、或いは時代遅れの人として、嘲笑的に描かれたのではないだろうか。モルの男装には、このように、性的な冗談を提供したり、サー・アレキサンダーのような保守的な考えの人物を皮肉ったりする効果があったと考えられる。

## 2　女性身体

ミドルトンは、この劇を出版するにあたり読者に宛てて「喜劇の読者へ――エロスと笑い―― (To the Comic Play-readers: Venery and Laughter)」という「書簡」を書いたが、彼はこの中で「劇作法の移り変わりは、服装の流行廃りにたとえるのが適切であろう」(1 行)と演劇を衣服に例えている。「書簡」の副題にある "Venery" とはマルホランドの註によると、「狩り」と「性的快楽」という二つの意味があり、「書簡」の半ばに出てくる "Venus" に語源があるようだ (Epistle 1n)。ミドルトンはこの後、読者にとってこの作品は、喜劇性においてはスゴロクよりも面白く、書斎にこもらせるほどであり、エロスに関しては、本代の6ペンス分すぐに元が取れると自負する。というのも、「お上のご法度にふれて男装の帯をとくようなことのない限り、美しい女 (Venus) が女の身でありながら、上着と半ズボン、大胆かつ安全な変装姿で舞台を闊歩するのだから」(14–16 行)。ここで、冒頭の「演劇」と「衣服」のイメージが再登場し、本喜劇がモルの男装を一番の売りにすることが示唆される。さらにミドルトンは「作家が現実に目にするよりは、事態をいささか美化しておくのも、作家の美点ではあろう」(21–22 行) と続け、作品中のモルは、実物よりも良く描かれていると述べる。

この「書簡」から、ミドルトンとデッカーは、有名人モルを美化し、劇作法の流行に従いながら「エロスと笑い」を誘うような「喜劇」を作ったと解釈される。それ故、本作品には、両性具有のイメージやモルの男装に関する性的冗談が多く登場すると考えられるが、モルの肉体に関する直接的な描写も数多く見られる。作者たちは、こうしたモルの官能的な容姿を必要以上に強調することで、少年俳優の身体を通して、観客に実在のモル、メアリー・フリスの姿を想起させようと意図したのではないだろうか。

実在のモルの容姿については不明であるが、四つ折り本のタイトルページには、男装姿のモルの版画が掲載されている。版画に描かれたモルは、羽根のついたつばの広い帽子をかぶり、パイプをくわえ、膝までのだぶだぶの半ズボンの下に、肉付きの良い脛をのぞかせている。「3　女優」で詳しく述べるが、女優が舞台に立つようになった王政復古期には、男装することで露になった女優の脚やお尻が観客に受けたようである。同様に、17 世紀初頭の男性も、普段はスカートに隠された女性の脚やお尻に興味を持っていた可能性が考えられる。事実、仕立て屋のオープンワーク夫人 (Mistress Rosamond Openwork) は、伊達男ゴスホゥク (Goshawk) から、夫が郊外で淫売を囲っていると忠告された際、「淫売が相手だなんて。あたしはね、お嬢様で嫁入りしたの。何なら紋章を見せてあげるよ」（2 幕 1 場 329–31 行）と言って、自らの育ちの良さを“arms”、即ち「紋章」によって証明しようとするが、色男のゴスホゥクは、“arms” を「腕」ととり、「あんよの方を拝見して、あれを始めたいよ」（2 幕 1 場 332–33 行）と傍白する。

劇中のモルは、男性登場人物たちからは、ふくよかな体つきで、太腿が太く精力があると思われているようであり、このイメージは版画に描かれたモルの姿と合致する。女たらしの伊達男ラクストンは、彼に惚れている薬種屋のガリポット夫人から金を巻き上げる悪党であるが、彼は街頭で初めて男装姿のモルを見かけるや否や、モルを娼婦と思い込み、「よし、あのあばずれひっかけるのに金はたっぷり使うぞ。ふん、あいつは教区四つを股にかけての元気印の女だし、町中を圧する声の持主だ」（2 幕 1 場 187–89 行）と、金を餌にモルを口説こうと決心する。

また、ゴスホゥクがモルについて、「何ともかわった女だなあ。——あんなにデブできびきびした女見たことないや」（2 幕 1 場 204–05 行）と語ると、ラクストンは「肥えたうなぎがとろいオランダ人の手からぬけ出すみたいに、あの女あっちこっちとぬらぬらしおる。——［傍白］おれはチャンスを待つぞ」（2 幕 1 場 206–08 行）と性的なイメージを用いてモルを表現する。それに対し、ガリポット夫人が「あからさまにあれは男だって言う人もいれば、ふたなりだって言う人もいますね」（2 幕 1 場 209–10 行）とモルの両性具有性を示唆すると、性に貪欲なラクストンは、サー・アレキサンダーのように両性具有性を嫌悪することはなく、「そいつはすごいや。あいつが相手なら、最初は旦那が寝取られ亭主、お次は女房にお返しだ」（2 幕 1 場 211–12 行）と言って、モルが男女両性を相手にすることに対し興味を抱く。そしてこの後、モルと話す機会を得たラクストンは、モルに「ねえ、むっちりモルちゃん、いつ、二人で遠出できるかな？」（2 幕 1 場 272–73 行）と尋ねる。

以上の台詞から、モルは「デブで」、「肥え」て、「むっちり」した肉感的な女性と推察されるが、彼女は腿が太いという特徴も持っている。2幕2場の洋服屋とモルの男装に纏わる滑稽な場面で、洋服屋はモルの半ズボンを新調する目的で太腿の寸法を知りたがる。そして、モルが家に帰って調べてかつぎ人夫 (porter) を遣わせると言って立ち去ると、洋服屋は「色っぽい太股さ。あれを二本も背おえば、イギリスのどのかつぎ人夫だって背中が痛むだろうて」(2幕2場 100–01 行) と性的な冗談を独白の中で述べ、舞台から消える。マルホランドの註によると、当時太腿は精力の源と考えられていた (2.2.97n)。つまり、腿が太いモルは性的能力が高いと思われているのである。この場面で洋服屋は、モルの太腿にひどく執着するように見えるが、モルの太腿は半ズボンに隠されており、舞台上で露になることはない。作者たちは、おそらくこの洋服屋の台詞を通して、現代人よりも遥かに想像力に富んだ観客たちに、モルの太腿を想像させようとしたのであろう。モルは、このように、サー・アレキサンダーなどの保守的な人物からは、両性具有的な印象を抱かれるが、伊達男のラクストンや洋服屋などの男性からは、肉感的な体をした性的魅力に溢れる人物として見られている。

## 3　女優

本論の冒頭で言及した通り、*The Roaring Girl* の「エピローグ」には、観客が劇の内容を気に入らなければ、後日、本物のモルが舞台に立つという予告があるが、マルホランド曰く、これはおそらくモル役の俳優によって語られたようだ (Epilogue, line 0 n)。

> わたしどものお目にかけましたるものが、
> 皆様方のご期待に充分にそえませぬ節は、
> 女番長みずからに数日ののち、

この舞台にて多大の償いをいたさせましょう。
お客様方がその楽しみにあずかれますよう、ご本人からも皆様方に切なる
　お願い、
そのおしるし、女番長お招きの拍手を求めておりまする。

（「エピローグ」33–38 行）

『ロンドン主教区法廷懲罰記録』には、1612 年 1 月に、メアリー・フリスが、不道徳とみだらな行動の廉で教会裁判所に召喚され、数々の罪を告白したという記述がある。具体的には、モルは男装で居酒屋や劇場に入り浸り、ある時はブーツとズボンと短剣を着用して、フォーチュン座に出演し、いかがわしい話をしゃべり、リュートを奏でながらみだら歌を歌ったと告白したそうである。

この日この場所で上記のメアリー本人が現れ、自発的に告白した。彼女は長い間この町の全ての或いは大半の風紀の乱れた或いは不道徳な場所に通っていた。つまり、男装をして酒場、居酒屋、たばこ屋、さらには劇場に行き、芝居や懸賞試合を見た。そして、およそ 9 か月前には、男の服を纏い、ブーツを履き、腰に短剣を下げて、フォーチュン座のある芝居に現れ、そこに居合わせた連中に向かって、ここにいる大勢の者が自分を男だと思っているようだが、自宅に来れば自分が女だということがわかるはずだと述べ、その他にも不道徳でみだらな話をし、さらには男装をして、全ての人々の目の前で、舞台に腰かけ、リュートを弾き、歌を歌った。

(Mulholland, Appendix 262)

『ロンドン主教区法廷懲罰記録』によると、この後モルは、神を冒涜したり、スリや酔っ払いなどの悪い仲間と付き合っていたことを認め、これからは悔い改めどんな罰も受け入れると言ったものの、売春や売春の斡旋をしたことはないと否定したそうだ。

マルホランドやオーゲルなど多くの批評家が、上記の記録と *The Roaring Girl* の「エピローグ」を結びつけ、実際のモルが舞台に立った

可能性を指摘する。マルホランドは、『ロンドン主教区法廷懲罰記録』に記載されたモルがフォーチュン座の舞台に立ったという内容と、「エピローグ」に示された「数日ののち」にモル自らが舞台に登場して埋め合わせをするという予告との間の関連性は、極めて高いと論じる (Introduction 12)。オーゲルは、モルがフォーチュン座の舞台でリュートを独演しながら歌を歌ったのは、「即興」ではないと言う。というのも、「それは *The Roaring Girl* の『エピローグ』で予告としてアナウンスされていたから」である。さらにオーゲルは、そこには「明らかに多くの観客がいたと予測され、権威からのお咎めはなかったであろうし、彼女と劇場経営者の双方が儲けたに違いなかった」と述べている (Orgel 145–46)。

そして、このモルの舞台活動から、モルをイングランドで最初の女優とみなす批評家もいる。サルガードは「彼女自身が実際に舞台に立ったと信じるべきある理由があり、その場合、彼女はイングランド最初の職業女優とみなされる権利を持つ」と言って、彼女がフォーチュン座の舞台に立ったという記録を引用する (Salgādo 42)。また、『トマス・ミドルトン全集 (*Thomas Middleton: The Complete Works*)』に所収された *The Roaring Girl* の編者コッペリア・カーン (Coppélia Kahn) も同様に、「メアリー・フリスは……おそらく公衆劇場で芸をした最初の女優であったかもしれない」と述べ、フォーチュン座の舞台に座ってリュートを奏でながら歌を歌ったことを指摘し、さらには「『エピローグ』の言葉通りに、本物のモルがこの芝居の中で舞台デビューを飾ったはずだ」と述べている。というのも、「モルが舞台で演奏した頃に劇が上演されたから」(Introduction 721)。

また、オーゲルが述べているように、メアリー・フリスには「演劇的才能 (theatrical talents)」があったようだ。彼女は上記の法廷裁判が行われた直後、1612 年 2 月 12 日に、聖ポール大聖堂で大勢の聴衆の前で、これまで行ったみだらな行為に対する改悛をさせられ、ジョン・チェンバレインがこの時の様子を手紙に書いている。チェンバレインは、モルはひどく泣き、懺悔をしているように見えたが、実はその前に酒を飲んでいたことが後に判明したと述べている (Orgel 147–48)。

批評家の間では全く注目されてこなかったが、*The Roaring Girl* には「エピローグ」以外にも、フォーチュン座と実在のモルとの関連性が示される場がある。モルがヴァイオルを弾く 4 幕 1 場である。セバスチャンはモルにヴァイオルを渡し、楽器を男性器に見立てて卑猥な冗談を連発するが、貞節なモルはうまくこれを交わす。そして、セバスチャンが「あなたが女性にこの類の楽器を持たせて大股びらきに坐らせると、ヴァイオルなんて女には下品な楽器と罵り、あなたを悪しざまに言うかたくなな奥さん連中もたしかに多いけどね」(4 幕 1 場 95–98 行) と述べた後、モルはヴァイオルを演奏しながら歌を歌い始める。ヴァイオルはヴァイオリンの前進の弦楽器のようだが、大きさとしてはチェロに近く、床に置いて脚で挟んで演奏しなければならない。従って、この場面では、太い腿を持つと言われるモルが、楽器をその太腿に挟んで演奏するという極めてエロティックな姿が、舞台上で表されるのである。

モルとヴァイオルの連想は最終場でも示唆される。モルはサー・アレキサンダーからこれまでの不当な扱いに対し謝罪されるが、逮捕されると思ったモルは「お慈悲なぞ乞うもんかね。法に従おうじゃないか。あたしを晒し椅子にかけられるんだろう、容赦すんなよ。あたしの傍にヴァイオルもぶらさげてさ、こっちは平気だよ」(5 幕 2 場 252–54 行) と述べる。「晒し椅子」とは “a cucking-stool” のことであり、マルホランドの註には、「一般にみだらな女性や口やかましい女性に対し用いられた処罰」とある (5.2.253n)。実在のモルはフォーチュン座の舞台では、ヴァイオルではなくリュートを弾いたが、ミドルトンとデッカーはモルの太腿の色っぽさを強調するためにヴァイオルを弾かせたと考えられる。

このように、「エロスと笑い」を謳った本作品では、実在のモルの女性的身体及び女優としての面が強調されている。本物のモルが、この芝居の噂を聞き、芝居の中の正義感に溢れるモルよろしく、作者たちのために一肌脱ごうとフォーチュン座の舞台に立ったのか、或いは作者たちが彼女と知り合いで、予め舞台に登場することを依頼して「エピローグ」を書いたのかは定かではない。ミドルトンとデッカーは共に裏社会に関するパンフレットを書いていたことから裏社会に精通しており、モルの容姿や言動について熟知しており、もしかすると居酒屋などで目にしたことがあったかもしれないし、知り合いだったかもしれない。実際のモルが「エピローグ」で言及される以前から舞台に立っていたかどうか、或いはフォーチュン座でリュートを弾いた後にどこかでまた別のパフォーマンスをしたかどうかは、記録がないためわからない。いずれにせよ、この劇は当時ロンドンで話題となっていた実在の女性犯罪者を舞台に登場させたという点でセンセーショナルであったはずである。

このような犯罪者を主人公とする物語の系譜は、ダニエル・デフォー (Daniel Defoe) の『モル・フランダース (*Moll Flanders*)』(1722) やヘンリー・フィールディング (Henry Fielding) の『ジョンサン・ワイルド (*Jonathan Wild*)』(1743) といった悪漢小説へ繋がると考えられるが、本作品は、演劇史においては、女優の先駆けという点で注目すべきである。(7) つまり、本作品をきっかけに、女優の女性的身体を見たいという声が生じ、やがて、王政復古期に入り、女優が誕生することとなったのではなかろうか。

オーゲルは、ルネッサンス時代の男性の観客は、男装のヒロインを演じる少年俳優に対し、同性愛的な感情を抱いていたと論じ、*The Roaring Girl* で、セバスチャンが男装した恋人メアリーを魅力的だと言う台詞、「キスの相手を選ぶなら、このような男さ、モル。男装の麗人の唇はまた格別の味」(4 幕 1 場 46–47 行) を引用し、シェイクスピアの『お気に召すまま』や『十二夜』の男装も同様の役割を果たしたと述べる (70–71)。しかし、*The Roaring Girl* のモルの男装には、シェイクスピア喜劇に見られるような同性愛的な要素や笑いはなく、むしろ女性的な魅力によって異性愛が強調される。オーゲルが引用した上記の箇所は、他の批評家からも、同性愛を示唆する台詞としばしば指摘されるが、オーゲルを含むこれら批評家たちは、このセバスチャンの台詞の前に語られたモルの台詞を無視しているように思われる。このセバスチャンの台詞の前には、モルがセバスチャンと小姓に男装したメアリーとのキスを見て述べる台詞、「奇妙奇天烈。野郎と野郎のくちづけかい (How strange this shows, one man to kiss another)」(4幕1場45行) が入る。モルは男装をしたり、冒頭で引用したような挑戦的な台詞を述べるなど、家父長制社会の規範から外れているが、男性同士のキスを "strange" と言って批判する点では規範に則っている。換言すると、彼女は異性愛者であり、男性同士の同性愛を認めていないのである。セバスチャンが述べるような同性愛を示唆するような台詞は、男装のヒロインが登場する喜劇においては、常套句であり滑稽な冗談であったと思われるが、モルは女性として、そうしたホモ・ソーシャルな世界からは一歩身を引いてシニカルに眺めている。「笑いとエロス」を謳う本作品において、「エロス」は少年に対するものではなく、女性に向けられたものであり、異性愛者の男性から見ると、モルの男装はエロティックに見えるのである。もちろん、モルは少年俳優によって演じられたが、本物のモルは女であり、自分が女かどうか知りたいなら、うちに来ればわかるなど、男性を誘惑するようなみだらなことを述べたり、1614年には結婚をしていることから、異性愛者であったと推察される。

イングランドの最初の職業女優は、王政復古期の1660年12月8日に、国王一座が演じたシェイクスピアの『オセロ』の中でデズデモーナを演じた女優であった (Howe 24)。それ以前にはアン王妃やヘンリエッタ＝マライア王妃が宮廷仮面劇に出演していたが、公衆劇場で活動する女優はいなかった (Howe 21–22)。王政復古期に入り、演劇が再開されると同時に女優が舞台に立つようになったが、その理由は、エリザベス・ホウ (Elizabeth Howe) によると、17 世紀後半の中上流社会の人々の間で、女性・女性のセクシュアリティー・劇場に対する価値観が大きく変化したからである。つまり、16 世紀末から 17 世紀初頭にかけては、女性のセクシュアリティー及び舞台出演に対する激しい攻撃があったが、1660 年以降には、そうしたことに対し、人々は寛容になったのである (Howe 21)。ホウの見解はおおよそ正しいようだが、1642 年に劇場が閉鎖され、およそ 20 年の間に人々の価値観が急に変化したとは考えづらく、先に述べたように、17 世紀初めに既に、女性の在り方を説くパンフレットの流布や男装の流行があり、従来の規範から逸脱した女性に対して賛否両論があったという背景を考慮すると、長い期間をかけて徐々に変化していったと考える方が妥当ではなかろうか。

ホウによると、王政復古時代の女優は、舞台において演技よりもそのセクシュアリティーや身体が注目され、娼婦と同一視されていた。そして、特にベッドで胸をはだけたり、カウチに寝そべってポーズを取ったり、裸になってレイプなど暴力を受けるといった場面が観客に好まれようだ。また、女優の裸と同様に、女優による男装も観客を魅了したとされる。このような男装役は「半ズボン役 (breeches roles)」と呼ばれ、男装のヒロインが登場する作品は爆発的な人気を呼び、1660 年から 1700 年の間に 375 作品がロンドンの公衆劇場で上演された。このような作品が人気を博した理由は、半ズボンを穿くことで、普段はスカートで隠された女優の脚やお尻が露になったからである (Howe 56–62)。こうした芝居は、おそらく現代のストリップやバーレスクといった女性身体を呼びものにしたショーに相当するのではないだろうか。

ホウは「半ズボン役」と 17 世紀初期に流行した男装ブームとを関連付けてはいないが、半ズボンを穿いた女性の脚やお尻を見たいという男性の欲求は普遍的なものであったと考えられる。1620 年代に男装が流行した際に、女性たちは単なるファッションとして男装をしたのか、男性の注目を浴びようとしたのか、男装を通して社会に反発しようとしたのか、理由は定かではないが、そのような女性は、家父長制社会においては、規範を逸脱した娼婦と思われていた。1611年にメアリー・フリスが、男装をしてフォーチュン座の舞台に上がりリュートを演奏した理由も、金を稼ぐためか、人々の注目を浴びたかったためか、女人禁制の舞台に男装して立つことで社会に反抗したかったのか、舞台上で女装し男装する少年俳優に対し女性として挑戦したかったのか、定かではないが、演劇的見解では王政復古期の「半ズボン役」を先取りしていたと考えられる。

王政復古期の女優とメアリー・フリスには、男装による脚などの露出や娼婦とみなされる点など、共通点が多い。*The Roaring Girl* においてモルは少年俳優によって演じられたが、この喜劇で「エロスと笑い」を提供しようとした作者たちは、実在のモルを見聞きしており、現代人とは異なり、非常に想像力に富んでいた当時の観客に対し、少年俳優の身体を通して、彼女の姿を想像させようとしたのではないだろうか。モルは男性登場人物に人気があり、特にラクストンや洋服屋などから性的欲望を抱かれ、モルの身体、特に太腿は必要以上に多く描かれ、作品全編を通して、モルの女性としての肉体的魅力がふんだんに描かれる。作者たちは、そうした描写を通し、観客にとってエロティックで楽しい場面、即ち「エロスと笑い」を提供したのであろう。少年俳優がモルを演じているということを考えると、男性登場人物たちがモルに対して抱く欲望を同性愛的欲望と読み取れないわけでもないが、先に指摘した通り、主人公のモデルとなったモルは実在する人物で、観客の誰もが女性であることを知っており、身体に関する描写が多く、劇中のモルはセバスチャンと男装のメアリーのキスシーンを「奇妙奇天烈」と嘲笑する異性愛者である。

イングランドの現実社会では、この作品のおよそ10年後に、男装の爆発的流行が生じるが、実在のメアリー・フリスは、伊達男と競い合う程の洒落者であったことから、時代の先端を行くファッション・リーダ一的存在だったのではないだろうか。さらには、王政復古期に男装した女優が舞台に立ち人気を博したが、彼女はその点においても、つまり、男装姿で舞台に立ったという点で、先駆的役割を果たしたと言える。こうしたモルの振る舞いに対し難色を示す者や、女性よりも女装する少年俳優に欲望を抱く者もいただろうが、他方でメアリー・フリスの不道徳さを容認し、男装によって強調される彼女の色っぽさを享受した者もいたはずである。17 世紀初期のイングランドは、女性に対する伝統的・革新的価値観が交錯し合う過渡期であり、*The Roaring Girl* は、結婚と金という市民喜劇の典型的なテーマを持ち合わせているが、実在の悪名高い女犯罪者を美化させて登場させることで斬新で、話題性に富み、ファッショナブルで、エロティックな娯楽作品となったのではないだろうか。

## おわりに

本稿では *The Roaring Girl* におけるモルの男装、身体に纏わる描写、演劇との関連性について、実在のメアリー・フリスの人物像や当時の社会状況と照らし合わせながら考察してきた。作者たちはモルの男装を通して、多くの批評家が論じるようなフェミニズム的な問題提起をしようとしたのではなく、「笑いとエロス」に溢れた娯楽作品を提示したかったと考えられる。本作品は実在の悪名高い男装の女犯罪人メアリー・フリスをモデルとするため、観客は多かれ少なかれ彼女のことを見聞きしていたはずである。モルを演じるのは実際には少年であったが、作者たちはモルの肉体に関する数々の描写を通して、観客に実在のメアリー・フリスのエロティックな女性身体を、少年俳優の身体に投影させようと努めたのであろう。

シェイクスピア喜劇における男装のヒロインは、周りの人物（親しい人物を除く）に対し、女性であることを隠すが、モルは、セバスチャン

の台詞 (1.1.98–101) の通り、劇中では男装の変な女性として有名であり、初めから女性であることが皆にばれている。それ故に、この作品では、少年俳優がモルを演じているとはいえ、同性愛というよりも異性愛的な「エロス」が強調されているのではないだろうか。モルは、ヴァイオラに代表されるような、薔薇の頬と赤い唇を持つ、可憐でかわいい少年というタイプの男装のヒロインとは異なり、顔に関する記述はなく、むっちりとした官能的な肉体を持ち、成人男性と対等に渡り歩く、お洒落で知的で勇ましい正義感に溢れた成人女性として描かれる。女性に対する価値観が変動し、女性が男装をファッションとして取り入れ、主体的に行動するようになってきたジェームズ朝初期には、少年らしさを売りにしたかわいいだけの男装のヒロイン像に、物足りなさを感じる観客も出てきたのではないだろうか。そして、さらにそれが進むと、観客は少年俳優ではなく、本物の女性を舞台に求めるようになり、結果として、王政復古期に女優が誕生することとなったのではないだろうか。ミドルトンとデッカーは、おそらくこうした社会の動きをいち早く見抜き、これまでの男装のヒロインとは異なり、男装を、女性身体をアピールする手段やファッションとして用い、知的でセクシーで大人っぽいヒロイン、モルを創り出したのである。

＊本稿は、17 世紀英文学会第 3 回全国大会（2014 年 5 月 23 日、於札幌アスペンホテル）での口頭発表「*The Roaring Girl* における“counterfeit”――犯罪・衣服・演劇」の発表原稿に、大幅な加筆・修正を施したものである。

註

(1) 以降 *The Roaring Girl* と略す。本作品の邦題は『女番長またの名女怪盗モル』（山田）、『大声の女』（楠）、『ロアリング・ガール』（高橋康也他編『シェイクスピア辞典』）など、様々な訳があり、統一されていないため、本論では英語表記を採用する。ミドルトンとデッカーの執筆箇所について、ニュー・マーメイズ

(New Mermaids) 版の編者エリザベス・クック (Elizabeth Cook) は、共作はこの時代によくあることで、本作品で誰がどこを書いたかはある程度は分かるものの確実には分からず、むしろ分からないよう縫い合わせることが作品の成功の証と述べている (Cook, Introduction xxxvi–xxxvii)。本論では、この考えに従い、二人の作者の執筆箇所については問わないこととする。

(2) 同時代の作品におけるモルへの言及については Panek 153–81 を参照。

(3) *The Roaring Girl* とデイの作品と関係性については、Mulholland, Introduction 13 及び McNeill 119–20 を参照。

(4) メアリー・フリスの生涯に関する詳細は、Orgel 139–49; Mulholland, Introduction 13–14; Salgādo 30; Rose 378 を参照。

(5) テキストからの引用は以降全て Thomas Middleton and Thomas Dekker, *The Roaring Girl*, ed. Paul Mulholland (Manchester: Manchester UP, 1987) に従う。訳は全て山田英教訳に従う。特に重要な箇所のみ英語の引用も付する。

(6) ミドルトンは『黒本 (*The Black Book*)』(1604) を、デッカーは『ロンドンの夜警 (*The Bellman of London*』(1608)、『カンテラとろうそくの火 (*Lantern and Candle-light*)』(1608) など多数の作品を残した。悪漢文学に関する詳細は、Manley 341–55; Aydelotte 114–39; Salgādo 15–48; Dionne 33–61 を参照。

(7) 『メアリー・フリスの生涯』(1662) 以降刊行されたメアリー・フリスに関するパンフレットや小説については、Panek 182–86; Drouet 101–02 を参照。

## 引用文献


Aydelotte, Frank. *Elizabethan Rogues and Vagabonds*. 1913. London: Frank Cass, 1967.

Baston, Jane. "Rehabilitating Moll's Subversion in *The Roaring Girl*." *Studies in English Literature, 1500–1900* 37 (1997): 317–35.

Beier, A. L. *Masterless Men: The Vagrancy Problem in England, 1560–1640*. London: Methuen, 1985.

Berlin, Normand. *The Base String: The Underworld in Elizabethan Drama*. Cranbury: Associated UP, 1968.

Cook, Elizabeth. Introduction. *The Roaring Girl*. By Thomas Middleton and Thomas Dekker. 2nd ed. New Mermaids. London: Bloomsbury, 1997. xiii–xxxix.

Dekker, Thomas. *Belman of London*. London, 1608.

——. *Lantern and Candlelight*. London, 1608.

Dionne, Craig. "Fashioning Outlaws: The Early Modern Rogue and Urban Culture." *Rogues and Early Modern English Culture*. Ed. Craig Dione and Steve Mentz. Ann Arbor: U of Michigan P, 2004. 33–61.

Dollimore, Jonathan. "Subjectivity, Sexuality, and Transgression: The Jacobean Connection." *Renaissance Drama* 17 (1986): 53–81.

Drouet, Pascale. "Appropriating a Famous Female Offender: Mary Frith (1584?–1659), Alias Moll Cutpurse." *Female Transgression in Early Modern Britain: Literary and Historical Explorations*. Ed. Richard Hillman and Pauline Ruberry-Blanc. Farnham: Ashgate, 2014. 91–104.

Eastwood, Adrienne. "Controversy and the Single Woman in *The Maid's Tragedy* and *The Roaring Girl*." *Rocky Mountain Review* 58 (2004): 7–27.

Harrison, William. *Harrison's Description of England in Shakspere's Youth*. Ed. Frederick J. Furnivall. Vol.1. London: N. Trübner, 1877.

Howard, Jean. "Crossdressing, the Theatre, and Gender Struggle in Early Modern England." *Shakespeare Quarterly* 39 (1988): 418–40.

Howe, Elizabeth. *The First English Actresses: Women and Drama, 1660–1700*. Cambridge: Cambridge UP, 1992.

Kahn, Coppélia. Introduction. *The Roaring Girl. Thomas Middleton: The Collected Works*. By Thomas Middleton and Thomas Dekker. Oxford: Oxford UP, 2007. 721–78.

Manley, Lawrence. *Literature and Culture in Early Modern London*. Cambridge: Cambridge UP, 1995.

McNeill, Fiona. *Poor Women in Shakespeare*. Cambridge: Cambridge UP, 2007.

McPherson, David. *Shakespeare, Jonson, and the Myth of Venice*. Newark: U of Delaware P, 1990.

Middleton, Thomas. *The Black Book*. London, 1604.

Middleton, Thomas and Thomas Dekker. *The Roaring Girl*. Ed. Paul Mulholland. The Revels Plays. Manchester: Manchester UP, 1987.

Mulholland, Paul. Introduction. *The Roaring Girl*. By Thomas Middleton and Thomas Dekker. The Revels Plays. Manchester: Manchester UP, 1987. 1–65.

——. Appendix E. *The Roaring Girl*. By Thomas Middleton and Thomas Dekker. The Revels Plays. Manchester: Manchester UP, 1987. 262–63.

Orgel, Stephen. *Impersonations: The Performance of Gender in Shakespeare's England*. Cambridge: Cambridge UP, 1996.

Panek, Jennifer. *The Roaring Girl*. By Thomas Middleton and Thomas Dekker. New York: W. W. Norton, 2011.

Rose, Mary Beth. "Women in Men's Clothing: Apparel and Social Stability in *The Roaring Girl*." *English Literary Renaissance* 14 (1984): 367–91.

Salgādo, Gāmini. *The Elizabethan Underworld*. London: J. M. Dent, 1977.

Shakespeare, William. *Twelfth Night*. Ed. Keir Elam. The Arden Shakespeare. London: Cengage Learning, 2008.

Stubbes, Philip. *The Anatomie of Abuses*. London, 1583.

楠明子『英国ルネサンスの女たち——シェイクスピア時代における逸脱と挑戦』みすず書房、1999 年。
高橋康也、喜志哲雄、大場建治、村上淑郎編『シェイクスピア辞典』研究社、2000 年。
山田英教訳『女番長またの名女怪盗モル』早稲田大学出版部、1988 年。

# 不安で震える社会／笑いで揺れる劇場

## ——劇作家の「誠実なペン」が描くスペクタクル——

梶　理和子

### はじめに

1687年4月、即位2年足らずながら、ジェームズ2世は信仰自由宣言を発布し、政治、宗教、教育の場で、カトリック教徒を要職に就けるなど、カトリック寄りの姿勢を日増しに明らかにしていく。清教徒革命による長い戦いと混乱を経験し、その後、王位継承をめぐる抗争、モンマス公ジェームズ・スコットによる反乱を経験した社会においては、重用されるカトリック教徒たちも含め、多くの人々が再度の革命への不安を募らせていく。(1)

チャールズ2世が愛した劇場も活気を失いつつあった。かつて2つの勅許劇団が競い合っていたロンドンには、もはや1つの劇団しか存在しない。だが、このような状況下で、アフラ・ベーン (1640?–89) は1687年3月に、ドーセット・ガーデン劇場で壮大なスペクタル、『月の皇帝 (*The Emperor of the Moon: A Farce*)』を上演する。(2) この3幕仕立ての笑劇は、コメディア・デラルテを好む国王のために書かれ始めたが、チャールズ2世は完成を待たずに1685年2月6日に死去し、その2年後に完成した作品がジェームズ2世の統治下で舞台にかけられる。その意味で、この劇はチャールズ2世の時代からジェームズ2世の時代をつなぐ役割を果たしていたとも言えるだろう。

本論では、革命の勃発を予感させる政治的、宗教的な緊張感が高まる中、王党派として知られる女性劇作家が創作した娯楽性と視覚性が非常に高い笑劇、『月の皇帝』を考察する。国家の平穏を揺るがす欲望や野望、あるいは嘘や、真偽の定かでない知識がどのように表象されているのか、また、それらにまつわる愚かしさや矛盾に気づくことなく、つまり、疑うことも考えることもせずに受け入れる姿勢がどのように評価されているのか作品から読み取ることで、当時の危機的状況に対するこの芝居の戦略とその効果を明らかにしたい。

## 第1節　嘘／「真実」の視覚化

『月の皇帝』は、ドーセット・ガーデン劇場で短期間ながら人気となった機械仕掛けの笑劇のひとつであり、「月の皇帝」の降臨が最大の見せ場となっている。[(3)] この壮大なスペクタルは、若者たちが結婚の障害となる老人を欺く策略のクライマックスである。本節では、まず、月世界の人々が地上に舞い降りる幻想的状況の演出を検討する前に、スペクタクルを成立させる条件となる、荒唐無稽な嘘の「真実」として受容、また受容の背後にある情報や判断力、欲望や想像力を確認し、スペクタクル性がもつ意味を考察したい。

偽りの物語と映像による策略の中心に置かれるのは、学者を名乗るドクター・バリアルド (Doctor Baliardo) である。彼は3人の女性たち——娘のエラリア (Elaria) と姪のベルマント (Bellemante)、ふたりに仕えるモプソフィル (Mopsophil) ——の結婚を決める立場にある。しかし、エラリアにはチンティオ (Don Cinthio)、ベルマントにはシャルマント (Don Charmante) という、ともに総督の甥である恋人がおり、娘たちを家に閉じ込めようとするドクターは、2組の恋人たちにとって邪魔な存在である。一方、モプソフィルには、結婚相手の候補者たちがいるものの、ドクターの下男スカラムーチ (Scaramouch) と、チンティオの下男ハーレクイン (Harlequin) からも求愛されている。そして、このふたりこそ

が（偽）情報操作で笑いを作り出し、この劇の基調となる感覚の錯誤をもたらす存在でもあるのだ。[(4)]

2幕1場、ドクターが不在となる夜、2組の恋人たちは侍女や下男たちの協力のもと、演奏家たちの奏でる音楽に合わせて踊り手たちが舞う中、待ちわびた逢瀬の機会を楽しんでいる。そこに、予定と異なりドクターが帰ってきたため、機転を利かせたスカラムーチが人々をタペストリーの模様となるように配置し、主人を迎え入れる。ドクターは何の音楽だったのかとスカラムーチを問い詰め、演奏家たちが隠れているにちがいないと思われるカーテンを開く。そこで、思いがけず現れた（人々が模様となった）タペストリーのすばらしさに感嘆したドクターが、蝋燭と拡大鏡を手にその模様をじっくりと鑑賞しはじめると、樹木に配置されたハーレクインに頭を棒でたたかれる。[(5)]

> ドクター：わしを打ったのは何だ？
> スカラムーチ：打たれたって、旦那様！　想像ですよ。
> ドクター：わしの想像力は感じるっていうのか？
> スカラムーチ：だって、ひとの器官の中でもっとも繊細なところでしょう、旦那様。
> ドクター：ふむ――そうかもしれん――
> スカラムーチ：あなた様は偉大な学者ではありませんか？　そのことをご存じないので？
> ドクター：こやつには知性のかけらがあるな――。［傍白。再び見上げて］――タペストリーのこの模様はすごくいいな。　（2幕1場 169–75）

ドクターは、頭をたたかれたと感じたことが人間の「もっとも繊細な」器官である想像力による現象だと言われると、その奇妙な屁理屈をもっともらしく思いはじめ、「偉大な学者」なら知っているものとほのめかされると、棒で叩かれたことを受け入れてしまう。痛みという身体的感覚があるにも関わらず、想像力がどの身体的感覚よりも上位にあると明言されると、その根拠のない優位性を受け入れてしまうのだ。学者の面目を保つことができる（と、彼自身が考えている）ように振る舞おうとする、このような現実の身体的経験よりも科学的知識（らしきもの）を信用してしまう姿勢が招く言動は、舞台上の登場人物たちにとっても観客にとってもひらすら滑稽である。[(6)]

そのようなドクターの性質は、タペストリーが偽物だと発覚した際にも利用され、スカラムーチは現実を強引に夢だと信じ込ませる。本物の人間がタペストリーに化けていたことに気づいたドクターが怒って銃を取りにその場を離れると、スカラムーチはすかさず蝋燭を吹き消す。銃を手にしてドクターが戻ってくるが、そこは暗闇でひとの気配はない。[(7)]そこに、このトリックを完成するため、寝ぼけ眼のスカラムーチが「あれ、旦那様ですか？　こんなにもお早いお戻りで？」と言いながら入ってくる。銃を向けられ、タペストリーについて問いただされても、「白状って、旦那様。私が何を白状するっていうんですか？　私には旦那様の難解な言葉は理解できませんよ。けど、私自身の言葉で言わせていただくなら、私は、たった今、ものすごく奇妙な夢から起こされたところですよ」（2 幕 1 場 195–217）ととぼけて夢の説明を始めるのだが、その夢を現実と思い込ませるために作り上げたのが以下の物語である。

スカラムーチは月の世界の人々がこの邸宅にやってきたこと、そして月の皇帝がエラリアに、その弟である王子はベルマントにひどく心を奪われてしまっていると語り、それに基づき、タペストリーの実在性とドクターの体験をすりあわせる話を捏造する。スカラムーチの即興の筋書きによると、月世界の高貴な人々は、恋した相手に求愛すべく家長不在の折にやってくるが、ドクターが急に現れたので彼らはタペストリーに化けた。そして、ドクターが何かに怒り出したために再び天に向かって飛び立ってしまったという訳である。思いつきで語られるその嘘には、ドクターを喜ばせる情報が如才なく盛り込まれている。月世界が確かに存在すること、その住人たちが舞い降りたのは月世界の研究者である彼の邸宅であること、そして、彼の娘が皇帝の心を奪った女性であること。スカラムーチはドクターの欲望を理解し、それを巧妙に利用することで現実を歪めることに成功する。

さらに、ドクターの欲望を一層煽るための、そして嘘を真実にするためのトリックは続く。スカラムーチの話を聞いて、ドクターは娘たちの様子を探ろうとする。シーンが開くと、エラリア、ベルマント、そしてモプソフィルが眠りに落ちている（ふりをしている）姿が現れる。[(8)] スカラムーチがドクターに語った「できごと」をモプソフィルが盗み聞きしていたので、彼女たちは、今度はその嘘の筋書きにしたがって振る舞う。寝ぼけた（ふりをして）ベルマントがドクターに抱きつき、月の王子との逢瀬を聞かせることで、彼はますますこの嘘の物語を信じ込んでいく。

> ドクター：ああ、嬉しい (I am Ravish'd!)
> ベルマント：ああ、神聖なる王子様。死ぬ運命にある人間に憐れみを。
> ドクター：なんて嬉しい (I am rapt!)
> ベルマント：私を一緒に上の世界に連れて行ってください。
> ドクター：月だ。月のことだ。ああ、狂おしいくらいだ、嬉しすぎる、天にも昇る気分だ (I am Transported, Over-joy'd, and Ecstacy'd)
> ［飛び上がって彼女の腕から離れる。彼女は目覚めた様子］
> (2 幕 1 場 266–71)

「死ぬ運命にある人間」や「上の世界」といった言葉で、「王子」と語り合うベルマントの姿に、ドクターは、うっとりし、狂喜乱舞し、恍惚状態となる。自分の下男と若い恋人たちの作り上げた嘘は、父親として持ち続けていた願望であり、学者として求め続けていた答えなのだ。つまり、娘たちに条件のいい結婚相手を見つけ家系を繁栄させる望み、本に書かれた月世界の存在を証明しようとする望み、この 2 つがまさに同時に達成されようとしているのだ。タペストリー騒動後のベルマントの言葉によって、ドクターの欲望と一致する作りごとは「真実」となり、そして、この芝居の最後の場面では「この真実」が視覚化され、ドクターと観客を圧倒するスケールの壮大なスペクタクルへと至る。言うなれば、視覚に訴える状況を支えているのは、このような欲望の操作による偽の情報を信じ込ませる過程なのである。

このスペクタクルで、観客は幻想的な月の皇帝の降臨を目撃し、ドクターの歓喜や驚愕を共有する。「シーンと照明で豪華に飾りたてられたギャラリー」、つまり、観客席をも巻き込む劇場全体で場面が展開されることで、観客も劇の中に取り込まれるのだ。まず、前面のシーンが開くと、パルナッソスの丘（の背景画）が現れる。すると「樹々の連なるすばらしい広路が丘に向かって伸びており、その広路の両側に並ぶ台座の上には 8 人、または 10 人の黒人たち」が据えられている。そして、路の両側に「向かい合うように馬車が降りてくる」と、中から、小型の望遠鏡を手にしたケプラーとガリレオが登場する（3 幕 1 場 445–46 の間のト書き）。続いて、「交響曲が流れる中、黄道十二宮が降下し、星座（の人々）を地上に送り届ける。彼らは歌い手となり、その歌に黒人たちが踊り手となって加わる」（3 幕 1 場 479–80 の間のト書き）。そして、月のような球体が現れるが、その球体は「はじめは、新月のような形であったが、前に移動するにつれて大きくなり、ついには満月の形となる」（3 幕 1 場 549–50 の間のト書き）。そこで、いよいよ皇帝の登場となるが、そこには以下のような細かなト書きがある。

> 半月型の馬車が現れる。馬車には、豪勢に着飾り皇帝に扮したチンティオが乗っている。そして、同じく豪華な衣装を身につけたシャルマントは、王子として大勢の英雄たちとともにつき従う。チンティオの馬車は 4 人のキューピッドに支えられている。彼らが降下し、地上に到達するまで歌は続く。ふたりはエラリアとベルマントの方を向く。――ドクターはひれ伏し、他の人々は彼らが通り過ぎるあいだ深く頭を下げている。ふたりはケプラーに合図する。
> （3 幕 1 場 576–77 の間のト書き）

月の皇帝の降臨を描くこの場面は、喜劇の常套手段である父親を出し抜くためのトリックに留まらない、非常に大掛かりな演出がなされている。意匠を凝らした絵画的装飾、縦横無尽に移動し形を変える乗り物、星座や英雄役をはじめとする舞台を彩る出演者たちに加え、演奏家や歌手たち、それに馬車や球体を可動させるのに多くの人員と機材を要し、劇場のあらゆる資源が惜しみなく使われるひたすら豪華なこの場面で、そのような光景を前にひれ伏すドクターを笑いながらも、観客は同時に、その美しさと華やかさに感嘆し、月から舞い降りる人々の姿に見とれてしまう。見る者を圧倒する崇高な雰囲気が、すばらしい舞台装置が、視覚や聴覚への刺激が嘘を真実にする。そのような効果こそがまさに演劇のもつ娯楽性である。そして、観客をも巻き込む一大スペクタクルを出現させたのは、ドクターがスカラムーチやベルマントの言葉、言わば、学者と家長としての自尊心を満たす言葉を鵜呑みにするからである。

## 第2節　危うい視覚・危うい欲望

第1節で確認したように、この作品では、月世界の存在が言葉によって作り上げられ、その嘘は似非学者であるドクターにとって真実となり、その真実がさらに視覚化されるという構造となっている。本節では、観察という行為や、観察にかかわる視覚に注目し、この「科学的」行為が、はたして学者の欲望とのみ結びついているのか考察することで、ドクターに与えられた性質をより深く分析し、同時代の危機的な政治状況とこの笑劇の視覚性の結びつきを明らかにしたい。

自然哲学を追求するドクターは、月世界や科学、天文学等にかかわる本を読み漁り、ケプラーやガリレオを尊敬し、薔薇十字団などの秘密結社に憧れている。その様子を、下男のスカラムーチは「この手の本を読むのはよろしくないですよ。前に、私は、サー・ジョン・マンデヴィルを読んで、おかしくなりかけましたよ」、と批判する（1幕2場98–99）。[9]
しかし、彼の主人は、自分の知性、知識、研究の意義を信じ込み、周囲の忠告など気にもとめず、「真理」を探求し続ける。舞台上に初めて登場する時、ドクターは数学用の道具をいくつもベルトにぶら下げた姿で庭に現れ、月の世界を「観測」するために、20フィート程度の望遠鏡をスカラムーチに運ばせ、設置するよう指示する。だが、この観察をめぐる2人のやりとりには奇妙な政治的、宗教的含意が混入している。

> スカラムーチ：なんと、王さまの私室を覗くんで。こう申しては失礼ですが、旦那様、それは無礼 (uncivil) なことでは。
> ドクター：無礼だな。もしも覗いていることを知られてしまったら、まったくの反逆罪だろうが、このように見つからなければ、まるで賢い政治家がやっているように、わしは全てを見渡すことができるのだ。これは政治家の覗き穴なのだよ。その穴から、国王の秘密を盗み見る。遠くからウィンクするようなものさ。
> スカラムーチ：まさに鍵穴ですな。旦那様。そこから、王さまがお祈り (Devotion) をする時でさえ、片方の目の半分くらいで、その様子を見ることができる訳ですね。（1幕2場8–15）

スカラムーチが覗きは無礼だと言うのに対し、遥か遠くの月にある君主の部屋を望遠鏡で覗く行為は、地上において密かに鍵穴から国王の私室を覗き込み、国王の秘密を探る政治家の手法と同質で許容範囲だとドクターは主張する。王の秘密を盗み見るという臣民にあるまじき (uncivil) 欲望や行為を正当化するドクターの主張に「王さまがお祈りをする」という言葉が登場すると、当時の観客の脳裏には、カトリックの復活を願い、議会や教会との対立を深め続けるジェームズ2世の姿が浮かんだことであろう。さらに、「反逆罪」や「政治家」という言葉を同時に耳にすれば、不安感や緊張感がもたらされる。だが、一方で、この芝居では用意周到にその不安を緩和する仕掛けもなされている。この直前の場面で、ベルマントが教会の礼拝時に鑑賞した伊達男たちの様子を楽しげに語るのを、エラリアが「立派なお祈りだこと (great Devotion)」とからかっているのだ（1幕1場 140）。祈りという言葉が性的な笑いを誘うことで、観客の政治的状況への不安はあらかじめ軽減されている。むしろ、この言葉で反射的に生まれる緊張感が直ちに性的な笑いに結びつくことで、娯楽性が高められる。

このような政治的状況と結びつくドクターの観察という行為は、性的色彩がより強くなっていくことを次に確認したい。ベルマントが自分の快楽のために伊達男を観察したように、ドクターの月の皇帝の観察も本来は見る側が優位な立場となるはずであるが、彼の場合、それが逆転してしまう。この逆転をもたらすのは、望遠鏡のガラスに仕込まれる嘘の絵である。月の観察中にドクターは、秘密結社の一員と思しき客人（実は風変わりな衣服で変装したシャルマント）から、シルフやニンフと交わると不死になると教えられる。そして、悪徳と縁のない人間がその姿を見ることができると言われたドクターは、期待を込めて望遠鏡を覗く。

シャルマント：何か見えましたか？
ドクター：まったく何も。
シャルマント：それでは東の精霊、アリキンに短い祈りを捧げなさい。俗っぽい (Earthly) 考えを振り払って、もう一度覗きない。
［ドクター祈る。シャルマントは、ニンフが描かれたガラスを望遠鏡に取りつける］
ドクター：すごい、やった。見える。美しい若い、天使のような女性が。雲によりかかっている——
シャルマント：ベッドの上にいるようですね。では、お休みのところのようですから、ご覧になってはいけません——
ドクター：雲で隠れた。
シャルマント：覗かれているのに気づいたのです。ですから空のカーテンを引かれたのですよ。

ドクター：こんなすばらしい光景を見られるなんて、嬉しくてたまりません――あのぉ、お客人、無理でしょうか、あのように神々しい美しい方とのお話 (Conversation) を望むなんて。（1幕2場77–89）

ここで、ドクターは、それまで観察できなかった――正確にはできるはずのない――月世界の住人を「確認」する。[(10)] しかも、それは、美しい女性とはっきり識別できるほど鮮明な映像なのである。望遠鏡の穴から見たニンフにドクターが望む「お話 (Conversation)」という言葉には性交渉が含意されているので、彼の欲望は、月世界の存在証明という学問的欲求から、女性（的存在）に対する性的欲望へとすりかわっていることがわかる。このように性的快楽と覗きが結びつくことから、前節で検討した、姪ベルマントの寝姿を覗き見て、彼女の寝言に「学問的」歓喜と恍惚感を覚えていたドクターの姿には、同時に性的な恍惚状態も暗示されていたことがわかるだろう。ドクターの観察行為は、本来、性的欲望の対象ではないはずの観察対象を、性的な視線を受ける存在へと変貌させる。しかし、ここで重要なことは、ドクターは実際には見ていないということである。本当は見ていないもの、存在していないものに対して、彼は性的欲望を抱くのだ。

そして、ドクターに覗かれる対象はさらに増え、それは再び、政治的な要素と結びつく。シャルマントは、今度は、月の皇帝の姿を見るために、再び祈って邪念を払うようにドクターに指示する。祈っている間に、望遠鏡に新たなガラス絵が取りつけられたとも知らず、ドクターは玉座に座る皇帝の物憂げな様子を「覗き見る」。シャルマントは、皇帝の憂鬱の理由を、人間という非常に身分の低い女性に恋したためであると伝える。一見、身分違いの恋という演劇的設定ともとれるが、皇帝が、恋煩いに苦しむその身を置いているのは、私室ではなく王座の上という公的な場であることが重要である。皇帝が公的な場で女性を想って悲しみにくれることで、強力で男性的、理性的であるべき統治者が、か弱く、感情に支配される女性的存在となる。このように覗かれた対象の弱体化（が暴かれること）は、本節の最初の引用で確認した、「国王の秘密」が「政治家の覗き穴」から盗まれるも同然で、この劇の政治的背景を考えれば、そこにはジェームズ２世に対する批判を読む込むことも可能である。すなわち、（意図せず）反カトリック感情を引き出してしまう国王は、国家の安泰に必要な政治的判断をおこなうことができないという批判である。だが、望遠鏡の偽絵が示すように、この劇はそれが捏造であるという可能性すら同時に提示している。ジェームズ２世の真意に実際に触れることはできないにもかかわらず、それを観客が、市民が見たような気になっているのかもしれない、という可能性だ。

ドクターの観察という行為は真実の探求だけでなく、彼の性的、社会的欲望と結びついている。ニンフの観察は美しい女性に対する性的欲望と不死となる望みに、恋煩いの皇帝の観察は、娘の婚姻を通してドクターの家系が人間を越えた存在、月の王族となる願望に繋がるように、いずれも社会的地位の劇的な上昇志向がその根源にはある。これらの欲望を利用して作られた映像と言葉による嘘によって、ドクターの性的欲望や上昇志向は煽られ、彼は嘘を喜んで信じ、自ら真実にしてしまい、さらにその欲望や妄想は高められる。このような姿は、ジェームズ２世をめぐる危機的な状況が作り出され、増幅される様子をも指している。熱狂を高める構造は、笑劇としての芝居の成功をもたらすとともに、欲望の操作による虚偽の真実化という危険性への警告をも暗示しているのだ。

## 第３節　妄信／猛進する読者

これまで確認したように、ドクターは、若者たちが彼の性質を利用して作り上げた嘘を、彼らの狙い通りに受け入れてしまう。その嘘は、彼の学者と父親としての欲望を叶えてくれる内容であったことから「真実」となり、「真実」となった月世界の住人はドクターの性的欲望の対象となり、その性交渉は地位の上昇というさらなる希望を生み出す。同時代の危機的政治状況と類似の構造を持ちつつも、同時にそれを娯楽として表現しているのが『月の皇帝』なのだ。第3節では、若者たちの嘘に騙され続けたドクターが、その嘘から、つまり彼が信じていた世界から抜け出す最終場面を確認し、1687年という政情不安な時期に上演された、非常に華々しいスペクタクル性を持つこの笑劇がどのように受容されうるのかを明らかにする。

第1節の最後で月の皇帝の降臨の場面構造を確認したが、ここでは、その大仕掛けを見る登場人物たちの様子を確認してみよう。敷地内に計画どおり建築された王宮のように豪華な部屋について、知らないふりをして娘が驚いてみせると、ドクターは次のように語る。

> お前の女性ならではの無知で、自然哲学の神秘を汚してはならん。愚か者にとっては魔法のように思えるかもしれないが——わしにはそれを理解できるちから (Sense) がある——座って、何がおこるか楽しみにしていなさい。——ああ。肝をつぶした。しかし、この驚きを隠さねば——愚か者の感じる喜びだ——厳粛な様子で賢者らしくせねば。　(3幕1場 449–53)

煌びやかな空間に目を見張る娘を「無知」な女性として、自然哲学を理解する知的な男性としてのドクター自身と対比してみせるが、実のところ、目の前の光景に感動し、身も心も震えている愚か者とは、劇中劇のセットでこれからはじまる虚構を現実のものと思い込んでいるドクターその人である。なぜなら、学者として、家長として、男性主体として、そして社会的存在としての彼の欲望が、まるで夢のように叶えられようとしているからである。これらの欲望のために真実や現実を理解するちから (Sense) が失われている姿は、第2節でも確認したのと同じ状況であるが、重要なことは、この後、ドクターが直接的に見るちから、聞くちからを失うということである。

前述のやりとりの後、第1節の最後で見たように、機械仕掛けで動く球体や、壮麗な背景画、場面を変える多くのシーンが現れ、大勢の役者たちによる多様なエンターテインメントが繰り広げられる。皇帝と王子役のチンティオとシャルマントが登場するが、ドクターは、すっかりうろたえて彼らを見ることができない。王政復古喜劇に登場する変装を見抜けない父親や夫は、若い恋人たちに騙され、家のために決めた結婚を反故にされたり、寝取られ夫となったりと、その愚かさと情けなさを笑われるものだが、ここで彼は、その変装した姿ですらまともに見ることができないのだ。そのうえ、皇帝は公の場で語ることはなく、その意思が通訳等を通して伝えられると聞かされても、ドクターは「何を言わんとしているかを知ることはできるのですね」と納得してしまう（3幕1場586)。皇帝の声を直接聞くことができないとなると、ドクターは視覚においても聴覚においても自力で確認し、判断する方法すら持たなくなるのだが、彼はそれを受け入れる。確かにここまで見てきたように、視覚と聴覚でドクターは騙されてきたのだが、それすらできなくなることで、彼はより虚構の世界へと取り込まれていくことになる。たとえば、月の世界について、「上流階級の男性とその夫人は、それぞれの馬車とベッドをお持ちで、めったにお会いになりません。セント・ジェームズ・パークやザ・マル、ハイド・パーク、あるいは賭けのテーブルで思いがけず顔を合わせれば、礼儀正しく挨拶されて、夫は愛人のもとに、奥方は賭けの席にそれぞれ向かいます」（3幕1場343–47）と聞かされると、明らかに現実のロンドンを描写しているにもかかわらず、ドクターは「まるで、この世界と同じだ」と感心するばかりで、自ら進んで怪しい情報を真実へと変えることに協力する。[(11)]

実のところドクターは、数学、天文学、自然哲学、知と真理を追求しているつもりでも、本や周辺の人々がもたらす嘘に振り回されているにすぎない。言うなれば、情報や知識の正確性を判断できない人物なのだ。直接体験のための道具である望遠鏡すら、実際にきちんと「見て」はおらず、見たと思い込み、それを利用されて嘘を「見せられる」。第2節で触れた、この劇が示唆する国王と観客双方にある危険性を生み出しているのは、まさにこのような状況である。自分が振り回されていること——その様子は、馬鹿げた本に感染している、病んでいると表現されている（1幕1場84–97）——に気づかずに、研究と称するものに邁進するドクターの姿は、観客の笑いの対象になりつつも、同時に、不穏な政情下の市民たちが自らの目と耳で情報を入手し、その内容や重要性を理解し、考え、判断することができずに扇動される危険性も示唆している。それは、1680年前後に生じた状況、つまり、カトリック教徒による陰謀説——後に捏造と判明する情報——が流れたことで、カトリック教徒への反感が集団ヒステリーのごとく広まった状況に最も顕著に表れている。[(12)] 国王の姿も声も確認できなければ、不在であれ、権力ある貴族なり議員なりが作ったイメージであれ、国民がそれに気づくことはできない。その場合、嘘の創作者は、自分たちに有利な情報を流すことも不条理な法案を通すことも可能となる。想像や妄想に浸ることへの歯止めを持たなければ、不安と結びついた想像力が恐怖心を生み出し、それがまた別の妄想を生み出すのも無理のないことであろう。このような悪循環を引き起こす危険性が当時の社会に潜んでいた。それを象徴しているのが、無意識に、より深く虚構の世界に入り込んでいくドクターであり、この劇の構造なのである。

ドクターが、騙されていたことに気づくのは、娘たちを結婚させてからのことだった。2組の結婚が成立すると、皇帝たちが登場したように、両脇から馬車でハーレクインとスカラムーチが英雄を茶化した出で立ちで降りてきて、モプソフィルをめぐって闘う。スカラムーチの勝利が認められるが、ヘルメットが取れたはずみでドクターに正体が知られ、そこで種明かしが始まる。チンティオとシャルマントは、ドクターには「おかしな頭が生み出した亡霊」や「馬鹿げた作りごと」に騙されるような愚か者ではなく、むしろそういうものを笑い飛ばす賢者であってほしいから、このようなことをしたのだと説明する（3幕1場 652–60）。これを受けて、ドクターは月世界の空想劇を、そしてこの笑劇を次のように締めくくる。

> 全部の本を燃やしてしまえ、わしの書斎もだ
> すべてを灰にしてしまえ、そうすれば、きっと風が
> 散らしてくれるだろう、あの恥ずべき、広がりやすい、とんでもない嘘を。
> ――すばらしい若者たちよ――お前たちはわしをまともな仲間に加えてくれたのだな（中略）ぜひ君たちの物語を繰り返して、どうやってわしを騙したのかを教えておくれ――
> 　わかったよ、哲学なんてものには何もないんだな――
> ［重々しく自分に言い聞かせる］
> すべての物書きの中で、もっとも賢い詩人は、この紛れもない真実を語った者だ――
> 　「これまでの学者が書いたものすべてを理解した者は
> 　ただ、このことを知るのだ――自分はまだ何も知らない、と。」
> （3幕1場 661–72）

一見すると、結婚の障害であった愚かな父親がその無知を悟り、若者たちと和解し、3組の結婚を認めるという喜劇的大団円であるかのような結末である。ドクターは本と書斎、それまで追求してきた学問を自分の愚かさの原因として捨てることを宣言し、それに気づかせてくれた若者たちを賞賛する。ここで重要なのは読書行為の危険性を男性であり、家長であるドクターが認めることである。当時、読書行為の危険性を強調されているのは女性であったが、ここではそれが逆転している。女性は理性と判断力に乏しいため、本（とりわけ、ロマンスや恋愛物語）の内容にたやすく感化され、身を持ち崩すと危ぶまれていた。[13] ここでドクターが書を捨てるということは、女性だけでなく、男性、つまり全市民が読書行為という間接的な知識の獲得によって、捏造の世界を真実とし

て信じてしまう危険性が示されることになる。そして盲信から解放されるに至ったことを、ケプラー役の、実際にはドクターの友人でもある主治医は、「堪えてください。そしてあなたの高潔なちからを呼び戻してください。これは、あなたの優れた心と身体の機能を長らく支配していた病気が治っただけなのです」（3 幕 1 場 632–33）と述べ、本に感染したことで、精神的にも身体的にも機能不全となったドクターが、「理性と常識 (common Sense) と正しい宗教のちから」（3 幕 1 場 637）を失ったために、このような毒を持って毒を制する方法が取られたと告げる。

しかしながら、理性的判断ができず重症化していったドクターは、常識からかけ離れた月世界に固執し、秘密結社に傾倒し、荒唐無稽な嘘を鵜呑みにしたのだが、はたしてその嘘とは、本や書斎を焼き払うことで無縁となることができるのだろうか。間違いや嘘が混入しているからといって、情報や知識を全て遮断してしまえば、有益な知、後に真価が明らかとなる知を否定してしまうことにもなる。情報の必要性と危険性、このようなジレンマへの対処法は、劇中、ドクターの台詞や、彼にまつわる表現の中に登場する Sense という言葉にあるのかもしれない。感覚や理解、判断力、審美眼など非常に多様な意味を持つこの言葉は、特に 18 世紀にむかいその重要性が高まっていく。[(14)] 商人階級の勃興によって価値観が大きく変化しつつある中、何よりジェームズ 2 世をめぐる緊迫した政治状況においてこそ、Sense の意義を再定義し、感覚の直接情報を理性により整理統合するちからを研ぎ澄ませることで、適切な判断をくだすことが求められていく。「自分はまだ何も知らない」というドクターの最後の言葉は、そのための第一歩となるべきなのだ。ドクターに重ね合わされたのは、女性性をそなえた弱い国王、判断力が低下しているために国を乱す国王のイメージのみならず、嘘の情報を検証することなく、鵜呑みにして、その情報に踊らされる市民の姿でもある。

『月の皇帝』における社会に対する批判的性質は、同時に娯楽性を生み出す源でもあった。1680 年前後の王位継承にまつわる政治的危機の時期にも、アフラ・ベーンは次々と政治色の強い喜劇を執筆し、上演した。王党派と議会派の対立や、カトリックと国教との抗争といった状況に対して、生涯、王室を支持する姿勢をとりながら、彼女はいずれの立場に対しても冷ややかな視線を向け、その愚かしさに対する笑いを煽る。[15] どちらかが間違っていると断罪するのではなく、熱狂的に突き進む姿勢を滑稽に描いてみせる中に批判を込めるというのが、この笑劇という形式とスペクタクル性がもたらす効果を用いた劇作家の戦略なのである。

## おわりに

上演に際して、ハーレクイン役の俳優が語るプロローグの中で、英雄劇からパペット・ショーに至るさまざまなジャンルが挙げられ、重要なのは、どのような形式で書かれているかによって、これから観るものを判断するべきではないとされる。観客たちはそれぞれ楽しみを見出すだろうが、「中には高い判断力を示す方もいれば、パペット以下の理解力の方もいるだろう」(プロローグ 56–57) と、見た目やかたち (形式) で判断しないようにとあらかじめ釘が刺されているのだ。そして、エラリア役の女優によるエピローグにおいては、かつてのローマの繁栄は詩人を高く評価していたからで、詩人は、国家にとって「戦場で恐れられる軍隊と同じように、都市において有益な存在」と認められ、正当な報酬を受け、困窮することなく名声のために執筆できたということが述べられる (エピローグ 29–30)。そして、「アウグストゥス (すなわちジェームズ 2 世) が統治しているにもかかわらず、詩人は依然として低い地位にある」という現状を嘆き、媚びへつらう奴隷のごとくではなく、「誠実なペン」を振るうことができる詩人でありたいという主張がなされる (エピローグ 35–41)。[16]

初演と同じく1687年に出版された『月の皇帝』の献辞はウスター侯爵(1661–98)に捧げられ、ベーンはその中で彼の父親であるボーフォード公爵(1629–1700)の「揺るぎない忠誠」を褒め称え、「高貴なる血」や「正当な資格」(献辞13–22)といった言葉でこの親子に受け継がれる美徳を賞賛する形で、ジェームズ2世の王位の正当性を示す。一方で、この芝居は、見せ物や戯れ事しかわからないような大衆向けの娯楽として意図したものではなく、その真髄を理解できるウスター侯爵の名前があれば、笑劇として軽視されたり批判されたりすることはないと、作品理解には洗練されたセンスや判断力が必要であるともしている。ここに、笑劇という名目での派手なスペクタルという形式によって検閲等で処罰される危機を回避することを目論みながら、国王に、権力者に、学識や良識あるものに、そして市民たちに対するアフラ・ベーンの訴えがみえてくる。それは、革命勃発を危惧する現状をよりよい方向に変えるためには、「誠実な」劇作家の言葉(あるいは劇の構造)を理解し、愚かにも熱狂的追従や不安を煽る妄想などにその心と身体を委ねないでほしいという願いでもあり、作家として、公的な場において、国民を不安に追いやる社会に異議を唱え、国家の安泰、繁栄に貢献したいという望みでもあった。

註

(1) 1672年のチャールズ2世による信仰自由宣言は、議会の反対で撤回されたが、ジェームズ2世は、1度目の発布(1687年4月4日)の効果に満足せず、再び(1688年4月27日)宣言をおこない、反カトリック感情を高めていく(Hutton 248–319; Harris 205–23)。

(2) 1682年、経営に苦しむ国王一座を公爵一座が吸収するかたちで2つの劇団は統合される。その結果、42人を超える役者を抱えることになった劇団は、一方で、多くの人気役者の配役が可能になった(Roberts 138–39)。『月の皇帝』では、王政復古演劇を代表するベテランから新進気鋭の役者たちを含む、多くの出演者によって華やかなスペクタクルが展開された。この芝居は、ベーンの代表作、

18 世紀においても再演され続けた *The Rover*（1677 年 3 月初演）には及ばなかったものの、それに次ぐたいへんな人気を集めた (Janet Todd 7: 154–55)。

(3) 1686 年からの約 2 年間、魔法と機械仕掛けを呼び物にする笑劇が流行した。『月の皇帝』でシャルマントを演じた William Mountfort の翻案劇、『ドクター・フォースタス (*The Life and Death of Doctor Faustus, Made into a Farce*)』（1688 年 3 月初演）も、その一つに数えられる (Hume 362–75)。

(4) コメディア・デラルテでスカラムーシュとハーレクインは、道化役のストック・キャラクターで、バリアルドは愚かで偉ぶる医師あるいは科学者を表す名前である (Janet Todd 7: 431)。これらを演じるのは、いずれも人気の喜劇役者 (Anthony Leigh［スカラムーチ］、Thomas Jevon［ハーレクイン］、Cave Underhill［ドクター］）で、Mountfort の笑劇においても Leigh と Jevon は同じ役を演じた。下男のような下層階級のキャラクターが芝居の中心となることも笑劇の特徴であり (Holland)、その政治性は批評の関心の的である (Judy A. Hayden, "Harlequin, the Whigs, and William Mountfort's *Doctor Faustus*")。当時の役者の情報については、Highfill ほかを参照。

(5) 和訳は基本的に拙訳による。なお、引用内のト書きについては［　］で表記する。

(6) 1 幕 1 場で、チンティオの恋の傷には「共感の粉 (Sympathetick Powder)」よりもエラリアが効く (50–55) と言及される共感の粉など、劇中、17 世紀末の「科学的」言説の一端はしばしば登場する。「人の傷に触れた包帯や、その傷を負わせた武器に振りかける」ことで傷を治す粉の効能は、原子の作用によるものと考えられ、同様の理論で、想像力や視覚が身体に影響を及ぼした「実例」も報告されている (White 11–15)。このような「科学的」言説が女性の読書や観劇にまつわる危険性にも応用された。

(7) 当時の劇場の照明は蝋燭によるもので、舞台上部のシャンデリアと舞台の先端に並べられたフットライトでは、舞台後部まで照らすほど明るくなかったため、暗闇という設定は容易で、多用される。人物の特定が難しいという点で、父権的圧力から逃れて行動しようとする喜劇のヒロインにとっても、人物の取り違いで混乱を引き起こす演出にとっても、暗闇は好都合であった。劇場の構造や、照明、背景画等については Langhans および Roach、舞台装置については Keena を参照。

(8) シーンが開き、ある状況を露わにする (Discover) という場面転換は、ディスカバリー・シーンと呼ばれ、ベーンが好んで用いた手法である。その名の通り、何らかの秘密が露見する場面を出現させるのに効果的であった。舞台後方に複数設置されたシャッター、すなわち可動式の書き割り（シーン）の開閉によって、素早く場面を変えることが可能であった。

(9) ドクターが読む本については、*Lucian's Dialogue of the Lofty Traveller*（1684 年

英訳）や、（1629年、Francis Godwinによって書かれた）*The Man in the Moon*などが挙げられている（1幕1場92–97）。また、スカラムーチが読んだというマンデヴィルの事実と空想が入り混じった物語は数か国に翻訳され、大人気となった (Janet Todd 7: 433)。

(10) 疑うことを知らない似非学者ぶりは、月の観察に20フィート程度の望遠鏡を用いている点にもうかがえる。もはや140フィートを超える望遠鏡も登場している当時 (Judy A. Hayden, "Harlequin Science")、これは、老人が玩具のような道具で、自然哲学や月世界を得意顔で語っている姿に過ぎないのだ。

(11) このような月世界の状況は、王政復古喜劇の特徴でもある、ロンドンの、とりわけ上流社会をシニカルに捉えたもので、性的、社会的規範から批判を受ける一方、笑いを誘う内容となっている。

(12) カトリック陰謀事件では、無実のカトリック教徒が処刑されるなどの悲劇がおこり (Hutton 357–80)、国王暗殺の危険性を軽減するため、王権の威光を象徴するセント・ジェームズ・パークが、一般公開を中止し、閉鎖されるなど (MacDayter)、陰鬱な空気がロンドンを支配した。

(13) 当時のコンダクト・ブックによると、「惑わされやすい読者」である女性は、物語に触発された空想でその身体を社会的、性的規範に反する行為に至らしめる (Dunton 470)。読者としてのドクターの分析には、Katherine Mannheimerによる、望遠鏡を覗く行為と当時、流行の散文（小説）を読む行為とを重ねる解釈などがある。

(14) 市場がグローバル化し、海外から品質の高い贅沢品などが入手可能になると、流行の人気商品には模倣品が現れ、消費者の美に対するセンスや分別が問題となってくる。Zurosk Jenkinsは、当時、経済的にも文化的、技術的にもイギリスの遥か先を行く中国の製品が、イギリス人のアイデンティティ形成に影響をおよぼしたと指摘する。18世紀のセンスやテイストの形成、変遷についてはJonesを参照。

(15) 1681年から82年のあいだに、ベーンは数か月の間隔で一連の政治劇 (*The False Count*, *The Roundheads*, *The Cithy-Heiress*) を上演する。ベーンの政治劇については、Markleyの2つの論文、Hughes, *The Theatre of Aphra Behn*の6章および7章を参照。

(16) Paula R. Backscheiderは、当時のロンドンの劇作家は国家に対する強い責任感をもち、王権の危機的状況の際には、統治者と父親を重ねる表象を用いて警鐘を鳴らしたと述べている。

**Works Cited**

Backscheider, Paula R. "From *The Emperor of the Moon* to the sultan's Prison." *Studies in Eighteenth-Century Culture* 43 (2014): 1–26.

Behn, Aphra. *The Emperor of the Moon: A Farce. The Works of Aphra Behn*. Vol. 7. Ed. Janet Todd. Columbus: Ohio State UP, 1992–96. 153–207.

Canfield, J. Douglas, and Deborah C. Payne eds. *Cultural Readings of Restoration and Eighteenth-Century English Theater*. Athens: U of Georgia P, 1995.

Coppola, Al. "Retraining the Virtuoso's Gaze: Behn's *Emperor of the Moon*, the Royal Society, and the Spectacles of Science and Politics." *Eighteenth-Century Studies* 41.4 (2008): 481–506.

Dunton, John. *The Ladies Dictionary: Being a General Entertainment for the Fair Sex*. London, 1694.

Fisk, Deborah Payne, ed. *The Cambridge Companion to English Restoration Theatre*. Cambridge: Cambridge UP, 2000.

Harris, Tim. *Revolution: The Great Crisis of the British Monarchy, 1685–1720*. London: Penguin Books, 2007.

Hayden, Judy A. "Harlequin, the Whigs, and William Mountfort's *Doctor Faustus*." *SEL* 49.3 (2009): 573–93.

——. "Harlequin Science: Aphra Behn's *Emperor of the Moon* and the Plurality of Worlds." *English* 64.246 (2015): 167–82.

Highfill, Philip H., Jr., Kalman A. Burnim and Edward A. Langhans. *A Biographical Dictionary of Actors, Actresses, Musicians, Dancers, Managers, and Other Stage Personnel in London, 1660–1800*. 16 vols. Carbondale and Edwardsville: Southern Illinois UP, 1973–93.

Holland, Peter. "Farce." *The Cambridge Companion to English Restoration Theatre*. Ed. Deborah Payne Fisk. Cambridge: Cambridge UP, 2000. 107–26.

Hughes, Derek. *The Theatre of Aphra Behn*. New York: Palgrave, 2001.

——, and Janet Todd, eds. *The Cambridge Companion to Aphra Behn*. Cambridge: Cambridge UP, 2004.

Hume, Robert D. *The Development of English Drama in the Late Seventeenth-Century*. Oxford: Clarendon P, 1976.

Hutton, Ronald. *Charles II: King of England, Scotland, and Ireland*. Oxford: Oxford UP, 1989.

Jones, Robert W. *Gender and the Formation of Taste in Eighteenth-Century Britain: An Analysis of Beauty*. 1998. Cambridge: Cambridge UP, 2009.

Keena, Tim. "'Scaenes with Four Doors': Real and Virtual Doors on Early Restoration Stages." *Theatre Notebook* 65.2 (2011): 62–81.

Langhans, Edward A. “The Theatre.” *The Cambridge Companion to English Restoration Theatre*. Ed. Deborah Payne Fisk. Cambridge: Cambridge UP, 2000. 1–18.

Mannheimer, Katherine. “Celestial Bodies: Readerly Rapture as Theatrical Spectacle in Aphra Behns’s *Emperor of the Moon*.” *Restoration* 35.1 (2011): 39–60.

Markley, Robert. “‘Be impudent, be saucy, forward, bold, touzing, and leud’: The Politics of Masculine Sexuality and Feminine Desire in Behn’s Tory Comedies.” *Cultural Readings of Restoration and Eighteenth- Century English Theater*. Eds. J. Douglas Canfield and Deborah C. Payne. Athens: U of Georgia P, 1995. 114–40.

——. “Behn and the Unstable Traditions of Social Comedy.” *The Cambridge Companion to Aphra Behn*. Eds. Derek Hughes and Janet Todd. Cambridge: Cambridge UP, 2004. 98–117.

McDayter, Mark. “Poetic Gardens and Political Myths: the Renewal of St James’s Park in the Restoration.” *Journal of Garden History* 15.3 (1995): 135–148.

Roach, Joseph. “The Performance.” *The Cambridge Companion to English Restoration Theatre*. Ed. Deborah Payne Fisk. Cambridge: Cambridge UP, 2000. 19–39.

Roberts, David. *Thomas Betterton: The Greatest Actor of the Restoration Stage*. Cambridge: Cambridge UP, 2010.

White, R. *A Late Discourse made in a Solemn Assembly of Nobles and Learned men at* Montpellier *in* France, *By Sir* Kenelm Digby, *Kt. &c.: Touching the Cure of Wounds by the* Powder of Sympathy. London, 1664.

Zurosk Jenkins, Eugenia. *A Taste for China: English Subjectivity and the Prehistory of Orientalism*. Oxford: Oxford UP, 2013.

# A Study of Islamic Representation in the Theatre in Early Modern England

Akiko Ikeda

In Michel Houellebecq's *Submission* in 2015, a fictional party called Muslim Brotherhood wins the election with a coalition with the socialists fighting against the Front National Party led by Marine Le Pen in 2022. The book was released on the same day as the gunmen attack on the office of Charie Hebdo, and on the cover of Charlie Hebdo that week was Houllebecq observing Ramadan. As we know, Charie Hebdo was attacked because it provoked Muslims through caricaturing Muhammad. Representing other cultures can be biased or exaggerated, raising issues all the time. Just as we see such representations on the internet, TV, or films today, theatre was a form of media people in the sixteenth and seventeenth England experienced. According to Jaonathan Burton, there were "over sixty dramatic works featuring Islamic themes, characters, or setting" produced in England from 1578 to 1624 (115).[1] Among them, Daniel Vitcus picked up three plays; Robert Greene's *Selimus, Emperor of the Turks* (1594), Robert Daborne's *A Christian Turned Turk* (1612), and Philip Massinger's *Renegado* (1623), showing the change of the focus and depiction of the protagonists.[2] For example, *Selimus* emphasizes the violent, tyrant sultan and Muslim power whereas the latter two plays features the convert, not the tyrant (45). He examines the change in atmosphere of an era in which sixteenth century England had a tendency to superimpose Turks in Spain and Catholicism, a threatening enemy at the time, while in the seventeenth century, the increased number of converts was one of the top issues. Going back to *Submission*, Houellebecq intended to title the book "conversion" in the middle of writing,[3] which would have focused more on the protagonist, Francois, a mid-40s professor at the Sorbonne and an expert on Joris-Karl Huysmans. He eventually converts to Islam, and he chooses to convert not only for faith, but rather for more convenient reasons, or worldly desires such as a special interest in polygamy. As we can easily imagine, the book is full of skepticism.

In the sixteenth and seventeenth century England, as many scholars have pointed out, one of the reasons for the increased conversion is the expanding trade with Muslim countries, which led to the situation in which people came to have more direct contact with Muslims. Therefore, people dealing with them in person, such as traders or travelers, were considered to be in danger of becoming renegades. Some of them converted willingly while the rest were forced to do it when they were carried off.[4] As the number of apostasies increase, a nation tends to fear and tries to stop the behavior, which is a universal phenomenon, and a theatrical play could be one of the ways to try and stop it. Therefore, it is not difficult to find plays that represent Christian virtues and the damnation of Muslims admonishing the act of conversion. However, were such plays effective for preventing conversion? The purpose of plays is to entertain the audience while propaganda emphasizes certain clear messages. In the meantime, the intention or quality of the plays can change depending on the situation or atmosphere of the period. This paper will examine Islamic representation in the theatre in sixteenth and seventeenth century England aiming to detect if there are any changes as Vitcus suggests as well as any similarities in certain aspects. Also, what kind of reaction did the audience generate? In order to do so, I will explore historical and social backgrounds by featuring certain plays: Christopher Marlowe's *Tamburlaine* (1587), Robert Daborn's *A Christian Turned Turk* (1612), and Philip Massinger's *Renegadoes* (1623), briefly mentioning Thomas Dekker and Philip Massinger's *The Virgin Martyr* as well.

## *Tamburlaine* and its background

The biggest threat for the Tudor era can be thought of as the Spanish invasion, so many scholars have detected traces in contemporary dramatic works. However, there was another crucial issue in Elizabethan England, which was the increasing influence of Islamic countries. As Jerry Brotton has explored the possibility of Protestant England and Muslim alliance, the division with Catholics became deep after the excommunication of Elizabeth I in 1570, which allowed the Tudors to establish a series of commercial and military alliances with the Islamic world on a scale never seen before in England.[5] Another significant historical incident around that year is the battle of Lepanto in 1571. This was a sea battle between the Ottoman Empire and the Holy League consisting of European Catholic states led by Pope Pius V. It ended with the Holy League's victory. While Catholics deepened the crack with the Ottoman Empire, Tudor England came to be freer than any other Christian country to trade with the Islamic world. Ten years after the battle in 1581, the Levant Company was established in London, starting to trade with the Ottoman Empire. After all, Islam and Protestantism had a common enemy, Catholicism. Elizabethan England and the Ottoman Empire could establish a common political cause against Spanish Hapsburg King Philip II. Brotton introduces a Muslim ambassador, Ahmad Bilqasim riding in London in 1588, which seems to be the beginning of the brief, intense relationship.[6]

I will examine *Tamburlaine* here in light of this historical background. *Tamburlaine* is thought to have been written in 1587, a year earlier than Ahmad's arrival. If he had seen the play, what would he have made of it? It is easy to assume, he would not have been happy about it. As in other plays featuring the Islamic world in the era, the protagonist Tamburlaine is an absolute tyrant, who from a Schythian shepherd became a monarch by conquering through his savage behavior and absolute power. However, it cannot be just a violent tyrant showing cruelty and power that captured the audience. There were some other plays of the era, representing cruel Sultans or emperors, which did not have as much success as Marlowe's *Tamburlaine* had. I would argue that it was the display of an individual vigor independent of any Divine power that fascinated and entertained the audience, and that this reaction eventually leads to ambiguity and cynicism in religious belief. When Tamburlaine first met Zenocrate, a daughter of the Soldan of Egypt,[7] he states as follows:

> I am a lord, for so my deeds shall prove,
> And yet a shepherd by my parentage.
> But lady, this fair face and heavenly hue
> Must grace his bed that conquers Asia
> And means to be a terror to the world,
> Measuring the limits of his empery
> By east and west as Phoebus doeth his cours.
> ...
> And madam, whatsoever you esteem
> Of this success, and loss unvalued,
> Both my invest you Empress of the East;
> And these that seem but silly country swains

May have the leading of so great a host
As with their weight shall make the mountains quake,
Even as when windy exhalations,
Fighting for passage, tilt within the earth. (1. *Tamburlaine*. 1. 2. 34–50)[8]

He then makes his pledge a reality, sweeping away his enemies with a series of victories and putting Zenocrate in the position of empress, his wife. He believes in the power of humans, and his ambition is infinite as we see when he declares:

Our souls, whose faculties can comprehend
The wondrous architecture of the world
And measure every wond'ring plant's course,
Still climbing after knowledge infinite
And always moving as the restless spheres,
Wills us to wear ourselves and never rest
Until we reach the ripest fruit of all,
That perfect bliss and sole felicity,
The sweet fruition of an earthy crown. (1. *Tamburlaine*. 2.7. 21–28)

Tamburlaine challenges authority, believing in his own divine nature, which allows him to act violently and defiantly. Tamburlaine is based on Timur, the Turkic-Mongol Muslim warlord and founder of the Timurid dynasty. He was a Muslim. However, Tamburlaine does not believe in Mohamed and his religious belief is ambiguous, referring to Roman Gods only occasionally. Meanwhile, kings or emperors of the Islamic world are beaten up cruelly by Tamburlaine. They often swear in the name of Mohamed but those wishes are always turned down by Tamburlaine who scorns their beliefs. Tamburlaine's actions eventually come to a point where he burns the Koran.

Tamburlaine conquers Babylon on his way back to Persia, and he asks his adviser Usumcasane about the books gathered throughout the journey.

TAMBURLAINE. Now, Casane, where's the Turkish Alcaron,
And all the heaps of superstitious books
Found in the temples of that Mahomet,
Whom I have thought a God? They shall be burnt.
USUMACASANE. [Presenting the books]
Here they are, my lord.
TAMBURLAINE. Well said; let there be fire presently.
[The Soldiers light a fire]
In vain, I see, men worship Mahomet:
My sword hath sent millions of Turks to hell,
Slew all his priests, his kinsmen, and his friends,
And yet I live untouched by Mahomet.
There is a God full of revenging wrath,
From whom the thunder and the lightning breaks,
Whose scourge I am, and him will I obey.
So Casane, fling them in the fire.
[The books are burnt.]
(2 *Tamburlaine*. 5.1.172 – 184)

Ahmad would have been furious if he had seen this scene. *Tamburlaine* performed in 2005 at the Barbican theatre cut the scene, in which director David Farr said the reason was purely an artistic one, not 'a desire to appease Islamic opinion'.[9] Because of this kind of provocative scene, this work tends to be interpreted as kindling anti-Muslim feelings. Such interpretation cannot be denied: however, there is also an attraction in the absolute power Tamburlaine gets without Divine assistance. This is shown in his captivate orator in iambic pentameter, something that must have fascinated the audience. Moreover, Tamburlaine certainly commits to imperial success although he is so cruel and violent, and this even allows some critiques to analyze it relating to the British Empire.[10] Besides, he keeps reminding us that his military and political success or failure has no bearing with his religious beliefs, but just his own will and human ability. The play is fiction but the protagonist of the play, Tamburlaine, is based on Timur, the Turkic-Mongol Muslim warlord and founder of the Timurid dynasty as previously mentioned. "[L]aying waste to central Asia, conquering Persia, invading Russia and capturing the Delhi sultanate", "defeating the Egyptian Mamluks and taking Alepo and Damascus before overcoming and capturing the Ottoman sultan Bayeid I at the Battle of Ankara", he marched into Syria in 1402. As he must have attracted Marlowe as "a suitably exotic, violent yet seductive hero",[11] Tamburlaine must have fascinated the audience in the theatre. In the meantime, Muslim people and their culture could have still been an unknown mystery to the common man in England in spite of the fact their country had started to trade with the Ottoman Empire. Such unknown exotic cultures or people can easily stir people's imagination, which could be kindled further with exotic imported goods. The desire or curiosity towards these exotic goods, such as garments and carpets was not limited to court members but to the middle class as well by the second half of the seventeenth century.[12] As trade developed, relations became closer; however, the church kept expressing "most deadlye enemyes the Turkes, Infidels, and Miscreantes,"[13] in common prayers. This seems to directly contradict the strategy exploring the possibility of Anglo-Islamic alliance against Catholic nations. Therefore, people of the era must have had mixed feelings of curiosity, fear, fascination, envy, and possibly hatred, toward Muslim people and their culture.

The play is open to various interpretations. Some say it advocates

Anglican Christianity promoting anti-Catholic propaganda while some detect elements of atheism as well. In fact, there are different and contradictory religious affiliations depicted in the play, so it is possible for the audience to stand for a group as they wish. Watkins suggests that such a large picture in which characters show and contest an idea or faith provides an opportunity for the audience to examine each cause and critique it.[14] Paganism, Islam, and Christianity are three major religious groups in the play, in which the characters express their own faith, and it is often hard to separate the systems from one another, as none of these religious beliefs helps the audience to understand the events. Watkins claims "all three religions' failures to enforce divine justice produce resounding doubts in God's or the gods' power".[15] She further argues that the play generates skepticism toward "all supernatural forces and deities, including those of Islam, paganism, and Christianity."[16] Marlowe as "atheist" or as having non-traditional religious beliefs has often been discussed,[17] so it is highly likely that he intentionally created such a sarcastic atmosphere around religious beliefs. Besides, the audience could have sensed the skeptic religious modes hidden in the play having experienced religious turbulence between Catholicism and Protestantism in their own country.

## Plays with conversion themes and their background

After Elizabeth's death and peace with Spain in 1604, there was no need for an Anglo-Islamic alliance against Spain. Burton describes Elizabethan England as a brief and extremely strategic flowering of a rapprochement with the Islamic world in which those on both sides of the theological divide put aside faith to try to find ways of accommodating each other. There was no more possibility of a military alliance: however, the trade with Islam could not be avoided and in fact had increased under King James I as well. This could increase the number of people who actually had a first-hand encounter with Muslims and raises the issue of conversion. In this section, I will first introduce people who most likely came into contact with Muslims, as they would be the most likely candidates for potential conversion, followed by some interpretations of a few plays.

Matar introduces four groups of Englishmen who spent part of their lives in the Muslim Mediterranean world: soldiers, pirates, traders, and captives. Many individuals—from noblemen to regular soldiers—joined the armies of the Muslim dominions in both the Levant in Central Asia and in North Africa.[18] While some were captured by the Muslims and forced to serve, others—in search of better employment—did so willingly. At the time, England had no professional army or class of soldiers with a secure income,[19] so it was an option to earn their living. In addition, the policies of James I, who singed peace treaties with Spain and the Netherlands, must have resulted in growing unemployment among soldiers. In the end, they sought work outside of Britain in both Christian and Muslim countries.[20] In the meantime, there are descriptions of British soldiers among Muslims. Most boast about how they could work among non-Christians while retaining their commitment to their monarch and God. They also explain how the Muslims encouraged them to convert to Islam, offering better treat-ment and money, and accuse their fellow soldiers who yielded to the promises and converted. There are also descriptions left by Muslims, highlighting how their armies captured Christian soldiers and made them convert.[21]

The second category of people who developed a relationship with Muslims described by Matar includes pirates or seaman.[22] The line between formal trade and lawless piracy is unclear. English pirates, however, were notorious to the extent that the Arabic and Turkish words for pirate or corsair (i.e. "qursan" and "corsar") developed during that era. Some British pirates attacked and captured Muslims and brought them back home. Some individuals, however, remained in the area and served with Algerian, Tunisian, or Moroccan locals. The Muslims, again, appealed to the British by offering attractive conditions. For example, Captain Walshingham, a man of a certain level of status, moved between the Algerian and British navies depending on the reward. According to Matar, British piracy reached its peak between 1604 and 1660, and the corsairs around Salee were often operated by Moors, Turks, and British or other Christians "who had "Mahumetized" and "donned the turban".[23] The Arabic word "allaj", meaning renegade, developed during that time as well. Such well-known pirates as John Ward or Francis Verney are examples of those who stayed in Muslim countries and converted to Islam, living in wealth and glory. Another reason for the growing number of British pirates working for Muslims was, again James I's policies, which involved such measures as criminalizing piracy that left some seaman and soldiers no choice but to work for Muslims.[24]

Legal traders are the third category introduced by Matar. With the increasingly developed formal relationship with the Muslim world during the Elizabethan to the Stuart era, the scope of legal trading expanded to include textiles, science and medicine. The textile trade was essential for England as it yielded such necessities as sugar, saltpeter, and gold. Traditional British woolen material, however, was heavy and thick. It lacked appeal in the Mediterranean market, which resulted in a decline in exports. In response, people were sent to these areas to learn about local preferences and techniques to improve the textiles' texture, color, and design.[25]

Lastly, most accounts/descriptions referring to Muslims were left by captives. Matar introduces 22 accounts left by Englishmen about captivity among the Muslims between 1577 and 1704. It has been said that pirates captured various kinds of Englishmen, such as merchants, sailors, gunners, soldiers, cabin boys, preachers, and lords, etc., during this period. These individuals were taken to the slave markets in North Africa and the Atlantic coast of Morocco to live among and work for Muslims. The descriptions by former captives include reports of compatriots who had converted to Islam. There are two primary reasons that motivated the captives to convert. First, they received better treatment and financial gain as mentioned previously. As Matar describes, living among Muslims was more than living in a war, it was like being a prisoner of temptation. The second reason was the unstable condition of former captives. Most captives were aware that their home communities in England would be suspicious of them if they had proved to be "renegades" and "apostates".[26] For people in England, conver-sion to Islam meant being physically marked (i.e. circumcised). For this reason, after returning home, the former captives were sometimes stripped naked to check if they had been circumcised. This anxiety made some captives feel so insecure that it motivated them to convert and remain with the Muslims, rather than return home and face humiliation.

Given the circumstances of British living among Muslims as described above, I would like to shift our attention to plays with conversion themes in the following. In addition to the change of the protagonists from Tyrants to converts as Vitkus points out, there may be common features with Tamburlaine that we can detect. First, I would like to refer to *A Christian Turned Turk* (1612), a play written by Robert Daborn (c. 1580–1628).The play is about an actual famous British pirate, John Ward as mentioned earlier. Born in Kent and raised as a fisherman, he became a king of the sea owning his pirate navy. He had an agreement with the Ottoman commander in Tunis that he could conduct his work with Tunis as a base. There were two pamphlets about Ward, first available in 1609, and several ballads were also left.[27] Some of them celebrate Ward's victories over foreign ships and his braveness, whereas others condemn his crimes against God and the English king. Using these sources, Daborn created a fictional play that seems rather a simple didactic story but is rich with contemporary information.

In the play, the successful pirate Ward converts to Islam because he wanted to marry Voda, a beautiful Muslim woman. His conversion scene is performed with a silent scene, which can be contrasted with that of the repentance and pardon scene of the captain Danskier, another pirate. Ward later finds out about Voda's betrayal and loses everything, then dies cursing Muslims and claiming that he can be an example to all future pirates and renegades. Focusing on Ward, the message can be very simple, not to convert to Islam, which seems to be the matter in the era that most sermons were concerned with. Sermons preached and worried about the consequences from converting to Islam.[28] Pirates in fact got so much attention that James I proclaimed warning against them in 1609.[29] As Vitkus mentions, the biggest difference between the pamphlets and the fictional play was the pirate's death. In the play, Ward commits suicide tragically, referred to by a governor: "Ward sold his country, turned Turk, and died a slave,"[30] which should be engraved in his monument. However, Ward in real life never had to commit suicide and had a good life to the age of seventy. As Vitkus says, Daborne rewrote the biography of Ward with a much more didactic flavor, but was it effective enough to warn the audience not to convert? Having known the real-life story of Ward, who lived well and enjoyed various luxuries, some of the audience could have reacted cynically against the author's intention.

Another play *The Renegado*[31] also deals with conversion themes. *The Renegado*, licensed for performance by Sir Henry Herbert, Master of the Revels, was performed on April 17, 1624 at the Cockpit theatre (later known as the Phoenix theatre). Remaining on stage longer than most of Massinger's plays in the seventeenth century, the play was performed consistently after the Restoration to which some favorable reviews are left.[32] In the story, a Venetian gentleman named Vitelli travels to Tunis disguised as a merchant in search of his sister Paulina, who had been taken by the pirate Grimaldi (i.e. the title character—the renegade) and sold to the harem of the viceroy of Tunis, Asambeg. Asambeg dotes on Paulina, trying in vain to win her affection. Despite the fact that Paulina is part of the harem, her virtue has been protected by her faith and the amulet that she received from Friar Francisco. Meanwhile, Donusa, a niece of the Ottoman emperor Amurahte, falls in love with Vitelli. The affair is discovered and both are imprisoned. Donusa proposes to Asambeg to release them both if she is able to persuade Christian Vitelli to convert to Islam and if he marries her. Vitelli, however, refuses and instead convinces her to convert to Christianity. Paulina, learning of her brother's predicament, pretends to convert to Muslim, obeying Asambeg and winning his trust. Paulina eventually is left in charge of supervising Donusa, during which Paulina reveals to Donusa that she is Vitelli's sister. They then work together to get Vitelli out of the prison. In the end, the three of them are able to flee to Italy with the aid of Grimaldi who had repented his past deeds and re-converted to Christianity.

The play seems to inflame the fear of conversion and celebrate Christianity, offering more of a warning against converting than representing Muslims as cruel or tyrannical. Christianity is represented in "the miracle bodies," protected by the faith, of Vitelli and Paulina, and the moral didactics are embodied in the redemptive re-conversion of Grimaldi, assisted by

Francisco and the enlightenment of Donusa, done by the good Christian Vitelli. The scenes of physical violation tend to be accompanied by obvious Christian triumph, with an emphasis on the miracle of an unharmed body protected by faith, prayer, and—in Paulina's case—an amulet. Francisco tells Vitelli, who is desperately anxious about his sister, that he gave her a "relique", "which has power / to keep the owner free from violence." When she wore it on her breast, she would be fine, and they had no reason to fear for her safety (1.1. 146–153). As Francisco says, Asambeg cannot violate her and, or rather, treats her with respect. He indicates this by saying: "The magic that she wears about her necke, / I thinke defends her" (2.5.162–3). When Paulina meets Francisco in the end, she tells him:

> Tis a true story of my fortunes, father,
> My chastity preserve'd by miracle,
> Or your devotions for me; and believe it,
> What outward pride so ere I counterfeite,
> I am not in my disposition alter'd,
> But still your humble daughter, and share with you
> In my poor brother suffering, all hells torments. (5.2.68–75)[33]

Degenhardt has a noteworthy point, finding rather Catholic practices at work against Islamic conversion in this play and suggesting the need for Catholic-Protestant negotiation against the Muslim enemy.[34] In the practical aspects of trade, the relationship with Islam was getting closer while protecting the Christian faith was the priority in the context. Therefore, as she points out, even though it was in the middle of the Protestant reformation, the urgent need of reversing Islamic conversion may have influenced the decision to stage a play even with a Catholic flavor.[35] In addition, Degenhardt suggests that Christian resistance in conversion tends to be exemplified through the chastity of the Christian woman. She refers to *The Virgin Martyr*, a previous piece by Massinger, written in collaboration with Thomas Dekker. This was based on the martyrdom of St. Dorothea who never yielded to torture and died as a virgin martyr. The play does not feature Turks or Islamic conversion, but represents Christian resistance "in the form of bodily inviolability," and the heroine's "physical integrity makes visible the medieval Catholic models that inform contemporary dramatizations of resistance to Islam."[36] The concept also applies to Paulina, who also maintains "physical integrity." Paulina's protected body is comparable to Dorothea's miracle body that cannot be harmed by any violence or torture. Virtuous Christian virgins are protected by a strong faith in moralities. In fact, here is an example of a male miracle body, Vitelli's in *The Renegado*. After his affair with Donusa, he is put into prison and tortured. Mustapha reports to Asambeg that it is "a wonder" how "this Christian" Vitelli, is "invincible" and that "the heavy chains that should eat his flesh" seem like "bracelets made of some loved mistress' hairs" (4.2.43–54). As Degenhardt suggests, the emphasis on "physical inviolability" could reflect the threat or anxiety felt by the British regarding conversion.

The fear of or warning against conversion is intensified by mentioning physical disposition. At that time, Christians in Europe did not practice circumcision. This Islamic custom was viewed with horror as an "atavistic ritual" performed by barbarians.[37] Moreover, the idea of adult circumcision was conflated with the idea of castration. Turning to a Muslim was associated with being circumcised or becoming a eunuch. In *The Renegado*, the custom is often discussed in a comical tone. In the opening scene, Vitelli asks his servant Gazet about his religion. He implies he couldn't be a Jew or Muslim, but wouldn't be confirmed in one sect: "[l]ive I in England, Spaine, France, Rome, Geneva, / I am of that countryes faith" (1.1. 36–7). Vitelli then asks him if he will become Turk when in Tunis. He then expresses the fear of circumcision and castration:

> No! So I should lose
> A Collop of that part of my Doll enjoyed me
> To bring home as she left it; tis her venture,
> Nor dare I barter that commodity
> Without her special warrant (1.1.38–42)

Gazet often mentions circumcision, and Donusa's servant Crazie, a eunuch, joins the conversation. Crazie who responds to Donusa's questions about customs in England seems to be an English-born eunuch (1.1.21–48). Gazet is curious about Crazie's circumstances and mistakenly hears him say "sans jack", which means "without a penis". He then asks Crazie about himself. Crazie responds by saying admitting that he is a eunuch.

> GAZET: A eunuch! Very fine, I'faith—a eunuch!
> And what are your employments? Neat and easy?"

Crazie responds that he serves his lady day and night, when she eats and sleeps. Hearing that, Gazet says he wants to become a eunuch. Crazie responds that it's as easy as "parting with / [a] precious stone or two". Gazet responds by saying that he will "part with all [his] stones" (3.4.51–53).

We can find a similar scene in The Virgin Martyr involving two servants of Dorothea.[38] One servant says:

> Turne Christian, would her that first tempted me to have my shoes walk upon Christian sole, had turn'd me into a Capon, for I am sure now the stones of all my pleasure in the freshly life are cut off."

The other responds:

> So then, if any Coxecombe has a galloping desire to ride, heres a Gelding, if he can but sit him (2.1.1–6.).

These scenes are used as comic relief, but also represent the common idea people had regarding conversion. Like Gazet, people must have been curious about the Islamic ritual rite. It often evoked fear and was sometimes mixed with fears of castration. Such physical anxiety could have been reduced or forgotten by emphasizing Christian miracle bodies.

In addition to the Christian body made invincible through faith, we can find unbridled celebration of Christianity in the conversion scenes as well. The renegade Grimaldi reconverts to Christianity and Donusa rejects Islam and converts to Christianity. As regards Grimaldi, his misery as a renegade is depicted first. Running afoul of Asambeg's bad temper and losing everything, he grows desperate and repents his past:

> … The earth will not receive me. Should some whirlwind
> Snatch me into the air, and I hang there,
> Perpetual plague would dwell upon the earth;
> And those superior bodies that pour down
> Their cheerful influence deny to pass it
> Through those vast regions I have infected.
> The sea? Aye, that is justice. There I ploughed up
> Mischief as deep as hell; there, I'll hide
> This cursed lump of clay. May it turn rocks
> Where plummet's weight could never reach the sands,
> And grind the ribs of all such barks as press
> The ocean's breast in my unlawful course!" (3.2.85–96)

He is in a desperate, hopeless and miserable situation. Francisco mentions that Grimaldi was an "atheist" even before becoming a pirate, which also makes him feel there is nothing he can throw himself on. In an early modern context, atheism does not mean denying God's existence, but rather refers to anyone who was not confirmed in orthodox religious practice, or sometimes, simply someone guilty of treasonous criminal behavior.[39] Grimaldi thus not only represents a renegade, but also an atheist. In the face of such a hopeless Grimaldi, Friar Francisco decides to reach out his hands and say:

> Let this stand
> For an example to you. I'll provide
> A lodging for him and apply such cures
> To his wounded conscience as heaven has lent me.
> He's now my second care, and my profession
> Binds me to teach the desperate to repent
> As far as to confirm the innocent."                (3.2.99–100)

Note that Francisco says "you", which could refer to a Master, the person to whom he is speaking, but could also refer to the audience. Through Francisco's speech, Massinger might have warned the audience about the disastrous consequences arising from conversion. He then says he will save Grimaldi as long as he keeps behaving innocently. That part may apply to the renegades as a reminder that they have the option of reconverting to Christianity despite the sins of the past. Grimaldi continuously repent his past deeds, quoting the Bible:

> For theft! He that restores treble the value
> Makes satisfaction; and for want of means

> To do so, as a slave must serve it out
> Till he hath made full payment.
> [...]
> My patient sufferings might exact from my
> Most cruel creditors a full remission.
> An eye's loss with an eye, limb's with a limb.
> A sad account! (4.1.49–61)

This could paraphrase Exodus 21,[40] "[a]nd if any mischief follow: then thou shall give life for life, eye for eye, tooth for tooth, and for hand, for hand, foot for foot, burning for burning, wound for wound, stripe for stripe" (23–25), as well as Exodus 22, "[i]f a man shall steal an ox, or a sheep, and kill it, or sell it; he shall restore five oxen for an ox, and four sheep for a sheep.

After hearing Grimaldi repent, Francisco takes further steps wearing a bishop's cope and speaks words of forgiveness:

> "... Tis forgiven!
> I with his tongue (whom in these sacred vestments
> With impure hands thou didst offend) pronounce it.
> I bring peace to thee: see that thou deserve it
> In thy fair life hereafter." (4.1.80–84)

Grimaldi cannot believe the unexpected consequences and wonders if the bishop is a vision. There is also a change in his movement from despair to hope. He makes a long speech on the "celestial blame" he feels and vows resolutely that he will prove he has changed through his deeds by saying "please try me, / [a]nd I will perfit what you shall enjoin me, / [o]r fall a joyful Martyr" (4.1.114–6I). As Vitkus points out, we find his wound—"self-loathing"—represented above is to be remedied and cured. He is ready to commit to virtuous action and to the conversion of Muslims to Christianity, following Francisco's lead.

As mentioned previously, there were sermons calling for the renegades, including, for example, Bishop Hall's sermon, entitled "A Form of Penance and Reconciliations of a Renegado, or Apostate from the Christian Church to Turcism".[41] In the sermon, there is the three-week procedure to forgive and accept the renegades. On the first Sunday, the offender and his penance should be reported to the court, and the procedure the offender should follow is announced during morning prayer at Church. On the following Sunday, "the offender [is] appointed to stand all the time of divine service and sermon in the forenoon in the porch."[42] In addition, he should be "in a penitent fashion, in a white sheet, and with a white wand in his hand and his head uncovered" and ask the mercy of God. Then, on the third Sunday, the offender should stand near the Minister's pew, wearing the same penitent habit as before. He then claims his penance as written. After that, the Minister speaks to the congregation to "encourage and comfort him in this happy return to Christ and this Church."[43] After that, the penitent should kneel, facing the east, and submit to God. At the end, the priest comes to him and lays his hand on the penitent's head, praying to God. Although the course Grimaldi takes does not precisely follow the procedures described in the sermon, he does something similar. After grieving his past deeply and pursues Bible study, he is set on the path of converting to Christianity. With the promise of his virtuous practice, he is to be welcomed back to God and the church. In representing Grimaldi's repentance and how he is redeemed, the play emphasizes the tolerance and mercy of Christianity. Grimaldi's previous words—"[a]n eye's loss with an eye, limb's with a limb"—also remind us of Matthew 5.38 and 39: "[y]e have heard that it hath been said, [a]n eye for eye, and a tooth for a tooth, [b]ut I say unto you, [t]hat ye resist not evil, but whosoever shall smite thee on thy right cheek, turn to him the other also". The part warns against revenge and also represents Christian charity. Paulina, who was taken by Grimaldi and sold to the harem, first states to Francisco: "[r]evenge it on accursed Grimaldi's soul, [t]hat in his rape of me gave a beginning / [t]o all the miseries that since have followed!" (5.2.76–8). Francisco soothes her by saying "[b]e charitable and forgive him, gentle daughter" (5.2.79). Grimaldi can "regenerate" by experiencing Christian charity and mercy.

The next person to be reborn is the Turkish princess Donusa. In the source play, "the Lady Zara", comparable to the role of Donusa, is secretly converted to Christianity. Massinger, however, decides to present the scene on stage. After Vitelli and Donusa's affair is discovered, they are both imprisoned. While awaiting sentence by the Ottoman emperor, Donusa, who has takes a critical view of her religion, accuses Muslim men, Asambeg in particular, of conducting the same offense:

> … to tame their lusts
> There's no religious bit: let her be fair
> And pleasing to the eye, though Persian, Moor
> Idolatress, Turk, or Christian, you are privileged
> And freely may enjoy her. At this instant,
> I know, unjust man, thou hast in thy power
> A lovely Christian virgin. Thy offense
> Equal if not transcending mine, why then
> (We being both guilty) dost thou not descend
> From that usurped tribunal and with me
> Walk hand in hand to death? (4.2. 133–43)

She then appeals to Asambeg, citing the sentence of the Ottoman emperor that she shall be acquitted of "all shame, disgrace and punishment whatsoever" if she can convert the Christian and marry him. Donusa tries to persuade Vitelli to cast off "those fetters" (i.e. his religion) to be free and asks him to marry her and admit "the Deity" he worships wants care or power to help him. Her speech angers Vitelli, to which he responds in a long speech:

> ... But that I know
> The Devil , thy tutor, fills each part about thee
> And that I cannot play the exorcist
> To dispossess thee unless I should tear
> Thy body limb by limb and throw it to
> The Furies that expect it, I could now
> Pluck out that wicked tongue that hath blasphemed
> That great omnipotency at whose not
> The fabric of the world shakes.
> [...]
> ... O Donusa!
> How much, in my compassion, I suffer,
> That thou, on whom this most excelling form,
> And facilities of discourses, beyond a woman,
> Where by his liberal gift conferred, shouldst still
> Remain in ignorance of him that gave it! (4.3.106–24)

Vitelli feels that her offer is being motivated by a fear of death and Donusa's ignorance about her own religion. He then tries to persuade her to become like him (i.e. a Christian) and tells her that she shall "look truly fair, when [her] mind's pureness answers / [her] outward beauties". He continues his speech by asking her to "die in [his] faith" and states that "'tis a marriage / [a]t which celestial angels shall be waiters, / [a]nd such as have been sainted welcome us" (4.3.149–54). She ultimately accepts his request "[spitting] at Mahomet" (4.3. 158). Just before the conversion, Vitelli's request to perform a baptism for Donusa is granted. He makes her a Christian by splashing water on her face. After the ceremony, Donusa cries:

> I am another woman—till this minute
> I never lived, nor durst think how to die.
> How long have I been blind! Yet on the sudden
> By this blest means I feel the films of error
> Ta'en from my soul's eyes.
> [...]
> That freed me from the cruelest prisons,
> Blind ignorance and misbelieve. False prophet!
> Impostor Mahomet! (5.3.121–33)

The scene seems to celebrate Christianity to an excessive degree. It's difficult to believe that the baptismal ceremony has the power to make Donusa immediately feel that she has been reborn and make her call Muhammad an impostor or a false prophet. However, she was open to conversion from the very beginning. Donusa fell in love with Vitelli because of his gentle manner and his poetic words that Mustapha describes as the "language of these Christian dogs" to a woo Donusa. She refutes Mustapha, saying she prefers to "hear a merry tale than all his battles wan with blood and sweat" and she can't stand his "wainscot face" (i.e. a face hardened or colored like old wainscot—oak paneling) and "toadpool-like complexion."[44] Furthermore, as previously indicated, she unfairly expresses the superiority of Muslim males over females. After all, she is depicted as a Muslim ripe for conversion, whose goodness was improperly guided by a false religion. She is a good pagan, and her eyes are opened by a Christian man, which reminds us of Shakespeare's Jessica.

As we have seen, the play is full of Christian celebration and didactic messages. Did the audience get the message and were they reassured in their religious beliefs? Or what was the intention of Massinger in the first place? Protagonists on the stage change their religion for their own sake or worldly desires, and the audience knew an amulet or faith was not enough to protect them physically. In *the Virgin Martyr*,[45] there are so many conversions: six of its characters convert a total of sixteen times, among which four characters are responsible for fourteen of those changes. Among them, two characters called Spungius and Hircius, meaning "drunkenness" and "lechery", convert eight times for self-serving reasons. This can be a comic subplot, and the play may have been intended to give a didactic message; do not convert to Islam. However, as Pickett points out, the playwrites could satirize the contemporary crisis of multiple conversions or critique the religious climate of the era. Watching conversions on stage could give the audience skepticism on faith, let alone warn them about it. The plays got fairly large audiences, which may have been more because of the spectacular, exotic and unfamiliar scenes and not for the simple didactic plot.

This paper has explored Islamic representation on the stage in the context of English Renaissance with international trade expansion with the Ottoman Empire and other Muslim countries. Unlike Marlowe's *Tamburlaine*, which emphasizes a violent tyrant and his fascination, latter plays feature converts through highlighting Christian goodness and virtue. Tamburlaine must have captured the audience by his decisive defiant action and powerful words, whereas the conversion plays may have aimed to prevent potential conversions and celebrate Christianity with simple didactic plots. The flavors of the former and the latter plays are different, but they share a similar atmosphere, which is ambiguity and cynicism of faith or religion. In the case of *Submission*, it is full of skepticism as the author intended. Is it not the case that the plays introduced above bring about a similar mode? Of course, Christians made up a majority of the audience and some of them could have assured their faith through watching plays. However, the skeptic mode on religion the plays generate, not only Marlowe's but the other plays examined above, cannot be denied no matter what the playwrites' intentions were. As Francois in *Submission* eventually converts, many of the characters do, and some of them do it more than once, whimsically following their desires. Having heard of the stories about individuals such as soldiers, pirates and traders who converted to Islam willingly and enjoyed a luxurious life, what would the audience have thought of the conversion on the stage? Although the focus of the protagonists had changed from the sixteenth to seventeenth century in the plays representing Islam, and it is hard to grasp the audience response precisely, the plays share (sometimes in hidden ways) modes of religious skepticism, a reflection of the religious anxiety felt by the people of this era.

**Notes**

1 Jonathan Burton. *Traffic and Turning: Islam and English Drama, 1579–1624*. Newark: University of Delaware Press, 2005.

2 Daniel J. Vitkus. *Three Turk Plays from Early modern England*. New York: Columbia University Press, 2000.

3 Sylvain Bourmeau. "Scare Tactics: Michel Houellebecq Defends His Controversial New Book." *The Paris Review*. Jan. 2015.

4 Consult Nabil Martar. *Turks, moors, and Englishmen in the Age of Discovery*. New York: Columbia UP, 1999. Consult Vitkus for more details.

5 Jerry Brotton. *This Orient Isle: Elizabethan England and the Islamic World*. London: Allen Lane, 2016

6 ibid. 154.

7 The sultan of Egypt

8 Christopher Marlowe. *Tamburlaine The Great, Part Two*. in *The Complete Plays*. London: Everyman, 1999.

9 *The Guardian*, Nov. 25. 2005.

10 See Emily Bartels, *Spectacles of Strangeness: Imperialism, Alienation, and Marlowe*. Philadelphia: University of Pennsylvania Press, 1993; Mary Floyd-Wilson, *English Ethnicity and Race in Early Modern Drama*. Cambridge: Cambridge UP, 2003; Jonathan Burton, "Anglo-Ottoman Relations and the Image of the Turk in Tamburlaine," *Journal of Medieval and Early Modern Studies* 30. 2000.

11 Brotton, 158.

12 Gerald MacLean. *Looking East: English Writing and the Ottoman Empire Before 1800*. London: Palgrave Macmillan, 2007. 34–41.

13 David M. Bergeron. "Are we turned Turks?: English Pageants and the Stuart Court." *Comparative Drama*. Fall 44. 2010. 255.

14 Leila Watkins. "Justice Is a Mirage: Failures of Religious Order in Marlowe's *Tamburlaine* plays." *Comparative Drama*. Summer 46. 2012. 163–185.

15 ibid. 165.

16 ibid. 166.

17 Nicholas Davidson. "Christopher Marlowe and Atheism." *Christopher Marlowe and English Renaissance Culture*, ed. Darryll Grantley and Peter Roberts. Furnham: Ashgate, 1996.129–47.

18 Matar, 44.

19 ibid. 45.

20 ibid. 46.

21 ibid. 50–55.

22 ibid. 55–63.

23 ibid. 59.

24 ibid. 55–63.

25 ibid. 63–71.

26 ibid. 71–72.

27 Vitkus, 24.

28 ibid. 6.

29 Burgeron, 264.

30 *A Christian Turned Turk*. Scene 16. l. 326.

31 The term, which comes from the Spanish for "renegade", usually suggests Christians who converted to Islam.

32 Martin Garett. (Ed) *Massinger: The Critical Heritage*. Routledge: 1991. 7–8.

33 All quotations from the play are based on *Renegado* in Three Turk Plays. New York :Columbia UP. 2000. 240–356.

34 Degenhardt, Jane H. "Catholic Prophylactics and Islam's Sexual Defilement in *The Renegado*." *The Journal for Early Modern Cultural Studies*. Vol. 9(1). 2009. 62–92.

35 There are some studies that highlight the Catholic content in Massinger's work and how it ties to his religious identity. See *The Virgin Martyr. The Dramatic Works of Thomas Dekker*. (Ed.) Fredson Bowers. Vol. 4. Cambridge: Cambridge UP. 1961. 365–480.

36 Degenhardt, 2.

37 Vitkus, 5.

38 As these are absent in the medieval source morality, Massinger created the scene.

39 ibid. 5.

40 All quotations from the Bible are based on *The Bible*, Authorized King James Version. Oxford: Oxford UP. 1998.

41 *The Works of Joseph Hall*, Vol. 12 (1839), Montana: Kessinger Legacy Reprints, 2010. 346–50.

42 Hall, 347.

43 ibid. 349.

44 According to the note, it means the black color of a tadpole's skin or the foul color of a toad-breeding pond.

45 Thomas Dekker and Phillip Massinger. *The Virgin Martyr. The Dramatic Works of Thomas Dekker*. (Ed.) Fredson Bowers. Vol. 4. Cambridge: Cambridge UP. 1953. 365–480.

**Works Cited**


Bergeron, David M. "Are we turned Turks? English Pageants and the Stuart Court." *Comparative Drama* 44.3 (2010): 255–71.

*The Bible*, Authorized King James Version. Oxford: Oxford UP, 1998.

Bourmeau, Sylvain. "Scare Tactics: Michel Houellebecq Defends His Controversial New Book." *The Paris Review* Jan. 2015.

Bowers, Fredson, ed. *The Dramatic Works of Thomas Dekker*. 4. Cambridge: Cambridge UP, 1961.

Brotton, Jerry. *This Orient Isle: Elizabethan England and the Islamic World*. London: Allen Lane, 2016.

Burton, Jonathan. *Traffic and Turning: Islam and English Drama, 1579–1624*. Newark: University of Delaware Press, 2005.

Daborne, Robert. *A Christian Turned Turke.* in *Three Turk Plays*. Ed. Daniel Vitkus. New York: Columbia UP, 2000.

Davidson, Nicholas. "Christopher Marlowe and Atheism." *Christopher Marlowe and English Renaissance Culture*, eds. Darryll Grantley and Peter Roberts. Farnham: Ashgate, 1996

Dekker, Thomas and Philip Massinger. *The Virgin Martir*. in *The Dramatic Works of Thomas Dekker*. Ed. Fredson Bowers. Cambridge: Cambridge UP, 1961.

Dengenhardt, Jane H. "Catholic Martyrdom in Dekker and Massinger's *The Virgin Martyr* and the Early Modern Threat of Turning Turk." *English Literary History* 73.1 (2006): 83–118.

—— "Catholic Prophylactics and Islam's Sexual Defilement in *The Renegado*." *The Journal for Early Modern Cultural Studies* 9.1 (2009): 62–92.

Farr, David. "Tamburlaine wasn't censored." *The Guardian* 25 Nov. 2005.

Garett, Martin, ed. *Massinger: The Critical Heritage*. London: Routledge, 1991.

Hall, Joseph. "A Form of Penance and Reconciliation of a Renegado, or Apostate from the Christian Church to Turcism." *The Works of Joseph Hall* 12 (1839). Montana: Kessinger Legacy Reprints, 2010.

Houellebecq, Michel. *Submission*. London: Picador, 2016.

MacLean, Gerald. *Looking East: English Writing and the Ottoman Empire Before 1800*. London: Palgrave Macmillan, 2007.

Marlowe, Christopher. *Tamburlaine The Great, Part Two*. in *The Complete Plays*. London: Everyman, 1999.

Massinger, Phillip. *Renegado*. in *Three Turk Plays: From Early Modern England*. Ed. Daniel Vitkus. New York: Columbia UP, 2000.

Matar, Nabil. *Turks, Moors, and Englishmen in the Age of Discovery*. New York: Columbia UP, 1999.

Orgel, Stephen. "Poetics of Spectacle." *New Literary History* 2.3 (1971): 367–89.

Topinka, Robert J. "Islam, England, and Identity in the Early Modern Period: A review of Recent Scholarship." *Mediterranean Studies* 18 (2009): 114–130

Pickett, Holly Crawford. "Dramatic Nostalgia and Spectacular Conversion in Dekker and Massinger's: The Virgin Martyr." *Studies in English Literature, 1500–1900*. Spring 49.2 (2009): 437–462.

Vitkus, Daniel J. *Three Turk Plays from Early modern England*. New York: Columbia UP, 2000.

Watkins, Leila. "Justice Is a Mirage: Failures of Religious Order in Marlowe's *Tamburlaine* Plays." *Comparative Drama* Summer 46 (2012): 163–185.

# Parisの求婚の前倒し

## ——Julietの選択回避が悲劇的結末に及ぼす影響——

村上　世津子

### 1. はじめに

*Romeo and Juliet* は基本的には運命の悲劇であり主人公たちを悲劇的運命に駆り立てる最大の要因がVeronaの二名門、Montague家とCapulet家の怨恨にあるとするのが一般的な解釈である。とは言え、RomeoとJulietは悲劇の主人公と言うよりも犠牲者であるとする考え方 (Franson 69–70) からRomeoとJulietの悲劇的結末の原因を主人公の行動に求めるものまで多様な解釈が存在する。後者については、Kahn他の批評家がRomeoによるTybalt殺しを指摘し (Kahn 87, Leggatt 329, White 12–13)、DickeyらはRomeoの「軽率な怒りと盲目的な絶望」(Dickey 269) に原因を求めている。Petersonに代表される批評家は、恋人たちが激情に駆られた道を邁進することに原因を求める (Peterson 318)。AlfarはJulietの権威に対する謀反に原因を求め (Alfar 126) 反対にKingsley-Smithは両親との断絶を恐れることに原因を求める (Kingsley-Smith 146)。ただし総じて言えば主人公に責任を求める解釈においてもJulietに対する見方はRomeoに対する見方ほど厳しくない。JulietはRomeoより分別も、勇気も、行動力も備えた女性と解釈される傾向にある。だがJulietの行動は本当に悲劇的結末に影響を及ぼさないのだろうか。本稿ではJulietの行動と悲劇的結末の結びつきについて考察するが、その前にRomeoの行動と悲劇的結末の結びつきについて触れたい。

## 2. Romeoの行動と悲劇的結末

Snyderが指摘するように*Romeo and Juliet*は「悲劇であるというよりも悲劇になる」(Snyder 73)。なるほどMontagueとCapuletの間には根深い怨恨が存在するが、劇の冒頭でのMontagueとCapuletの決闘は妻たちに抑えられる。1幕2場でCapuletはJulietに対する求婚を申し出るParisをCapulet家恒例の宴会に招待し、事実上のJulietとの集団見合いの場を提供する。召使たちは宴会の準備にてんてこ舞いする。そしてCapuletはMontagueの一人息子であるRomeoが宴会に忍び込んでも大目に見る。このように喜劇に向かう様相を呈していた劇が悲劇に転じる転換点になるのが、RomeoによるTybalt殺しである。Lady Capuletの甥を殺すことによってRomeoはCapulet家の怨恨の的になる。

捕まったら大公に死刑を宣告されるから逃げるようにBenvolioに促されたときにRomeoは「俺は運命の慰み者だ」(3.1.138)[(1)]と言う。RomeoのTybalt殺しは衝動的なものである。もしMercutioがTybaltに殺されなければRomeoがTybaltを殺すことはありえなかったから情状酌量の余地は大いに存在する。実際、大公自身Romeoに対する罰を死刑から追放に軽減する。しかしだからと言ってRomeoを「運命の慰み者」と言うのはRomeoの責任を看過することである。Tybalt殺しはTybaltに切りかかられたRomeoが正当防衛のために反撃した時に殺してしまったものではない。友人のMercutioがRomeoのためにTybaltに殺されてもRomeoが女々しさのそしりを甘受していればTybaltとの決闘を避けることができたであろう。

2幕2場のbalconyの場面でJulietが「Romeo、あなたの名前を捨てて」(2.2.47)と言うのを聞いたときにRomeoは「恋人と呼んでくれ、それが僕の新たな洗礼名。今からはもはやRomeoではない」(2.2.50–51)と答えた。見つかれば殺される危険を冒してまで塀を乗り越えてJulietに近づこうとしたことから判断すればRomeoの言葉は本心から出たものであろう。しかしRomeoがそう言えたのはRomeoという名前に付随するもの――Montagueの跡取り息子としての名誉――の重みを知らなかったからである。Mercutioが殺されたときにRomeoはもう一度Julietが象徴する非暴力的な家庭的な女性的な生き方、換言するならばMontague家の一員としてのRomeoという名前を捨てた生き方をするかMercutioが象徴する名誉を重んじる暴力的な男性的な生き方、換言するならば名前にこだわった生き方をするかの選択を迫られて後者を選びなおす (Kahn 87, Leggatt 329)。Julietと交わした約束や夫婦としての契りを反故にしてJulietを捨ててMercutioを選んだからRomeoは「Julietが住む天国」(3.3.29–30) から追放されるのである。

## 3. Julietの行動と悲劇的結末

### 3.1 両親からParisとの結婚を強要されるJuliet

一見したところJulietの行動は悲劇的結末と密接な結びつきを持たずJulietはRomeoよりいっそう宿命の犠牲者であるように見える。上述したようにRomeoとJulietの恋を悲劇に向かわせる引き金を引くのはRomeoによるTybalt殺しであるが、RomeoとJulietの恋を悲劇的結末に向かわせるもう一つの大きな推進力はJulietとParisの縁談である。Tybalt殺しのかどでRomeoが追放に処せられたことを知ったJulietは激烈に嘆く。悲嘆の原因をTybaltの死に帰すCapuletはJulietの朗らかさを取り戻す役に立つと思いParisとの縁談を急速に進めて結婚の日取りさえ決めてしまう。

両親に対する愛とRomeoへの愛の両方を維持したいJulietは二枚舌を駆使する (Mahood 68)。すなわち、Romeoのそばに行きたいのがJulietの本心なのにRomeoの死を望むように聞こえる台詞を口にする：

本当に私の気持ちは決して収まらないわ
Romeo の顔を見るまでは。
私の心は身内の者に対する悲しみで死んだも同然よ。 (3.5.93–95)

そして母から Paris との縁談がまとまり今週の木曜日の早朝に Saint Peter's Church で式を挙げることに決まったことを告げられたときに Juliet は次のように言う。

Saint Peter's Church と Peter にかけて
彼に私をそこで幸せいっぱいの花嫁になんてさせないわ。
中略
私はまだ結婚しません。結婚するなら
相手は Paris ではなくて、私の憎んでいる、あの
Romeo とするわ。 (3.5.116–123、筆者下線)

この台詞は一見 Paris との結婚に対する Juliet の明確な反対の意思表明のように聞こえる。しかし細部は Juliet が明確な反対意思表明を避けようとしていることを明らかにする。たとえば 117 行目の「そこで」は聞き手に "Saint Peter's Church" でなければ良いのかと思わせる。また 121 行目の「私はまだ結婚しません」は 13 歳という若さを考えるなら Juliet はまだ結婚を受け入れられる年齢に達していないだけなのかもしれないと思わせる。なるほど 121 行目から 123 行目にかけて Juliet は Paris よりも Romeo を選ぶと言う。しかし Romeo の説明として「私の憎んでいる」を付け加え、さらにあくまで未来の話として語ることによって Juliet が Paris との結婚を受け入れられない本当の理由を母親に悟られないように配慮する。その結果 Paris との結婚に明確な拒否反応を示すというよりも駄々をこねているだけのような印象を与える。

父に対する答えはより一層不明瞭である。

誇らしいとは思えませんが、ありがたいと思います。
嫌なことを誇りに思うことは決してできませんが、
私のためを思うお気持ちからですので嫌なことでもありがたく思います。
(3.5.146–48)

Paris が「Verona の花」であるのに対して Romeo は今や Capulet 家の宿敵の息子であるにとどまらず Lady Capulet の甥殺しであるのだから Juliet が Romeo との結婚を告白するのに多大の勇気が必要とされることは言うまでもない。なるほど Paris は Juliet に直に求婚して承諾を得たわけではないし、結婚の日取りが急なのも不自然である。Paris の求婚を承諾するときに Capulet が使う「無謀な申し出」(3.4.12) は娘の同意を得ない承諾が危険を伴うものであることを Capulet 自身が心の片隅で感じていることを示唆する。疚しさを感じているからその気持ちを打ち消すために急な日取りを設定するのかもしれない。それらを認めた上で既に決定が下され数日後に迫っている結婚を阻止するには Juliet の答えはあまりにも要領を得ず力不足である。「お父様、膝まづいてお願いします。どうか我慢して一言だけ私の言い分をお聞きください」(3.5.158–59) と言うときに Juliet は Romeo との結婚を告白しようとしたが Capulet の剣幕に押し切られて告白するチャンスを奪われたのかもしれない。実際、乳母も母も Capulet の激情をいさめる。Juliet の意思に反して Paris との結婚を強要する Capulet が暴君的に見えることは否めない。

わしの娘なら、わしの気に入りの男にやる。
娘でないなら、首くくれ、乞食をしろ、飢え死にしろ、野垂れ死にしろ。
誓って言うが、お前を我が子と思わん。
それに、わしのものも何一つお前にやらん。 (3.5.191–94)

次の引用はShakespeareの*Romeo and Juliet*の材源であるArthur Brookeからの引用である。

> お前は忘れたのか
> 何度も食卓で繰り返し聞かせてやったのに。
> ローマの若者は両親を畏れるものだし
> ローマの法律は父親に子供を支配する権利を与えておる。
> 父は（必要とあれば）子供を質にすることも、譲渡することも、売ることもできるし
> それどころか、子供が親に逆らうなら
> 生殺与奪の権利も有しておる。　　(Brooke 1949–1955)

BrookeのCapiletはローマの父には娘の生殺与奪を自由にできる権限があることに言及する。Shakespeareの*Romeo and Juliet*ではこの言及は削除されているが*Romeo and Juliet*と多くの共通点を持つ*A Midsummer Night's Dream*（以下*MND*と略す）のEgeusの台詞に反映されている。

> 娘は私のものですので私は娘を処分できます。
> つまりこの紳士と結婚するか
> 死を選ぶか、この場合には
> 直ちに国法が適用されますので。　　(*MND*, 1.1.42–45)(2)

Shakespeareの*Romeo and Juliet*のCapuletの台詞とBrookeのCapiletや*MND*のEgeusのセリフを比べるとShakespeareのCapuletの脅しは温情的である。なるほどCapuletの「首くくれ」や「飢え死にしろ」や「野垂れ死にしろ」もJulietに死を突きつける言葉である。しかしそれはEgeusのような法による積極的な死を求めるものではなくCapuletが庇護を拒否することによってJulietにもたらされるであろう消極的なものにすぎないからである。さらに勘当と引き換えにJulietに完全な自由

を与えると言うことも注目に値する。財産はやらんがお前はCapulet家の出なのだから他家の端女(はしため)になって生き延びようなどと決して思うな。家門を傷つける生き方しか選択できなくなった時には潔く死ねとは言わないのである。それどころか乞食女にまで身をやつし、恥をさらしながら生き延びることを許すのである。絶望ゆえの自殺は神の権威への挑戦なので罪に値するが (Roberts 19)、親に勘当されて生計を立てる術を失って野垂れ死にすることは罪にはならない。換言するならば両親の庇護を求めず、死を賭して生きる覚悟があればJulietはParisとの結婚を拒否することができる。

*MND*の中でHermiaはLysanderとの愛を貫くために駆け落ちする。なるほど*MND*は喜劇で、HermiaとLysanderが入っていく森には恋人たちを哀れみ恋の成就を手助けしてくれる親切な妖精が住んでいる。しかしそれはあくまで後から振り返ったときに言える話であってLysanderとHermiaが駆け落ちを決めるときにはそんなことは知る由もない。むしろ、あわや決闘にまで至る森の中での大混乱や*Romeo and Juliet*との類似性が指摘される劇中劇*Pyramus and Thisbe*は駆け落ちを決めたときの恋人たちの決断が大きな賭けであったことを示唆する。Julietと*MND*の恋人たちを比較するとJulietは両親との絶縁を恐れているように思われる (Kingsley-Smith 146)。

### 3.2 Parisとの会話

Romeoへの愛を取るか両親の庇護を取るかについてのJulietの選択の回避がより鮮明になるのは4幕1場のLaurence神父の庵で交わされるParisとJulietの会話である。

> Paris. いいところでお会いできました、私の恋人にして妻。
> Juliet. そうなるかもしれません。私が誰かの妻になる時には。
> Paris. その「かもしれない」は次の木曜日には「必ず」に変わる。
> Juliet. 必ずなるならそうなるのでしょう。 (4.1.18–21)

偶然の出会いを利用した会話にすぎないにしても、ここでParisは明確に結婚を前提としてJulietに話しかける。なるほどJulietは結婚を了解しているとは言わない。しかし「そうなるかもしれません。私が誰かの妻になる時には」はParisの妻になる可能性を否定するものではないし「必ずなるならそうなるのでしょう」は不承不承ではあるがParisとの結婚を承諾したと解釈され得る。だからParisはJulietが承諾したと信じて退場する。Julietの台詞が、Parisにそのように解釈されることを意図していたことは後にJulietが両親にLaurence神父の庵でParis様にお会いしたとき慎みを超えない範囲で愛する気持ちをお伝えしましたと言う台詞によって示唆される。

もしJulietがParisに面と向かって「あんたなんか嫌いだ、あんたと結婚するくらいならRomeoと結婚した方がマシだ」と叫んでいたならParisとの縁談は破談になったであろう。Laurence神父の庵にはJulietから弁明する機会を奪う父親は存在しない。代わりに彼女とRomeoを結婚させたLaurence神父がいる。JulietとParisが出会う直前にParisからJulietとの結婚の司式を依頼されたときにLaurence神父はJulietの気持ちを確かめずに式を挙げるのは不自然だと警告する。もしJulietが神父にRomeoとすでに結婚していることを証明してほしいと言っていたならParisとの結婚は正当な手段によって回避されたであろう。しかしJulietはその絶好のチャンスをフイにする。両親の庇護を取るかRomeoへの愛を取るかの究極の選択を今一度突きつけられてJulietは再び選択を先送りする。

Julietを取るかMercutioを取るかの選択を突きつけられて後者を取りTybalt殺しをしたことがRomeoの追放につながったのと同様にRomeoを取るか両親の庇護を取るかの選択を突きつけられてJulietが選択を先送りするから仮死状態を引き起こす薬を飲んで急場をしのぐという姑息な手段に頼らざるを得なくなる。Romeoの選択との類似性にもかかわらずRomeoの選択の過ちを批判する批評家がJulietの選択の回避について寛大なのは、一つは親に対する従順が道徳規範に沿うからで、もう一つは、Juliet は親を捨て切れないものの Romeo を捨てはしないからであろう。さらには、Juliet の選択が Laurence 神父の責任と関わることも影響しているだろう。秘密結婚とは言え Romeo と Juliet は Laurence 神父立会いの下で式を挙げたのだから本来なら Paris との重婚を防ぐためには神父が Juliet と Romeo の結婚を Juliet の両親並びに Paris に証明するべきである。それなのにそれを怠っていかがわしい手段を薦めるのは Herman や Kriegel らが指摘するように聖職者としての職責を放棄する行為であるように思われるからである (Herman 155, Kriegel 171)。これらの点を認めたうえで本当に Juliet の責任は Romeo の責任に比べて軽いものなのかを考えてみたい。

### 3.3　Paris の求婚の前倒し

Juliet の選択回避を考えるときに重要なのは、Brooke では Tybalt の死後にはじめて言及される Paris の求婚が Shakespeare では 1 幕 2 場に前倒しにされていることである (Evans 9)。前倒しによって Juliet の選択回避期間が長くなり、その分、選択回避が鮮明になる。1 幕 2 場では Capulet は Juliet の若さ故にそれほど積極的ではないが、娘が承諾すれば賛成する旨を告げ、その晩 Capulet 家で開催される宴会に Paris を招待する。一方 Juliet に対しては Lady Capulet を通して Paris から求婚の申し出があったことと今晩 Paris も宴会に出席するから彼のことをよく観察するようにと告げる。母に「Paris 様を好きになれますか」(1.3. 96) と聞かれたときに Juliet は「好きになるようにするわ、もしお目にかかることが好きになることなら」(1.3.97) と答える。条件文を伴う Juliet の答えは彼女が Paris の求婚を承諾したわけではないことを示す。しかしその一方で Juliet が Paris の求婚を承知していることと縁談を進めることに異存はないことをも示唆する。そして 1 幕 3 場は Paris が待っていることを告げる Lady Capulet の台詞と Juliet が Paris と結ばれることを望む乳母の台詞で終わる。

> Lady Cap.　　　　　　　　　　Juliet、伯爵がお待ちよ。
> Nurse.　行ってらっしゃい。幸せな昼に続く幸せな夜をつかむのですよ。
> (1.3.104–105)

これはCapulet家で開かれる宴会がJulietにとっては実質上Parisとの集団見合いの場であることを示唆する。その見合いの場でJulietは両親が期待している青年ではなく別の青年との恋に落ちる。相手の素性を知る前からJulietは「もしあの方が結婚していらっしゃるならおそらく墓が私の新床になるわ」(1.5.133–34) と、その人と結婚できないなら死んだ方がマシだとまで思い詰める。恋した相手が宿敵Montague家の一人息子だと知ると彼女の恋が尋常でない生まれ方をした以上その成り行きが平たんではありえないことを強く意識する。Julietは非常に有名なセリフを吐く。

> 私のただ一つの恋はただ一つの憎しみから生まれた。
> 知らずに会ったのが遅すぎて、知った時には手遅れ。
> 私にとっては生まれた時から不吉な恋だわ。
> 忌まわしい敵を愛さずにはおられないなんて。　(1.5.137–140)

Prologueで序詞役が*Romeo and Juliet*は運命の悲劇だと言うのを聞いているから観客はJulietの運命論的な発言を無批判に受け入れがちである。しかし「知らずに出会ったのが早すぎて知った時には手遅れ」という台詞は真実を述べる言葉だろうか。なるほどこの後に続く「忌まわしい敵を愛さずにはおられないなんて」の「おられない (“must”)」の使用は「敵」であることを知っても彼女の恋心を抑えることはできないことを示唆する。しかし恋する人が敵であることを知った後でどうするか。敵と知りつつ愛するのか、あきらめるのか。愛し続けるならどう両親を説得するのか、あるいは両親の反対を押し切って駆け落ちするのかは、この段階ではまだJulietの自由な選択に委ねられている。

宿敵の息子に恋してしまったJulietがRomeoへの愛を貫くなら大きな重荷を背負わなくてはならない。親が娘のために思い定めた人物を用意しているときには負荷がかかる。親が薦める縁談が世間的な目から見た良縁であればあるほどその負荷は増す。大公の親戚であるParisとの結婚を薦める両親に宿敵の跡取りと結婚したいと申し出るのは多大の勇気を必要とする。JulietがRomeoへの愛を軽々しく口にすることができないのも道理である。しかしJulietはParisの求婚を受け入れられるかという両親の問いに縁談を進めることに異存はないことを示唆する答えをして見合い（宴会）に出席している。Romeoへの愛が抑えられないほど強いものであることを自覚するなら何故すぐにParisとの縁談の打ち切りを申し出ないのだろうか。

### 3.4　Julietを呼ぶ声

#### 3.4.a　宴会の場面におけるJulietを呼ぶ声

宴会の場面を詳しく見るとRomeoとJulietの関係が進展する実に絶妙な段階でJulietが母に呼ばれることに気づく。

Romeo.　では動かないで、僕が祈りのご利益を受ける間。
　　　　　　　　　　　　　　［RomeoはJulietにキスをする］
　　　　このようにあなたの唇のお蔭で僕の唇の罪が浄められた。
Juliet.　それなら私の唇はあなたの罪を受け取ってしまったわ。
Romeo.　僕の唇の罪だって。罪が優しくとがめられた。
　　　　僕の罪を返してください。［RomeoはJulietにキスをする］
Juliet.　マナー本に則ったキスね。
Nurse.　<u>お嬢様、お母様が、お話があるそうです。</u>

（1.5.105–110、筆者下線）

Romeo と Juliet が単に言葉を交わし、手と手を合わせるだけでなくキスをした直後に、つまり恋人の関係の一歩を踏み出したときに乳母は Juliet に母が呼んでいる旨を告げる。ここで母が Juliet を呼んだ理由は明確ではない。しかし Juliet は母と乳母の双方から Paris を好きになることを期待されて宴会に送り出されている。宴会は実質上の Paris との見合いの場である。母は当然 Paris が好きになれそうかという問いの答えを待っている。その反面、この段階では両親はまだ Juliet の意向を尊重している。たとえ母から Paris のことを聞かれなくても他に気になる方ができたから Paris 様との縁談は少し考えさせてくださいと返事をしていれば事態は別の進展の仕方をしていたであろう。しかし Juliet はそうしない。

1幕5場の終わりで Juliet はもう一度呼ばれる。

Juliet. 詩の一節よ。私が今しがた
一緒に踊った方から教えてもらったの。[奥で Juliet を呼ぶ声]
Nurse. すぐ行きます。
さあ、行きましょう。お客様もみんなお帰りになりました。
[退場]
(1.5.141–43、筆者下線)

今度は誰に呼ばれたのか明確ではないが乳母は Juliet の傍らにいるから乳母でないことは確かである。宴会はお開きになって客たちは帰った後である。乳母以外で宴会がお開きになった後で Juliet に用がある人の筆頭に挙げられるのは母である。Paris についての感想を聞きたくて待っているはずだからである。たとえ母でなくても Paris との見合いを目的とした宴会に出席してその宴会が終わった後で彼女の名前が呼ばれるのを聞いたら Juliet はおそらく Paris との縁談を思い出されたことだろう。110 行めで呼ばれた時と違って Juliet はすでに Romeo は敵でも愛さずにはおられない存在だということを知っている。もし Juliet が、宴

会が終わった後でParisとの縁談の進行の中止を申し出ていたら事態は別の進展の仕方をしていただろう。

3.4.b　balconyの場面におけるJulietを呼ぶ声

RomeoとJulietの関係が進展する絶妙な段階でJulietを呼ぶ声が聞かれるパターンは2幕2場の有名なbalconyの場面でも繰り返される。独り言がRomeoに聞かれてしまったことを知るとJulietはRomeoに彼女の恋を率直に告げ、二人は愛の言葉を交わす。しかしJulietはRomeoの愛の誓いを受けようとしない。恋は時間をかけて成熟させるのがよく、出会ってすぐに誓いを交わすのはあまりにも性急で思慮分別に欠くと思うからである。だから次回の出会いを楽しみにして別れの挨拶をする。愛の言葉を交わしあったのに誓いの言葉を受けてもらえないのでRomeoは満足を得ることができず別れの挨拶をされても窓辺からなかなか去ろうとしない。Juliet自身も離れがたく「お休み、お休み」(2.2.123)と挨拶した後もRomeoと言葉を交わし続ける。

Julietが、乳母が呼ぶ声を聞くのは別れの挨拶をした後でなおも言葉を交わし続けているときである。乳母の呼び声を聞いたときにJulietは「奥で声が聞こえるわ、いとしいお方、さようなら」(2.2.136)ともう一度別れの挨拶をする。Romeoに引き下がられて言葉を交わし続けるがJulietはすでに別れの挨拶を済ませている。乳母に呼ばれたらそれを機にRomeoとの逢瀬を終わりにするのが自然である。ここで終わりにしてParisとの縁談の進行の中止を申し出ていたら事態は別の進展の仕方をしただろう。しかしJulietは別れの挨拶をした後で「すぐ戻ってくるから待っててね」(2.2.138)と、今度は彼女のほうからRomeoを呼び止める。そして言葉通りにすぐ戻ってきたJulietはRomeoに結婚を切り出す。JulietはRomeoにもしあなたが心から私のことを思ってくれていて結婚を考えてくれるなら明日人をやるからいつどこで式を挙げるか知らせてちょうだいと言う。その直後にもう一度乳母がJulietを呼ぶがJuliet

は「すぐ行く」(2.2.150) とうるさそうに返事をして結婚話を続ける。
　母と同様に乳母も Paris との縁談がうまくいくことを期待して Juliet を宴会に送り出している。どんな用件で、ここで乳母が Juliet を呼ぶかは明確ではない。しかし Juliet が結婚話を切り出そうとするときに乳母の Juliet を呼ぶ声が聞こえることは彼女に Paris との縁談を思い出させて当然だと思われる。しかし Juliet は Paris との縁談の進行にストップをかけないで Romeo と結婚話を続ける。136 行目で 1 回目に乳母が Juliet を呼んでから 149 行目で 2 回目に呼ぶまでには 13 行ある。二度呼んでも生返事しか返さない Juliet に苛立った乳母はわずか 1 行と 3 分の 1 開けただけで三度(みたび) Juliet を呼ぶ。151 行目に注目すると Juliet の「お願い」と乳母の「お嬢様」と Juliet の「すぐ行きます」の 3 つの部分が 1 行を構成していることに気づく。観客の耳には Juliet のセリフに押し入る乳母の声は Paris との縁談を保留にしたまま Romeo と結婚話を進めようとする Juliet に対する警鐘のように聞こえる。生返事では乳母を納得させることのできない Juliet は 153 行目で Romeo に再び別れの挨拶をして退場し、おそらくは乳母のところに行く。舞台奥で Juliet が乳母とどんな言葉を交わしたのかは明確ではないが、すぐに戻ってきてすでに立ち去りかけている Romeo を呼び戻して明日人をやる時間の打ち合わせを済ませてやっと完全に窓辺から姿を消す。

### 3.5　形を変えた警告：「お母様はどちらに」

　Romeo が結婚の日取りと場所を乳母に告げ明確な結婚の意思を示した後も Juliet は Paris の求婚の辞退を申し出ない。2 幕 5 場で Romeo の返事をなかなか伝えず Juliet を焦らすときに乳母と Juliet の間で交わされる会話の中でも形を変えて Paris との縁談を保留にしたまま Romeo との結婚に乗り出す Juliet の行動の危険性が示唆される。Romeo の返事をなかなか伝えず Juliet を焦らすときに乳母と Juliet の間で交わされる会話の中で「お母様はどちらに」という問いが繰り返される。これはもちろんRomeoの返事を待ち焦がれているJulietを焦らすために乳母が関係のない話を持ち出すのに使う言葉である。Julietは話の腰を折りなかなか結果を教えてくれない乳母にいらだち乳母の言葉を繰り返す。しかし2幕5場56行目から62行目までわずか7行の間に3度も(2.5.58, 2.5.59, 2.5.62)繰り返されるので「お母様はどちらに」は観客に印象づけられる。Parisの求婚をJulietに伝えたのは母である。そしてJulietは母に縁談の進行に前向きと解釈されうる返事をしている。Romeoの結婚の意思を聞き出そうとする文脈で母の存在に言及する言葉が繰り返されることはJulietにもう一つの結婚に関する意思の有無、すなわちParisの求婚を思い出させても不思議ではない。しかしJulietはこの警告をも無視してParisの求婚を保留にしたままRomeoとの結婚に突き進む。そして「お母様はどちらに」という乳母の言葉を繰り返した後でJulietはもう一度「Romeoは何て言ってるの」(2.5.66)と聞く。乳母はJulietの質問に「懺悔に行くお許しはいただきましたか」(2.5.67)と、質問で答える。Julietに「許し」を与えるのはもちろん彼女の両親である。両親の存在を思い出させることによって乳母の問はJulietに今一度彼女が両親から告げられたParisの求婚を保留にしたままでRomeoとの結婚に突き進むことの危険性を警告する。そして許可を得たことを確認して言う乳母の「急いでLaurence神父の庵に行きなさい」(2.5.69)という台詞は観客に2幕3場でRomeoがJulietと結婚させてほしいとお願いするためにLaurence神父の庵を訪れた場面を想起させる。

2幕3場でLaurence神父がRomeoの心変わりを非難するもののJulietとの結婚を認めるのは、RosalineがRomeoの完全な片思いの相手でRosalineのほうはRomeoのことなど歯牙にもかけていなかったからである。なるほどJulietがParisに心を寄せたことはない。それどころかJulietはParisを見るくらいならヒキガエルを見たほうがましだとさえ思う(2.4.198–99)。しかしRomeoに明確な拒否反応を送るRosalineとは異なりJulietはParisに彼女の意思を伝えていない。「時々お嬢様にParis様はハンサムねえと言ってお嬢様を怒らせる」(2.4.199–200、筆者下線）と言う乳母の台詞中の「時々」は宴会後もParisの求婚が乳母とJulietの間で数回にわたり話題に上がっておりJulietがそのことを失念しているはずはないことを伝える。Julietは懺悔に行くという口実で両親から外出の許可を得るがRomeoとの結婚に先立ちJulietがLaurence神父にParisに求婚されていることを告げたと思われる形跡はない。もしLaurence神父が、JulietがParisからの求婚を保留にしていることを知っていたなら神父は秘密結婚をさせなかったであろう。

3.6　Julietの成長

これまで議論してきたように行動力のある成熟した女性というイメージに反してJulietは両親の庇護から抜け出す決断をなかなか下すことのできない弱さを持つ女性である。それどころかJulietは両親の意向に反する結婚をするときにもCapuletの娘としての特権を利用する。すなわち、乳母をRomeoのもとにやって結婚の意思確認をする。追放を宣告されたRomeoとJulietの最後の逢瀬のお膳立てをするのも乳母である。

しかしCapuletからParisと結婚するか勘当かの選択を突きつけられて、もはや詭弁を弄して選択を回避することも乳母に頼ることもできなくなったときにJulietは急成長する。JulietはLaurence神父の忠告に従い恐怖心に打ち勝ち、仮死状態に陥る薬を飲んで納骨堂に埋葬される。神父の計画が失敗しRomeoが死んでしまったことを知ると一緒に逃げようという神父の誘いも断り自らに短剣を突き刺してRomeoの後追いをする。

依頼心を断ち切ったときにJulietにとって死は重婚を回避するための最後の手段としての消極的なものからRomeoと結ばれるための望ましい手段に転じる。『イメージ・シンボル事典』によれば「短剣」は男根を象徴する (“dagger” 1)。よってここでの「死」は一義的には「生命を失うこと」(OED 1a) であるが「性的オルガスムス」(OED 7d) という意味も潜んでいる。Romeo と Juliet の死は一見したところ両家の怨恨の犠牲者としての敗北の死であるように見える。しかし Juliet が自らに短剣を突き刺して死ぬときに Juliet は二人を引き裂いていた両家の怨恨を超越して Romeo と結ばれる (Leggatt 335, McAlindon 63)。

## 4. 結び

Mercutio を選ぶか Juliet を選ぶかの選択を突きつけられたときに Juliet を選ぶと明確に公言しないことが Tybalt 殺しにつながるように両親を取るか Romeo を取るかの選択を突きつけられたときに明確に Romeo を選ぶことができないことが重婚の問題につながる。Romeo の Tybalt 殺しと異なり Juliet は犯罪を犯すわけではなく選択を先延ばしにするだけである。しかも Capulet から Paris と結婚するか勘当するかの選択を迫られて以降は急成長し、最後には死と引き換えに両家の間に横たわる怨恨をも乗り越えて Romeo と結ばれる。しかしだからと言って Juliet の行動が悲劇的結末に及ぼす影響が Romeo のそれよりも軽いとは言えない。Brooke では Tybalt の死後初めて言及される Paris の求婚が Shakespeare では 1 幕 2 場に前倒しにされることによって Juliet の選択回避が鮮明になる。Romeo の Tybalt 殺しが衝動的なものであるのに対して Juliet は何度も選択を突きつけられ警告を受ける。その度に Juliet は警告を無視して選択を先送りにしながら Romeo との結婚に突き進み問題を大きくしていく。その意味において *Romeo and Juliet* の悲劇的結末に対する Juliet の責任は Romeo と同等かそれ以上だと考えられる。

* 本論文は『新潟工科大学研究紀要』20 (2016 年 3 月) 掲載の拙著「*Romeo and Juliet* における遅延：Juliet の責任」を全面改稿したものです。

## 注

(1) テキストは William Shakespeare, *Romeo and Juliet*. The Arden Shakespeare (1980; London: Routledge, 1992) を使用した。なお、訳は拙訳によるが訳出するに際して次の 3 冊を使用した。

本多顕彰訳『ロミオとジュリエットの悲劇』1946；岩波文庫、1983.

松岡和子訳『ロミオとジュリエット』ちくま文庫、1996.

三神勲訳『ロミオとジュリエット』1967; 角川文庫、1996.

(2) 訳は拙訳によるが、訳出する際に福田恆存訳『夏の夜の夢・あらし』1971；新潮文庫、1984 を使用した。

## 引用参考文献


Alfar, Cristina Leon. "Uncovering Female Evil: Blood, Inheritance, and Power." *Fantasies of Female Evil: The Dynamics of Gender and Power in Shakespearean Tragedy*. Newark: U of Delaware P, 2003. 47–76. Rpt. in Shakespearean Criticism. Ed. Michelle Lee, Vol 97. Detroit: Gale, 2006. 118–36.

Brooke, Arthur. *The Tragicall Historye of Romeus and Juliet written first in Italian by Bandell, and nowe in English by Ar. Br.*, 1562. Rpt. in *Narrative and Dramatic Sources of Shakespeare*. Ed. Geoffrey Bullough. Vol 1, 1957. London: Routledge, 1961. 284–363.

Dickey, Franklin M. "To love extreamly, procureth eyther death or danger." *Romeo and Juliet: Critical Essays*. Ed. John F. Andrews. New York: Garland, 1993. 269–83. Rpt. of *Not Wisely But Too Well*: *Shakespeare's Love Tragedies*. California: Huntington Library, 1957. 102–17.

Evans, G. Blakemore. Introduction. *Romeo and Juliet*. 1984. By William Shakespeare. The New Cambridge Shakespeare. Cambridge: Cambridge UP, 1989. 1–48.

Franson, J. Karl. "'Too soon marr'd': Juliet's Age as Symbol in *Romeo and Juliet*." *Papers on Language & Literature*. 32, no.3 (Summer 1996): 244–62. Rpt. in *Shakespearean Criticism*. Ed. Michelle Lee. Vol. 97. Detroit: Gale, 2006. 66–74.

Herman, Peter C. "Tragedy and the Crisis of Authority in Shakespeare's *Romeo and Juliet*." *Intertexts*. 12.1–2 (2008): 89–109. Rpt. in *Shakespearean Criticism*. Ed. Lawrence J. Trudeau. Vol. 155. Detroit: Gale, 2014. 147–58.

Kahn, Coppelia. *Man's Estate: Masculinity and Identity in Shakespeare*. Berkley: U of California P, 1981.

Kingsley-Smith, Jane. "That One Word 'Banished': Linguistic Crisis in *Romeo and Juliet*." *Shakespeare's Drama of Exile*. Basingstoke: Macmillan, 2003. 31–55. Rpt. in *Shakespearean Criticism*. Ed. Michelle Lee. Vol. 97. Detroit: Gale, 2006. 136–52.

Kriegel, Jill. "A Case against Natural Magic: Shakespeare's Friar Laurence as *Romeo and Juliet*'s Near-Tragic Hero." *Logos*. 13.1 (2010): 132–45. Rpt. in *Shakespearean Criticism*. Ed. Lawrence J. Trudeau. Vol. 155. Detroit: Gale, 2014. 169–74.

Leggatt, Alexander, "*Romeo and Juliet*: What's in a Name?" *Shakespeare's Tragedies: Violation and Identity*. 29–54. Cambridge: Cambridge UP, 2005. Rpt. in *Shakespearean Criticism*. Ed. Michelle Lee. Vol. 106. Detroit: Gale, 2008. 323–36.

Mahood, M. M. "*Romeo and Juliet*." *Shakespeare's Wordplay*. London: Methuen, 1957: 56–72. Rpt. in *Romeo and Juliet: Critical Essays*. Ed. John F. Andrews. New York: Garland, 1993. 55–71.

McAlindon, T. "*Romeo and Juliet*." *Shakespeare's Tragic Cosmos*, 56–75. Cambridge: Cambridge UP, 1991. Rpt. in *Shakespearean Criticism*. Ed. Michelle Lee. Vol. 97. Detroit: Gale, 2006. 56–66.

Murray, James A. H., et al. Ed. *The Oxford English Dictionary*. Vol. 4. 2nd ed. 1989. Oxford: Clarendon, 1998.

Peterson, Douglas L. "*Romeo and Juliet* and the Art of Moral Navigation." *Romeo and Juliet: Critical Essays*. Ed. John F. Andrews. New York: Garland, 1993. 307–20. Rpt. of *Pacific Coast Studies in Shakespeare*. Eugene: U of Oregon, 1966. 33–46.

Roberts, Sasha. *William Shakespeare: Romeo and Juliet*. Writers and their Work. Plymouth: Northcote, 1998.

Shakespeare, William. *A Midsummer Night's Dream*. Ed. Harold F. Brooks. The Arden Shakespeare. Suffolk: Methuen, 1979.

——. *Romeo and Juliet*. 1980. Ed. Brian Gibbons. The Arden Shakespeare. London: Routledge, 1992.

Snyder, Susan. "*Romeo and Juliet*: Comedy into Tragedy." *Essays in Criticism* 20 (1970): 391–402. Rpt. in *Romeo and Juliet: Critical Essays*. Ed. John F. Andrews. New York: Garland, 1993. 73–83.

Vries, Ad de 著『イメージ・シンボル事典』山下主一郎　主幹、大修館、1984.

White, R. S. "Introduction: What is this thing called love?" *Romeo and Juliet*. Ed. R. S. White. New Casebooks. Hampshire: Palgrave, 2001. 1–27.

# 編集後記

今回の論集は、締切を半年延長したため、結局、また二年越しの刊行になってしまいました。しかしその甲斐があって、「革命」というテーマを意識した多彩な論文が集まり、結果的には、大変充実した論集ができあがったように思います。本学会の底力を感じた次第です。なお、前号からの申し送り事項であった (1)「編集委員が情報を共有しながら査読を進めていく体制」については、編集委員の先生方にご難儀をおかけしましたが、今回で、ある程度のひな形を作ることができました。今後はこの形をさらに改良していって頂ければと思います。また (2)「英語論文への対応」については、今回から横書きで刊行することにいたしましたので、問題は解消されました。

ただ、前々号からの課題であった書式の統一については、一応、編集規定にはMLAスタイルと指定しましたが、長年、なじんでいる書き方を変えるのは難しいことも理解出来ますので、それ以外のスタイルでの投稿論文も、編集長判断で「一つの論文内で統一が取れていれば、原則受理する」ことにしました。今、ちょうど過渡期ということでしょうし、この課題は、次号に引き継ぎたいと思います。

最後になりましたが、このような論集を引き続き刊行できるのは、ひとえに金星堂の福岡社長のご理解とご厚意によるものです。深く感謝申し上げます。また、今回も迅速かつ的確に編集作業をこなして頂いた倉林さまにも、御礼申し上げます。こういう時代だからこそ、この論集を刊行し続けていくことには、大きな意味があると思います。次号が一層充実したものになることを切に願って、編集後記といたします。

編集委員長　佐々木　和貴

The Seventeenth-Century Revolutions / Revolutions of the Seventeenth-Century

2017

## CONTENTS

17 世紀の革命／革命の 17 世紀
―十七世紀英文学研究 XVIII ―

2017 年 9 月 5 日　初版発行

編　集　　十七世紀英文学会
発行者　　福　岡　正　人
発行所　　株式会社 金 星 堂
（〒101–0051）東京都千代田区神田神保町 3–21
Tel. (03)3263–3828（代）Fax (03)3263–0716 振替 00140–9–2636

編集協力　ほんのしろ　　Printed in Japan
印刷所／モリモト印刷　製本所／牧製本
落丁・乱丁本はお取り替えいたします

ISBN978–4–7647–1174–7 C3098